K.

BERNHARD JAUMANN
DER LANGE SCHATTEN

KRIMINALROMAN

KINDLER

1. Auflage März 2015
Copyright © 2015 by Rowohlt Verlag GmbH,
Reinbek bei Hamburg
Redaktion Bernd Jost
Alle deutschen Rechte vorbehalten
Karte Peter Palm, Berlin
Satz Dolly PostScript, PageOne,
bei Dörlemann Satz, Lemförde
Druck und Bindung
CPI books GmbH, Leck, Germany
ISBN 978 3 463 40648 0

DER LANGE SCHATTEN

1

FREIBURG IM BREISGAU

Und was, wenn nicht mehr von dem Mann übrig war als der Name auf seinem Grabstein und der Hass, den er zu Lebzeiten in die Welt gesetzt hatte? Wenn seine Knochen schon längst zerfallen waren? Seit mehr als fünfzig Jahren lag er da in der Erde, in einer fetten Erde, in der man Mais und Gemüse pflanzen könnte. Dünn und unablässig schnürte der Regen auf sie herab. Kaiphas sah nach oben in den dunklen Himmel, eine grundlose Tiefe, auf der das Streulicht der Stadt als schmutziger Schein schwamm. Er schloss die Augen und versuchte die Tropfen zu zählen, die auf seiner Gesichtshaut zerplatzten.

Kaiphas hatte nichts gegen den Regen. Zu Hause in Namibia wäre ein solches Wetter als Segen empfunden worden. Die Weiden würden grün, die Rinder fett, und selbst zwischen den Blechhütten der Townships würde der Staub in der Luft einem Duft nach frischem Leben weichen. Auch hier in Freiburg war der Regen von Vorteil gewesen, als Kaiphas am Vormittag den Friedhof erkundet hatte. Kein Mensch war ihm begegnet, außer einer alten Frau, die ihren Schirm so tief gehalten hatte, dass sie gerade mal ihre eigenen Gummistiefel sehen konnte. Kaiphas war die Gräber systematisch abgegangen, Feld für Feld, Reihe für Reihe. Sorgfältig hatte er die Namen auf den Steinen gelesen, bis er nach etwas mehr als einer Stunde den richtigen gefunden hatte.

Er hatte sich die Lage des Grabs eingeprägt und dann eine Stelle gesucht, an der er später unbeobachtet über die Friedhofsmauer steigen konnte, denn die Deutschen schlossen ihre

Toten in der Nacht ein. Vielleicht, weil sie nicht wussten, dass sich die Ahnen durch Mauern und Tore keineswegs abhalten ließen, wenn sie wiederkehren wollten. Aber die Geister der toten Deutschen beunruhigten Kaiphas kaum. Mit ihnen hatte er nichts zu schaffen, und was den einen anging, der hier unter seinen Füßen lag, nun, da hatte er noch in Windhoek vorgesorgt. Er hatte einen Gegenzauber in Auftrag gegeben und sich einen Talisman besorgt. Der würde ihn beschützen.

Die Nacht war herbstlich kühl, der Regen rauschte gleichförmig und verschluckte alle anderen Geräusche. Wenn es überhaupt welche gab um zwei Uhr morgens auf einem gottverlassenen Friedhof. Kaiphas zog Jacke und Hemd aus und verstaute beides in seinem Koffer. Den Lederbeutel mit dem Talisman ließ er um seinen Hals hängen. Dann setzte er den Spaten an. Mit der Schuhsohle trieb er ihn mühelos in die nasse Erde, doch als er anhob, merkte er, wie schwer sie war. Egal. Er war stark, er war ausgeruht und hatte Zeit genug. Er warf den Aushub auf das Grab nebenan.

Kaiphas arbeitete konzentriert, und bald wurde ihm warm. Nach einer Stunde war er schon gut einen Meter tief gekommen. Er richtete den Oberkörper gerade und streckte sich. Der Regen fiel, als wolle er nie aufhören. Kaiphas spürte, wie er schwitzte und wie die Tropfen den Schweiß von seiner Haut spülten. Es war ein gutes Gefühl, eines, das ihm bewies, dass nichts schiefgehen konnte. Er würde seinen Auftrag erledigen und als Held nach Namibia zurückkehren. Dort stünden ihm alle Möglichkeiten offen. Er könnte sich einen Laden kaufen, eine Kneipe oder ein Taxi, er könnte sich eine Frau nehmen und ein paar Söhne zeugen, er könnte sonst was machen. Vielleicht würde er sogar ins Hereroland ziehen und Rinder züchten wie seine Vorfahren. Warum nicht?

Kaiphas legte die Hand auf den Beutel an seiner Brust. Das Leder war nass, der Regen plätscherte, und von irgendwoher schlug ganz schwach eine Kirchturmglocke. Dreimal, glaubte Kaiphas. Er griff nach seinem Koffer, holte die Stirnlampe heraus, schaltete sie aber nicht ein. Noch stand er nicht tief genug, sodass der Lichtpunkt über das Grab hinaus sichtbar wäre. Ein zufälliger Beobachter sähe ein auf und ab, hin und her tanzendes Irrlicht, das hüfthoch über dem Boden schwebte. Wenn Kaiphas Glück hätte, würde man ihn für den Geist eines Toten halten, doch er wollte kein unnötiges Risiko eingehen. Er brauchte die Lampe noch nicht. Es war äußerst unwahrscheinlich, jetzt schon auf Knochen zu stoßen.

Kaiphas hatte sich informiert. Bis zu zwei Metern schachteten die Deutschen normalerweise aus. So tief, dass das Gewicht der Erde einen Sarg bald einbrechen ließ. Sie wollten kein Bett für die Ewigkeit, sie wollten niemanden bewahren, im Gegenteil: Erde zu Erde, Staub zu Staub. Nach fünfundzwanzig Jahren sollte nichts anderes mehr übrig sein. Nur die Gebeine hielten sich meist nicht an den Zeitplan der Friedhofsverordnungen. Doch ob sie auch nach fünfzig Jahren noch vorhanden waren, hing von der Bodenbeschaffenheit, der Erdverdichtung, dem Sauerstoffgehalt, dem Wassereintritt ab. Unter bestimmten Bedingungen würde man eine Wachsleiche mit Haut und Haaren freilegen, unter anderen wären auch die dicksten Knochen zerfallen. Es gab keine Formel, mit der man berechnen konnte, was fünfzig oder hundert Jahre unter der Erde bewirkten. Wer nicht nachgrub, würde es nie wissen.

Kaiphas richtete sich auf. Er konnte gerade noch über den Rand des Lochs hinwegsehen. Allmählich musste er in der richtigen Tiefe angelangt sein. Er senkte den Kopf und schaltete die Stirnlampe ein. Durch den Lichtkegel strich der Regen. Am Boden war nichts zu entdecken, was nach Knochen aussah.

Nur Erde und die verriet nicht, ob sie mal ein Holzsarg oder ein Menschenherz gewesen war.

Mach mir keine Schwierigkeiten, Mann, dachte Kaiphas. Stell dich nicht so an wegen der paar Knochen! Du bist tot, Mann! Du hast bloß eine Vergangenheit, keine Zukunft mehr. Ich habe eine Zukunft, und die wirst du mir nicht kaputt machen!

Der Regen rauschte, und Kaiphas grub weiter. Je tiefer er vorstieß, desto schwerer fiel es ihm, den Aushub aus dem Grab zu befördern. Wenn er nicht weit genug warf, rutschte die Erde über die Grabumfassung zurück. Kleine Schlammlawinen prasselten auf seine Schultern, begruben seine Stiefel. Kaiphas lachte leise auf. Da war er zehntausend Kilometer von Windhoek nach Frankfurt geflogen, war mit dem Zug nach Freiburg gefahren, hatte das Grab gefunden, hatte sich in die Tiefe gegraben, buddelte immer weiter, ohne etwas zu finden, nur um letztlich selbst verschüttet zu werden? War das nicht komisch?

Er schüttelte den Kopf und machte sich daran, eine weitere Schicht freizulegen. Nein, hier war gar nichts komisch. Erde zu Erde, Staub zu Staub, verdammter Schlamm zu verdammtem Schlamm. War das wirklich alles, was geblieben war? Kaiphas spürte seine Muskeln müde werden. Zum Trotz arbeitete er nun hastiger als zuvor, keuchte bei jedem Spatenstich. Ein Klumpen Wut ballte sich in seinen Eingeweiden zusammen und stieg langsam nach oben. Dieser verfluchte Tote durfte sich nicht einfach so davonstehlen! Das konnte er ihm nicht antun. Kaiphas begann, in der Mitte des Grabs einen Schacht nach unten zu treiben. Dort, wo sich das Becken des Manns befunden haben musste. Er setzte den Spaten an, trat mit einer wilden Kraft zu, schippte die Erde achtlos nach vorn. Ja und ja und noch eine Schippe und nimm das und ...

Kaiphas erstarrte in der Bewegung. War er laut geworden,

hatte er jeden seiner Tritte mit einem Schrei begleitet? Er stützte sich an der nassen Erdwand ab, hörte sich schwer atmen. Sonst hörte er nichts. Da war nichts. Nur ein Friedhof mit abgesperrtem Tor. Nur Tote ringsum. Nur verwesende Vergangenheit. Und er, Kaiphas, der in einem knapp zwei Meter tiefen Loch stand. Er blickte nach unten.

Und da ...

Na also!

Kaiphas sah etwas Fahlweißes im Schein der Stirnlampe aufschimmern. Er ließ sich auf die Knie fallen und wischte mit den bloßen Händen die Erde weg. Ja, das war ein Knochen, ein länglicher, leicht gebogener Knochen, eher eine Rippe als ein Teil vom Becken. Kein Stofffetzen, kein Muskelfleisch und keine Sehne einer Wachsleiche, nur ein schöner blanker Knochen. Alles war, wie es sein sollte. Nur zur Sicherheit krallte er die Faust um den Talisman in seinem Beutel.

«Du machst mir keine Angst, toter Mann», sagte Kaiphas leise. Dann brach er den Knochen über seinem Knie entzwei und warf die Teile in hohem Bogen aus dem Grab hinaus. Am Himmel sah der Mond bleich hinter zerrissenen Wolken hervor. Kaiphas hatte nicht bemerkt, wann es zu regnen aufgehört hatte.

Zweimal hatte Claus Tiedtke entfernte Verwandte in Deutschland besucht, ganze neun Wochen seines bisherigen Lebens hatte er im Land seiner Vorfahren verbracht. Dass seine Muttersprache zufällig Deutsch war, hinderte ihn nicht daran, Namibia als sein Heimatland anzusehen. Dort war er geboren und aufgewachsen, es war genauso sein Land wie das seiner Mitbürger, egal, welche Hautfarbe sie besaßen und in welcher Sprache sie ihre ersten Worte gestammelt hatten. Und doch schien sich die Distanz zwischen ihm und der Delegation vergrößert zu haben, seit sie in Frankfurt gelandet waren. Keine zwei Stunden war das her, sie warteten noch im Transitbereich auf den Anschlussflug nach Berlin.

Sie standen eng beieinander, ein Minister, einige Staatssekretäre und andere hohe Beamte, Kirchen- und Gewerkschaftsleute, Vertreter des Genozid-Komitees und der traditionellen Stammesbehörden, Namas wie Hereros, alles in allem an die siebzig Personen. Keines der Königshäuser, keiner der Chiefs, ob er nun der roten, der weißen oder sonst einer Flagge vorstand, hatte es sich nehmen lassen, an dieser historischen Mission teilzuhaben. Auch ein paar Herero-Frauen waren dabei. Sie trugen ihre bodenlangen Kleider und hatten, noch bevor sie dem Flugzeug entstiegen waren, wieder ihre traditionellen Kopfbedeckungen mit den an Rinderhörner erinnernden Auswüchsen aufgesetzt. Ob sie sich fragten, wie ihr Festtagsstaat hier wirkte?

Claus beobachtete die vorbeiströmenden Fluggäste. Geschäftsleute, Urlaubsheimkehrer, Städtetouristen. Keiner verlangsamte den Schritt, nur selten blieb ein Blick an den Herero-Frauen hängen, um gleich darauf weiterzuwandern. Nicht umsonst war Frankfurt der größte Flughafen Deutschlands. Hier hatte man schon alles gesehen, hier interessierte sich niemand für afrikanische Folklore und schon gar nicht dafür, warum sie getragen wurde und was die ganze Delegation nach Deutschland führte und ob vor mehr als hundert Jahren eine kaiserliche Schutztruppe einen Kolonialaufstand blutig niedergeschlagen hatte.

Im Terminal wogte es tausendfach hin und her, auf zig Gates zu, vorbei an Sitzreihen, auf denen zeitweilig gestrandete Passagiere schliefen, vorbei an den chromblitzenden Theken der Restaurationsbetriebe, wo junge Anzugträger in ihre aufgeklappten Laptops starrten. Rollkoffer surrten sanft die Gänge entlang, eine angenehme Lautsprecherstimme warnte, keine

Gepäckstücke unbeaufsichtigt zu lassen, und Claus spürte, dass hundert Jahre nicht gleich hundert Jahre waren. In Deutschland war erheblich mehr Zeit vergangen als in Namibia. Zwei Weltkriege lagen zwischen damals und heute, eine kurze Republik, ein Tausendjähriges Reich, ein geteiltes Land und ein wiedervereinigtes neues, das sich mit seinem Geld gerade ganz Europa kaufte. Wer wollte da noch an die ehemaligen Kolonien denken? Wen juckte es, wenn in irgendwelchen Universitätskellern ein paar alte Schädel herumlagen?

In Namibia hatte es gejuckt, es hatte gebrannt und geschmerzt. Der Schmerz hatte die Schatten der Vergangenheit lang und länger werden lassen, er hatte die Zeit zusammengestaucht, fast so, als wären die Schädel erst gestern aus ihren Gräbern geraubt worden. Eine unbekannte Anzahl von Schädeln, die von den Kolonialherren ins Kaiserreich verschifft worden waren, um sie anthropologischen Sammlungen einzuverleiben oder rassenkundliche Forschungen an ihnen anzustellen. Zwanzig von ihnen, die ersten zwanzig, sollten nun in Berlin zurückgegeben werden. Den Hereros waren sie ein Beleg dafür, dass die alten Rechnungen auch nach einem Jahrhundert offenstanden. Ihrer Meinung nach sollten die Deutschen endlich ihre Schuld abtragen, mit Worten, mit Taten und mit Euros. Für viele von Claus' deutschstämmigen Landsleuten stand dagegen ihr Ursprungsmythos auf dem Spiel. Ihre Vorfahren durften keine unmenschlichen Verbrecher gewesen sein. Deswegen redeten sie sich die Vergangenheit schön und unterstellten den Hereros, bloß unter einem fadenscheinigen Vorwand Kasse machen zu wollen.

Das Thema kochte hoch, die Angelegenheit war brisant genug, dass die Windhoeker «Allgemeine Zeitung» trotz ihrer wahrlich nicht rosigen wirtschaftlichen Lage Claus Tiedtke beauftragt hatte, die Delegation nach Deutschland zu begleiten.

Und so saß er jetzt hier, im Frankfurter Flughafen, keine zehn Schritte von seinen namibischen Landsleuten entfernt, und fragte sich, wieso er sich ihnen gegenüber fremd fühlte. Und, ja, auch in gewisser Weise überlegen. Er war kein Rassist, er suchte sich seine Freunde nicht nach der Hautfarbe aus, er hatte sich mehr als jeder andere, den er kannte, für die Lebenswirklichkeit der schwarzen Mehrheit seines Landes interessiert und hatte in einem Anfall von Selbstüberschätzung sogar eine Zeitlang versucht, in der Township Katutura zu leben. Das konnte in zwei Stunden nicht einfach ausgelöscht werden, noch dazu, wenn eigentlich gar nichts geschehen war. Und doch empfand er fast so etwas wie Mitleid mit diesen Hereros und Namas, die sich einbildeten, irgendwen in Europa würde es interessieren, was ihren Vorfahren angetan worden war.

Vom Gate aus wurde zum Boarding für den Flug nach Berlin aufgerufen. Erst die Business-Class und Familien mit kleinen Kindern, dann die Fluggäste der hinteren Sitzreihen. Claus stand auf, steuerte auf die Delegation zu und arbeitete sich bis zu Minister Kazenambo Kazenambo durch.

«Claus Tiedtke, Allgemeine Zeitung», stellte er sich vor. «Wenn ich irgendwie helfen kann, Herr Minister ... Ich spreche fließend Deutsch.»

Die Mitarbeiterin der Lufthansa begann, ihre Durchsage auf Englisch zu wiederholen. Der Minister lächelte, und Claus sagte: «Falls es mal nötig sein sollte.»

«Englisch wird in der deutschen Regierung ja wohl jemand beherrschen.» Das kam von Kuaima Riruako, dem Paramount Chief der Hereros. Er hatte sich Claus zugewandt und musterte ihn von oben bis unten. «Allgemeine Zeitung?»

Claus nickte. Als es beim Hererotag in Okahandja den Zwist um das heilige Feuer gab, hatte er Riruako mal interviewt, aber offensichtlich erinnerte der sich nicht an ihn.

«Wir haben Leute, die Deutsch sprechen. Gut genug, um zu verstehen, was in Ihrem Blatt geschrieben wird», sagte Riruako. Dem Unterton nach zu schließen würde da noch Unfreundliches folgen. Claus wartete ab.

«Zum Beispiel, dass ein Abgesandter ausreichen würde, um die Schädel unserer Märtyrer nach Hause zu holen. Oder dass man sie aus Kostengründen gleich in eine Kiste werfen und per Seefracht schicken sollte.»

«Das entspricht keineswegs der Meinung unserer Redaktion», sagte Claus, «das stand in einem Leserbrief.»

«Und wer wählt aus, welche Leserbriefe gedruckt werden?», zischte Riruako. «Ist das vielleicht nicht Ihre Redaktion? Und rein zufällig wählt sie genau die Leserbriefe aus, in denen der Genozid an meinem Volk rundweg geleugnet wird.»

Ein Zufall war das nicht. Es lag schlicht daran, dass kaum andere Meinungsäußerungen eintrudelten. Claus hatte sich immer dafür eingesetzt, den schlimmsten Kolonialismusverherrlichern keine Bühne zu bieten. Wirklich überzeugt hatte er seine Kollegen nie, und wenn die Leserbriefseite halb leer zu bleiben drohte, kam doch wieder der unsäglichste Quark ins Blatt. Übrigens zu einem nicht geringen Teil aus Deutschland. Meist von verbitterten alten Männern, vermutete Claus, die noch überall den Kommunismus lauern sahen und denen in der deutschen Öffentlichkeit niemand mehr zuhören wollte.

«Nicht zu vergessen natürlich die Dankbarkeitsforderer. Die uns vorrechnen, wie viel Entwicklungshilfe Deutschland an Namibia zahlt, und die erwarten, dass wir dafür schweigend auf die Knie fallen», sagte Riruako.

«Meinungsfreiheit», sagte Claus, «beinhaltet, dass man auch Meinungen gelten lässt, die man nicht teilt. Aber sollten wir nicht langsam ...»

Der Minister reihte sich gerade in die Schlange am Gate ein, und der Rest der Gruppe folgte ihm. Riruakos Hand legte sich schwer auf Claus' Schulter, sein Mund näherte sich deutlich über die Distanz hinaus, die ein Deutschstämmiger zwischen Fremden als angemessen empfand. Als ob er Claus ein Geheimnis verraten wollte, flüsterte Riruako: «Ihr habt uns damals abgeschlachtet, weil ihr die Kanonen und Gewehre hattet. Fügsame Opfer waren wir aber nicht. Wir haben für unser Recht und unser Land gekämpft. Und heute werden wir wieder kämpfen. Mit dem Unterschied, dass wir nun auch Kanonen und Gewehre haben. Diesmal wird es umgekehrt ausgehen.»

«Darf ich das so zitieren, Chief?», fragte Claus kühl.

Riruakos fast schwarze Augen starrten ihn an. Im Weiß neben der linken Pupille war ein Äderchen geplatzt. Ein kleiner blutroter Fleck hatte sich im Augenwinkel gebildet. Schwarzweiß-rot, wie die Flagge des Kaiserreichs, dachte Claus, und da verzog sich Riruakos Mund zu einem Grinsen. Seine Hand löste sich, klopfte Claus zweimal sacht auf die Schulter und wies dann Richtung Gate.

«Auf nach Berlin!», sagte Riruako und lachte.

Als Kaiphas' Handy klingelte, blickte er kurz seitwärts zu seiner Sitznachbarin. Die hatte eine aufgeschlagene Illustrierte auf dem Schoß liegen, sah aber aus dem Zugfenster. Außen auf der Scheibe zog der Regen schräge Striche, dahinter flog ein graues Haus mit Ziegeldach vorbei. Dann folgten Wiesen in einem so satten, fast unwirklichen Grün, dass es in den Augen schmerzte.

«Ja?», sagte Kaiphas ins Handy. Keine Namen, hatte die Anweisung gelautet.

«Wo bist du?»

«Unterwegs.» Keine identifizierbaren Orte, keine von Außenstehenden nachvollziehbaren Berichte, nichts, was irgendwie verräterisch sein könnte.

Die Frau neben Kaiphas schlug die Augen nieder und blätterte um. Die Zeitschrift zeigte Hochglanzfotos von der Einrichtung eines Hauses. Eine Treppe aus Eisenrosten, unter der eine Kommode mit Blumenvase stand. Ein Badezimmer mit zwei freistehenden Waschbecken. Und so viel Platz dazwischen, dass man eine Großfamilie aus Katutura dort unterbringen könnte.

«Was ist mit deinem Gepäck?», fragte die Stimme aus dem Handy.

«Vollzählig.» Der Koffer lag auf der Ablage in der Mitte des Großraumabteils. Kaiphas hätte ihn lieber neben sich gehabt, doch andere Fahrgäste hatten protestiert. Immerhin hatte Kaiphas ihn im Blick.

«Also ist alles glattgegangen?»

Ob alles glattgegangen war? Kaiphas hatte sich eine Nacht um die Ohren geschlagen, er hatte einen Toten ausgegraben und dessen Knochen durch die Gegend geworfen. Der Talisman hatte ihn beschützt, sodass er den Friedhof unbemerkt verlassen hatte. Er war so rechtzeitig am Bahnhof gewesen, dass er die schmutzige Kleidung wechseln konnte. Nur seine Schuhe waren immer noch feucht und verschlammt. Kaiphas sagte: «Es hat geregnet.»

Wenn er ankam, würde er die Wäsche waschen, seine Schuhe putzen, sich selbst unter eine warme Dusche stellen und ein paar Stunden schlafen. Dann würde er den Auftrag zu Ende bringen, nach Namibia zurückfliegen und ein angesehener Mann sein. Er blickte aus dem Zugfenster und sagte ins Handy: «Es regnet schon wieder, und das Gras ist so grün, dass es in den Augen schmerzt.»

«Auf der Haifischinsel vor Lüderitz wächst kein Gras», sagte die Stimme aus dem Telefon. «Da gibt es nur graue Felsen und ein wenig Sand und den kalten Sturm aus Südwesten, der fast das ganze Jahr über weht. Dort hatten die Deutschen ein Konzentrationslager für ihre Gefangenen eingerichtet. Für die Reste des Herero-Volks. Achtzig Prozent der Inhaftierten haben die Insel nicht mehr lebend verlassen. Sie starben an Hunger, Skorbut, an anderen Krankheiten und Peitschenhieben mit der Sjambok. Und was taten die Überlebenden mit den Leichen, da es nur Stein und keinen Friedhof mit schönem grünem Gras gab? Sie haben sie bei Ebbe am Strand verscharrt. Die Flut hat sie dann wieder freigelegt und ins Meer hinausgespült, zum Festmahl für die Haie.»

Kaiphas blickte auf die Hand seiner Sitznachbarin, die lustlos durch das Magazin blätterte. Der goldene Ehering um den vierten Finger schnitt tief ein. Die Haut war zwar heller als seine, doch wirklich weiß war sie nicht. Eher rot. Kaiphas sagte: «Ich meine ja nur, dass der verdammte Regen hier anscheinend nie aufhört.»

«Ich melde mich wieder», sagte die Stimme. Dann war die Verbindung unterbrochen.

Kaiphas lehnte den Kopf zurück. Sein Koffer war genau da, wo er ihn abgelegt hatte. Kaiphas ließ seine Augen zufallen, zählte bis fünf und riss sie wieder auf. Schlafen konnte er später. Nicht auszudenken, wenn einer den Koffer klaute!

2

WINDHOEK, NAMIBIA

Der Neue lehnte an dem gemauerten Pfosten neben dem Eingang und hielt sein Gewehr in beiden Händen. Der Lauf zeigte anweisungsgemäß schräg nach unten. So war im Notfall eine schnelle Reaktion möglich, während andererseits nichts Gravierendes passieren sollte, falls sich versehentlich ein Schuss löste. Auf einem Schild neben dem Kopf des Neuen war die Aufschrift *The Living Rainbow Children Centre* zu lesen. Die Buchstaben waren in eine Platte aus gebürstetem Stahl eingraviert, die eher einer Anwaltskanzlei als Miki Selmas Waisenhaus angestanden hätte. Doch die Platte war ein Geschenk gewesen. Zwei Mitglieder des deutschen Vereins, der das Waisenhaus hauptsächlich finanzierte, hatten sie bei einem Besuch im letzten Monat mitgebracht. Einem geschenkten Gaul schaut man nicht ins Maul, hatte Miki Selma gesagt und das Schild mit sechzehn statt der nötigen vier Dübel befestigen lassen, um am Materialwert interessierte Diebe von vornherein zu entmutigen.

Quer über die Straße hinkte ein kleiner Hund. Eine heruntergekommene weiß-braune Promenadenmischung, die sich offensichtlich den rechten Hinterlauf verletzt hatte. Mit eingezogenem Schwanz, als wüsste er schon, dass er nur Prügel zu erwarten hatte, näherte sich der Hund dem Neuen und blickte ihn von unten herauf an.

«Kscht!», sagte der Neue. Der Hund duckte sich ein wenig.

«Hau ab!», rief der Neue, aber erst als er das Gewehr anhob, um zuzuschlagen, sprang der Hund mit einem Satz zurück, knickte über dem verletzten Bein ein und trottete langsam am Zaun entlang Richtung *Mshasho Bar*.

Der Neue rückte ein wenig nach links, dem schmalen Schatten des Pfostens nach. Für Ende September brannte die Sonne viel zu heiß auf die flachen Dächer Katuturas herab. Obwohl der Sommer noch bevorstand, stöhnten die Bewohner der Townships schon unter den Temperaturen. Wer konnte, suchte sich einen schattigen Fleck, bewegte sich so wenig wie möglich und hoffte auf einen Lufthauch, der einen Anflug von Kühlung vortäuschen würde. In den aufgeheizten Häusern war es noch weniger auszuhalten als draußen, und so hätte es einen Fremden wohl verwundert, dass hinter dem Stacheldrahtzaun, der den staubigen Hof des Waisenhauses schützte, kein einziges Kind spielte. Doch Miki Selma hielt ihre tägliche Singstunde sommers wie winters im Gemeinschaftsraum ab.

Da weiß wenigstens jedes Kind genau, wo es stehen muss, pflegte sie zu sagen. Durcheinander gebe es schon genug im Leben, wenigstens beim Singen sollte Ordnung herrschen. Sonst würden die Kinder ja keine Lieder lernen, und das wäre nicht nur pädagogisch bedauerlich, sondern hätte auch erhebliche ökonomische Konsequenzen. Miki Selma war nämlich überzeugt, dass potenzielle Spender, die das *Living Rainbow Centre* besichtigten, nur durch frische Kinderstimmen dazu bewegt werden konnten, die Geldbörsen zu zücken.

Je nach Besuchergruppe hatte Miki Selma deshalb ein religiöses Programm, eines mit englischsprachigen Kinderliedern, eines mit traditionellen Volksweisen in Oshivambo und für die europäischen Gäste, die die Klick- und Schnalzlaute so lustig fanden, auch eines auf Nama-Damara parat. Seit Mara Engels, die Frau des deutschen Botschafters, als Freiwillige im Waisenhaus mithalf, hatte Miki Selma darüber hinaus begonnen, einige SWAPO-Lieder aus dem Befreiungskampf einzu-

üben. Es war nicht auszuschließen, dass über die Botschaftergattin mal ein Regierungsvertreter hier antanzte, und dann
musste man vorbereitet sein, um eventuell staatliche Finanzie-
rungsquellen anzapfen zu können.

Von der *Mshasho Bar* her näherte sich ein Taxi mit der groß
aufgemalten Nummer P212. Es war ein weißer Ford Fiesta, in
dem drei junge Männer saßen. Der Beifahrer hatte Rastalocken
und ließ einen Arm aus dem offenen Fenster baumeln. Reggae-
Musik schallte blechern aus dem Wageninneren. Im Schritttempo rollte das Taxi am Tor des Waisenhauses vorbei, beschleunigte und bog an der Kreuzung Richtung Norden ab. Der Neue
nahm eine Hand von der Waffe, um sich den Schweiß von der
Stirn zu wischen. Unter den Achseln zeichneten sich Flecken
ab. Vielleicht wäre ein dunkleres Blau für die Uniformhemden
doch geeigneter gewesen!

Nun drehte der Neue den Kopf in Richtung des Backstein-
gebäudes, durch dessen offene Tür die Melodie eines SWAPO-
Kampflieds herauswehte. *Mambulu djeimo mo Namibia* – Buren,
geht raus aus Namibia. Wenn man von Miki Selmas volltönen-
der Altstimme absah, klang das Ganze etwas dünn, und so
würde sich die Chorprobe wahrscheinlich noch eine Weile hin-
ziehen. Der Neue blickte nach unten und strich mit dem Zeigefinger über den Lauf des Gewehrs. Es sah aus, als würde ihm die
Zeit lang. Sie glaubten alle, es sei wichtig, hart zu sein, entschlossen, mutig, kampfkräftig, aber darauf kam es beim Personenschutz nicht an. Zumindest nicht so sehr. Ein guter Leibwächter musste vor allem warten können, ohne die Geduld zu
verlieren. Ungeduld, das war die erste Todsünde.

Von rechts kam ein Eisverkäufer mit tief ins Gesicht gezo-
gener Schirmmütze angeradelt. Er trat schwer in die Pedale des
dreirädrigen Gefährts, beugte den Oberkörper bei jedem Tritt
so tief, dass er kaum über den großen Kühlbehälter vor dem

Lenker hinwegsehen konnte. Aus der Tür des Waisenhauses war Miki Selmas Stimme zu hören. Sie forderte die Kinder auf mitzuklatschen, und zwar genau in ihrem Rhythmus. Dann brüllte sie, dass man das schöne Lied ja gar nicht mehr durch das Klatschen höre, weshalb jetzt alle mal ganz laut singen sollten. Der Eisverkäufer stoppte mitten in der Straße. Er stieg aus dem Sattel, setzte beide Füße auf dem Asphalt auf und rief dem Neuen zu: «Eis für die Kinder?»

«Schau, dass du weiterkommst!», sagte der Neue. Von links schlurfte ein Typ mit Rastalocken und einem weiten T-Shirt mit grün-gelb-roten Streifen heran.

«Hast du 'ne Kippe für mich, Bruder?», fragte der Eisverkäufer den Neuen. Der schüttelte nur den Kopf und blickte in Richtung des Rastafaris.

Irgendwo im Waisenhaus brüllte Miki Selma, dass Gott die Kinder als Fische erschaffen hätte, wenn er gewollt hätte, dass sie stumm blieben. «Also jetzt noch einmal von vorn! Alle zusammen!»

«Verdammte Hitze», sagte der Eisverkäufer, «und trotzdem kauft keiner …»

«Seh ich so aus, als ob ich mich unterhalten wollte?», fragte der Neue. Der Rastafari war vielleicht noch fünf Meter von ihm entfernt. An der Kreuzung fünfzig Meter hinter ihm tauchte ein Taxi auf und bog Richtung Waisenhaus ein. Es gab Tausende von Taxis in Windhoek, und eine ganze Menge davon waren weiße Ford Fiestas, doch wenn man darauf geachtet hatte, verriet einem die Nummer, dass es dasselbe war, das eben in der Gegenrichtung vorbeigekommen war. Mit dem Unterschied, dass nun nicht drei, sondern zwei junge Männer drin saßen und dass sie die Reggae-Musik ausgeschaltet hatten. Dafür hupte der Taxifahrer laut und anhaltend.

Umständlich machte sich der Eisverkäufer daran, sein Dreirad von der Straßenmitte wegzuschieben. Genau auf den Neuen zu, der immer noch am Torpfosten lehnte und sein Gewehr gesenkt hielt, als sei die Welt völlig in Ordnung. Der Rastafari schlurfte langsam an ihm vorbei. Das Taxi bremste hart, beide Autotüren sprangen auf, beim Aussteigen rief der Beifahrer: «Geht es noch ein bisschen langsamer?»

«Ist ja gut», murrte der Eisverkäufer.

Das schien das Zeichen gewesen zu sein, denn der Rastafari drehte sich blitzschnell um. Seine Hände waren nun waagerecht ausgestreckt, und die Pistole zwischen ihnen zeigte aus einem halben Meter Abstand auf den Kopf des Neuen. Der Rastafari brüllte: «Keine Bewegung, Arschloch!»

Der Taxifahrer hatte ebenfalls eine Pistole gezogen und kam von schräg links auf das Tor des Waisenhauses zu. Sein Beifahrer sprintete um das Heck seines Wagens. In seiner Hand blitzte ein Messer.

«Lass das Gewehr fallen, Bruder!» Der Eisverkäufer grinste.

Sie waren zu viert, sie waren bewaffnet, sie hatten den Neuen so umringt, dass er nicht die geringste Chance hatte. Weil er nicht aufmerksam genug gewesen war. Dass ein Eisverkäufer ein Gespräch suchte und dass ein Taxi umkehrte, nachdem es einen Fahrgast ausgeladen hatte, mochte ja noch angehen. Aber wieso schlenderte der angebliche Fahrgast bei dieser Affenhitze die Strecke, die er gefahren worden war, zurück? Und warum kam er just im gleichen Moment wie das Taxi hier an? Konnte es wirklich ein Zufall sein, dass genau dann ein Eisverkäufer die Straße blockierte und dem Taxifahrer einen Vorwand bot auszusteigen? Und war das Taxi nicht vorher schon auffällig langsam gefahren, als ob die Insassen sich Örtlichkeiten und Situation genau einprägen wollten?

In der Summe musste all das einen guten Wachmann stutzig werden lassen, doch der Neue war von dem Überfall völlig über-

rascht worden. Nicht weil er eins und eins nicht zusammenzählen konnte, sondern weil er die eine oder andere Eins gar
nicht wahrgenommen hatte. Unaufmerksamkeit, das war die
zweite Todsünde.

Clemencia Garises schob den Fliegenvorhang beiseite,
durch den sie die Szene beobachtet hatte. Sie trat in das gleißende Sonnenlicht hinaus, wollte gerade das Gartentürchen
aufstoßen, um zum Waisenhaus hinüberzugehen, als sich der
Neue drüben bückte und das Gewehr niederlegte. Er kauerte
einen Moment länger als nötig am Boden, nur einen Moment,
der aber Clemencia ahnen ließ, was geschehen würde. Doch bevor sie reagieren konnte, schnellte der Neue hoch, nahm im
Sprung den rechten Ellenbogen nach vorn und stieß ihn mit
aller Gewalt in die Eingeweide des Rastafaris. Mit einem tiefen und überraschend lauten Ton schoss die Luft aus dessen
Lunge. Der Oberkörper klappte nach vorn, die Pistole fiel in
den Sand am Straßenrand.

Der Neue wirbelte mit geballten Fäusten herum, ließ einen
wilden Schwinger in Richtung des Taxifahrers los, traf ihn hart
an der Schulter. Der Taxifahrer torkelte ein paar Schritte zurück, ohne jedoch die Pistole loszulassen. Der Beifahrer stand
bewegungslos und mit offenem Mund da. Dass er ein Messer
mit fünfzehn Zentimeter langer Klinge in den Fingern hielt,
schien er völlig vergessen zu haben. Clemencia spurtete über die
Straße, der Rastafari stöhnte, der Eisverkäufer schrie: «Spinnst
du, Mann?»

Der Neue setzte nach, stürmte auf den Taxifahrer zu, sprang
ihn an, griff in seinen Arm und versuchte verzweifelt, ihm die
Waffe zu entwinden. Sie rangen erbittert, stürzten, verschlan-
gen sich auf dem Boden, und aus dem Waisenhaus drohte Miki
Selmas Gesang mit etwas brüchiger Kinderstimmenunterstüt-
zung den Buren das Allerschlimmste an, wenn sie nicht aus

Namibia verschwänden. Der Eisverkäufer brüllte: «Du bist tot, Mann. Kapierst du das nicht?»

«Schluss jetzt!», rief auch Clemencia und eilte an dem Eisdreirad vorbei auf die beiden Männer zu, die sich im Staub wälzten. «Hör auf, Kangulohi!»

Der Neue hatte es irgendwie geschafft, die Pistole in die Hände zu bekommen. Er sprang einen Meter zurück und richtete die Waffe auf seinen Kontrahenten. Der setzte sich auf, begutachtete die Schürfwunde an seinem Handgelenk, schüttelte den Kopf und sagte: «Der ist völlig durchgeknallt.»

«Hast du es immer noch nicht kapiert, Kangulohi?», fragte der Eisverkäufer.

Der Neue blickte erst zu ihm und dann zu Clemencia herüber. Er ließ die Pistole langsam sinken. Dann entnahm er ihr mit zwei schnellen Griffen das Magazin. Er sagte: «Leer.»

«Du wärst schon dreimal tot, Mann», sagte der Eisverkäufer.

«Es war bloß eine Übung?», fragte der Neue.

Clemencia deutete auf den Eisverkäufer. «Mein Bruder Melvin. Die anderen heißen John, Haimbodi und Eiseb, alle tätig im Auftrag der Firma *Argus*.»

«Es war ein Test für mich?», fragte Kangulohi.

Ja, es war ein Test gewesen, und er war schwer in die Hose gegangen. Kangulohi hatte so ziemlich alles falsch gemacht, was man in der Branche falsch machen konnte. Und er hatte Clemencias Anweisungen missachtet. Eigentlich hätte sie ihm sofort sagen müssen, dass er die neue Uniform wieder abgeben und sich anderswo einen Job suchen solle, doch irgendetwas ließ sie zögern.

«Ich habe die beiden mit den Pistolen entwaffnet», sagte Kangulohi. «Der mit dem Messer hätte mir kaum gefährlich werden können und ...»

«Situationen nicht richtig einzuschätzen ist schlimm genug», sagte Clemencia, «aber schlimmer noch ist es, eigene Fehler im Nachhinein schönzureden. Wie willst du sie denn in Zukunft vermeiden, wenn du sie dir gar nicht eingestehst?»

«In welcher Zukunft?», fragte Melvin. «Er läge jetzt tot da im Staub.»

«Es waren vier, und zwei davon waren mit Pistolen bewaffnet. Warum bist du auf sie losgegangen?», fragte Clemencia.

«Wenn du den Helden markieren willst, schau dich mal auf dem Friedhof um! Da liegen massenweise welche herum, die das Gleiche probiert haben», sagte Melvin.

Kangulohi sagte nichts. Er schob das Magazin in die Führung zurück, ließ es einrasten und hielt die Pistole mit dem Griff voran Clemencia entgegen.

«Warum hast du das getan?», fragte Clemencia.

«Ich … ich dachte, ich hätte eine Chance.»

Die Pistole in Kangulohis Hand zitterte leicht. Selbst wenn er an eine Chance geglaubt hatte, hatte er abwägen müssen. Was wog so schwer, dass er das Risiko, sein Leben zu verlieren, in Kauf genommen hatte? Für irgendwen, den er kaum kannte? Für die zwölf Namibia-Dollar Stundenlohn, die Clemencia ihren Angestellten zahlen konnte? Das war weiß Gott nicht viel, doch es lag immerhin deutlich über dem gesetzlichen Mindestlohn, und wenn Kangulohi nach einer Zehn-Stunden-Schicht hundertzwanzig Dollar nach Hause brachte, konnte seine Frau nicht nur ein paar Kilo Maismehl für die Familie einkaufen, sondern ab und zu auch ein Stück Fleisch dazu, und wenn sie sich das nicht zu oft leisteten, reichte es sogar, um den Kindern eine gebrauchte Schuluniform zu besorgen.

Ein solches Leben war kein rauschendes Fest, aber es war ein Leben, für Kangulohi, für seine Frau, seine Kinder und wen sonst er noch ernähren musste. Jobs fielen nicht vom Himmel, jeder Zweite in Katutura war arbeitslos, da konnte es sich niemand leisten, gleich bei der ersten Bewährungsprobe in einem neuen Job zu versagen. Ja, Kangulohi hatte eine Chance gesehen. Auf ein kleines, einfaches Leben. Dafür konnte man schon einmal ein paar Kugeln riskieren. Clemencia nahm Kangulohi die Pistole aus der Hand und steckte sie in ihren Hosenbund.

«Was ist denn hier los?» Miki Selma stand in der Tür des Waisenhauses. Sie trug den kleinen Samuel auf dem Arm, und hinter ihren breiten Hüften schauten andere Kinder neugierig hervor.

«Du wärst beinahe entführt worden, Tante», sagte Melvin.

«Ich? Wieso?»

«Vielleicht, damit die schreckliche Singerei ein Ende hat? Wahrscheinlich hatten die Nachbarn die Schnauze voll. Sie haben zusammengelegt und ein paar Halunken beauftragt, dich aus dem Verkehr zu ziehen.»

«Die Nachbarn? Die sollten froh sein, dass sie ...» Miki Selma brach ab. «Willst du mich auf den Arm nehmen?»

«Wenn du dreißig Jahre jünger wärst, vielleicht», sagte Melvin.

Miki Selma zeigte anklagend auf ihn. «Kinder, ihr müsst mir versprechen, dass ihr nie so werdet wie der da!»

Die Kinder blickten mit großen Augen auf Melvin. Keines traute sich hinter Miki Selma hervor.

«Versprecht ihr mir das?»

Melvin verzog das Gesicht zu einer Fratze, reckte sich und ging mit breiten, wiegenden Schritten auf die Tür zu. Die Arme hielt er ein wenig vom Körper abgespreizt, die Hände waren geöffnet wie bei einem Westernhelden, der gleich zum Duell ziehen wird. Kreischend rannten die Kinder ins Haus zurück.

«Blödmann», sagte Miki Selma und drehte sich würdevoll um.

Die anderen kicherten, nur Kangulohi nicht. Er sah Clemen-

27

cia nicht in die Augen, als er fragte: «Wo soll ich die Uniform abgeben?»

«Drei Monate Probezeit», sagte Clemencia. «In den drei Monaten wirst du lernen, deinen Job zu machen. Wenn nicht ...»

Wir kriegen dich, Mara. Diesmal war es ein Zettel, der unter den
Scheibenwischer von Mara Engels' Landrover geklemmt worden war. Vier simple Worte und gleichzeitig die vierte anonyme
Drohung innerhalb von zwei Wochen. Die ersten drei waren
per Post geschickt worden, eine an die Botschaft, die anderen an
das private Postfach der Engels. Jetzt hatte das Ganze eine neue
Qualität bekommen.

«Sie wollen uns zeigen, dass sie jederzeit wissen, wo du dich
aufhältst, Mara», sagte Botschafter Engels.

«Es bestand keine Gefahr. Mein Wagen parkte vor *Wecke &
Voigts*, an der belebtesten Stelle der Independence Avenue»,
sagte Mara.

«Du sollst dich nirgends sicher fühlen», sagte Engels. Er
wollte ihr keine Angst machen, doch für seinen Geschmack
ging sie viel zu leichtfertig mit der Sache um. Er hatte sie von
Anfang an ernst genommen, nicht nur aus Besorgnis um seine
Frau. Als deutscher Botschafter in Windhoek befand er sich in
so exponierter Stellung, dass es schwerfiel, nicht an politische
Hintergründe zu glauben, auch wenn die Drohbriefe sich darüber ausschwiegen.

Engels hatte sich unverzüglich an Sicherheitsminister Haufiku gewandt. Der hatte ihm jede Hilfe zugesagt und ihn an den
stellvertretenden Polizeichef weitergereicht. Dieser wiederum
hatte die VIP Protection Unit angewiesen, ein paar Beamte zu
Maras Schutz abzustellen. Nur hatte sich deren Dienstauffas-
sung als sehr lax erwiesen. Mal verloren die Leibwächter Mara
im Einkaufszentrum Maerua Mall aus den Augen, mal zog eine

Einheit bei Schichtende ab, ohne auf die Ablösung zu warten, die mit anderthalb Stunden Verspätung eintraf. Zudem zeigte sich Mara vom Machogehabe des einen oder anderen Agenten zunehmend genervt. Wenn sie sich schon bewachen lassen müsse, dann bitte von jemandem, über den sie sich nicht dauernd ärgern müsse.

Mara hatte die Idee gehabt, die VIP Protection Unit durch das private Personenschutzunternehmen *Argus* zu ersetzen. Deren Inhaberin, Clemencia Garises, hatte sie bei ihren Waisenhausbesuchen in Katutura kennengelernt. Engels war skeptisch gewesen, er hatte Erkundigungen einholen lassen. Das Dossier lag vor ihm auf dem Schreibtisch.

Clemencia Garises, 35 Jahre alt, geboren in Windhoek-Katutura, wohnhaft ebendort in der Frans Hoesenab Straat. Familienstand: ledig. Frau Garises stammt aus einfachen Verhältnissen, hat sich aber früh als sehr begabt und zielstrebig erwiesen. Schulbildung: Von der Jan Jonker Primary School trat sie mit einem Stipendium auf die St. George's Private School über, wo sie als Jahrgangsbeste den HIGCSE-Abschluss machte. Wieder mit einem Stipendium studierte sie Kriminalistik an der University of Cape Town in Südafrika. Sie schloss mit Auszeichnung ab, kehrte nach Windhoek zurück und trat in den Polizeidienst ein. Nach verschiedenen Lehrgängen am Iyambo Police College und einer sechsmonatigen Fortbildung in Turku/Finnland war sie sechs Jahre lang erst als Detective Inspector, dann als jüngster Chief Inspector der gesamten namibischen Polizei bei der Serious Crime Unit Windhoek beschäftigt. Ihr gelangen spektakuläre Ermittlungserfolge, unter anderem bei der Aufklärung einer Mordserie an ehemaligen Mitgliedern des südafrikanischen Apartheidgeheimdienstes Civil Cooperation Bureau. Sie galt persönlich als absolut integer und zeichnete sich durch beharrliche Arbeit an der Reform des Polizeiapparats aus. Obwohl sie dabei Auseinandersetzungen mit einflussreichen Kreisen nicht scheute, schien ihr weiterer Aufstieg zum Super-

intendenten nur eine Frage der Zeit zu sein. Doch völlig überraschend quittierte Frau Garises vor etwa einem Jahr auf eigenen Wunsch den Polizeidienst. Die genauen Hintergründe konnten nicht ermittelt werden, man munkelt aber, dass sie eine Vertuschungsaktion, an der neben höheren Polizeikreisen auch namhafte Politiker beteiligt waren, nicht mittragen wollte. Vor neun Monaten gründete Frau Garises die auf Personenschutz und Privatermittlung spezialisierte Firma Argus. Dank der zahlreichen Kontakte und des ausgezeichneten Rufs von Frau Garises konnte sich die Firma auf dem umkämpften Markt des Sicherheitsgewerbes bisher gut behaupten. Positive Referenzen von folgenden Personen und Institutionen liegen bei: das Büro Seiner Exzellenz, Staatspräsident Hifikepunye Pohamba, der Minister of Home Affairs Kawanyama, …

«Du kannst mir glauben, dass sie die Richtige ist», sagte Mara. Sie stand hinter Engels' Ledersessel und hatte die Hand auf seine Schulter gelegt. Engels spürte die Wärme durch den Stoff seines Hemds dringen. Er legte den Kopf zur Seite, sodass seine Wange ihren Handrücken berührte. Ihre Haut war glatt und weich. Engels fragte sich jetzt seltener als früher, warum sie ihn geheiratet hatte. Ihm genügte, dass sie da war.

«Also gut, wir engagieren Frau Garises», sagte er, «aber du darfst deswegen nicht unvorsichtig werden. Geh nur aus dem Haus, wenn es unbedingt sein muss. Und bleibe um Gottes willen in sicheren Gegenden.»

Maras Hand griff fester um seine Schulter, zog an. Der Sessel drehte sich um hundertachtzig Grad. Mara beugte sich nach unten, sodass ihr Gesicht nur noch zwanzig Zentimeter von seinem entfernt war. Mit dieser völlig selbstverständlichen Bewegung, die er so liebte, strich sie sich das blonde Haar hinter das Ohr zurück und sagte: «Ich muss nach Katutura. Was Samuel jetzt am meisten braucht, ist Verlässlichkeit. Wie soll er denn Vertrauen gewinnen, wenn ich mal eben ein paar Wochen ausbleibe?»

«Wir können ihn doch ab und zu holen lassen und ...»

«Wir haben uns gemeinsam entschieden, ihn zu adoptieren», sagte Mara. «Wenn wir jetzt von unserem Leben sprechen, dann gehören eben drei dazu: du, ich und Samuel.»

Sie hatte recht. Natürlich hatte sie recht. Interessen führten zu Entscheidungen, und Entscheidungen hatten Konsequenzen, die zu akzeptieren waren. Das lief im Privatleben nicht anders als in der Diplomatie. Engels sagte: «Ich möchte ja nur, dass du auf dich aufpasst.»

«Du kennst mich doch.»

«Eben», sagte Engels.

«Du siehst zu schwarz. Da erlaubt sich doch nur jemand einen dummen Scherz. So wichtig sind wir nun auch wieder nicht. Ich zumindest nicht.»

«Einspruch!», sagte Engels.

«Jetzt sag doch selbst: Wer würde jemanden wie mich schon entführen wollen?»

«Ich», sagte Engels, «wenn ich dich nicht schon hätte.»

Mara beugte sich nach vorn und küsste Engels auf die Lippen. Dann richtete sie sich auf. Engels griff nach ihrem Arm und hielt ihn fest. «Mara, ich brauche dich.»

«Klar», sagte Mara. Sie fuhr mit der freien Hand durch Engels' Haare und verwuschelte sie. «Jemand muss ja schauen, dass Ihre Frisur immer ordentlich sitzt, Herr Botschafter.»

«Im Ernst», sagte Engels.

«Ich brauche dich auch», sagte Mara. «Ganz im Ernst. Und ich verspreche dir, dass ich auf mich aufpasse.»

Sie strich über seine Wange zum Kinn hinab. Engels nickte. Er ließ ihren Arm los und sagte: «Wir könnten doch heute Abend dem Handelskammerpräsidenten absagen und ...»

«Unbedingt», sagte Mara. Sie wandte sich um und rief über die Schulter zurück: «Ich rufe sofort Clemencia Garises an.»

Die Tür schlug zu, die Klimaanlage brummte leise. Vielleicht hatte Mara ja recht, und die Drohbriefe waren wirklich nicht ernst zu nehmen. Dass sie sich vor lauter Angst selbst einsperrte, hätte Engels jedenfalls nicht gewollt. Es hätte so gar nicht zu ihr gepasst. Engels drehte sich mit dem Sessel zurück, vorbei am Porträtfoto des Bundespräsidenten an der sonst kahlen Wand.

«Na, alles klar?», fragte Engels zu seinem obersten Dienstherrn hin. Dann stand er auf und trat ans Fenster. Vom sechsten Stock des Sanlam Centres, in dem die Deutsche Botschaft untergebracht war, konnte man über Windhoek-West hinweg bis zu den Bergen des Khomas-Hochlands sehen. Weit hinten – die Entfernung war schwer zu schätzen – stieg eine Rauchwand in den blauen Himmel hoch. Bei der Hitze und dem trockenen Busch reichte ein Funken, um einen Veldbrand zu entfachen. Wenn der Wind blies, standen im Nu Hunderte, ja Tausende von Hektar in Flammen. Dort draußen würden die Farmarbeiter gerade verzweifelt versuchen, mit Feuerklatschen die Brandstreifen längs der Farmpads zu halten.

Engels setzte sich wieder an seinen Schreibtisch. Ganz oben im Posteingang lag die Antwort des Auswärtigen Amts auf das Memorandum, das sie vor einigen Wochen nach Berlin geschickt hatten. Engels und seine Mitarbeiter hatten einen halben Roman über die Bedeutung der anstehenden Schädelrückgabe verfasst, über den Zusammenhang mit der kolonialen Vergangenheit, die damit verbundenen Interessen der SWAPO-Regierung, die Befindlichkeiten und Empfindlichkeiten in Namibia und speziell in den besonders betroffenen Bevölkerungsgruppen der Hereros, Namas und Deutschstämmigen. Die Antwort umfasste magere sieben Sätze. Engels überflog sie und schüttelte den Kopf. Die in Berlin hatten nichts begriffen. Sie hatten nicht einmal begriffen, dass es wichtig sein könnte, die Problematik zu begreifen.

Nach kurzem Bedenken hatte Clemencia den Auftrag Mara Engels' angenommen. Die nächsten Jahre würde sie es sich nicht leisten können, bezüglich ihrer Kunden wählerisch zu sein. Die Investitionen in Fuhrpark, Waffen, Funkausrüstung, Computer und was sonst noch alles dazugehörte, waren beträchtlich gewesen, die aufgenommenen Darlehen mussten getilgt werden. Dazu kam, dass die Frau des deutschen Botschafters die verlangten Tagessätze nicht nur umstandslos akzeptiert hatte, sondern aller Wahrscheinlichkeit nach auch bezahlen würde. Bei namibischen Auftraggebern war das keineswegs selbstverständlich.

Trotzdem fühlte sich Clemencia nicht ganz wohl bei der Sache. Zum einen hatte sie wenig Interesse, der staatlichen Konkurrenz von der VIP Protection Unit ins Gehege zu kommen. Schwerer wog der zweite Aspekt, die unklare Gefährdungslage. Mara hatte ausgeschlossen, sich im privaten Leben Feinde gemacht zu haben. Gegen einen geschmacklosen Scherz sprach die Beharrlichkeit, mit der die Drohungen wiederholt worden waren. Ging es also um die öffentliche Rolle des Botschafterpaars?

Ob es politisch zu ernsteren Konflikten gekommen war, und wenn ja, mit wem, darüber konnte oder wollte Mara keine Auskunft geben. Und eins blieb äußerst seltsam: Wenn sich jemand durch die deutsche Regierung brüskiert gefühlt hatte, wieso drohte er dann nicht deren eigentlichem Repräsentanten, nämlich dem Botschafter selbst? Denn die vier anonymen Schreiben waren ausschließlich an Mara gerichtet.

Wegen der unübersichtlichen Ausgangslage hatte Clemencia den Personenschutzauftrag Mara Engels' zur Chefsache erklärt. Deshalb stand sie nun im *Living Rainbow Children Centre* und verfolgte mit, wie sich Mara und Miki Selma in die Haare gerieten. Miki Selma hatte den Jungs befohlen, sich in Zweierreihen aufzustellen und den Nebenmann an der Hand zu fassen, um geordnet über den Hof zur Toilettenanlage zu marschieren.

«Im Gleichschritt womöglich?», fragte Mara.

«Natürlich im Gleichschritt», sagte Miki Selma. «Hopp, Jungs!»

«Zum Pinkeln dürfen sie aber die Hand des anderen loslassen, oder?»

Miki Selma war nur bedingt für Ironie empfänglich, doch selbst ihr schien zu schwanen, dass Mara eigentlich auf etwas ganz anderes hinauswollte. Miki Selma zog die Stirn in Falten, dachte nach, kam aber offensichtlich zu keiner befriedigenden Lösung und entschied sich daher, Maras Frage zu beantworten. «Natürlich pinkelt jeder allein, und dann wäscht sich jeder allein die Finger, und dann stellen sie sich wieder in Reih und Glied auf und fassen einander zum Rückmarsch bei den Händen.»

«Vielleicht müssen jetzt gar nicht alle pinkeln», sagte Mara, «vielleicht muss der eine erst in einer halben Stunde, ein anderer erst in zwei Stunden, und der Dritte kann überhaupt nicht auf Kommando. Sollte man die Kinder nicht selbst bestimmen lassen, wann sie aufs Klo gehen?»

«Und ich soll jedes Mal mitstiefeln? Während der Rest der Rasselbande alles auf den Kopf stellt?» Miki Selma stemmte die Arme in die Hüften.

«Es geht hier nun mal um elementare Bedürfnisse, da sollte ...»

«Essen ist auch ein elementares Bedürfnis», fauchte Miki Selma. «Deswegen kann noch lange nicht jeder selbst bestimmen, wann er seine Schüssel gefüllt haben will. Frühstück gibt es um halb acht, Mittagessen um eins, danach müssen sich die elementaren Bedürfnisse eben richten. Sonst ist das ja gar nicht zu organisieren.»

Mara schüttelte den Kopf.

«Und außerdem haben wir das schon immer so gehalten», schloss Miki Selma in einem Ton, der suggerierte, dass bei dieser Frage das Selbstverständnis des gesamten afrikanischen Kontinents und speziell der identitätsstiftende Widerstand gegen eurozentrischen Kulturimperialismus auf dem Spiel standen.

Die Jungs verharrten geduldig in Zweierreihen, hielten den Nebenmann an der Hand und warteten auf das Kommando zum Abmarsch. Ohne dass Miki Selma es eigens angeordnet hätte, hatten sie sich der Größe nach aufgereiht. Samuel, als Kleinster und Schmächtigster von allen, stand ganz vorn. Mara ging vor ihm in die Hocke, sodass sie ungefähr auf Augenhöhe mit ihm war, und fragte, ob er auf die Toilette müsse. Samuel antwortete nicht, natürlich nicht. Soweit Clemencia wusste, hatte der Junge seit dem schrecklichen Unfall vor einem halben Jahr noch kein Wort gesagt.

Der Bakkie war aus dem Hereroland Richtung Windhoek unterwegs gewesen. Fünfzehn Menschen hatten sich auf der offenen Ladefläche aneinandergedrängt, die Schultern hochgezogen und Decken über die Köpfe gebreitet, um sich vor dem kalten Fahrtwind zu schützen. Der Bakkie fuhr wohl mit überhöhter Geschwindigkeit, als ihm in einer Kurve kurz nach Okahandja ein überholendes Fahrzeug entgegenkam. Der Fahrer wich auf den Seitenstreifen aus, schleuderte, verlor die Kontrolle, der Bakkie schoss über die Böschung ins Swakoprivier und überschlug sich. Wer nicht ins Veld geschleudert wurde, wurde von dem tonnenschweren Wagen zerquetscht. Sechs Menschen, darunter die Eltern Samuels, starben, und die anderen wurden zumeist schwer verletzt.

Wie durch ein Wunder hatte Samuel nur ein paar Kratzer abbekommen. Er war schon wieder auf den Beinen, als Mara Engels und ihr Mann kurz darauf am Unfallort gestoppt hatten.

Gesprochen hatte der Kleine schon damals nicht, aber sein Blick sei ein einziger Hilfeschrei gewesen. So wenigstens stellte es Mara später dar. Vielleicht sei sie auch durch das Blutbad um sie herum überfordert gewesen. Jedenfalls habe sie nichts anderes tun können, als den Kleinen an sich zu drücken. Und Samuel habe, obwohl sie ihm ja völlig fremd gewesen sei, den Kopf an ihre Schulter gelegt. So, als sei sie die Einzige, die ihn vor den Schreckensbildern um ihn herum schützen könne. Sie habe sich plötzlich verantwortlich gefühlt und – so seltsam das klinge – sofort gespürt, dass diese Verantwortung keine Last, sondern ein großes Glück bedeuten würde. Schon in dem Moment habe sie sich geschworen, sich auch später um ihn zu kümmern. Und das hatte sie auch getan. Sie machte seine Verwandtschaft ausfindig, und als sie merkte, dass keiner der Onkel und Tanten in der Lage oder willens war, für Samuel zu sorgen, klapperte sie die Windhoeker Waisenhäuser ab und brachte ihn schließlich im gerade eröffneten *Living Rainbow Centre* unter.

Sie besuchte ihn täglich, stattete ihn mit Kleidung aus und bezahlte aus eigener Tasche regelmäßige Sitzungen bei einem auf Traumata spezialisierten südafrikanischen Psychotherapeuten. Samuel sprach trotzdem nicht. Ob das oder die zunehmende Unzufriedenheit mit Miki Selmas Erziehungsmethoden Mara zu der Überzeugung gelangen ließ, dass Samuel in einer Familie besser aufgehoben wäre, wusste Clemencia nicht. Jedenfalls kam Mara eines Tages mit der Idee an, Samuel zu adoptieren, und setzte sogleich Himmel und Hölle in Bewegung, um die bürokratischen Hürden zu überwinden. Das Verfahren zog sich hin, aber nun erwartete sie jeden Tag die endgültige Zustimmung des zuständigen Ministeriums für Geschlechtergleichheit und Kindeswohlfahrt.

Miki Selma stand dieser Entwicklung wohl mit gemischten Gefühlen gegenüber. Einerseits musste sie einen einschneidenden Rückgang der Finanzmittel befürchten, wenn Mara keinen Grund mehr sah, sich im Waisenhaus zu engagieren, andererseits wäre sie wahrscheinlich heilfroh, nicht dauernd rechtfertigen zu müssen, welche Lieder die Kinder wann zu singen hatten und wie die Toilettengänge zu organisieren waren.

«Na gut, dann gehst du halt nicht, Samuel», sagte Miki Selma. Samuel reagierte nicht, nickte nicht, schüttelte nicht den Kopf. Als Mara ihn umfasste und hochnahm, schmiegte er sich eng an sie. Wenn ihn jemand retten konnte, dann sie. Manchmal schien es Clemencia fast, als habe sich der Kleine speziell Mara für diese Aufgabe ausgesucht, obwohl er kaum begriffen haben dürfte, über welche Möglichkeiten sie als Botschaftergattin verfügte. Clemencia schüttelte den Kopf. Wahrscheinlich war es eine berufsbedingte Schädigung, dass sie anderen dauernd Kalkül und Berechnung unterstellte. Bei Mara und Samuel stimmte das nicht. Die brauchten einander vielleicht, aber mehr noch mochten sie sich. Nein, das war zu wenig. Das Verhältnis der beiden wirkte so innig, wie man es sich zwischen einer Mutter und ihrem Kind nur wünschen konnte. Die unterschiedliche Hautfarbe änderte daran nicht das Geringste. Man vergaß sie fast, wenn man die beiden zusammen sah. Das war schön so, Hoffnung stiftend, auch wenn Clemencia das Utopische daran bewusst blieb.

Vielleicht ahnte Samuel das auch. Über Maras Schulter hinweg blickte er mit seinen riesigen Augen zu Clemencia. Dass Kinder große Augen hatten, war ihr nicht neu, doch bei Samuel war es etwas Besonderes. Wenn er einen so mit tiefem Ernst anschaute, wirkte sein Gesicht plötzlich uralt. Und gleichzeitig jung. Als ob das Kind schon alles gesehen und erlebt hätte, was es in einem Menschenleben zu erfahren gab. Oder vielleicht sogar noch mehr.

Manchmal glaubte Clemencia in diesen Augen die heiligen

Feuer der Hereros brennen zu sehen, manchmal die Dürre zu spüren, die das Vieh verrecken ließ und die Männer unter den Ahnenbäumen zusammenführte. Die Könige und ihre alten Ratgeber, die schon müde von den bevorstehenden Wanderungen auf der Suche nach Wasser, nach Weide waren und um die Opfer wussten, die die Kämpfe mit anderen Völkern fordern würden. Das ganze alte Afrika mit seiner Glut und seiner Not schien da auf, Zeiten, die längst vergangen waren und von denen Samuel eigentlich keine Ahnung haben konnte.

«Brechen wir auf?», fragte Mara. Sie hatte sich einen Ausflug zur Wildfarm Okapuka ein paar Kilometer nördlich von Windhoek in den Kopf gesetzt. Mara wollte Samuel Giraffen und Nashörner zeigen. Es sei eine Schande, dass jeder Tourist solche Wildtiere sehe, während die meisten Einwohner Katuturas sie ihr Leben lang nicht zu Gesicht bekämen. Und für Samuel könne das Anregung und Ablenkung zugleich sein. Alles, was ihn für ein paar Stunden den Schatten der Vergangenheit entfliehen ließe, sei jede Mühe wert. Insgeheim hoffte Mara sicher auf eine Reaktion Samuels, auf ein Wort, einen Ausruf des Erstaunens, ein angedeutetes Lächeln. Clemencia würde es ihr gönnen und dem Kleinen noch mehr.

«Brechen wir auf», stimmte Clemencia zu und tastete gewohnheitsmäßig nach ihrer Ausrüstung. Die Pistole war da, das Handy nicht. Clemencia fragte: «Selma?»

«Hm?»

«Mein Handy ist weg.»

«Kinder», brüllte Miki Selma, «hat jemand von euch ...?»

«Selma!»

«Ich?», fragte sie. «Ich habe doch selbst eins.»

Das stimmte. Sie hatte eins, um erreichbar zu sein. Damit selbst jemanden anzurufen oder eine SMS zu schreiben, wäre prinzipiell auch möglich gewesen, kostete aber ein Vermögen.

Und obwohl Miki Selma finanziell inzwischen gut zurechtkam, sparte sie sich das Geld gern, wenn ein anderes Telefon greifbar war.

«Rück es heraus!», sagte Clemencia.

«Du musst schon ein wenig auf deine Sachen aufpassen, Kindchen!» Miki Selmas Miene blieb unbewegt.

«Du zahlst mir jedes Gespräch», sagte Clemencia und bedeutete Mara, noch einen Moment zu warten. Dann trat sie vor die Tür. Maras Landrover stand dicht am Zaun geparkt und wurde von Kangulohi bewacht. Clemencia lieh sich sein Handy aus. Es gehörte sowieso der Firma, und da Kangulohi fahren sollte, war das Telefon im Notfall besser bei ihr aufgehoben. Vom Gartentor aus blickte sie die Frans Hoesenab Straat hinauf und hinunter. Aus der *Mshasho Bar* tönte lauter Kwaito-Sprechgesang, zur Kirche hin saß eine von Miki Selmas Freundinnen unter einem Sonnenschirm. Auf einem Karton hatte sie ihre Waren ausgebreitet, kleine Tüten mit unterschiedlich gewürzten Kartoffelchips, Lutscher und anderen billigen Süßkram, der mehr aus bunter Verpackung als aus Ware bestand. Auf der Straße war wenig los, die Hitze ließ jeden zweimal überlegen, ob er sich wirklich von seinem schattigen Plätzchen fortbewegen wollte. Alles war in Ordnung.

Clemencia ließ Mara und Samuel nachkommen. Als alle im Landrover saßen, drückte Clemencia den Knopf für die Zentralverriegelung. Ohne besondere Vorkommnisse gelangten sie durch Katutura, bogen in die B1 Richtung Norden ein, passierten den Road block und erreichten kurz darauf die Einfahrt zur Okapuka Ranch. Das Tor war geschlossen.

«Ein paar Meter Abstand halten, sodass du notfalls noch manövrieren kannst», sagte Clemencia. Kangulohi nickte, hupte und griff, als sich ein paar Sekunden nichts rührte, nach dem Zündschlüssel.

«Nein, lass den Motor laufen!», sagte Clemencia. «Wenn ...»

«Klar, Chefin!», sagte Kangulohi.

Der rechte Flügel des Tors ging einen Spalt auf, und ein Hüne von Mann trat heraus. Er trug Vellies, Shorts und ein kurzärmliges Hemd mit Schulterklappen, auf das in Brusthöhe das Logo von Okapuka gestickt war, der stilisierte Kopf einer Rappenantilope. Die Kappe passte farblich dazu, war aber zu eng und balancierte eher auf dem Schädel, als dass sie ihn umspannte. Der Mann ging gemächlich zur Fahrerseite des Landrovers und klopfte ans Fenster. Kangulohi schaute fragend zu Clemencia her, doch Mara ließ schon das rückwärtige Seitenfenster herunter und sagte: «Der Kleine möchte gern ein paar wilde Tiere sehen.»

Der Mann nickte, wandte den Kopf zum Tor zurück und rief: «He, aufmachen!»

Die Torflügel schwangen langsam auseinander, und Clemencia hatte plötzlich das Gefühl, dass irgendetwas nicht stimmte. Wie von selbst schärften sich ihre Sinne, versuchten, jede Nuance gleichzeitig wahrzunehmen, den Mann neben dem Landrover, den toten Winkel hinter dem Wagen, das aufschwingende Tor, den Verkehr auf der B1. Irgendetwas hatte sie übersehen. Lag es nur daran, dass der Besitzer von Okapuka offensichtlich gleich zwei Leute für die doch recht simple Aufgabe, ein Tor zu öffnen und zu schließen, einsetzte?

Der Zweite hatte keine Rangeruniform an. Also doch kein Angestellter? Vielleicht war er ein Freund des Torwächters, der hier nur auf einen Plausch haltgemacht hatte. Clemencia blickte zu dem Riesen neben dem offenen Autofenster. Ein Bodybuilder-Typ. Das Hemd spannte über den Muskeln an Oberarmen und Brust, und ... Verdammt, das Hemd war zu eng, die Kappe zu klein, es war nicht seine Uniform, sondern die eines anderen, des echten Torwächters vielleicht, der irgendwo gefesselt und geknebelt ...

«Fahr, Kangulohi!», zischte Clemencia und bäumte sich auf, um leichter an die Waffe in ihrem Seitenholster zu kommen. Wie in Zeitlupe bekam sie mit, dass der Bodybuilder hinter seinen Rücken griff, und während sie noch mit dem verfluchten Sicherheitsgurt kämpfte, tauchte schon die Pranke des Kerls mit einer gezogenen Pistole auf.

«Gib Gas!», brüllte Clemencia. Endlich hatte sie das Holster aufgerissen, spürte den warmen Griff ihrer eigenen Pistole, packte zu, war nicht schnell genug, war nicht annähernd schnell genug, um zu ziehen, zu entsichern und den Kerl daran zu hindern, seinen Arm durch das offene Wagenfenster zu strecken und seine Waffe an Kangulohis Hinterkopf aufzusetzen.

«Eine Bewegung und der ist tot!», schrie der Riese. Sein Komplize am Tor zog nun ebenfalls eine Waffe. Er zielte auf die Frontscheibe des Landrovers und kam langsam näher. Kangulohi krampfte seine Finger ums Lenkrad. Clemencia ließ ihre Pistole los und hob vorsichtig die Hände. Jetzt keinen Fehler machen! Keine Kurzschlussreaktion provozieren!

«Ganz ruhig bleiben!», sagte sie nach schräg hinten.

Auf der Rückbank hatte Mara die Arme so entschieden um Samuel geschlungen, als könne sie ihn damit vor Pistolenkugeln und jeder anderen Gefahr der Welt schützen. Der Kleine ließ es geschehen, er rührte sich nicht, schrie nicht und schien kaum zu realisieren, was um ihn passierte. Den falschen Torwächter würdigte er keines Blicks, er schaute mit seinen riesigen Augen fest auf Clemencia. Dass ihr diese Augen eine Frage stellten, war sonnenklar, nur welche, das verstand Clemencia nicht. Jetzt war nicht die Zeit darüber nachzudenken.

«Noch ist nichts passiert», sagte sie. «Nichts, was sich nicht regeln ließe. Ihr legt jetzt einfach die Pistolen auf den Boden und ...»

«Steig aus, Schlampe!», sagte der Bodybuilder.

41

«Wir können reden. Sag, was ihr wollt, und …»

«Wird's bald?»

Clemencia löste die Zentralverriegelung und öffnete die Bei-fahrertür. Kangulohi drehte ihr den Kopf zu. Seine Augen waren hinter dem dunklen Glas der Sonnenbrille nicht zu erkennen, aber um seine Mundwinkel zuckte es verdächtig. Clemencia sah nach unten. Der erste Gang war eingelegt, Kangulohis Fuß hielt die Kupplung gedrückt. Wenn er losließ und Vollgas gab, würde er den zweiten Typen, der sich unvorsichtigerweise vor dem Kühler aufgebaut hatte, ziemlich sicher von den Beinen holen. Noch sicherer würde ihm eine Kugel aus der aufgesetzten Pistole den Schädel zerfetzen. Clemencia schüttelte den Kopf und stieg aus.

«Ich habe ein paar hundert Dollar dabei», sagte Mara vom Rücksitz aus. «Nehmt alles und lasst uns laufen!»

«Maul halten!», befahl der Bodybuilder.

«Die hat eine Knarre!», rief sein Komplize und deutete auf Clemencias Hüfte.

«Dann nimm sie ihr ab, du Idiot! Und das Handy auch!»

Der Typ kam zögernd näher. Er war kaum größer als Clemen-cia, trug einen abgerissenen Overall und schwitzte sichtlich. Man konnte förmlich riechen, dass er Angst hatte. Als er mit der Linken nach Clemencias Pistole griff, flüsterte sie: «Das wird nicht gut ausgehen, Kumpel.»

Der Mann fingerte Clemencias Pistole aus dem Holster, und sie hauchte ihm zu: «Lass sie fallen und lauf, solange du noch kannst!»

«Das Handy, los!»

«Überlege es dir, aber brauch nicht zu lange!» Clemencia hielt ihm Kangulohis Handy entgegen. Mit zwei Pistolen in den Händen wusste der Kerl nicht, wie er es nehmen sollte. Er starrte Clemencia an. Ganz eindeutig war er unerfahrener und unentschlossener als der Bodybuilder, doch sie hatte wahrscheinlich nicht genug Zeit, um das auszunutzen.

«Steck es mir in die Brusttasche!», sagte der Typ.

Clemencias Daumen huschte über die Tastatur. Menü, Kontakte, ein paarmal durchklicken, wählen. Wen immer sie anrief, vielleicht begriff derjenige, was los war. Vielleicht hörte er zu, bekam irgendwelche Informationen mit, die später hilfreich sein konnten. Sie ließ das Handy in die Brusttasche des Overalls gleiten.

Der Typ machte einen schnellen Schritt zurück, rief: «Ich hab alles.»

«Überfall mit Waffengewalt, Raub, Nötigung. Weißt du, wie viele Jahre dir das einbringt?», fragte Clemencia laut genug, dass es durch das Handy zu hören sein musste. Auf der B1 rauschte der Verkehr vorbei. Keine dreißig Meter hinter Clemencias Rücken. Wenn einer aus dem Autofenster sah, musste er erkennen, dass sie nicht zum Spaß mit erhobenen Händen neben dem Landrover stand. Wieso hielt keiner an?

Der Bodybuilder ließ Kangulohi aussteigen. Von der Fernstraße her war das Dröhnen eines Lastwagens zu hören, dann der Dauerton einer Hupe. Dessen Höhe veränderte sich, als der Lastwagen mit unverminderter Geschwindigkeit vorbeischoss. Der Bodybuilder achtete nicht darauf. Der war nicht so leicht zu verunsichern. Er würde das eiskalt durchziehen.

Sein Komplize durchsuchte Kangulohi und kassierte auch dessen Waffe ein. Der Bodybuilder wies auf das offene Tor der Okapuka Ranch. «Und jetzt lauft!»

«Was?», fragte Clemencia.

«Ihr wolltet doch wilde Tiere sehen, oder?» Der Hüne lachte. «Also sucht sie, lauft!»

«Nicht ohne die Frau und das Kind.»

Der Bodybuilder ließ die Pistole nach vorn zucken, drückte

ab. Die Kugel schlug einen halben Meter vor Kangulohis Schuhen in den Sand. Kangulohi rührte sich nicht.

«Zum letzten Mal, lauft!»

«Nein», sagte Clemencia. «Erschieß uns doch!»

«Wie du willst.» Der Bodybuilder nickte. «Der Kleine ist als Erster dran.»

Er öffnete die hintere Tür des Landrovers, ließ sie ganz aufschwingen. Mara saß starr auf der Rückbank. Sie hatte ihre Arme jetzt um Samuels Kopf geschlungen, als wolle sie verhindern, dass er etwas sah oder hörte. Der Bodybuilder streckte den Arm aus und drehte ihn ein wenig, sodass die Pistole fast waagerecht lag. Die Mündung war etwa anderthalb Meter von Samuels Körper entfernt.

«Nein», sagte Mara kaum hörbar.

Clemencia ließ die Hände sinken und setzte sich in Bewegung. Sie lief auf das Tor zu, wusste, dass Kangulohi ihr folgte.

«Wenn ihr euch umdreht, knallen wir die Weiße und den Kleinen ab», rief ihr der Bodybuilder nach.

Clemencia passierte das Tor, rannte die Staubstraße entlang. Bis zur Lodge waren es ein paar Kilometer, und erst da würde sie an ein Telefon kommen. Die Sonne brannte, die Luft stand, das Gras neben der Pad hing dürr und gelb, die Dornbüsche waren grau. Clemencia fragte sich, ob sie wirklich gesagt hatte, dass der Typ sie erschießen sollte. Und ob er abgedrückt hätte, wenn sie nicht eingelenkt hätte. Ein Springbock querte in weiten Sätzen, der Verkehrslärm von der B1 ebbte ab, wurde vom Keuchen Kangulohis hinter ihr übertönt. Dann legte sich das Motorengeräusch eines einzelnen Wagens darüber, der sich von hinten näherte. Clemencia blieb stehen, atmete durch, blickte zurück. Kangulohi stand neben ihr und sagte: «Ich habe zu lange gebraucht.»

«Das ist jetzt egal.»

«Wenn ich gleich Gas gegeben hätte …»

«Es war mein Fehler. Situation falsch eingeschätzt, Todsünde drei», sagte Clemencia. Sie stellte sich in die Mitte der Pad und hielt den Wagen an. Es war ein Minibus mit sechs asiatischen Touristen drin. Der Fahrer, ein Bure mit sonnenverbrannter Haut, schüttelte den Kopf. Nein, er habe keinen Landrover am Farmtor gesehen. Auch keine blonde weiße Frau mit einem kleinen schwarzen Jungen. Da sei gar niemand gewesen.

Immerhin hatte er ein Handy. Clemencia rief den Notruf an. Da keine Sekunde zu verlieren war, gab sie sich als Chief Inspector der Serious Crime Unit aus. Der Diensthabende schien ihr zu glauben und versprach, sofort die Fahndung einzuleiten. Clemencia ließ sich noch die Nummer des Road blocks bei Brakwater heraussuchen. Doch als sie den dortigen Polizeiposten an die Strippe bekam, war bereits eine Viertelstunde vergangen. Mehr als genug Zeit, um die Straßensperre zu passieren und in Katutura unterzutauchen. Clemencia gab trotzdem Beschreibung und Kennzeichen von Maras Landrover durch.

«Sonst noch was, Mejuffrou?», fragte der Bure, als sie ihm das Handy zurückgab.

«Einen Lift bis zum Farmhaus?», fragte Clemencia zurück. Der Bure nickte, die asiatischen Touristen rückten zusammen und lächelten. Einer fragte in gebrochenem Englisch, ob Clemencia auch Nashörner anschauen wolle. Sie verneinte.

«Wir Chinesen lieben Nashörner», sagte der Tourist.

«Ah ja?»

«Mächtige Tiere.»

«Mhm.»

«Und sind gut für Manneskraft.»

Clemencia blickte ihn an.

«Die Hörner», erklärte der Tourist.

«Nur dumm, dass bei uns noch Tiere dranhängen», sagte

Clemencia und wandte sich ab. In der Lodge rief sie von der Rezeption aus Melvin an. Der sollte sie abholen. Dann wählte sie die Nummer von Kangulohis Handy und hörte das Besetztsignal. Gut. Bei etwas Glück hatten die Entführer nichts bemerkt und die Verbindung, die Clemencia hergestellt hatte, noch nicht unterbrochen.

Nun musste sie den Botschafter über das Desaster informieren. So unangenehm das Gespräch werden würde, sie konnte das nicht hinauszögern. Nicht mehr als ein paar Minuten. Höchstens so lange, bis ihr klar geworden war, welche Fragen dieser verfluchte Überfall noch aufwarf. Außer denen, die sie sowieso schon hin und her wälzte: Wieso hatten die Täter an der Zufahrt zu Okapuka auf sie gewartet? Wer hatte vom Ziel des Ausflugs gewusst? Und warum hatten die Kidnapper neben Mara auch Samuel entführt? Statt sich mit dem Kind zu belasten, hätten sie es doch einfach auf die Straße setzen können.

Und dann war da noch die Frage, die sie in Samuels Blick entdeckt hatte: Warum hilfst *du* mir eigentlich nicht? Oder hatte der Kleine etwas ganz anderes gemeint? Clemencia war sich nicht sicher. Sie blätterte im Telefonbuch nach der Nummer der Deutschen Botschaft, wählte dann aber doch erst ihr eigenes Handy an. Wie fast zu erwarten war, ging Miki Selma dran.

«Die Kinder hatten es eingesteckt», sagte sie ohne jeden Anflug von schlechtem Gewissen, «aber ich habe es für dich sichergestellt.»

Clemencia würde sich jetzt nicht aufregen. Sie sagte: «Gib mein Handy Melvin mit, und ich vergesse alles. Sonst ...»

Das Telefon klingelte um 16.31 Uhr. Eigentlich hatte Botschafter Engels der Sekretärin aufgetragen, nicht durchzustellen, solange das Gespräch mit Kawanyama vom Ministry of Home Affairs and Immigration dauerte. Thema waren die sehr willkürlichen Aufenthaltsbewilligungen, die speziell deutschen Touristen bei der Einreise in den Pass gestempelt wurden. Statt der üblichen drei Monate gewährte mancher Beamte nur achtzehn oder zwölf Tage, sodass die Touristen bei der Ausreise erhebliche Probleme wegen ihres teilweise illegalen Aufenthalts im Land bekamen. Ob das auf pure Schlamperei, sprachliche Missverständnisse oder willentliche Schikane zurückging, mochte Engels nicht beurteilen. Jedenfalls entstanden dadurch jede Menge vermeidbarer Ärger und Arbeit.

Um einen Anreiz zur Verbesserung zu schaffen, hatte Engels aus der bundesdeutschen Sonderinitiative zweckgebundene Mittel lockergemacht, speziell für die technische Aufrüstung von Kawanyamas Ministerium. Die Modalitäten der Bereitstellung dieser Gelder waren Punkt zwei der Tagesordnung. Im Grunde ging es also um Themen, die problemlos von untergeordneten Ebenen zu bewältigen gewesen wären. Doch das Auswärtige Amt hatte darauf bestanden, die Sache so hoch wie möglich zu hängen. Man wollte die wichtigen namibischen Politiker beständig daran erinnern, was Deutschland finanziell leistete, und sie damit dezent darauf hinweisen, mit politisch heiklen Fragen wie denen nach den Konsequenzen der Kolonialzeit vorsichtig und taktvoll umzugehen.

Minister Kawanyama war aber wohl nur deshalb persönlich erschienen, weil er und Engels sich gut verstanden. Hauptsächlich wegen der jeweils zugezogenen Mitarbeiter hatten sie ihre Rollen durchgespielt, die bekannten Positionen wiederholt, ohne sich groß weh zu tun, und dann die Fachleute ans Werk gelassen. Die hatten sich gerade entfernt, um die Details zu klären, und so war Engels mit Kawanyama allein, als der Anruf eintraf. Engels machte eine entschuldigende Handbewegung und nahm den Hörer ab. «Habe ich nicht gesagt, dass wir nicht gestört werden wollen?»

«Eine Frau Garises», sagte seine Sekretärin. «Es sei wichtig.»

«Clemencia Garises?»

«Es geht um Ihre Frau.»

Engels' erster Gedanke war, sofort aufzulegen. Im Grunde wusste er schon in diesem Moment, dass Mara etwas Schlimmes widerfahren war, doch solange ihm das nicht explizit bestätigt wurde, bestand immerhin noch die Chance, dass er sich irrte. Dass die Detektivin Mara nur genauso tölpelhaft aus den Augen verloren hatte wie die Polizisten der VIP Protection Unit vor gut einer Woche. Das wäre doch möglich. Engels spürte, wie sein Gaumen trocken wurde. Er krächzte: «Stellen Sie durch!»

Dann hörte er zu. Das Wort, das er am meisten fürchtete, fiel nicht, und so fühlte er sich fast erleichtert. Mara war nicht tot. Sie war nicht von irgendeinem Verrückten abgeknallt worden. Sie war entführt worden, und Entführer wollten Geld, und weil sie das nur bekamen, wenn sie ihr Opfer unverletzt heimkehren ließen, würden sie Mara gut behandeln. Engels würde zahlen, was sie verlangten, und wenn die geforderte Summe zu hoch war, musste das Auswärtige Amt einspringen, und dann würde Mara freigelassen werden, und sie beide würden noch am selben Tag aus diesem gottverdammten Land abhauen, sie würden so lange auf den Malediven Urlaub machen, bis klar war, wohin er sich versetzen lassen konnte, nach Brüssel oder nach Berlin, und alles wäre gut.

«Herr Botschafter?», fragte Clemencia Garises am Telefon. «Was haben Sie gefragt?»

«Wer wusste von dem Ausflug nach Okapuka?»

«Ich natürlich.»

«Haben Sie es weitererzählt?»

«Wieso sollte ich?»

«Hat Mara sonst mit jemandem darüber gesprochen? Vielleicht mit einer Freundin oder mit der Haushälterin?»

«Woher soll ich das wissen?» Diese Fragen führten doch zu nichts. Die Katastrophe war passiert. Mara war entführt worden, und jetzt ging es einzig darum, sie baldmöglichst wieder freizukaufen. Damit hatte Frau Garises nichts zu schaffen. Die sollte sich stattdessen mit ihren eigenen Versäumnissen auseinandersetzen.

«Wann hat Mara beschlossen, mit Samuel nach Okapuka zu fahren?», fragte sie.

«Frau Garises, *Sie* sollten meine Frau beschützen!»

«Ich verspreche Ihnen, meine Leute und ich werden alles tun, um ...»

«Sie werden gar nichts tun», zischte Engels. «An dem einen Tag, an dem Sie verantwortlich waren, haben Sie genug angerichtet. Sie sind raus, und zwar endgültig!»

«Herr Engels ...»

Engels legte grußlos auf und stützte den Kopf in die Hände. In der Mitte des Konferenztischs stand eine Schale mit Gebäck. Daneben thronten auf einer schwarz-rot-goldenen Papierserviette ein Milchkännchen und eine Zuckerdose. Die Kaffeetassen waren schon vor einer Weile geleert worden. Die Klimaanlage summte leise, konnte aber die beklemmende Stille, die sich im Raum ausgebreitet hatte, nicht übertönen. Minister Kawanyama rührte sich nicht. Er konnte höchstens erahnen, was Engels mitgeteilt worden war, und wartete nun auf eine Erklärung.

Engels musste etwas sagen, und gleich würde er auch dazu in der Lage sein. Das Problem war ihm schließlich nicht neu. Als Diplomat musste er ständig damit umgehen, dass das, was er mitzuteilen hatte, nicht in seinem Ermessen lag. Umso mehr kam es auf das Wie an. Auf die Wortwahl, die Intonation, die Sicherheit, die man ausstrahlte, die Richtung, in die man die Reaktionen der Gegenseite lenkte. Der Ton machte die Musik. Nur ging es jetzt eben nicht um die Interessen der Bundesrepublik in einem unbedeutenden Staat eines halb aufgegebenen Kontinents, sondern um Leben und Freiheit seiner Frau.

Engels wollte unbedingt vermeiden, dass die namibische Polizei sich einmischte, sein Telefon überwachte, die Täter ausfindig zu machen versuchte und damit Mara in Gefahr brachte. Nein, die Entführer würden Lösegeld fordern, er würde zahlen, sie würden Mara freilassen. So einfach war das, und er musste nur sicherstellen, dass niemand dazwischenfunkte.

Er stemmte die Hände gegen die Tischkante, richtete den Oberkörper gerade und sagte in dem leichten und doch bestimmten Tonfall, der sich schon oft bei schwierigen Verhandlungen als fruchtbar erwiesen hatte: «Meine Frau ist verschwunden. Frau Garises, ihre Personenschützerin, hält eine Entführung für möglich, doch um Spekulationen über politische Hintergründe gar nicht erst aufkommen zu lassen, würde ich vorschlagen, darüber Stillschweigen zu bewahren. Gerade jetzt, da mit der Rückgabe der Hereroschädel ein schmerzvolles Kapitel unserer gegenseitigen Beziehungen aktuell ist, sollte jeder Anschein zusätzlicher Spannungen vermieden werden. Ich denke, das liegt im Interesse unserer beiden Regierungen.»

Kawanyama blickte Engels an, ohne zu antworten. Ob er verblüfft oder betroffen war, ließ sich nicht erkennen. Es interessierte Engels auch nicht. Er brauchte keine Solidarität, man sollte nur alles unterlassen, was seinen Plan gefährdete. Leider neigten Menschen zu Hilfsbereitschaft, um sich besser zu fühlen. Vielleicht musste Engels ein wenig mehr bieten.

«Herr Minister, ich hätte zwei große Bitten an Sie», sagte er. «Könnten Sie diese Passangelegenheiten vielleicht ohne meine Beteiligung zu Ende führen?»

«Selbstverständlich, Herr Botschafter, kein Problem!»

«Die zweite Bitte, Herr Minister, ist etwas delikat. Frau Garises neigt ein wenig zu Alarmismus und hat wahrscheinlich schon ihre Exkollegen von der Kriminalpolizei eingeschaltet, obwohl es dafür meines Erachtens viel zu früh ist. Vielleicht könnten Sie über Ihre politischen Verbindungen der Polizei nahelegen, vorläufig auf Ermittlungen zu verzichten? Nur für, sagen wir, achtundvierzig Stunden. Ich bin guten Mutes, dass meine Frau bis dahin von selbst wiederauftaucht, und dann werden alle froh sein, diesen Sturm im Wasserglas vermieden zu haben.»

«Möglicherweise ist die Frau eines Botschafters in Namibia entführt worden, und wir tun nichts?», sagte Kawanyama. «Das sieht nicht gut aus.»

Kawanyama war nicht dumm. Er schien zu begreifen, was Sache war. Engels sagte: «Ich wäre Ihnen wirklich sehr verbunden.»

Kawanyama überlegte.

«Ich liebe meine Frau», sagte Engels.

«Wahrscheinlich würde ich genauso handeln», sagte Kawanyama. Er stand auf und streckte Engels die Hand entgegen. «Also gut, ich schaue, was sich machen lässt. Ich wünsche Ihnen viel Glück.»

Zwanzig Minuten später war Engels zu Hause. Er fuhr die Auffahrt bis zur Privatresidenz hoch, ließ den Wagen stehen und rief dem Gärtner zu, er solle kontrollieren, ob sich das Elektrotor geschlossen hatte. Dann sperrte Engels die Haustür auf und gab hastig die Nummernkombination ein, um die Alarmanlage auszuschalten. Der Anrufbeantworter im Wohnzimmer blinkte. Ein neuer Anruf. Wenn das eine Nachricht der Entführer war, wollten sie die Sache schnell über die Bühne bringen. Gut. Das wollte er auch. Engels drückte die Wiedergabetaste.

«Frau Engels? Hier Häferlein von der Friedhofsverwaltung Freiburg im Breisgau. Sie haben doch ein Grab bei uns gemietet, und da ist jetzt ... Vielleicht könnten Sie mal zurückrufen, Frau Engels? Das Grab ist nämlich, äh, verwüstet worden, und wir wüssten gern, wie wir da weiter verfahren sollen. Sie erreichen mich unter der Nummer ...»

Engels starrte auf die Telefonanlage. Er war nicht abergläubisch, er verstand sich als aufgeklärten Menschen, der es nicht nötig hatte, Zufälle in Vorzeichen umzudeuten. Trotzdem spürte er, wie sich eine Formulierung in seinem Hirn einnistete: Frau Engels, Sie haben doch ein Grab bei uns gemietet! Aus diesem verdammten Satz begannen jetzt schon die Albträume zu wuchern. Engels wehrte sich, doch er konnte nicht verhindern, dass etwas in ihm dachte: Und wenn Mara schon tot ist?

3

BERLIN

Berlin Hauptbahnhof. Der Zug wurde langsamer, ein Bahnsteig mit weißem Streifen lief nun mit ihm parallel. Kaiphas stand mit dem Koffer in der Hand direkt an der Tür. Er war viel zu früh von seinem Sitzplatz aufgestanden, hatte nicht riskieren wollen, den Ausstieg zu verpassen. Die Frau nebenan hatte etwas auf Deutsch zu ihm gesagt, vielleicht «Auf Wiedersehen», vielleicht «Euch sollten sie den Schwanz abschneiden, verdammte Nigger». Kaiphas hatte es nicht verstanden, und wenn er es verstanden hätte, hätte er nicht gewusst, wie er reagieren sollte. Er durfte kein Aufsehen erregen, aber das war nicht so einfach, wenn man nicht wusste, was die Leute hier als unauffälliges Verhalten betrachteten. Kaiphas hatte so getan, als wäre er nicht gemeint, er hatte seinen Koffer geholt und sich an die Waggontür gestellt.

So stieg er nun als Erster aus, sobald sich die Tür zischend und überraschend langsam geöffnet hatte. Er ging ein paar Schritte und stellte den Koffer an einem gläsernen Käfig ab, in dem ein Aufzug zu den unteren Stockwerken des Bahnhofs führte. Erst einmal warten, bis sich der Bahnsteig geleert hatte. Im Zug hatte er sich zunehmend unsicher gefühlt, zusammengesperrt mit all diesen Leuten, die so taten, als wären sie nur an sich selbst interessiert, und ihn doch heimlich abzuschätzen schienen. Hier war es ein wenig besser, aber nicht viel.

Kaiphas schaute zum Dach hoch. Der Regen prasselte auf die Glasplatten nieder. Die Verstrebungen dazwischen zogen sich in einem weiten Halbbogen über die Gleise hinweg wie die Rippen eines gigantischen Brustkorbs. Ein halb verscharrtes Skelett lag hier, ein toter Riese aus der Zeit, in der es noch Riesen gegeben hatte, die Menschen fraßen. Bis sie selbst ihnen zum Opfer fielen. Den letzten hatten die Deutschen erlegt, sein Herz und die Eingeweide hatten sie ausgekratzt, um die Knochenhöhle für sich zu nutzen. Sie waren gefährlich, sie hatten vor nichts Respekt.

Kaiphas presste den Unterschenkel gegen den Koffer. Der Lederbeutel mit dem Amulett hing um seinen Hals. Bisher war doch alles glattgegangen. Warum sollte er jetzt plötzlich Angst bekommen? Er griff nach seinem Amulett, und als er es wieder losließ, streifte er an seinem Handy in der Jackeninnentasche vorbei. Es wurde Zeit. Er sollte anrufen, sobald er angekommen war. Er wählte die Nummer.

«Ja?»

«Ich bin da», sagte Kaiphas.

«Gut.»

«Ich bin am Bahnhof und …»

«Was?»

Kaiphas wollte nicht von dem Brustkorb des Riesen reden. Er sagte: «Es ist alles aus Glas hier, das Dach und die Käfige, in denen die Aufzüge auf- und abfahren, und die Absperrungen an den Rolltreppenschächten. Alles ist glatt und durchsichtig, obwohl es nichts zu sehen gibt und …»

«Vor mehr als hundert Jahren», sagte die Stimme aus dem Telefon, «mussten die Frauen der Hereros die Leichen ihrer abgeschlachteten Männer ausgraben. Da das Fleisch noch nicht verwest war, mussten sie die Schädel auskochen. Dann bekamen sie Glasscherben in die Hände gedrückt. Sie wurden von den Deutschen gezwungen, damit die Knochen blank zu schaben. Die Skelette ihrer Männer, Söhne, Väter, Brüder. Die Frauen hätten sich mit den Scherben natürlich auch die Pulsadern aufschneiden können.»

54

«Ja», sagte Kaiphas.

«Die Deutschen haben vergessen, dass Krieg herrscht. Vielleicht meinen sie auch, dass er schon lange zu Ende ist. Er wird aber erst enden, wenn sie für alles bezahlt haben, was sie damals verbrochen haben. Und du bist einer der Krieger, die dafür sorgen werden. Sei vorsichtig, sei wachsam, traue niemandem und tu, was dir aufgetragen wurde!»

«Ja», sagte Kaiphas.

«Lass dein Gepäck in einem Schließfach und suche dir ein Hotel! Wenn du eines gefunden hast, holst du das Gepäck und bleibst in deinem Zimmer. Ich gebe dir Bescheid, wenn es so weit ist.»

«Ja», sagte Kaiphas. Er beendete das Gespräch und griff nach seinem Koffer. Es herrschte Krieg, aber er hatte keine Angst. Er nahm die Rolltreppe abwärts, ging an Geschäften und Gastronomiebetrieben vorbei, fuhr noch ein Stockwerk tiefer. Die Überwachungskameras bemerkte er wohl, doch er glaubte nicht, dass man auf ihn aufmerksam werden würde. Er war einer unter vielen, er war nur ein Passagier, der gerade angekommen war und nach Schließfächern suchte. Es dauerte eine ganze Weile, bis er sie außerhalb des eigentlichen Bahnhofsbereichs fand, im angrenzenden Parkhaus.

In der untersten Reihe war ein Fach frei, das groß genug für seinen Koffer schien. Kaiphas stellte ihn ab und kramte nach der richtigen Münze. Als er sich bückte, um sie einzuwerfen, spürte er, dass sich jemand von hinten näherte. Er richtete sich auf, drehte sich um und sah sich zwei Männern gegenüber. Sie waren gleich gekleidet, mit Mütze, dunkelblauer Hose und einer Jacke, an deren Ärmel ein stilisierter Adler aufgenäht war. Zwei Männer in Uniform. Polizisten. Sie versperrten den Weg zurück in den Bahnhof. Durchs Parkhaus abhauen? Kaiphas' Koffer stand zu seinen Füßen vor dem geöffneten Schließfach.

«Guten Tag. Bundespolizei. Könnten wir mal Ihren Ausweis sehen?»

Kaiphas verstand nicht. Er versuchte zu lächeln, fragte sich, was zum Teufel er falsch gemacht hatte. Wodurch war er aufgefallen? Hatte er zu offensichtlich in die Überwachungskameras geblickt?

«Documents», sagte der eine Polizist, «your passport, please.»

Kaiphas' Pass war in Ordnung. Er hatte ein gültiges Visum, er war ganz legal eingereist. Er versuchte, ruhig zu bleiben. Die Deutschen glaubten, dass der Krieg lange vorbei war. Sie konnten nicht ahnen, dass er eine Mission in Feindesland zu erfüllen hatte. Vielleicht führten die beiden nur eine Routinekontrolle durch, vielleicht wollten sie ihn schikanieren, weil er schwarz war. Vorsichtig griff er in die Innentasche seiner Jacke, holte den Pass hervor und reichte ihn einem der Polizisten. Der schlug ihn auf.

«Kaiphas Riruako?»

Kaiphas nickte. Der Polizist blätterte den Pass langsam durch.

«I'm a tourist», sagte Kaiphas. «From Namibia.»

«Sie sind gerade mit dem Zug angekommen?», fragte der zweite Polizist auf Englisch.

Kaiphas nickte. Der erste Polizist klappte den Pass zu. Der andere fragte: «Woher?»

Sie konnten seinen Fahrschein verlangen. Kaiphas entschloss sich, bei der Wahrheit zu bleiben. «Aus Freiburg.»

Kaiphas streckte die Hand nach seinem Pass aus, doch der Polizist gab ihn nicht zurück. Er deutete nach unten und sagte: «Könnten Sie bitte Ihren Koffer öffnen!»

«Da ist nur Wäsche drin», sagte Kaiphas, obwohl er wusste, dass das nichts nützen würde. Sie würden sich nicht abspeisen lassen, sie würden seinen Koffer durchsuchen und Kaiphas dann abführen. Sie würden ihn verhören, würden nicht lockerlassen, bis sie wussten, warum er wirklich nach Deutschland gereist war. Er würde eingesperrt oder auch nur in ein Flugzeug gesetzt und nach Namibia abgeschoben werden. Dort würde er aussteigen, ohne seinen Auftrag erfüllt zu haben. Na und? Er wäre eben besiegt worden, wie so viele vor ihm. Nein, besiegt wäre er nicht, weil er gar nicht gekämpft hatte. Er hätte nur versagt.

«Machen Sie den Koffer auf!»

Es waren zwei deutsche Polizisten. Sie gehörten dem Volk an, das den Hereros ihr Land weggenommen und sie am Waterberg niedergeschossen hatte, das die Flüchtenden in der wasserlosen Omaheke verdursten ließ und diejenigen, die das überlebten, auf der Haifischinsel durch Hunger und Seuchen tötete und die paar, die es immer noch gab, mit der Peitsche belehrte, dass sie keine Rechte mehr besaßen. Die Deutschen hatten selbst die Toten nicht in Frieden ruhen lassen. Sie hatten deren Schädel ausgegraben und als Beute in ihr Land geschafft, wo sie bis heute in irgendwelchen Abstellräumen lagerten. Es herrschte Krieg, und die Deutschen waren der Feind.

«Den Koffer!»

Es waren zwei deutsche Polizisten. Nur zwei. Kaiphas konnte sich vorstellen, was einer von Samuel Maharebos Kriegern getan hätte. Aber die waren bewaffnet gewesen, hatten eine alte Flinte besessen oder zumindest einen Assegai, mit dem sie den Feind durchbohren konnten. Kaiphas hatte nichts dergleichen. Er blickte an der Wand der Schließfächer entlang. Fast alle waren zu, die Kontrolllämpchen an den Schlössern leuchteten rot.

«Machen Sie keinen Unsinn!», sagte der Polizist.

Kaiphas berührte kurz den Lederbeutel mit seinem Talisman und bückte sich nach dem Koffer. Er war aus Hartplastik mit metallverstärkten Ecken. Kaiphas umfasste den Griff so fest, dass es in den Fingern schmerzte. Vielleicht würde er besiegt werden, aber er würde nicht einfach aufgeben. Er schnellte hoch, drehte sich in der Bewegung, schwang den Koffer am gestreckten Arm durch die Luft. Unwillkürlich riss der Polizist den Arm hoch, versuchte abzuducken, doch er war zu langsam. Mit voller Wucht traf ihn der Koffer am Kinn und schleuderte ihn zur Seite. Die Uniformmütze flog von seinem Kopf, der Mann prallte hart gegen eine Schließfachtür.

Kaiphas ließ den Koffer los, setzte mit den Fäusten nach. Zwei, drei, vier Schläge in die Magengrube, der Polizist stöhnte und sackte zusammen, und in Kaiphas' Ohren gellte das «Ijijiji», das er wohl selbst ausgestoßen hatte. Er war in der Schlacht, er hatte einen Feind seines Volkes ausgeschaltet, doch da war nicht nur einer, und Kaiphas wirbelte herum.

Der zweite Polizist war etwas zurückgewichen, tappte jetzt noch einen Schritt nach hinten, doch sonst tat er gar nichts, schien wie gelähmt. Kaiphas bückte sich, ohne ihn aus den Augen zu lassen. Er tastete nach dem Griff seines Koffers. Da erst schien dem Polizisten klar zu werden, dass man im Krieg unterging, wenn man nicht kämpfte. Seine Hand zuckte, fuhr an seine Hüfte, an das Pistolenholster, und Kaiphas zögerte nicht länger, sprang auf ihn los. Der Polizist wich zur Seite aus. Gerade noch bekam Kaiphas ihn zu fassen. Seine Hand krallte sich in den Stoff der Uniformhose, er hielt fest, wurde mitgeschleift, spürte ein Stechen im Ellenbogen, hielt trotzdem fest, packte mit der anderen Hand auf Kniehöhe zu, und der Mann kam ins Stolpern, fiel, schrie irgendetwas.

Wo war die Pistole? Der Polizist drehte sich, und da, er hatte sie schon in der Hand! Während Kaiphas sich über ihn warf, glaubte er zu spüren, wie die Kugel seine Haut durchschlug, seine Lunge zerfetzte, sein Rückgrat zerschmetterte, wie ihn das Schicksal seiner Vorfahren ereilte, die den Deutschen ins

Feuer gelaufen waren, die Krieger Samuel Mahareros, deren Heldentum in den Liedern überlebt hatte, und er begriff, dass Sterben nicht schwer war. Ein kurzer Schmerz, das Verlöschen, das Dunkel und dann ein fernes, flackerndes Licht, das schnell größer würde und heißer, das heilige Feuer der Ahnen, zu denen er bald gehören würde.

Jeden Moment erwartete Kaiphas das Aufbellen des Schusses, doch er hörte nur das Keuchen des Manns, mit dem er rang. Er spürte die Pistole zwischen ihren beiden Körpern und die unbändige Kraft in seinen Fingern, die das Handgelenk seines Gegners umkrallten. Dessen Gesicht war direkt unter seinem, gerötet, verkniffen in der Anstrengung des Kampfs und ohne den Hauch einer Ahnung, dass das Sterben leicht sein konnte, und das Töten für einen, der das begriffen hatte, noch leichter war. Dann krachte es doch. Dumpf und leiser als erwartet.

Natürlich wurde der Knall durch den Stoff der Kleidung und das Fleisch des Körpers abgedämpft, doch der Mann unter Kaiphas begriff nicht einmal das. Seine Augen wurden groß und schauten ungläubig, und dann brach der Blick. Er hörte einfach auf, obwohl sonst alles gleich blieb, das Weiß in den Augenwinkeln, die blaue Iris mit ein paar grauen Einsprengseln und darin das tiefe runde Schwarz der Pupille, wie zum Beweis, dass in der Mitte immer das Nichts wartete. Kaiphas bäumte den Oberkörper auf und wälzte sich zur Seite. Immerhin hatte er die Pistole nun fest im Griff. An seinem Handrücken fühlte er feuchte Wärme. Er sah hin. Rot. Blut. Das Blut des deutschen Polizisten. Kaiphas sprang auf die Füße.

In etwa drei Metern Entfernung rappelte sich der zweite Polizist gerade hoch. Kaiphas streckte den Arm aus und richtete die Pistole auf seine Brust. Der Mann drehte sich weg und tappte auf den Durchgang zum Bahnhof zu. Er torkelte wie ein schwer Betrunkener, stieß immer wieder mit der Schulter gegen die

Schließfächer. Kaiphas hielt den Arm durchgedrückt und kniff das linke Auge zu. Er musste ihn erschießen, bevor er ums Eck war. Er war ein Feind, er würde um Hilfe rufen, gleich wären andere da, Dutzende von Polizisten, die Kaiphas jagen würden, wenn er nicht sofort …

Er schloss die Augen, machte sie wieder auf. Der Polizist wankte, stürzte fast, hielt sich an einer offenen Schließfachtür aufrecht, stieß sich ab, taumelte quer über den Gang, und Kaiphas zielte auf seinen Rücken. Jetzt musste er abdrücken, jetzt sofort! Er zielte immer noch, als der Polizist im Durchgang zum Bahnhof verschwand. Kaiphas ließ die Hand mit der Waffe sinken.

Zu seinen Füßen lag ein toter Mann. Die Uniform war über der Brust dunkel verfärbt, fast schwarz. Kaiphas steckte die Pistole in den Hosenbund. Er hob seinen Pass vom Boden auf, nahm den Koffer und lief los. Er hetzte an verlassenen Autos vorbei auf die Einfahrt des Parkhauses zu. Als er die Rampe hochstürmte, wurde er beinahe von einem einfahrenden Wagen erfasst. Der Mann am Steuer bremste hart und tippte sich an die Stirn. Ein Feind. Kaiphas drückte sich an dem Wagen vorbei. Dann war er draußen. In einer Stadt voller Feinde. Sie lauerten überall. Der Regen prasselte auf Kaiphas nieder. Ob er ausreichen würde, um das Blut von seiner Hand zu waschen?

Die Podiumsdiskussion verlief genau so, wie das bei den Teilnehmern zu erwarten gewesen war. Auf dem Podium saßen neben den Namibiern die Sprecher einiger deutscher Afrikasolidaritätsvereine, der Grünen und der Linken. Ein Vertreter der Bundesregierung war nicht anwesend, angeblich wegen der zu kurzfristigen Einladung. Dass dies nur als Vorwand und beispiellose politische Brüskierung der namibischen Delegation gewertet werden musste, darüber waren sich alle Diskussionsteilnehmer einig. Auch in allen anderen Punkten waren sie sich einig: An den Namas und Hereros war vor über hundert Jahren ein Genozid verübt worden, für den sich die Bundesrepublik endlich förmlich entschuldigen sollte. Aus der überfälligen Anerkennung der Schuld müssten dann zwangsläufig direkte Entschädigungsleistungen an die Nachkommen der Opfer resultieren.

So weit, so gut. Claus Tiedtke war weit davon entfernt, die Verbrechen der kaiserlichen Schutztruppe zu leugnen, aber ein wenig komplizierter stellte sich die Sache dann doch dar. Es ging ja nicht nur um historische Greuel, sondern auch um gegenwärtige politische Interessen. Wie alle ehemaligen Kolonialmächte versuchte Deutschland, rechtsverbindliche Verantwortlichkeiten zu bestreiten, um keinen Präzedenzfall zu schaffen. Denn sonst stünden schon bald andere in Berlin vor der Tür, um die Hand aufzuhalten, nämlich die Politiker aus Tansania, Kamerun, Togo und wo sonst überall das Kaiserreich seinen Platz an der Sonne zu erobern versucht hatte.

Doch auch aus namibischer Sicht verliefen die Fronten nicht so eindeutig. Viel war geschehen seit den Zeiten von Deutsch-Südwest, sosehr das mancher deutschstämmige Farmer bedauern mochte. Das südafrikanische Mandat, die Apartheid, der Befreiungskrieg. Seit der Unabhängigkeit 1990 sah es die Regierung als vordringlich an, eine geeinte namibische Nation zu formen. Tribalismus galt dabei als größtes Hindernis, und wenn Stämme wie die Hereros oder die Namas direkte Verhandlungen mit einem auswärtigen Staat suchten, stieß das in namibischen Regierungskreisen verständlicherweise auf erhebliche Widerstände. Von all dem war in der Diskussion kein Wort zu hören. Stattdessen bestätigte man sich gegenseitig in den seit langem bekannten Positionen.

In Claus' Notizbuch standen bisher nur die Namen und

Funktionen der Diskussionsteilnehmer, sonst hatte er es noch nicht der Mühe wert gefunden, etwas aufzuschreiben. Aller Wahrscheinlichkeit nach würde das auch für den Rest der Veranstaltung so bleiben. Als sich Herero Chief Riruako zum zweiten Mal in historischen Abschweifungen verlor, stand Claus von seinem Platz in der letzten Reihe auf und verließ den Theatersaal. Er hatte Hunger, wollte nur schnell irgendwo eine Currywurst essen, und in spätestens einer halben Stunde wäre er wieder zurück.

Er durchquerte das Foyer des *Hauses der Kulturen der Welt*. Draußen schüttete es wie aus Gießkannen. Der Regen schien die paar Lichter zu ertränken, die von der deutschen Hauptstadt sichtbar waren. Viel war hier im Berliner Tiergarten jedenfalls nicht los. Ob in der Nähe eine Imbissbude zu finden sein würde?

Einen Moment schwankte Claus, ob er wieder in den Saal zurückkehren sollte, doch dann zog er sich den Kragen hoch und stieg die Freitreppe hinab. Darunter, geschützt gegen den Regen, parkte ein Polizeiwagen. Die beiden Beamten saßen auf den Vordersitzen. Claus näherte sich und klopfte an die Scheibe. Langsam glitt sie herab.

«Entschuldigen Sie, wissen Sie vielleicht, wo man hier eine Kleinigkeit zu essen bekommen kann?»

Der Polizist auf dem Beifahrersitz deutete irgendwo nach links. «Da drüben ist ein Restaurant. *Die Auster.*»

«Ich dachte eher an eine Wurstbude.»

«Sie stehen wohl nicht auf Austern, wa? Aber das heißt nur so, weil der Bau hier ...» Er deutete nach oben. «... im Volksmund *Schwangere Auster* genannt wird, und da hat sich der Restaurantbesitzer wohl gedacht ...»

Im Funkgerät des Polizeiwagens knackte es. Der Polizist sagte: «Moment mal.»

«An alle Funkstellen und Revierstationen», sagte die Stimme

aus dem Funkgerät. «Eine wichtige Personenfahndung. Ein Täter flüchtig nach tödlichem Schusswechsel mit Kollegen der Bundespolizei. Tatzeit 19.50 Uhr, Parkhaus Hauptbahnhof. Der mutmaßliche Täter besitzt einen namibischen Pass auf den Namen Kaiphas Riruako und ist wahrscheinlich zu Fuß geflüchtet. Beschreibung: schwarze Hautfarbe, circa fünfundzwanzig bis dreißig Jahre alt, etwa 1,80 Meter groß, schlanke Statur, kurze, krause Haare. Bekleidet mit schwarzer Lederjacke und schwarzen Jeans. Vielleicht trägt er einen Reisekoffer mit sich. Vorsicht: Der Mann ist im Besitz einer Schusswaffe und sehr gefährlich.»

Ein Namibier namens Kaiphas Riruako? Claus beugte sich tiefer zum Fenster des Polizeiautos hinab.

«Scheiße!», sagte der Polizist.

«Hauptbahnhof!», sagte sein Kollege. «Vor gerade mal einer Viertelstunde.»

Der andere schien sich wieder an Claus zu erinnern. Er bedeutete ihm mit einer unwirschen Handbewegung weiterzugehen, und sagte: «Hier ist keine Wurstbude.»

Claus drehte sich weg, lief in den Regen hinaus und hörte noch, wie der Motor des Polizeiwagens gestartet wurde. Ob die beiden ihre Pistolen entsichert hatten und sich nun auf Mörderhatz begaben? Einen schwarzen Namibier erledigen wollten? Kaiphas Riruako. Der Herero Chief, der gerade auf dem Podium des Theatersaals den deutschen Kolonialismus angeklagt hatte, hieß Kuaima Riruako. Ein Verwandter? Zufall? Der Familienname war bei den Hereros durchaus verbreitet. Wie viele mochte es wohl davon geben? Tausend vielleicht? Aber die waren alle irgendwie miteinander verwandt.

Die Tropfen zerplatzten auf Claus' Haaren. Das tat gut, er musste jetzt kühlen Kopf bewahren, den Sachverhalt ruhig analysieren. Auch wenn es zweitausend Riruakos in Namibia geben sollte, so würden fünfundneunzig Prozent davon nie in ihrem Leben ins Ausland reisen. Nach Europa würden es höchstens zehn schaffen, und wenn einer davon Berlin besuchen würde, wäre das schon erstaunlich. Aber dass der sich gerade jetzt hier aufhielt, konnte kaum ein Zufall sein.

Ein Kaiphas Riruako hatte einen Polizisten umgebracht! Claus musste sofort die Kriminalpolizei informieren, denn die Deutschen würden niemals einen Zusammenhang mit der namibischen Delegation vermuten. Die wussten wahrscheinlich gar nichts von deren Aufenthalt in Berlin, geschweige denn, dass einer ihrer prominenten Repräsentanten Kuaima Riruako hieß. Claus blickte sich um. Der Streifenwagen vor der *Schwangeren Auster* war weg.

Claus ging weiter, tappte durch Pfützen, an dem Wasserlauf entlang, der im Rinnstein dem nächsten Gully zustrebte und dort gurgelnd verschwand. Auf der Straße des 17. Juni pflügten Autos durch das stehende Wasser. Für Momente stanzte das Licht ihrer Scheinwerfer Regenschnüre aus dem Dunkel, die Claus sonst nur auf den Asphalt niederprasseln hörte. In seinem Hirn trommelten die Fragen: Warum hatte ein junger Namibier einen Polizisten erschossen? Wieso trug er überhaupt eine Waffe mit sich herum? Was zum Teufel wollte er in Berlin? Ausgerechnet jetzt?

Vielleicht gab es wenigstens für die letzten beiden Fragen eine ganz einfache Erklärung. Zumindest das konnte Claus überprüfen. Als er das gelbe Schild eines Taxis auftauchen sah, winkte er und hatte Glück. Der Wagen hielt an, war frei und brachte ihn zu seinem Hotel. Das Mädchen an der Rezeption lächelte ihn freundlich an, doch Claus hatte es eilig, auf sein Zimmer zu kommen.

Noch bevor er die Jacke auszog, suchte er aus seinen Unterlagen die Liste der Reiseteilnehmer heraus. Da, Kuaima Riruako, aber kein Kaiphas und auch sonst kein Riruako! Sicherheitshalber ging Claus das Verzeichnis noch einmal durch. Gut, wenigstens das. Sonst wäre die politische Katastrophe perfekt gewesen. Kein Mensch würde sich mehr für das Anliegen der namibischen Delegation interessieren, wenn einer ihrer Vertreter hier Morde beging. Claus zog die nassen Klamotten aus und ließ sie auf den Teppichboden fallen. Im Bad drehte er die Dusche auf und stellte sich unter das heiße Wasser.

Trotzdem, zwei Riruakos, die gehörten irgendwie zusammen. Wenn der Herero Chief einen seiner Verwandten mit nach Berlin hätte nehmen wollen, hätte er ihn leicht in die Delegation einschleusen können. Als seinen Privatsekretär, als Leibwächter. Ob zweiundsiebzig oder dreiundsiebzig Personen flogen, wäre egal gewesen. Wenn er darauf verzichtet hatte, bedeutete das doch, dass der junge Riruako eben nicht mit der Delegation in Verbindung gebracht werden sollte. Weil er einen Auftrag hatte, der unbedingt geheim zu halten war? Plante der Riruako-Clan, planten die Hereros irgendeine Schweinerei? Aber welche und wozu? Sicher schien, dass es um keine Kleinigkeit ging, sonst wäre dieser Kaiphas nicht bewaffnet gewesen, sonst hätte er sich nicht gewaltsam gegen Polizisten gewandt. Claus musste unbedingt die deutschen Behörden informieren. Er stellte die Dusche ab, sah den Wassertropfen zu, wie sie die Glaswand hinabliefen. In dem kleinen Badezimmer stand der Dampf.

Zwei Riruakos.

Claus drehte die Dusche wieder an. Die deutsche Kriminalpolizei würde sich dieselben Fragen stellen wie er. Und nicht nur sich, sondern auch dem Herero Chief. Das würde für Wirbel sorgen, für Empörung. Seine namibischen Landsleute würden sich gegen die unglaublichen Unterstellungen verwahren, sie würden davon sprechen, dass nach altbekanntem Muster die

65

Nachfahren der Opfer zu Tätern gemacht werden sollten. Vielleicht würde die gesamte Delegation aus Protest abreisen, ohne die Schädel überhaupt gesehen zu haben.

Seit ihrer Auseinandersetzung am Frankfurter Flughafen war Claus nicht besonders gut auf den Herero Chief zu sprechen, aber das durfte jetzt keine Rolle spielen. Er war Namibier, er wusste, wie wichtig eine würdevolle Rückführung der Schädel für sein ganzes Land war, nicht nur für die Hereros und die Namas. Natürlich fühlte er sich verpflichtet, bei der Aufklärung eines Mordes mitzuhelfen, wenn er es denn konnte, aber sollte er deswegen eine Meute von Polizisten auf Kuaima Riruako hetzen? Ohne den Hauch eines Beweises, dass dieser etwas Illegales plante? Nur wegen einer Namensgleichheit? Wobei ja nicht einmal auszuschließen war, dass der Ausweis des Polizistenmörders gefälscht war oder dass die Deutschen den Namen nicht korrekt durchgegeben hatten.

Claus drehte das Wasser endgültig ab. Er hörte das Summen der Anlage, die sich vergeblich bemühte, den Nebel aus dem kleinen Raum abzusaugen. Claus tastete nach dem Badetuch und wickelte es sich um den Körper. Auf Höhe seines Gesichts wischte er einmal über den Spiegel, blickte in seine geröteten Augen und auf die Wassertropfen, die unter seiner Handbewegung kondensiert waren. Dann ging er zum Bett, setzte sich und griff zu seinem Handy.

00264, die Vorwahl von Namibia. Claus zögerte einen Moment. Die folgende Nummer hatte er seit über einem Jahr nicht mehr gewählt. Seltsamerweise wusste sein Daumen von selbst, welche Tasten er zu drücken hatte. So, als würde sich die Erinnerung in Knochen, Fleisch und Sehnen verkriechen, wenn man sie aus dem Gedächtnis zu verbannen suchte. Claus hörte dem Tuten zu. Wahrscheinlich ging sie sowieso nicht dran. Hatte das Handy irgendwo liegen lassen oder konnte nicht antworten, weil sie sich gerade mit einer Bande Krimineller prügelte, oder, ganz im Gegenteil, mit einem neuen Liebhaber ...

«Ja?»

Sie war es. Ein kleines Wort reichte aus, um alles wieder an die Oberfläche zu zerren. Wie sie sich geliebt und gestritten hatten. Die Momente, in denen er sicher gewesen war, ohne sie nicht leben zu können, und genauso die, in denen er begriffen hatte, dass es mit ihr auch nicht ging. Dass ihre Welt nicht seine war und dass sie es nicht schaffen würden, die Unterschiede einzuebnen. Es war nicht seine Schuld gewesen, nicht ihre, und weil das so schwer zu akzeptieren war, hatte er sich oft genug in lächerliche Vorwürfe geflüchtet. Zum Beispiel, dass sie sich nie mit Namen am Telefon meldete. Zumindest in dieser Hinsicht hatte sie sich nicht verändert.

«Clemencia? Ich bin's, Claus.»

«Na, das ist eine Überraschung.»

«Wie geht's dir?»

«Gut, das heißt, eigentlich ... Claus, es passt im Moment gerade ganz schlecht.»

Es hatte immer ganz schlecht gepasst. Claus sagte: «Ich freue mich auch, dich zu hören.»

«Ruf mich morgen an, ja?»

«Ich brauche dringend deine Hilfe», sagte Claus. Er schilderte kurz, was er über den Polizistenmord erfahren hatte. «Ich muss wissen, ob es einen Kaiphas Riruako überhaupt gibt. Und wenn ja, wie er mit dem Herero Chief verwandt ist, was er so tut und warum er nach Deutschland geflogen ist.»

«Hör zu, Claus, ich habe selber gerade genug am Hals und ...»

«Bitte!», sagte Claus.

Ein paar Sekunden herrschte Stille. Dann sagte Clemencia: «Ich kann dir nichts versprechen.»

Das konnte sie nie. Das hatte er auch nie verlangt. Claus sagte: «Danke!»

«Ruf mich in zwei oder drei Tagen wieder an!»

«Das ist zu spät, Clemencia, ich brauche ...»

Sie hatte schon aufgelegt. Kein «Und wie geht es dir?», kein «Pass auf dich auf!», kein Gruß, nichts. In welchen Schwierigkeiten sie auch stecken mochte, die paar Sekunden für ein, zwei persönliche Sätze hätte sie doch wohl erübrigen können. Claus ließ sich nach hinten fallen, streckte sich auf dem Bett aus. Er erinnerte sich, wie sie einmal neben ihm aufgestanden und ans Fenster ihres Zimmers in Katutura getreten war. Er hatte ihr nachgestarrt, und natürlich hatte sie das gespürt. Ohne sich umzudrehen hatte sie gesagt, dass er sie nicht mit Blicken ausziehen müsse. Sie sei sowieso schon nackt.

Claus lächelte.

Über den Kanal und den an ihm entlangführenden Gehweg spannte sich eine Doppelbrücke. Kaiphas hatte sich unter dem breiteren Bogen niedergelassen. Den Koffer hatte er in sicherer Entfernung vom schwarzen Wasser des Kanals abgestellt. Neben einer offenen Kiste aus Sperrholzlatten, die weiß Gott wer mal unter der Brücke entsorgt hatte. Kaiphas zog die Beine an. Von hier hatte er keinen guten Überblick, die Fluchtmöglichkeiten waren beschränkt, und obwohl in unmittelbarer Nähe keine Wohnhäuser zu liegen schienen, befand er sich auf öffentlichem, frei zugänglichem Gelände. Es war alles andere als ein gutes Versteck, doch wo hätte er denn hinsollen? Immerhin war es trocken. Und für den Notfall hatte er ja die Pistole. Es war eine Heckler & Koch P30. Im Magazin befanden sich noch vierzehn Patronen. Eine fehlte.

Kaiphas hatte das nicht gewollt. Wenn es ihm darum gegangen wäre, Polizisten abzuknallen, hätte er den anderen ja auch erschossen. Er hätte mehr als genug Zeit dafür gehabt, aber er hatte nicht abgedrückt, weil er kein Mörder war. Beim ersten, das war ein Unfall gewesen. Und selbst dafür war eigentlich nicht Kaiphas verantwortlich. Warum hatten die Polizisten auch unbedingt den Inhalt seines Koffers kontrollieren wollen?

Man würde sicher auf Hochtouren nach ihm fahnden. Sie wussten sogar seinen Namen, was bedeutete, dass er sich in keinem Hotel einmieten konnte. Dort hätte er bei der Anmeldung seinen Ausweis vorlegen müssen. Also galt es, sich so durchzuschlagen, bis es so weit war. Und danach? Wie sollte er die Passkontrolle am Flughafen passieren? Wie konnte er jemals wieder dieses verfluchte Land verlassen? Ohne große Hoffnung drückte Kaiphas noch einmal die Wahlwiederholung an seinem Handy. Er wartete und hörte die Ansage, dass diese Nummer zurzeit nicht erreichbar sei, bis zum Ende an. Die Mailbox war offensichtlich desaktiviert worden. Nicht erreichbar, Punkt. Er würde es später wieder probieren, die ganze Nacht hindurch. Schlafen würde er sowieso nicht können.

Er stand auf und ging am Kanalufer entlang bis zum Ende der Brückenwölbung. Es regnete noch immer, wenn auch schwächer als zuvor. Hoffentlich hörte es jetzt nicht auf, sonst würden vielleicht irgendwelche Nachtschwärmer auf die Idee kommen, einen Spaziergang hier am Wasser zu unternehmen. Auf der gegenüberliegenden Seite des Kanals, etwas zurückgesetzt, lagen Wohnblocks. Von hier unten konnte Kaiphas nur die Lichter in den Fenstern der oberen Stockwerke sehen. In manchen brannten Lampen, aus anderen flackerte der dunkler und heller werdende, nervös zuckende Widerschein von Fernsehbildern.

Ob die Nachrichten schon von dem toten Polizisten am Bahnhof berichteten? Verdammt, Kaiphas hatte das doch nicht gewollt! Er griff nach dem Lederbeutel mit dem Talisman, aber der half ihm nun auch nicht. Nichts konnte ihm helfen. Er starrte ins Dunkel. Auf seiner Seite des Kanals grenzte eine Mauer den Fußweg ab. Dahinter schien ein Park oder so etwas zu liegen. Kaiphas horchte durch das gleichförmige Plätschern des Regens. Er sog die feuchte Luft ein, glaubte für einen Moment die Ausdünstungen von Zebras und Springböcken aus ihr herauszuschnuppern.

Er fasste sich an die Stirn. Sie war kühl. Jetzt bloß nicht verrücktspielen! Namibia war zehntausend Kilometer entfernt, nein, noch viel weiter. Namibia gab es nicht mehr, zumindest nicht für ihn. Er war hier in diesem Berlin unrettbar gefangen, mit seinem Koffer und einer Pistole, in der sich vierzehn Patronen befanden. Er konnte noch ein paar seiner Feinde erschießen und dann mit der letzten Kugel ...

Er wandte sich um und hörte etwas, was wie fernes Donnergrollen anmutete. Rasch wandelte es sich in ein tiefes, weithin tragendes Stöhnen, und noch bevor es sich zu einem markerschütternden Brüllen auswuchs, wusste Kaiphas, dass es von einem Löwen stammte. Irgendwo hier schüttelte er seine Mähne und reckte den mächtigen Kopf nach oben. Ganz in der Nähe, höchstens ein paar hundert Meter entfernt. Ein Löwe brüllte seinen Schmerz oder seine Wut oder seine Einsamkeit in die Nacht, nur für ihn, für Kaiphas! Und für das Volk der Hereros. Und für das Land, das sie sich geteilt hatten, bevor es ihnen weggenommen worden war und bevor die Deutschen Jagd auf sie gemacht hatten. Es war ein Wunder. Kaiphas tastete nach dem Lederbeutel an seinem Hals.

Nein. Löwengebrüll mitten in Berlin, das konnte nicht sein. Doch Kaiphas hörte es genau, er spürte seine Haut vibrieren, es gab keinen Zweifel, dass ... Stopp. Eine Mauer. Ein umgrenztes parkähnliches Gelände. Die Ausdünstungen von Antilopen ...

Das war ein Tierpark! Ein Zoo. Kaiphas war ohne Ziel vom Bahnhof geflohen und eben zufällig hier gelandet. Er nickte.

Auch wenn es kein Wunder war, dass in einem Zoo Raubtiere gehalten wurden, auch wenn der Löwe hinter Gittern litt und sein restliches Leben lang vergeblich von Afrika träumen würde, spürte Kaiphas, wie eine seltsame Ruhe über ihn kam.

Er kehrte zu seinem Koffer zurück und setzte sich an die Mauer. Der Löwe brüllte nicht mehr, aber die Nacht war noch da, und Kaiphas wusste, was zu tun war. Die Sperrholzkiste stand neben ihm. Billiges, dünnes Material, das mit namibischem Kameldornholz sicher nicht mithalten konnte, doch besser als gar nichts. Kaiphas stand auf, legte die Kiste um, trat sie in Stücke und drehte die Drahtverklammerungen ab. Eine der Sperrholzlatten brach er in Längsrichtung durch und zog dann mit den Fingernägeln feine Splitter ab, die er sternförmig auf dem Asphalt ausrichtete.

Er überlegte, ob er eine Seite seines Reisepasses zum Anzünden verwenden sollte. Nein, das Holz war trocken genug, es würde auch so gehen, und manchmal geschahen ja kleine Wunder. Wenn ein Löwe mitten in Berlin brüllte, dann hatte vielleicht auch der zweite Polizist einen fremd klingenden Namen vergessen, sodass Kaiphas seinen Pass doch noch brauchen konnte. Er würde das irgendwie herauskriegen. So oder so würde er eine Lösung finden.

Das Feuerzeug war in seinem Koffer. Kaiphas drehte das Rädchen und hielt die Flamme an die Stelle, wo sich die Sperrholzsplitter kreuzten. Ein Holzfaden glimmte auf, färbte sich rot, rollte sich ein, erlosch. Zwei, drei Splitter begannen sich dunkel zu verfärben, sandten unwillig Rauchzeichen aus. Die Flamme des Feuerzeugs versengte Kaiphas' Daumenkuppe, aber er ließ nicht los. Schmerz gehörte dazu. Auch das Holz litt, wenn es angezündet wurde. Wenn es brannte und sich verzehrte, um Licht zu spenden und Wärme.

Endlich flackerte ein Flämmchen zaghaft auf und erlosch

gleich wieder in einem kaum wahrnehmbaren Lufthauch. Kaiphas hielt die linke Hand schützend vor das Holz, zündete noch einmal. Jetzt sprang die Flamme über, züngelte über dem glühenden Mittelpunkt der Späne, gewann Kraft und fraß sich leise knisternd voran. Kaiphas ließ das Feuerzeug fallen und legte sorgfältig etwas dickere Lattenstücke nach.

Die Flamme schüttelte den Kopf. Noch war sie schwach, noch kämpfte sie gegen den schnellen Tod. Sie umstrich das Holz mit blauen und weißgrauen Schlieren, umschloss es dann enger, gewann ihre Farbe zurück, loderte in leuchtender Kriegsbemalung, biss zu, ließ nicht locker, schlug höher, nahm sich, was sie zum Leben brauchte, und ihr Leben bestand darin, so lange zu brennen, bis nichts mehr da war, was sie in Asche verwandeln konnte.

Kaiphas legte nach, nicht zu viel und nicht zu wenig, immer an der richtigen Stelle. Er sah zu, wie aus der zarten Flamme ein vielköpfiges Ungeheuer wurde, das hier und da und dort und immer häufiger und immer gieriger nach oben züngelte, bis sich seine Häupter laut aufbrausend vereinigten. Kaiphas verfütterte ihm den Rest der Lattenstücke. Wie zum höhnischen Spiel lief das Feuer nun in Wogen über das Holz, ließ gequälten Rauch aus den noch nicht erfassten äußeren Enden quellen. Doch das waren die letzten Hilfesignale. Sie würden bald verpuffen. Das Feuer würde sich alles einverleiben, denn es war ein Raubtier, für das «gut» und «böse», «richtig» und «falsch» sinnlose Worte waren. Es musste töten, es musste fressen. Und es verspürte gewaltigen Hunger, hier, unter der Brücke, in seinem glühenden Nest.

4

WINDHOEK

Einige Mädchen des Waisenhauses steckten die Köpfe zusammen, die Jungs hatten sich in den Haaren, gruben Löcher in den Sand oder machten sonst irgendeinen Unsinn. Miki Selma schien es nicht zu bemerken. Sie jammerte hingebungsvoll vor sich hin. Wie sollte sie all die hungrigen Mäuler stopfen, wenn niemand mehr den Spendenfluss fürs *Living Rainbow Centre* am Laufen hielt? Ganz abgesehen von dem bescheidenen Gehalt, das sie sich selbst für ihre aufopferungsvolle Fürsorge zugestand. Miki Selma schüttelte den Kopf und sagte zum dritten Mal: «Kindchen, das wird uns alle ruinieren.»

«Nenn mich nicht Kindchen!», sagte Clemencia. Sie wusste selbst, dass die Entführung von Mara Engels eine berufliche Katastrophe darstellte. Allerdings nicht so sehr für Miki Selma. Auch wenn in deren Buchhaltung – so sie denn eine hatte – niemandem Einblick gewährt wurde, schien das Geschäftsmodell Waisenhaus überraschend gut eingeschlagen zu haben. Zumindest hatte sich Miki Selma schon vor einiger Zeit einen sündteuren Fernseher samt Satellitenschüssel angeschafft und letzten Monat noch ein Premiumpaket von Multivision abonniert. Angeblich, um in Fragen von Kindererziehung, gesunder Ernährung und Hygiene auf dem Laufenden zu bleiben. Die Hilfsgelder, die das ermöglicht hatten, mussten jedoch keineswegs versiegen. Gerade weil Mara Engels viele nützliche Verbindungen aufgebaut hatte, brauchte Miki Selma diese nur weiterhin zu pflegen, statt jeden Abend vor den Seifenopern im Fernsehen zu versumpfen.

Für Clemencia war die Lage dagegen wirklich fatal. Ein Koch, der gleich am ersten Arbeitstag die Steaks zu schwarzen Klumpen verbrannte, wurde gefeuert, und eine Personenschutzfirma, die ihre Kunden nicht zu schützen vermochte, würde bald keine mehr haben. Doch Clemencia gab nicht auf. Niemand war gegen Fehler gefeit, und manche Herausforderungen mochten so groß sein, dass man an ihnen scheitern musste, aber akzeptieren würde sie das erst, wenn sie alles Menschenmögliche versucht hatte. Vielleicht wurde sie von Schuldgefühlen getrieben, von einem obskurem Ehrgefühl oder simpler Professionalität, sie würde jedenfalls alles tun, um Mara und Samuel zu befreien.

Dass Engels sie gefeuert hatte, schnitt sie von weiteren Informationen ab und erschwerte ihre Ermittlungen beträchtlich, doch Ansatzpunkte gab es genug. Kangulohi war damit beschäftigt, alle Leute abzuklappern, die Clemencia eventuell angewählt haben könnte, bevor sie das Handy in die Brusttasche des Entführers gesteckt hatte. Weiterhelfen könnte auch Maras Landrover, in dem die beiden Gangster geflohen waren. Aus deren Sicht wäre es am klügsten gewesen, den Wagen irgendwo in Brand zu setzen, aber dafür war er zu wertvoll. Kein Krimineller auf dem ganzen Kontinent würde der Versuchung widerstehen können, ihn unter der Hand loszuschlagen. Wenn er selbst nicht wusste, wie und an wen, würde er versuchen, einen Schieberring einzuschalten. Möglichst einen mit guten Verbindungen nach Angola, denn einen Allradwagen dieser Preisklasse konnte man am besten bei den Neureichen im nördlichen Nachbarland loswerden.

Melvin hatte genickt, als ihm Clemencia am Abend zuvor ihre Überlegung mitgeteilt hatte. Das sei gar kein Problem, er kriege schon raus, ob ein geklauter Landrover auf dem Markt sei. Daran zweifelte Clemencia nicht. Ihr Bruder hatte schließlich lange genug selbst zu denen gehört, die sich zufällig an Ort und Stelle befanden, wenn irgendwo ein paar Computer oder Smartphones von einem Laster fielen.

«Hör dich nur ein wenig um!», hatte Clemencia gesagt.

«Keine Sorge.» Melvin war losgezogen, um ein paar Kumpels von früher in irgendwelchen Kneipen ausfindig zu machen. Jetzt, um acht Uhr morgens, war er immer noch nicht zurück.

«Eine Katastrophe!», seufzte Miki Selma und wandte sich einem der älteren Waisenmädchen zu, das sich herangewagt hatte. «Was willst du denn, Panduleni?»

«Müssen wir heute wieder Freiheitslieder singen?», fragte Panduleni.

Clemencia erwartete eine längere Ansprache Miki Selmas, in der klargestellt wurde, dass im Zusammenhang mit dem Singen von Freiheitsliedern «müssen» ein absolut unangemessenes Wort sei, man müsse «dürfen» verwenden, schon allein, weil man auch als Kind stolz sein müsse auf den heroischen Freiheitskampf des namibischen Volks, der sie alle – wie der Name schon sage – vom Joch der südafrikanischen Fremdherrschaft befreit habe, weswegen auch sie, die kleine, vorlaute Panduleni, in Freiheit leben könne, doch Miki Selma sagte nur: «Ach, macht doch, was ihr wollt!»

«Kriegen wir die Buntstifte?»

«Nein, wir müssen sparen.»

Panduleni zupfte an Miki Selmas Bluse.

«Nun geh schon, marsch!»

Panduleni zögerte und fragte dann: «Kommt Samuel gar nicht mehr zurück?»

«Herrgott, Trevor!», brüllte Miki Selma. Sie rauschte auf einen Jungen zu, der im Stacheldraht der Hofeinfriedung festhing.

Clemencia beugte sich zu Panduleni hinab. «Warum denkst du denn so etwas?»

«Na, Samuel sollte doch in ein großes Haus ziehen, mit Gras und Bäumen außenrum. Wo seine neue weiße Mama und sein neuer Papa wohnen.»

«Samuel hätte sich garantiert von euch verabschiedet. Ich glaube, er kommt noch einmal vorbei. Ich bin fast sicher.»

«Vielleicht hat er uns schon vergessen.»

«Hör zu, Panduleni, ich sorge jetzt dafür, dass Miki Selma euch die Buntstifte und Papier gibt, und du malst für Samuel ein schönes Bild mit euch allen drauf. Das schenkst du ihm, wenn er kommt, und dann wird er euch nie vergessen.»

Panduleni nickte ernsthaft. «Und einen Regenbogen male ich auch.»

Miki Selma stimmte überraschenderweise ohne großen Widerstand zu. Vielleicht hatte sie gespürt, dass sich ihre eigene Unruhe auf die Kinder übertragen hatte, und hoffte, sie mit den Malutensilien abzulenken. Während Clemencia zusah, wie Panduleni mit einem violetten Stift die erste krumme Linie eines Regenbogens über das Blatt zog, dachte sie an Samuels Blick während der Entführung. Diesen stummen Hilfeschrei.

Clemencia war davon ausgegangen, dass die Entführer Samuel nur mitgenommen hatten, weil Mara ihn so fest umklammert hielt und sie keine zusätzlichen Komplikationen provozieren wollten. Jetzt kam Clemencia dieser Gedanke plötzlich schäbig vor. Und vielleicht auch falsch. Samuel war genauso Opfer der Entführung wie Mara. Theoretisch könnte auch er das Ziel gewesen sein. Dann wäre Mara sozusagen der Beifang. Nur, was sollten die Täter mit einem kleinen Waisenjungen anfangen? Für so einen interessierte sich schließlich niemand. Nein, Mara war wichtig und wohlhabend, sie war ein lohnendes Ziel, ihr war vorher schon viermal gedroht worden.

Dennoch sollte man nicht voreilig urteilen. Eine Todsünde in ihrem Geschäft bestand darin, als Tatsache zu betrachten, was nur wahrscheinlich war. Clemencia strich Panduleni übers Haar und brach auf. Auf dem Weg zum Wagen versuchte sie noch einmal vergeblich, Melvin telefonisch zu erreichen. Hoffentlich stellte er keinen Blödsinn an. Clemencia stieg ein, fuhr Richtung Innenstadt los. Der kleine Samuel ging ihr nicht aus dem Kopf. Und wenn doch er gemeint war? Die Drohungen gegen Mara muteten im Nachhinein sowieso seltsam an. Es konnte zwar Sinn machen, die Frau des deutschen Botschafters unter Druck zu setzen, aber würde das jemand tun, der sie tatsächlich entführen wollte? Drohungen provozierten erhöhte Vorsicht und Gegenmaßnahmen. Wieso sollte sich ein Entführer die Sache unnötig erschweren?

Clemencia gab Gas, fuhr die Independence Avenue Richtung Süden. Erst an der Kreuzung mit der Bahnhofstraße stand die Ampel auf Rot. Da links residierte die Serious Crime Unit, im zweiten Stock war Clemencias Büro gewesen. Sie vermisste es nicht und ihre Kollegen noch weniger, dachte nur, dass es manchmal ganz praktisch wäre, einen Polizeiausweis zücken zu können, wenn man Informationen bei offiziellen Stellen einholen wollte. Das Taxi vor Clemencia fuhr an, und gleich darauf schaltete die Ampel auf Grün. Vor dem Juvenis Building, in dem das Ministerium für Geschlechtergleichheit und Kindeswohlfahrt untergebracht war, war sicher kein Parkplatz frei. So bog Clemencia nach links ab, fand einen in der Lüderitzstraße und ging die paar Schritte zum Ministerium zu Fuß.

Fragen, warten, weiterverwiesen werden, suchen, warten, fragen, warten. Zuletzt stand sie im Vorzimmer von Julius Tjitjiku, dem Leiter des Direktorats Kindeswohlfahrt. Um zwanzig nach neun trat ein älterer Mann aus dem Nebenzimmer. Ziemlich sicher Tjitjiku, denn sonst schien die Geschlechtergleichheit fest in Frauenhand zu ruhen. Jedenfalls war es der erste Mann, dem Clemencia im Ministerium begegnete. Sie sprach ihn an.

«Worum geht es?», fragte Tjitjiku.

«Eine Adoption.»

«Sie wollen ein Kind …?»

«Eine Adoption eines namibischen Waisenkinds durch prominente Ausländer», sagte Clemencia in der Hoffnung, dass das patriotisch genug klang, um ihn neugierig werden zu lassen. Als der Weltstar Madonna vor einiger Zeit in Malawi eine Adoption gerichtlich durchzusetzen versuchte, hatte das auch in Namibia zu Diskussionen geführt. Clemencia fuhr fort: «Ich würde gern wissen, ob da alles mit rechten Dingen zugeht.»

«Fünf Minuten», sagte Tjitjiku. «Kommen Sie rein!»

Es wurden zehn Minuten, dann fünfzehn. Tjitjiku wollte nicht wissen, warum und in welcher Funktion sich Clemencia für den Fall des Ehepaars Engels interessierte. Er schien darüber bestens informiert und scheute sich nicht vor klaren Worten. «Ich bin mit der Ministerin einer Meinung, dass solche Anfragen äußerst restriktiv zu behandeln sind. Das Oberste Gericht hat zwar eine Adoption durch Ausländer grundsätzlich erlaubt, doch wir sind der Meinung, dass eine Alternativlösung immer vorzuziehen ist. Kinder sind die Zukunft unseres Landes, sozusagen Humankapital, dessen Ausverkauf wir nicht unterstützen wollen. Außerdem, können wir es verantworten, wenn die Adoptiveltern in Europa oder Nordamerika irgendwann das Interesse an den Kindern verlieren? Dann haben wir keinerlei Eingriffsmöglichkeiten mehr. Und – ehrlich gesagt – halte ich dieses Baby-Shopping hier in Afrika grundsätzlich für widerwärtig. Sich ein süßes kleines schwarzes Kind anzuschaffen, weil man sonst schon alles besitzt? Wer Not lindern will, kann sein Geld auch anders ausgeben.»

Tjitjiku ging nicht speziell auf das Ehepaar Engels ein, doch Clemencia fragte sich, ob es eine Rolle spielte, dass ausgerechnet ein deutscher Diplomat einen Herero-Jungen adoptieren wollte. Nach dem Namen zu schließen, war Tjitjiku selbst Herero. Wer wusste schon, was seinen Vorfahren während der Kolonialzeit angetan worden war? Clemencia sagte: «Ich dachte, die Adoption durch das Ehepaar Engels sei so gut wie perfekt.»

«Im Gegenteil. Der Antrag ist noch nicht endgültig abgelehnt, aber ich habe Frau Engels mitgeteilt, dass es sehr schlecht aussieht.»

Sieh mal einer an, dachte Clemencia, das hat sich bei Mara aber ganz anders angehört! Laut sagte sie: «Dann bin ich ja beruhigt. Danke!»

Tjitjiku erhob sich und streckte ihr die Hand entgegen. «Sie können sicher sein, dass wir das Wohl gerade der benachteiligten Mitglieder unserer Gesellschaft schützen werden.»

Clemencia verabschiedete sich. Die vage Idee, die sie hierhergeführt hatte, hatte sich als Volltreffer erwiesen, wenn Tjitjiku die Wahrheit gesagt hatte. Und warum sollte er das nicht tun? Mal angenommen, die Engels hatten keine Möglichkeit mehr gesehen, Samuel auf legalem Weg zugesprochen zu bekommen, wollten sich aber partout nicht damit abfinden, nach allem, was die beiden dem Kleinen versprochen und sich selbst ausgemalt hatten. Konnten sie da nicht auf die Idee kommen, das Problem anders zu lösen? Zwei Männer bezahlen, eine Entführung inszenieren?

Während die Polizei die Townships von Windhoek durchkämmte und Herr Engels angeblich um das Leben seiner Frau bangte, saß diese längst im Flugzeug nach Deutschland. Mit einem kleinen schwarzen Jungen neben sich, der sich nicht verplappern würde, weil er nicht sprach. Sie würde Papiere für Samuel brauchen, doch die konnte sie über ihren Mann und die Botschaft ausstellen lassen. Vielleicht reichte ja auch die Bestätigung eines Arztes, dass Samuel wegen irgendeiner Krankheit unbedingt in Deutschland behandelt werden müsse. Botschafter Engels musste noch ein paar Wochen in Namibia ausharren. Da die Entführten aber logischerweise nicht gefunden werden würden, konnte er irgendwann völlig verzweifelt aufgeben und ebenfalls zurückkehren. Schon wäre das Familienglück perfekt.

Clemencia ging am Kudu-Denkmal vorbei. Das Straßencafé im spitzen Winkel zwischen Independence Avenue und Moltke Street hatte geöffnet, die Sonnenschirme über den Tischen im Freien waren aufgespannt. Clemencia bestellte einen Milchkaffee und rief eine Bekannte bei Air Namibia an, der einzigen Fluglinie mit einer täglichen Direktverbindung nach Deutschland. Anscheinend gab es dort nicht viel zu tun, denn Clemencia bekam sofort Auskunft. Gestern Nachmittag sei kein Flug gegangen, nur heute um sechs Uhr dreißig, doch da stehe keine Mara Engels auf der Passagierliste. Clemencia bat darum, auch die anderen Flüge, speziell die über Johannesburg, durchzuchecken. Sie würde später wieder anrufen.

Es wäre auch zu einfach gewesen. Clemencias neue Theorie brach damit jedenfalls nicht zusammen. Sie erklärte zu viel, zum Beispiel, wie die beiden Bewaffneten vom Ausflugsziel Okapuka wissen konnten. Sie erklärte, wieso Mara *und* Samuel im Auto sitzen bleiben mussten, sie erklärte die angeblichen Drohbriefe, mit denen die Engels auf die Entführung eingestimmt hatten, und letztlich erklärte sie sogar, warum Clemencia engagiert worden war. Ihre Aufgabe hatte keineswegs darin bestanden, Mara zu beschützen, sondern als glaubwürdige Zeugin zu dienen. Sie sollte nur bestätigen, dass die Frau des Botschafters wirklich entführt worden war. Von großem Zutrauen zu Clemencias Fähigkeiten zeugte das nicht. Doch noch war nicht aller Tage Abend.

Auf dem Bürgersteig spazierten Passanten vorbei. Keiner hatte es eilig, alle schienen sich dem gemächlichen Tempo der Hauptstadt anzupassen. Ein Zeitungsverkäufer bot an der Kreuzung die Tageszeitungen an. Potenzielle Kunden taxierte er kurz und hielt ihnen dann das seiner Einschätzung nach passende englisch-, afrikaans- oder deutschsprachige Blatt entgegen. Soweit Clemencia es beobachten konnte, irrte er sich dabei nie. Wie hatte sie sich dagegen von den Engels so täuschen lassen können? Hätte sie nicht bemerken müssen, dass der Botschafter um Mara nicht ernstlich besorgt war? Dass Mara vom Überfall am Tor von Okapuka nicht wirklich überrascht worden war?

Langsam, noch war nichts bewiesen. Immerhin hatte Clemencia nun neue Ansatzpunkte. Nach den zwei Bewaffneten, dem Bodybuilder und seinem Kumpel, musste sie im Umfeld der Engels suchen. Und wo würde Mara mit dem kleinen Samuel unterschlüpfen, wenn sie nicht sofort das Land verlassen hatte?

Samuel. Obwohl sein Gesicht manchmal wie das eines Greises wirkte, war er doch nur ein Kind. Ein Fünfjähriger, an dem alle und alles herumzerrten. Das Trauma des Unfalls, der Tod seiner Eltern, Miki Selmas Erziehungsmethoden, die besitzergreifende Fürsorge der Engels, die politischen Leitlinien der Ministerialbürokratie. Und nun war er in einen Überfall hineinmanövriert worden und wurde wahrscheinlich irgendwo versteckt gehalten. So sollte keine Kindheit aussehen!

Clemencia musste an das Missverständnis vorhin im Ministerium denken. Tjitjiku hatte gefragt, ob sie ein Kind adoptieren wolle. Es hatte überrascht geklungen, als wäre es das Letzte, was Clemencia zuzutrauen wäre. Tatsächlich war ihr ein derartiger Gedanke nie in den Sinn gekommen, sie hatte nicht einmal ernsthaft überlegt, ob sie vielleicht selbst ein Kind in die Welt setzen sollte. Bei dem Leben, das sie geführt hatte, hatte eine solche Frage nie zur Debatte gestanden.

Der Kampf um Anerkennung bei den Machos der Kriminalpolizei, ihre Karriere dort, Überstunden noch und noch, Aktenstudium und Tatortsicherungen bis spät in die Nacht, Festnahmen und Verfolgungsjagden samt der Gefahr, irgendwann nicht zurückzukehren, weil ein Krimineller seine Freiheit für wertvoller als ihr Leben hielt. Nicht zu vergessen das miese Gehalt, mit dem Clemencia lange Zeit auch ihre Verwandtschaft durchfüttern musste, die Wohnsituation und, und, und. Wo wäre bei all dem Platz für ein Kind gewesen? Mal ganz abgesehen davon, dass ein Mann, der als Vater in Frage gekommen wäre ...

Clemencias Handy klingelte. Melvin vielleicht? Clemencia sagte: «Ja?»

«Clemencia? Hier Claus.»

Clemencia war zu verblüfft, um zu antworten. Sie dachte gerade über hypothetische Väter hypothetischer Kinder nach, und genau in dem Moment rief ihr ehemaliger Freund an? Mit dem sie zwei Jahre lang mal mehr, mal weniger zusammen gewesen war, bis sie ihn zum Teufel geschickt hatte, weil er einmal zu oft geglaubt hatte, besser als sie selbst zu wissen, was für sie gut war.

«Hast du schon etwas herausgefunden?»

«Guten Morgen», sagte Clemencia.

«Ja, natürlich, guten Morgen. Entschuldige, dass ich dich so überfalle, aber es ist wirklich wichtig. Die Sache mit Kaiphas Riruako.»

Clemencia hatte zu viel am Hals gehabt, um auch nur einen Gedanken an Claus' Anfrage von gestern Abend zu verschwenden. Sie sagte: «Stellst du dir im Ernst vor, ich hätte die ganze Nacht über ...»

«Dein Privatleben geht mich nichts an, ich weiß. Ich brauche aber dringend deine Hilfe. Hier in Deutschland hat ein Riruako einen Polizisten ermordet, und es könnte leicht sein, dass das nur der Anfang war. Die politischen Wellen, die das schlagen wird, sind noch gar nicht abzusehen.»

«Warum kümmerst du dich nicht einfach um deinen eigenen Kram?»

«Das *ist* mein Kram, ich bin Journalist», sagte Claus. Nach einer kurzen Pause fügte er hinzu: «Und Namibier.»

Ja, das war er, ein weißer, deutschstämmiger Namibier, der manchmal dazu neigte, sich in Dinge einzumischen, die ihn nicht betrafen, und dabei alles besser zu wissen. Clemencia fragte: «Könntest du dir eigentlich vorstellen, ein kleines schwarzes Waisenkind zu adoptieren?»

«Wie bitte?»

«Einen fünfjährigen Herero-Jungen zum Beispiel?»

«Ich?», fragte Claus. «Clemencia, ich sitze hier in Berlin, ich bräuchte ein paar Informationen und …»

«Also nein?»

Einen Moment herrschte Schweigen, dann sagte Claus: «Darüber habe ich nie nachgedacht. Ich glaube, wenn schon Kinder, dann eigene.»

«Warum?» Clemencia schabte mit dem Kaffeelöffel an den eingetrockneten Milchschaumresten in ihrer Tasse herum. Von der Independence Avenue her hupte es laut und eindringlich. Ein Lieferwagen war mitten in der Fahrspur stehen geblieben und blockierte den Verkehr. Die Warnblinkanlage ging an, der Fahrer des Lieferwagens stieg aus und breitete die Arme aus, zum Zeichen, dass an dem Stau leider nichts zu ändern wäre.

«Weil eigene Kinder von deinem Fleisch und Blut stammen», sagte Claus. «Wenn du selbst tot in der Kiste liegst, ist noch etwas von dir da, was lebt und atmet.»

«Du willst Kinder, um den Tod auszutricksen?»

«Clemencia, was ist los mit dir?»

Gar nichts war los mit ihr. Es hatte sie eben interessiert, was er dazu dachte. Sie sah zu, wie der Lieferwagenfahrer auf der Independence Avenue den Laderaum öffnete, und fragte ins Handy: «Wie hieß dein Mörder da in Berlin gleich?»

Botschafter Engels war am Morgen nicht ins Büro gefahren. Er hatte seine Sekretärin angerufen und die Arbeitsbesprechung in der Vertretung der Europäischen Kommission absagen lassen. Den zweiten Termin des Tages, die Auszeichnung der Gewinner des Rednerwettbewerbs an der Deutschen Höheren Privatschule, würde Borowski, sein Chargé d'Affaires, übernehmen. Auch die Haushälterin hatte Engels nach Hause geschickt, gleich nachdem sie eingetroffen war. Schon der Gedanke, dass sie den Staubsauger durch die Zimmer brummen lassen würde, machte ihn wahnsinnig. Im Haus hatte es Engels dennoch nicht ausgehalten. Seit acht Uhr saß er mit iPad, Festnetztelefon und Handy auf der Terrasse und wartete auf eine Nachricht der Entführer.

An der Vogeltränke unter dem Zitronenbaum waren die üblichen Senegaltauben aufgetaucht, eine Bande Mausvögel, ein Paar Glanzstare und ein kleiner bräunlicher Vogel, den Engels nicht zu identifizieren wusste. Für einen Moment war er versucht gewesen, das Bestimmungsbuch zu holen, hatte aber dann doch darauf verzichtet. Er wollte sich unter keinen Umständen vom Telefon wegbewegen. Und überhaupt, was interessierte ihn, wie dieser verdammte Vogel hieß?

Von Minute zu Minute war Engels unruhiger geworden. Wieso meldeten sich die Entführer nicht? Wollten sie kein Lösegeld? War ihnen die Sache aus den Händen geglitten, war Mara entkommen und irrte irgendwo umher? Oder war sie gar tot? Nein, so etwas durfte er überhaupt nicht denken! Er hätte es auch nicht getan, wenn ihm nicht die Nachricht auf dem Anrufbeantworter im Kopf herumgegeistert wäre: *Frau Engels, Sie haben doch ein Grab bei uns gemietet.*

84

Um zehn Uhr fünfundzwanzig rief Engels bei der Friedhofsverwaltung in Freiburg an. Er erklärte, dass seine Frau auf Reisen sei und er in ihrem Auftrag das verwüstete Grab wiederherrichten lassen wolle. Ob man denn schon wisse, wer die Vandalen gewesen seien? Nein? Ein dummer Jungenstreich vielleicht? Aber warum gerade dieses Grab? Engels erkundigte sich vorsichtig weiter und erfuhr, dass dort ein gewisser Eugen Fischer begraben lag, ein Professor, der bereits 1967 gestorben war. Mara kam seit acht Jahren für die Miete auf.

Also seit dem Todesjahr ihrer Mutter, von der sie die Verpflichtung wahrscheinlich übernommen hatte. Vage glaubte sich Engels zu erinnern, dass Maras Großvater mütterlicherseits Fischer geheißen hatte. Der Name war durchaus verbreitet, doch wenn keine Verwandtschaft bestünde, hätte sich Mara wohl nicht um das Grab gekümmert. Vielleicht hatte sie Engels sogar davon erzählt, und er konnte sich nur nicht daran erinnern. Er dankte dem Friedhofsmitarbeiter, legte auf und schaltete das iPad ein.

An erster Stelle zeigte Google einen Wikipedia-Eintrag zu «*Eugen Fischer (Mediziner)*» an. Engels öffnete ihn. *Eugen Fischer, geboren 1874, gestorben am 9. Juli 1967 in Freiburg im Breisgau.* Das musste er sein. Engels stieß schon in der dritten Zeile des Artikels auf die Formulierung «*... unternahm er eine Forschungsreise zum Studium von Rassenkreuzungen in Deutsch-Südwestafrika.*» Engels überflog den Rest des Textes: «*... Vorsitzender des Kaiser-Wilhelm-Instituts für Anthropologie, menschliche Erblehre und Eugenik ... Befürworter der Rassengesetze .. Wegbereiter der nationalsozialistischen Rassentheorien.*» Um Gottes willen, ein Rassenhygieniker der allererersten Garde! Wieso hatte Mara nie von einer solchen Verwandtschaft gesprochen?

Engels suchte nach weiteren Internet-Artikeln und gewann schnell ein genaueres Bild. Eugen Fischer hatte eine sehr deutsche Karriere durchlaufen. Problemlos hatte er sich vom Kaiserreich über das rechtsbürgerliche Milieu der Weimarer Republik und die zwölf Jahre des Tausendjährigen Reichs in die bundesrepublikanische Nachkriegszeit durchlaviert und war dabei immer ganz oben geschwommen. Den Nazis war er eifrig genug zur Hand gegangen, um noch 1944 zu seinem siebzigsten Geburtstag von Hitler nicht nur Glückwünsche zu empfangen, sondern auch den Adler-Schild, die höchste Wissenschaftsauszeichnung des Dritten Reichs. Ob damit Fischers vorauseilende Rechtfertigung von Euthanasie- und Sterilisationsprogrammen geehrt wurde, war nicht eindeutig nachzuvollziehen.

Zu seinem Glück fiel die bedingungslose Zusammenarbeit seines Instituts mit den Lagerärzten von Auschwitz in die Zeit nach seiner Emeritierung. Da Fischer wegen unterschiedlicher Akzentsetzungen in der Frage der rassischen Veredelung Deutschlands manchmal auch mit Nazi-Positionen in Konflikt geraten war, stilisierte er sich nach dem Krieg erfolgreich zu einem verkappten Regimegegner. Er blieb unbehelligt, lebte hoch angesehen in Freiburg und starb friedlich im Alter von dreiundneunzig Jahren.

Noch interessanter für Engels waren Eugen Fischers Beziehungen zu Südwestafrika, dem heutigen Namibia. Die Forschungsreise, die ihn 1908 hierhergeführt hatte, diente in erster Linie dazu, die Gültigkeit der Mendel'schen Vererbungsgesetze beim Menschen nachzuweisen. Als Studienobjekt hatte sich Fischer dafür die Baster ausgesucht, die als Nachkommen von südafrikanischen Buren und Nama-Frauen in Rehoboth eine weitgehend abgeschlossene Gesellschaft bildeten. Auf dieser Reise bot sich aber auch die Gelegenheit, die Alexander-Ecker-Schädelsammlung der Freiburger Universität mit Fundstücken aufzustocken. Fischer, der von 1900 bis 1927 persönlich für die Sammlung verantwortlich war, ließ Gräber von «Eingeborenen» öffnen, entwendete die Leichname und sandte Schädel für rassenanatomische Untersuchungen nach Deutschland.

Engels blickte vom iPad auf und sah einem Perlhuhn zu, das unter den Bougainvilleen pickte.

Vor mehr als hundert Jahren hatte genau der Mann Gräber geschändet, dessen Grab nun selbst verwüstet worden war. Dieser Mann war wahrscheinlich mit Mara verwandt, vielleicht ihr Urgroßvater. Und Mara war praktisch zeitgleich mit dem Freiburger Vandalenakt hier in Namibia entführt worden, während sich ebenfalls gerade jetzt eine namibische Delegation in Deutschland aufhielt. Diese wiederum wollte zwanzig der damals geraubten Schädel zurückholen und schleppte dabei einen Rattenschwanz an Rassismus- und Kolonialismusvorwürfen hinter sich her, die allesamt auf den Anfang des letzten Jahrhunderts zurückverwiesen. Damit schloss sich der Kreis. Wie auch immer das alles zusammenhängen mochte, es erschien Engels mehr als beunruhigend.

Warum nur hatte Mara ihn nicht rechtzeitig informiert? Er hätte die Drohbriefe wesentlich ernster genommen, er hätte gespürt, dass es um Politik ging, er hätte geahnt, dass etwas im Busch war. Er blickte auf das Telefon neben dem Computer. Wie sich die Sache nun darstellte, würden sich die Entführer kaum mit einem simplen Lösegeld abspeisen lassen. Wenn sie überhaupt irgendetwas erpressen wollten. Wenn es sich nicht um Fanatiker handelte, die sich an den Nachkommen eines Manns rächen wollten, der ihnen zu Kolonialzeiten mit den Schädeln der Ahnen auch die Würde geraubt hatte.

Doch das war vor mehreren Generationen geschehen, dafür hafteten doch nicht die Urenkel! Mara selbst konnte nun wirklich keine rassistische Einstellung unterstellt werden. Ganz im Gegenteil, Engels hatte sie oft genug bremsen müssen, wenn sie sich in Diskussionen mit namibischen Amtsträgern zu sehr mit den Opfern des Kolonialismus identifizierte. Für rachsüchtige Hereros gäbe es jedenfalls unter den Deutschstämmigen hierzulande eine Menge lohnendere Ziele. Aber wer wusste schon, wie die Entführer dachten? Ob sie sich überhaupt etwas überlegt hatten oder nur aus unbändigem Hass ...?

Ruhig bleiben!, dachte Engels. Was weißt du, was kannst du aus den Fakten schließen, was ist zu tun? Er war ziemlich sicher, dass Maras Entführung in einem größeren Zusammenhang stand. Es ging um historische Schuld, vielleicht um Vergeltung und höchstwahrscheinlich um Politik. Das bedeutete, dass er die Entführung nicht mehr als Privatangelegenheit behandeln konnte. Er musste augenblicklich das Auswärtige Amt informieren. Wahrscheinlich hätte er das schon längst tun sollen.

Engels begann, seinen Bericht auf dem iPad zu entwerfen. Er formulierte vorsichtig, hütete sich vor Hypothesen, die nicht zu beweisen waren, stellte die Tatsachen aber so dar, dass sich bestimmte Schlussfolgerungen aufdrängten. Als er gerade überlegte, ob er eingestehen sollte, von der Verwandtschaftsbeziehung zwischen Mara und Eugen Fischer nichts geahnt zu haben, klingelte sein Handy. Er atmete tief durch und versuchte, ruhig zu klingen, als er sich mit Namen meldete.

«Botschafter Engels persönlich?», fragte der Anrufer auf Englisch. Es war ein Mann, der Stimme nach eher jünger, um die dreißig Jahre vielleicht.

«Ja. Mit wem spreche ich?»

«Glückwunsch!», sagte der Anrufer. «Sie haben eine sympathische Frau geheiratet. Es würde uns wirklich leidtun, sie umbringen zu müssen, aber ...»

«Mara!»

«... aber Sie können das leicht verhindern, Herr Botschafter.»

«Lassen Sie mich mit meiner Frau sprechen!»

«Von uns aus können Sie Tage, Monate, Jahre mit ihr sprechen, doch vorher werden Sie eine öffentliche Rede halten. Und zwar bei der Gedenkfeier für die aus Berlin kommenden Schädel unserer Ahnen. Da werden Sie im Namen Ihrer Regierung ein eindeutiges Schuldeingeständnis für den Völkermord an den Hereros ablegen. Sie werden erklären, dass Deutschland zu seiner historischen Verantwortung steht und alles tun wird, um seine Schuld wiedergutzumachen. Ein paar konkrete Ideen dafür werden Ihnen sicher einfallen. Wir hoffen sehr, dass Ihnen eine überzeugende Rede gelingt. Und ich vermute, Ihre Frau wäre darüber noch glücklicher als wir.»

«Geben Sie mir Mara!», presste Engels hervor. «Wie weiß ich denn, dass sie ...»

«Eine gute Rede und sie kommt unversehrt zu Ihnen zurück. Eine schlechte oder mittelmäßige Rede und sie ist tot. So einfach ist das.»

«Warten Sie!», rief Engels, doch der Anrufer hatte schon aufgelegt.

Wie gelähmt blieb Engels ein paar Sekunden sitzen. Dann sprang er auf, lief zum Ende der Terrasse, kehrte zum Tisch zurück, griff noch einmal zum Handy. Nein, natürlich zeigte das Display die Nummer des Anrufers nicht an. Vielleicht könnte ein Spezialist der Telefongesellschaft das Gespräch zurückverfolgen, doch wahrscheinlich schien Engels das nicht. Er hatte es nicht mit tumben Kriminellen zu tun, sondern mit politischen Aktivisten, die einem ausgefeilten Plan folgten. Sicher hatten sie mit einem geklauten Handy oder über eine nicht zuzuordnende Internetverbindung angerufen.

Engels ließ sich in seinen Sessel fallen. Die Gedenkfeier im Parlamentsgarten sollte in drei Tagen stattfinden. Die Schädel würden direkt vom Flughafen dorthin gebracht werden. Um zehn Uhr vormittags sollte die Veranstaltung beginnen. Engels sah auf die Uhr. Er hatte noch ziemlich genau siebzig Stunden Zeit, um eine Lösung zu finden.

Er fragte sich, ob Mara wohl gefesselt und geknebelt war. Ob sie irgendwo in einer dunklen Hütte lag, ohne sich rühren zu können. Ob sie immer die gleichen Gedanken hin und her wälzte. Und ob sie daran glaubte, ihn jemals wiederzusehen. Aus irgendeinem Grund erinnerte er sich an einen gemeinsamen Strandspaziergang nördlich von Swakopmund. Aus der Namib hatte ein heißer Ostwind geblasen, und Mara hatte die Schuhe ausgezogen, um an der Wasserlinie im Sand zu gehen. Plötzlich war sie stehen geblieben, mit dem Gesicht zum Meer. Sie hatte die Sandalen fallen lassen, die Arme ausgebreitet und die Finger abgewinkelt, sodass sie an die Flügelspitzen einer Möwe erinnerten.

«Komm mit!», hatte Mara ihm zugerufen.

«Wohin?», hatte Engels gefragt.

«Über den Atlantik.»

«Flieg du schon mal vor!», hatte er gesagt.

«Nicht ohne dich», hatte Mara gesagt, und für einen Moment hatte er geglaubt, dass sie beide tatsächlich bis ans andere Ende der Welt fliegen könnten, wenn er es nur ernsthaft versuchen würde. Doch dann hatte er sie nur von hinten umarmt, und so hatten sie eine Zeitlang der Brandung zugehört.

Engels' Blick fiel auf den Bildschirm des iPads. Er markierte den Bericht, den er für das Auswärtige Amt entworfen hatte, und löschte alles.

Die Residenz des deutschen Botschafters lag nicht in einem einfachen Garten, sondern in einem sorgsam gepflegten, fast unwirklich grünen Park. Er zog sich einen Hang hinauf, der auf unterschiedlichen Höhen terrassiert worden war, um überdachten Parkplätzen, dem Swimmingpool, einer schilfgedeckten

Lapa mit gemauertem Grill und einer streichholzkurz gemäh-
ten Rasenfläche Raum zu bieten. Mit Oleandern eingefasste
Treppchen und gepflasterte Wege führten zur Villa am höchs-
ten Punkt des Grundstücks. Von der Hauptterrasse aus hatte
man einen weiten Blick über das Klein-Windhoek-Tal bis zu den
kahlen, sonnenverbrannten Bergketten vor dem Horizont.

Diese Postkartenidylle ließ nicht erahnen, dass sich keine
zehn Kilometer entfernt zweihunderttausend Menschen in Katutura und den umliegenden Townships drängten. Wenn Mara
Engels zum Waisenhaus gefahren war, musste das für sie jedes
Mal eine Expedition ins wirkliche Leben bedeutet haben. Oder
in die Hölle, aus der sie – koste es, was es koste – einen Waisenjungen erlösen wollte.

Clemencia war nicht wenig überrascht gewesen, als Engels
sie hierhergebeten hatte. Noch mehr erstaunte sie, dass er sie
nun geradezu anflehte, wieder für ihn zu arbeiten. Geld spiele
keine Rolle, sie müsse Mara finden und das unverzüglich. Clemencia musterte Engels. Seit sie ihn vor zwei Tagen zum ersten
Mal gesehen hatte, schien er um Jahre gealtert zu sein. Dass sein
Haar grauer geworden war, mochte sie sich einbilden, aber
seine Gesichtszüge waren zweifelsfrei eingefallen und wirkten sterbensmüde. Auch den Oberkörper hielt er weniger gerade. So, als sei etwas in ihm zerbrochen oder zumindest an-
geknackst. Clemencia fragte: «Wieso ich? Wieso jetzt?»

Engels begann zögernd zu sprechen und nahm nur langsam
Fahrt auf. Er berichtete über Maras Verwandtschaft mit einem
gewissen Eugen Fischer, über dessen Karriere in Kolonial- und
Nazizeiten, über ein verwüstetes Grab in Deutschland, und dann
ging es Schlag auf Schlag: ein anonymer Anruf, eine äußerst
seltsame Erpressungsforderung, die Hereros, die Schädeldelegation, Verschwörungen hier und da und überall. So unwahrscheinlich sich seine Geschichte anhörte, sosehr sie auch dem

Bild widersprach, das sich Clemencia von einer nur vorgetäuschten Entführung gemacht hatte, wirkte Engels keineswegs so, als lüge er sie bewusst an. Er ließ heraus, was ihm in der Seele brannte, und er schien zu glauben, was er sagte. Oder war er nur ein begnadeter Schauspieler?

«Warum ich?», fragte Clemencia noch einmal. «Sie haben mir doch gestern klar zu verstehen gegeben, dass Sie meinen Fähigkeiten misstrauen.»

«Sie sind meine einzige Chance», sagte Engels. «Wenn Mara nicht vorher befreit wird, werde ich die Forderung der Entführer erfüllen müssen. Was soll ich denn sonst tun? Meine Frau abschlachten lassen?»

«Die Polizei hat wesentlich mehr Möglichkeiten als ich, um ...»

«Verstehen Sie doch, die Suche muss unbedingt im Verborgenen ablaufen! Wenn ich die Polizei einweihe, weiß sofort auch die Politik Bescheid, die Medien, meine Mitarbeiter in der Botschaft. Sobald etwas nach Berlin durchdringt, bin ich weg vom Fenster. Die lassen mich doch keine öffentliche Rede halten, mit der ich ihre ganzen Grundsätze über den Haufen werfe und Reparationen für die Hereros zusage. Selbst wenn ich noch so sehr versprechen würde, die offizielle Position der Bundesrepublik Deutschland zu vertreten, das riskieren die doch nicht! Und natürlich zu Recht!»

Clemencia hatte während ihrer Jahre in der Serious Crime Unit jede Menge Strategien von Kriminellen kennengelernt. Da waren die, die jedes Wort verweigerten, um keinen Fehler zu begehen, und solche, die kalt lächelnd die abstrusesten Geständnisse unterzeichneten, um später glaubhafter behaupten zu können, die Polizei habe die Aussagen aus ihnen herausgeprügelt. Andere versuchten jede Schuld auf Dritte abzuwälzen, seien es die eigenen Kumpel oder ein geheimnisvoller Unbekannter. Wieder andere gaben ellenlange Erklärungen und Ausflüchte zum Besten. Noch nie hatte Clemencia allerdings erlebt, dass sich jemand ein Dilemma zusammenphantasierte, das mit dem Tatvorwurf nichts zu tun hatte. So, wie Engels jetzt. Hielt er die Rede nicht, gefährdete er das Leben seiner Frau, hielt er sie, war es mit seiner Diplomatenkarriere vorbei.

Konnte er diese Zwangslage erfunden haben, nur um davon abzulenken, dass Mara und er Samuel illegal nach Deutschland bringen wollten? Wieso sollte er Clemencia ein solches Theater vorspielen, wo er sie doch schon ausgebootet hatte? Der Verdacht, der ihr bis vor wenigen Minuten so fest gewebt erschienen war, löste sich wie durch Geisterhand auf, die Argumente, die für ihn gesprochen hatten, wirkten plötzlich dünn und fadenscheinig. Nur weil das so schnell ging, zu schnell, und weil Clemencia gelernt hatte, lieber einmal zu oft als einmal zu selten misstrauisch zu sein, fragte sie: «Und was ist mit Samuel?»

«Mit Samuel?»

«Hat der Anrufer ihn denn gar nicht erwähnt?»

«Nein, er sprach nur von meiner Frau. Ich denke, ich hoffe, dass Samuel mit ihr ...» Engels brach ab, schüttelte den Kopf, sagte: «Ich hätte nach ihm fragen müssen, aber ich habe in der Aufregung einfach nicht daran gedacht.»

Von Osten her brummte ein Flugzeug heran. Eine kleine Propellermaschine, wie sie die reichen weißen Farmer benutzen, um in die Stadt zu gelangen. Das Ding flog tief und drehte nun in Richtung des Eros-Flugplatzes ein.

«Was wollen Sie eigentlich tun, wenn Ihr Adoptionsantrag nicht genehmigt wird?», fragte Clemencia.

«Wie kommen Sie darauf?»

«Ich habe so etwas läuten hören.»

«Der Antrag wird genehmigt werden. Wenn nicht jetzt, dann eben später. Ich habe Einfluss, ich kenne wichtige Leute, die wiederum wichtige Leute kennen. Ich bespreche die Angelegenheit einmal, zweimal, dreimal, ich verlange nichts, zeige nur, wie wichtig sie mir ist, und ermögliche jemandem, der meint, irgendwann meine Hilfe brauchen zu können, mir einen Gefallen zu tun. Es wird funktionieren, glauben Sie mir. Außer natürlich, wenn ich nach meiner Rede mit Schimpf und Schande aus dem Amt gejagt werde, weil ich ...» Engels stockte und strich sich über die Stirn. «Glauben Sie etwa, Mara wurde entführt, um die Adoption zu verhindern?»

«Unwahrscheinlich», sagte Clemencia. Wen kümmerte schon die Zukunft eines Herero-Waisen? Soweit Clemencia wusste, war außer den Engels nie jemand wegen Samuel im *Living Rainbow Centre* aufgetaucht. Und falls es doch einen Onkel gab, der sich plötzlich verwandtschaftlich verpflichtet fühlte, musste der nicht zu kriminellen Mitteln greifen. Er würde anstandslos das Sorgerecht zugesprochen bekommen, da könnte sich Engels mitsamt seinen Beziehungen auf den Kopf stellen.

«Frau Garises», sagte Engels, «es bleiben noch achtundsechzig Stunden bis zur Gedenkfeier, und die Minuten verrinnen!»

Eine politische Erpressung von Seiten radikaler Hereros. Rache und Wiedergutmachung für die Verbrechen deutscher Kolonialisten. Das Thema war seit dem hundertsten Jahrestag des Hererokriegs wieder aktuell geworden und spitzte sich gerade mit dieser Schädelrückführung zu. Vielleicht entsprach Engels' Darstellung tatsächlich der Wahrheit, vielleicht sollte Clemencia nicht krampfhaft nach versteckten Beweggründen suchen, wo es keine gab. Sie sagte: «Also gut, ich versuche es.»

«Danke! Und, Frau Garises, ich bitte Sie inständig: Kein Wort zu irgendwem! Wenn Sie keinen Erfolg haben, nehmen Sie mir wenigstens nicht die Chance, diese verdammte Rede zu halten!»

Clemencia nickte. Engels sah auf seine Armbanduhr und sagte: «Ich würde Ihnen ja gern einen Kaffee anbieten, aber es sind nur noch siebenundsechzig Stunden und ...»

«Meine Leute suchen sowieso schon nach Maras Wagen.» Clemencia stand auf.

Als sich das Elektrotor der Villa hinter ihr geschlossen hatte, versuchte sie ihren Bruder zu erreichen. Melvin ging nicht ans Telefon, und so fuhr sie nach Katutura zurück. Schon von der Straße aus hörte sie, dass im Waisenhaus erregt debattiert wurde. Miki Selma hatte im Aufenthaltsraum so ziemlich den gesamten Gospelchor der *Holy Redeemer Parish* um sich geschart. Zwei Dutzend Frauen mit meist ehrfurchtgebietender Statur und ein paar vereinzelte jüngere Nama-Männer, die beim Sonntagsgottesdienst zur stimmlichen Abrundung benötigt wurden, aber sonst nicht viel zu sagen hatten.

Miki Selma trompetete gerade hervor, dass man eben von Planquadraten spreche, auch wenn es sich dabei nicht unbedingt um Quadrate handle. Sie entdeckte Clemencia an der Tür und fragte: «Oder stimmt das etwa nicht?»

Clemencia hatte keine Ahnung, wovon die Rede war. Eine von Miki Selmas Hauptkonkurrentinnen im Chor, die von ihr nur die Krähe genannt wurde, rief: «Das ist doch ganz einfach: Vier Leute übernehmen Katutura südlich der Shanghai Street, und vier andere ...»

«Südlich?», fragte Miki Selma.

«Auf unserer Seite hier. Nördlich, das ist auf der anderen Seite!», sagte die Krähe spöttisch. «Der Rest verteilt sich auf Wanaheda und Hakahana. Wenn wir da durch sind, gehen wir zu den übrigen Vierteln über.»

«Wir brauchen einen genauen Plan», beharrte Miki Selma, «sonst kommt eine Straße vielleicht doppelt dran und eine andere gar nicht.»

«Vier südlich der Shanghai Street, vier nördlich, das ist doch ein genauer Plan!», zischte die Krähe.

«Man kann nicht einfach bei Wildfremden herumfragen», warf eine Ovambo-Frau ein. «Da würdet ihr doch auch keine Auskunft geben. Ich schlage vor, jeder von uns spricht die Leute an, die er kennt, und die wiederum sprechen ihre Bekannten an, sodass sich das über die ganze Stadt ausbreitet wie ein Spinnennetz.»

«Quatsch!», sagte die Krähe.

«Wir müssen systematisch vorgehen», sagte Miki Selma.

«Was ist denn hier eigentlich los?», fragte Clemencia.

Miki Selma schob sich durch ihre Chorschwestern, bückte sich zu einem Kinderstuhl hinab, hob einen Packen Fotos hoch und schwenkte ihn triumphierend über dem Kopf. «Gott sei Dank hatten wir ein Bild von Samuel. Ich habe zweihundert Abzüge machen lassen, und jetzt finden wir heraus, wo der Kleine steckt. Es müsste doch mit dem Teufel zugehen, wenn er nicht irgendwo gesehen worden wäre. Wichtig ist nur, dass wir die Suche überlegt anpacken, und deswegen sollten wir mit Planquadraten ...»

Die Krähe lachte auf. Die Ovambo-Frau sagte: «Vor allem sollten wir langsam anfangen.»

Clemencia überlegte, ob es schaden konnte, wenn Miki Selmas Chorfrauen Katutura in Aufruhr versetzten. Nein, eigentlich nicht. Von der Erpressungsforderung gegenüber Engels wussten sie ja nichts, und selbst die entführte Mara schien ihnen ziemlich egal zu sein. Es ging um Samuel. Und falls sie ihn oder eine Spur von ihm fanden, würde das auch Clemencia weiterhelfen. Sie sagte: «Bloß keine gewagten Aktionen! Ihr habt es mit gefährlichen Kriminellen zu tun. Wenn euch irgendetwas zu Ohren kommt, verständigt ihr mich sofort!»

Miki Selma nickte. Dass sie trotz ihres Geizes offensichtlich zweihundert Fahndungsfotos bezahlt hatte, fand Clemencia erstaunlich. Hatte sie ihrer Tante Unrecht getan, als sie ihr unterstellt hatte, das Waisenhausprojekt nur aus Profitgier aufgezogen zu haben? Um die Familie war Selma immer besorgt gewesen, der Rest der Welt sollte selbst schauen, wo er blieb. So kannte Clemencia ihre Tante, und nun das! Barg die harte Schale etwa einen bisher unbekannten weichen Kern? Hatte sich Selma tatsächlich vom Schicksal der Kinder anrühren lassen? Oder waren sie in den vergangenen Monaten so in die Familie integriert worden, dass sich Selma nun wie eine Bilderbuchgroßmutter für jedes einzelne verantwortlich fühlte?

«Wo sind denn die anderen Kinder?», fragte Clemencia.

«Draußen. Melvin passt auf sie auf.»

Clemencias Bruder war also doch endlich aufgetaucht. Wieso antwortete er eigentlich nie am Telefon? Clemencia kämpfte sich zur Hintertür durch, während Miki Selma erneut die Vorzüge von Planquadraten zu erläutern begann und eine andere Stimme durchs lauter werdende Gemurmel nach einer Abstimmung über die Vorgehensweise verlangte. Clemencia stieß die Tür zum Hof auf.

Melvin kehrte ihr den Rücken zu. Die Kinder saßen in der prallen Sonne auf dem Sandboden. Gebannt starrten sie auf Melvin, der in Boxerhaltung vor ihnen durch den Staub tänzelte, mal mit der Linken, mal mit der Rechten einen Schwinger durch die Luft pfeifen ließ und zwischen den Zähnen hervorstieß: «Wieder vorbei, Mist! Es ist fast unmöglich, ein Känguru k. o. zu schlagen, denn die Viecher sind verdammt schnell auf den Beinen. Da, es hoppelt auf mich zu, macht einen Riesensatz zurück, taucht links weg und springt zwei Meter in die Höhe! Mit seinen langen, starken Hinterbeinen kann das Känguru …, aber wisst ihr überhaupt, was ein Känguru ist?»

Einige Kinder schüttelten den Kopf, den meisten stand bloß

vor Staunen der Mund offen. Panduleni sagte: «Ja, das sind die Tiere mit der Tasche im Bauch.»

«Beutel», sagte Melvin. «Die Tasche nennt man Beutel.»

«Da tragen sie ihre Kinder mit sich herum», sagte Panduleni, «überallhin.»

«Genau, die guten Kängurus machen das. Die bösen tragen im Beutel all das Zeug, das sie den Kindern geklaut haben.»

«Buntstifte zum Beispiel», rief ein Junge mit kahlrasiertem Kopf dazwischen.

«Oder ein Spielzeugauto», rief ein anderer.

«Genau», sagte Melvin, «aber meine Freunde und ich von der geheimen Kängurupolizei nehmen ihnen das wieder ab und bringen es den Kindern zurück. Doch dieses riesige Riesenkänguru wollte die Beute nicht herausrücken, und deswegen mussten wir kämpfen. Bloß, ich erwische es nicht. Und dann springt es mich plötzlich heimtückisch an und gibt mir einen Kopfstoß genau aufs linke Auge. Ich schreie ‹aua›, bin aber schlau genug, im gleichen Moment aufzustampfen, und – zack – trete ich dem Känguru auf die Zehen. Jetzt schreit das Känguru ‹aua›, und ich bleibe fest auf seinen Zehen stehen, denn nur wenn du ein Känguru auf diese Weise festnagelst, kannst du es fertigmachen. Es schaut also ziemlich blöd, weil es nicht mehr weghüpfen kann, und ich sage ‹na warte!›, und dann …»

Melvin ließ seine Fäuste in einer schnellen Links-rechts-Kombination nach vorne schießen.

«Ja!», schrie der kahlrasierte Junge. Ein paar Kinder klatschten in die Hände.

«Ich habe dem bösen Känguru voll auf die Schnauze gehauen.» Melvin reckte die rechte Faust nach oben. «Sieger durch Knockout in der dritten Runde: Melvin Garises aus Windhoek, Namibia.»

«Bravo!», rief der eine Junge.

«Hast du das Spielzeugauto aus seiner Tasche geholt?», fragte der andere.

«Aus seinem Beutel.»

«Meine ich ja.»

Melvin zögerte kurz. «Habe ich, klar, aber das gehörte anderen Kindern. Denen habe ich es wieder zurückgegeben.»

«Wenn du das nächste Mal ein böses Känguru besiegst, denkst du dann an uns?»

«Klar», sagte Melvin, «und jetzt zeichnet mal hier eine Herde Kängurus in den Sand. Panduleni, du weißt doch, wie die aussehen.»

Melvin drehte sich um. Sein linkes Auge war blutunterlaufen und ziemlich zugeschwollen. Herrgott, Melvin! Clemencia hatte gedacht, die Zeiten der wilden Prügeleien wären vorbei. Sie fragte: «Ein Känguru?»

Melvin zuckte mit den Achseln. «Ist mir so eingefallen.»

«Was ist passiert?»

«Jemandem haben meine Fragen nicht gefallen, ich musste ihn erst zum Antworten überreden. Leider ist dabei mein Handy kaputtgegangen. Kriege ich auf Firmenkosten ein neues?» Melvin grinste. Bei seinem zerschundenen Gesicht sah das furchterregend aus. «Egal, den Angolanern ist Maras Landrover bisher nicht angeboten worden, das ist sicher.»

«Ab sofort konzentrieren wir uns auf Hereros, und zwar auf solche, die meinen, mit den Deutschen eine Rechnung offen zu haben.»

Melvin war anzusehen, dass er gern ein paar Erklärungen bekommen hätte. Clemencia vertröstete ihn auf später und rief Claus in Berlin an. Nein, in der Sache Kaiphas Riruako sei sie noch nicht ganz so weit. Es wäre aber nett, wenn Claus auch eine Kleinigkeit für sie erledigen könnte. Auf dem Hauptfriedhof von Freiburg im Breisgau sei das Grab eines Eugen Fischer verwüstet worden. Darüber würde sie gern Genaueres wissen. Na ja, zum Beispiel, was über Täter und Motiv bekannt sei, über die Tatumstände, eventuelle Zeugen und so weiter. Als Claus gerade gefragt hatte, ob sie wisse, wie weit es von Berlin nach Freiburg sei, brach die Verbindung ab. Das Guthaben war aufgebraucht. Clemencia steckte ihr Handy ein und wandte sich um, weil jemand sie am T-Shirt zupfte. Panduleni zeigte auf den Boden. «Schau mal, mein Känguru!»

Das in den Sand gezeichnete Tier sah eher nach einer Hyäne aus, die durch einen gigantisch aufgeblähten Bauch verunstaltet wurde.

«Schön», sagte Clemencia, «aber ist der Beutel nicht ein wenig zu groß?»

«Der muss so groß sein», sagte Panduleni, «damit alle Kängurukinder darin Platz haben.»

5

BERLIN

Selbstverständlich war Claus versucht gewesen, Gleiches mit Gleichem zu vergelten: Wenn Clemencia ihm keine Informationen über Kaiphas Riruako besorgte, brauchte er sich auch nicht um die Freiburger Friedhofsgeschichte zu kümmern. Irgendetwas hatte Claus dann doch bewogen, mal nachzuforschen. Dem Himmel sei Dank, denn das hatte sich wahrlich gelohnt! Um zu wissen, wessen Grab eigentlich betroffen war, hatte er im Internet nach «Eugen Fischer» gesucht. Dann hatte er zwei Stunden lang alles verschlungen, was er über den Mann finden konnte. Die zuletzt aufgerufene Seite stand noch auf dem Bildschirm:

Deutsche Kolonialzeitung, Heft 1, Januar 1921, S. 9

Bitte des Anatomischen Instituts Freiburg i.B.
Am 14. April 1917 wurde durch eine englische Fliegerbombe das Anatomische Institut in Freiburg zerstört; es brannte fast gänzlich aus. Dabei wurden die kostbaren anatomischen und vergleichend-anatomischen, ebenso ein Teil der anthropologischen Sammlungen ein Raub der Flammen. (...) Der Unterzeichnete möchte nun zur Wiederaufrichtung eines Teils der Sammlung sich an die Hochherzigkeit breitester Kreise wenden, denn käuflich sind heute derartige Dinge für eine Staatssammlung nicht zu erwerben. Bei zahlreichen Herren, die unsere schönen Kolonien aus eigener Erfahrung kennen und lieben, finden sich Gehörne, Schädel, teils als eigene Jagd-

101

beute, teils zufällig erworben, unter Letzteren gelegentlich auch
menschliche Schädel (die für die anthropologische Sammlung,
die ja auch gelitten hat, hochwillkommen wären). So manches
Stück wäre davon vielleicht entbehrlich und wäre gleichzeitig
für das Institut von höchstem Wert. So wäre ich für jedes Ge-
schenk von größter Dankbarkeit und möchte hiermit zu einer
kleinen diesbezüglichen Sammlung aufrufen.

Prof. Dr. Fischer, Freiburg i.B.
Direktion des Anatomischen Instituts

Claus klappte den Laptop zu und trat ans Fenster seines Hotelzimmers. Er fragte sich, wieso sich Clemencia für das Grab
dieses Professors Eugen Fischer interessierte. Ob sie wusste,
dass er ein kolonialer Schädelsammler gewesen war? So oder so,
ihr hatte Claus zu verdanken, dass er einer heißen Story auf der
Spur war. Noch war vieles unklar, eigentlich fast alles, doch er
hielt ein paar Fäden in der Hand und musste sich eben geduldig
an ihnen voran bewegen. Außer ihm dürfte niemand einen Zusammenhang zwischen einem verwüsteten Freiburger Grab,
einem Polizistenmord und einer Delegation von Hereros und
Namas vermuten. Also würde ihm auch kein anderer Journalist
in Namibia oder Deutschland dazwischenfunken.

Wenn er es schaffte, die Hintergründe aufzuhellen, könnte
er ganz groß herauskommen. Unter Umständen würde ihm sogar eine gutbezahlte Festanstellung bei einem deutschen Magazin winken. Aber fest in Deutschland leben, bei acht Monaten
Winter und vier Monaten Schmuddelwetter? Dann schon lieber als dpa-Korrespondent fürs südliche Afrika arbeiten. Oder
als freier Journalist, dessen Name garantierte, dass man sich
um seine Beiträge riss. Er würde herumreisen, in Südafrika, Mo-
sambik, Zimbabwe und natürlich in Namibia. Er könnte Re-

portagen schreiben, die das klischeebeladene Bild von Afrika zurechtrückten. Fotosafaris durch die Nationalparks würde er genauso anderen überlassen wie die ewigen Hunger-Aids-Bürgerkrieg-Geschichten.

Er würde die Menschen in den Mittelpunkt stellen, den alten Township-Jazzer, der jeden Tag seine Trompete und die schwarzen Schuhe polierte, obwohl er seit Ewigkeiten nicht mehr aufgetreten war. Den studierten Farmerssohn, der mit Pfeil und Bogen auf Springbockjagd ging. Clemencias verstorbene Tante Matilda, die ihm mal erklärt hatte, die Kunst einer traditionellen Heilerin basiere zu fünfzig Prozent auf dem Wissen über Kräuter und Wurzeln, zu siebzig Prozent aber auf Erfahrung im Umgang mit Menschen. Das macht zusammen hundertundzwanzig Prozent, hatte Claus eingewandt. Deswegen sind wir ja auch erfolgreicher als die normalen Ärzte, hatte sie geantwortet, und in dem Moment war es Claus völlig einleuchtend erschienen, dass sich die Teile eines Ganzen nicht immer zu hundert Prozent addierten, dass oft weniger, doch manchmal auch mehr herauskommen konnte. Oder er würde über Clemencia schreiben, über ihre Erfolge bei der Polizei, ihre Zähigkeit, ihren Mut, ihren Gerechtigkeitsfanatismus, ihren Starrsinn und ...

Schluss mit den Träumereien! Es gab genug zu tun, zum Beispiel möglichst viel über den Polizistenmord und den mutmaßlichen Täter herauszufinden. Claus schaltete den Fernseher ein und zappte zum RBB durch, wo am ehesten über die aktuellen Ereignisse in der Stadt berichtet werden würde. In der Reihe «Planet Wissen» lief eine Reportage mit dem Titel «Mit Prothese zum Erfolg». Claus drehte den Ton leise und rief bei der Pressestelle des Berliner Polizeipräsidiums an. Tatsächlich war eine Pressekonferenz zum Polizistenmord am Hauptbahnhof angesetzt, und zwar in knapp zwei Stunden. Glück gehabt!

Das schaffte er locker, da blieb sogar Zeit für einen weiteren Anruf.

Von der Auskunft ließ er sich mit der Friedhofsverwaltung in Freiburg verbinden. In breitem badischem Dialekt meldete sich ein Herr Helmfried Häferlein. Er gab sich anfangs ein wenig wortkarg, wunderte sich entweder über das Interesse eines auswärtigen Journalisten, oder es war ihm peinlich, dass auf seinem Friedhof im beschaulichen Breisgau derart Pietätloses geschehen war. Claus schwadronierte von ähnlichen Vorfällen in anderen deutschen Städten herum, wies mit gesenkter Stimme auf einen möglichen psychopathischen Serientäter hin – «aber das bleibt bitte unter uns!» – und erkundigte sich, ob die Umstände der Grabschändung nicht auch in Freiburg ungewöhnlich gewesen seien.

«In der Tat», sagte Häferlein. «Dass jemand Grabsteine beschmiert oder mit roher Gewalt umkippt, das kam vor. Herausgerissene Bepflanzung, zerschlagene Grablaternen, Verunreinigung mit Fäkalien, ist alles schon da gewesen, aber noch nie, dass welche bis in fast zwei Meter Tiefe graben, um Knochen zu verstreuen. Das ist doch kein gewöhnlicher Vandalismus! Habe ich auch der Polizei gesagt.»

«Und?»

«Wenn Sie wüssten, was wir schon alles erlebt haben, haben die Beamten geantwortet. Ein paar Fotos haben sie gemacht, dann sind sie abgezogen.»

«Verdächtige gibt es wohl nicht?»

«Nicht einmal Spuren haben die Herren Polizisten aufgenommen. Das hätte gar keinen Sinn bei dem Schlamm und Dreck.»

«Und Sie haben niemanden bemerkt?»

«Mitten in der Nacht? Nach Feierabend bin ich daheim, trinke ein Viertele Wein und schaue mir vielleicht noch den *Tatort* an. Am liebsten den mit dem Bienzle ...»

«Am Tag vorher vielleicht? Hat jemand das Grab ausgekundschaftet?»

«Ich war meistens im Büro, es hat ja ununterbrochen geregnet.»

Da war noch etwas. Der Mann wusste mehr. Claus spürte es genau. Er fragte: «Aber?»

«Aber was?»

«Sie waren nicht den ganzen Tag über im Büro, Sie waren auch mal draußen.»

«Schon. Es war aber kaum jemand auf dem Friedhof. Wegen des Regens.»

Ihm war jemand aufgefallen. Claus überlegte kurz und entschied sich, einfach mal ins Blaue zu schießen. «Haben Sie vielleicht einen Schwarzen gesehen?»

«Woher wissen Sie das?»

«Einen jüngeren männlichen Schwarzen, etwa ein Meter achtzig groß, schlank?»

«Ich habe der Polizei nichts von ihm gesagt», gestand Häferlein. «Man will ja niemanden anschwärzen, äh, ich meine, ohne Beweis beschuldigen. Nur weil einer schwarz ist, muss er doch nicht kriminell sein und auch nicht verdächtiger als andere. Ich habe nichts gegen Ausländer, ich bin für Integration und so.»

«Das ehrt Sie», sagte Claus, «nur …?»

«Ich habe mich halt gefragt, was er da macht. So viele Schwarze liegen bei uns nicht begraben. Eigentlich gar keiner, soweit ich weiß. Gut, manche Leute kommen auch wegen der Ruhe und der Atmosphäre auf den Friedhof, aber wenn es schüttet wie aus Gießkannen? Und dann geht der in aller Ruhe von Grab zu Grab und liest jeden Namen? Ich habe ihn aus der Ferne beobachtet.»

Er könnte es gewesen sein, dachte Claus. Kaiphas Riruako macht in Freiburg das Grab eines längst verstorbenen Rassen-

105

forschers ausfindig, zerstört es, fährt mit dem Zug nach Berlin und bringt dort einen Polizisten um. Aber wieso? Und wer hat ihn dazu veranlasst?

«Sollte ich meine Beobachtung vielleicht doch der Polizei melden?», fragte Häferlein.

«Nein», sagte Claus schnell. «Ich meine, nur weil einer im Regen spazieren geht?»

«Eben», sagte Häferlein. «Was würden die von mir denken? Und womöglich würden sie dann doch ermitteln, und wir müssten die Sauerei noch länger so lassen. Verstreute weiße Knöchelchen auf den Wegen und den umliegenden Gräbern, das ist für die Angehörigen auch nicht gerade angenehm.»

«Kann ich mir vorstellen», sagte Claus. Er bedankte sich und legte auf. Dann machte er sich auf den Weg.

Die Pressestelle der Polizei befand sich im Präsidium am Platz der Luftbrücke. Das vierstöckige Gebäude lag direkt am ehemaligen Tempelhofer Flughafen, auf dem während der Berlin-Blockade die Rosinenbomber der Westmächte im Minutentakt gelandet waren. Jetzt wirkte der Vorplatz verlassen und mit den alten Bäumen, die sich zwischen den Betonplatten behauptet hatten, wie aus der Zeit gefallen. Eine Litfaßsäule und die altehrwürdigen Kugelleuchten beiderseits des Portals verstärkten den Eindruck. Nur die Rampe für Rollstuhlfahrer hatte vor sechzig Jahren wahrscheinlich noch nicht existiert. Claus stieg die paar Stufen hoch und folgte der Ausschilderung.

In die Pressekonferenz wurde er anstandslos eingelassen. Er musste nicht einmal seinen Ausweis vorzeigen. Gut ein Dutzend deutsche Kollegen waren anwesend, darunter ein Kamerateam vom Lokalfernsehen. Claus setzte sich in die zweite Reihe neben einen höchstens Zwanzigjährigen. Seine Frisur – an den Seiten kurz, oben lang – und das Tattoo am Nacken ließen an einen modebewussten Fußballprofi denken. Der Jungspund nickte ihm zu, Claus nickte zurück. Soweit er erkennen konnte, zeigte das Tattoo ein blöde grinsendes Krokodil. Herr im Himmel, wieso ließ sich ein junger Deutscher so etwas in die Haut stechen?

Ein paar Minuten später ging es los. Die Pressesprecherin stellte den stellvertretenden Polizeipräsidenten und den Leiter der eingerichteten Sonderkommission, einen Kriminaloberrat Ehrmann, vor. Keiner von ihnen nannte den Namen Kaiphas Riruako, sie sprachen von einem dringend Tatverdächtigen, der vor drei Tagen aus Namibia kommend am Frankfurter Flughafen eingereist sei. Bald wurde klar, dass sie über seinen Verbleib nichts wussten. Ob er sich noch im Raum Berlin aufhalte, könne man im Moment nicht sagen.

Die ansonsten eher dürre Darstellung des Tathergangs machte immerhin deutlich, dass der Polizist bei einem Handgemenge mit seiner eigenen Pistole erschossen worden war. Geplant hatte Kaiphas Riruako eine solche Tat also nicht. Ob er selbst überhaupt eine Waffe bei sich getragen hatte, war unbekannt. Er hatte die Beamten allerdings angegriffen, offensichtlich, weil er eine Kontrolle seines Reisekoffers unter allen Umständen verhindern wollte.

«Wer weiß, wie die ihn angefasst haben?», murmelte der junge Journalist neben Claus. Eine Frau meldete sich und fragte, was die Beamten in dem Koffer vermutet hätten. Drogen, Waffen?

«Es gab keine konkreten Verdachtsmomente», sagte der Soko-Leiter.

«Was war denn der Anlass für die Kontrolle?»

«Es handelte sich um eine reine Routinemaßnahme, wie sie auf Bahnhöfen und an anderen öffentlichen Orten häufiger durchgeführt werden.»

«Vielleicht Sprengstoff? Könnte ein terroristischer Hintergrund bestehen?»

«Uns liegen keinerlei derartige Anhaltspunkte vor, doch zum gegenwärtigen Zeitpunkt können wir das auch nicht ausschließen.»

«Ist der Tatverdächtige islamistischen Kreisen zuzurechnen?»

«Wir haben um Amtshilfe bei den namibischen Behörden gebeten und warten auf Antwort.»

Dschihadisten in Namibia? Bei den Hereros? Claus musste sich im Zaum halten, um nicht laut herauszulachen. Er kannte eine einzige Moschee in Windhoek, gegenüber des Bottle Stores in der Bergstraße, wo man auch nach Ladenschluss und – falls man nicht zu sehr nach kontrollwütigem Vertreter der Staatsmacht aussah – sogar am Sonntag Alkoholika kaufen konnte. In diesem Laden war entschieden mehr los als in der Moschee, und den Leuten, die in ihm aus- und eingingen, waren bei entsprechendem Pegelstand wesentlich eher Gewalttaten zuzutrauen. Claus hatte die Pressekonferenz mit dem festen Vorsatz aufgesucht, stumm zuzuhören und sich keine möglicherweise brauchbare Information entgehen zu lassen, doch die völlig abwegigen Fragen der deutschen Kollegen brachten ihn nun dazu, selbst den Arm zu heben.

«Ja bitte?» Der Soko-Leiter nickte Claus zu.

«Sie sagten, der Verdächtige sei in Frankfurt eingereist. Hat er sich danach sofort nach Berlin begeben?»

«Wir bemühen uns, ein Bewegungsprofil des Verdächtigen zu erstellen. Ziel ist es, möglichst jeden seiner Schritte nachzuvollziehen.»

Das war nun nicht gerade die Antwort auf Claus' Frage. Warum wich der Mann aus, wenn er nicht schon einiges über die Stationen von Riruakos Deutschlandreise wusste? Claus hätte zu gern erfahren, ob Freiburg dazugehört hatte. Er hakte nach: «Können Sie bestätigen, dass er sich auch im Südwesten Deutschlands aufgehalten hat?»

«Nein, das kann ich zum gegenwärtigen Zeitpunkt nicht bestätigen.» Der Soko-Leiter hatte keine Sekunde gezögert. Claus war enttäuscht. Sollte er insistieren? Nein, besser nicht. Er konnte schließlich keine Auskunft erzwingen. Mäßig interessiert folgte er dem weiteren Verlauf der Pressekonferenz. Eine Kollegin erkundigte sich nach den Familienverhältnissen des ermordeten Beamten. Er war ledig gewesen und hatte keine kleinen Kinder, die man für eine Human-Interest-Story funktionalisieren könnte. Dann fragte jemand nach Ausbildung und Arbeitsbelastung der Polizisten, wohl in der Hoffnung, irgendwelche Versäumnisse der Politik aufzudecken. Ein Skandal zeichnete sich nicht einmal in Ansätzen ab, und so protestierte auch niemand, als die Pressesprecherin die Veranstaltung für beendet erklärte.

«Das hat sich wieder einmal gelohnt!» Der junge Kollege neben Claus schüttelte den Kopf. Das Krokodil grinste aus seinem Hemdkragen hervor.

«Tja. Dann bis zum nächsten Mal», sagte Claus. Er machte sich auf den Weg, doch schon an der Tür des Konferenzraums wurde er angesprochen.

«Entschuldigung, hätten Sie vielleicht einen Moment Zeit?»

Obwohl der Mann keine Uniform trug, war Claus sofort klar, dass es sich um einen Polizisten handelte. Zum einen, weil das im Polizeipräsidium nicht so unwahrscheinlich war, zum anderen wegen des Tons seiner Frage. In Höflichkeit verpacktes Misstrauen. Was wollte der Mann? War irgendwie aufgefallen, dass Claus nicht zum Club der Hauptstadtpresse gehörte? Er nickte knapp.

«Wenn Sie mich kurz begleiten würden!» Der Polizist führte

Claus ein paar Meter den Flur entlang, weit genug, um außer Hörweite der abziehenden Journalisten zu kommen. Dann bat er immer noch ausgesucht höflich um Claus' Presseausweis. Also doch! Claus kramte die Plastikkarte hervor.

«Allgemeine Zeitung? Windhoek?», fragte der Polizist.

«Die älteste Tageszeitung Namibias», sagte Claus.

«Aber Sie sind Deutscher?»

«Deutschstämmiger Namibier.»

«Und Sie arbeiten hier in Berlin?»

«Normalerweise nicht.» Jetzt wäre es angebracht gewesen, von der namibischen Delegation zu sprechen, von der Bedeutung der Schädel und dem politischen Minenfeld um sie herum. Nur würde Claus damit die deutsche Polizei mit der Nase auf die Zusammenhänge stoßen, die er selbst aufzuklären hoffte. Sein Vorsprung wäre verspielt, weitere Ermittlungen würden erschwert, denn man würde ihm sicher dringend anraten, das den zuständigen Stellen zu überlassen. Und wenn die Polizei seinetwegen dem Herero Chief auf die Pelle rückte ... Nein, Claus hatte das doch zig Mal durchüberlegt! Er würde erst die Polizei einweihen, wenn er wusste, was gespielt wurde. Er sagte: «Ich bin wegen anderer Angelegenheiten hier, aber natürlich hat es mich interessiert, als ich hörte, dass ein Namibier einen Polizisten umgebracht hat.»

«Sie haben zufällig davon gehört?» Der Ton des Polizisten klang ein wenig schärfer als bisher.

«Ich stand neben einem Streifenwagen, als die erste Fahndungsmeldung durchgegeben wurde.»

«Sie kennen den Verdächtigen nicht auch zufälligerweise?»

Verdammt, was sollte die Unterstellung? Das war kein Gespräch mehr, das war ein Verhör! Claus fragte: «Ich?»

Der Polizist zeigte zum Konferenzraum. «Wieso fragten Sie, ob er sich im Südwesten Deutschlands aufgehalten habe?»

«Dann stimmt das also, oder?»

«Wenn Sie mir bitte antworten würden!»

Claus überlegte fieberhaft. «Nun, die Tat ist am Hauptbahnhof geschehen, und der Verdächtige hatte einen Koffer dabei. Ich hielt es für ziemlich wahrscheinlich dass er gerade mit dem Zug angereist war. Also habe ich mich informiert, welche Fernzüge kurz vor dem Tatzeitpunkt eingetroffen sind, und da war eben einer aus der Ecke dort im Südwesten.»

Claus hatte keine Ahnung, ob das zutraf und ob es überhaupt eine direkte Zugverbindung von Freiburg nach Berlin gab oder ob man irgendwo in der Mitte Deutschlands umsteigen musste. Wenn die Polizei das nachprüfte und feststellte, dass seine Erklärung nicht stimmen konnte, saß er in der Bredouille.

«Das soll ich Ihnen glauben?»

«Hätte ich gewusst, wo sich der Verdächtige herumgetrieben hat, hätte ich doch nicht gefragt», sagte Claus. Der Polizist sah ihm in die Augen. Er schien unschlüssig, wie es nun weitergehen sollte, aber was konnte er schon groß tun? Claus hatte in einer öffentlichen Pressekonferenz eine harmlose Frage gestellt. Das war schließlich nicht verboten. Er sagte: «Wenn sonst nichts mehr ist, Herr ...»

«Ein Tötungsdelikt ist keine Lappalie, Herr Tiedtke. Sollte Ihnen doch einfallen, dass Sie uns weiterhelfen könnten, rufen Sie mich an!» Der Mann hielt Claus seine Karte entgegen. Richard Feller, Kriminalhauptkommissar, LKA Berlin, Abteilung 1.

«Klar, Herr Feller, mache ich.» Claus drehte sich um und ließ ihn stehen. Na also, war doch alles glattgegangen. Durch ein Fenster schaute er auf das ehemalige Rollfeld des Flughafens hinaus. Ziemlich viel nackter Beton, auf dem sich Kite-Boarder und Rollschuhläufer vergnügten! Es fiel nicht leicht, sich vorzustellen, dass auf diesen Ort mal die ganze Welt geblickt hatte.

Berlin war groß. Die Stadt hatte mehr Einwohner als ganz Namibia. Wer sich hier nicht aufspüren lassen wollte, besaß eigentlich ganz gute Karten. Außer, er hatte eine schwarze Hautfarbe und trug einen auffälligen Koffer mit sich herum. Den Koffer hätte Kaiphas gern los gehabt, doch er wagte sich nicht mehr in die Nähe öffentlicher Schließfächer. Dort würden sie am ehesten auf ihn warten. Die Polizisten, die Bilder, die Befehle, den Koffer zu öffnen, die vielfachen Echos eines Pistolenschusses und das klebrige Gefühl an den Fingern.

Die ganze Nacht hatte Kaiphas kein Auge zugetan. Er hatte die namibische Nummer gewählt, bis der Akku seines Handys leer war. Er hatte versucht, sich an die Lieder zu erinnern, die sein Großvater gesungen hatte, doch ihm waren nur Bruchstücke eingefallen. Mindestens fünfmal hatte er sich im Kanal die Hände und das Gesicht gewaschen. Der Löwe hatte nicht mehr gebrüllt. Als der Morgen graute, hatte Kaiphas zugesehen, wie der Wind in der Asche des erloschenen Feuers spielte. Er hatte mit dem Gedanken geliebäugelt, den ersten Weißen, der vorbeikommen würde, zu erschießen. Es war eine Joggerin gewesen. Sie hatte ihm einen kurzen Blick zugeworfen, ihren Schritt aber nicht verlangsamt. Er hatte sie leben lassen und war aufgebrochen.

Schnell hatten sich die Straßen gefüllt. Bei den ersten Passanten hatte sich Kaiphas gefragt, ob es sich um Deutsche oder unschuldige Ausländer handelte. Manchmal war das schwer zu entscheiden, aber vielleicht kam es darauf gar nicht an. Wie es auch nicht darauf ankam, ob der Krieg gegen ein so mächtiges Land zu gewinnen war. Wer keine Alternative hatte, brauchte sich darüber nicht den Kopf zu zerbrechen. Und so hörte Kaiphas auf das, was ihm die Stimmen der Ahnen zuflüsterten: Die Weichen sind längst gestellt, schon seit Generationen. Man kann vielleicht bremsen oder beschleunigen, aber den Kurs zu

wechseln, das ist genauso unmöglich wie die Vergangenheit ungeschehen zu machen.

Kaiphas war in ein Café gegangen. Er hatte sich ein Frühstück bestellt. Die junge Kellnerin hatte einen kleinen goldenen
Ring in der Unterlippe getragen. Sie hatte genickt, als er gefragt
hatte, ob er sein Handy aufladen dürfe. Er war zwei Stunden
lang mit dem Rücken zur Wand an einem kleinen Tisch gesessen, er hatte Kaffee getrunken, hatte Rührei und Schinken und
Toast gegessen, hatte noch einen Kaffee bestellt und dann Bier
und dann noch etwas zu essen. Zu telefonieren hatte er nicht gewagt.

Auch jetzt, in einer Nebenstraße, schien ihm das zu gefährlich. Die alte Frau, die ihm mit einem kleinen braunen
Hund an der Leine entgegenwatschelte, sah zwar harmlos aus,
aber konnte er sich sicher sein? Kaiphas querte zum Gehsteig
gegenüber, ging an überfüllten Mülltonnen vorbei, an unverständlichen, in seltsam zackigem Stil gesprühten Graffitis, an
Einfahrten zu Hinterhöfen, an deren Mauern alte Fahrräder
lehnten. Als er das Portal einer Backsteinkirche erreichte, stoppte
er und stieß die Kirchentür auf.

Trotz der hohen Fenster war es innen dunkler als draußen.
Kaiphas trat ein. Mit einem dumpfen Geräusch schlug die Tür
hinter ihm zu. Im Mittelgang ging er fast bis zum Altar vor.
Seine Schritte auf dem Steinboden hallten laut wider. Niemand
war zu sehen, auch die Seitenkapellen waren leer. Kaiphas
setzte sich in eine Kirchenbank und tippte die Nummer in sein
Handy.

«Ja?»

Kaiphas hatte fast nicht mehr damit gerechnet, seinen Kon-
taktmann zu erreichen. Er hätte gern gefragt, wo dieser sich gerade aufhielt. Ob er vielleicht aus einer Kirche in Katutura ins
gleißende Sonnenlicht hinaustrat, ob er an einem Straßenstand

Kapana aß oder im Zoo-Park spielenden Kindern zusah. Kaiphas sagte: «Ich habe einen Polizisten umgebracht.»

«Was?»

«Es war ein Unfall.»

Der Mann am anderen Ende sagte nichts. Kaiphas presste sich das Handy ans Ohr und versuchte, irgendwelche Hintergrundgeräusche zu identifizieren. Da waren keine Stimmen wie an den Imbissständen eines Marktes, kein Verkehrslärm einer Straße, nur ein fast unhörbares Summen. Der Mann saß wohl in einem Zimmer, vielleicht in einem Büro, in dem eine Klimaanlage lief. Es war Ende September. Es konnte schon heiß sein in Windhoek. Kaiphas fröstelte.

«Und das Gepäck?», fragte die Stimme.

«Sie wollten es kontrollieren, aber ich habe den einen erschossen und ...»

«Du hast es noch?»

«Ja.» Der Koffer stand im Mittelgang, dicht neben der Kirchenbank.

«Gut», sagte die Stimme und dann: «Ich muss überlegen.»

«Sie haben meinen Ausweis gesehen», sagte Kaiphas. «Ich komme hier nie mehr raus!»

«Ich melde mich wieder.»

«Halt!», rief Kaiphas. «Nicht auflegen!»

«Was ist noch?»

«Ich ...», sagte Kaiphas. «Nichts, es ist nichts.»

«Nach der Schlacht am Waterberg sind die Deutschen den Flüchtenden nicht in die Omaheke gefolgt. Sie haben die Wasserstellen am Rand der Wüste besetzt, und wer halb verdurstet umkehrte, den haben sie erschossen. Rinder, Krieger, Alte, Frauen, Kinder.»

«Ich weiß», sagte Kaiphas.

«Also? Was ist dann noch?»

«Sind viele umgekehrt? Oder haben sie es vorgezogen, zu verdursten?»

«Ich ruf dich an.»

Die Verbindung war unterbrochen. Kaiphas sah zum Altar vor. Auf dem weißen Tuch, das darübergebreitet war, standen zwei Kerzenleuchter, eine Vase mit Blumen und ein einfaches Holzkreuz. Kaiphas fühlte sich plötzlich todmüde. Die durchwachte Nacht machte sich in seinen Gliedern breit. Er hätte sich nicht in diese Kirchenbank setzen sollen, aber jetzt saß er nun mal und würde sich ein paar Minuten mehr gönnen, bevor er weiterzog. Durch Berlin. Auf die nächste Nacht zu, die er irgendwie überstehen musste.

Wenn er den Weg noch fand, würde er zu der Brücke am Kanal zurückkehren. Unterwegs würde er Holz sammeln, ordentliches Holz, aus dem ein heiliges Feuer schlüge, das dem beim jährlichen Herero-Tag in Okahandja in nichts nachstünde. Der Löwe würde brüllen, und aus dem Knacken der Scheite würden sich die Stimmen der Ahnen erheben, der gefallenen Krieger Samuel Mahareros. Sie würden die alten Lieder singen und sie Kaiphas Ton für Ton und Wort für Wort beibringen. Gesänge von den Helden seines Volks, vom Töten, vom Sterben, vom Ursprung der Zeiten, vom Wunder des Regens und von der Schönheit der Rinder.

Kaiphas schreckte hoch, als ihn jemand an der Schulter berührte. Das Handy polterte auf den Steinboden, und Kaiphas' rechte Hand fuhr unter die Jacke, wo die Pistole steckte. Der Mann neben ihm zog seinen Arm zurück, lächelte und sagte etwas auf Deutsch. Sein schütteres weißes Haar fiel um ein hageres Gesicht bis zu den Schultern herab. Der schwarze Pulli schlotterte an seinem Oberkörper. In einer Falte schimmerte ein kleines Ansteckkreuz auf. Ein Priester. Der Pastor der Kirche wahrscheinlich. Kaiphas löste die Finger vom Griff der Pistole.

Er bückte sich nach dem Handy und steckte es ein. Der Koffer stand noch an seinem Platz, anscheinend unberührt.

Auf Englisch sagte Kaiphas: «Ich muss eingeschlafen sein.»

Der Pastor zeigte auf den Koffer. «Sie waren wohl lange unterwegs?»

«Ich gehe schon. Ich wollte nur ein paar Minuten ...»

«Nein, nein, das Haus Gottes steht jedem offen, vor allem den Bedrängten.»

Den Bedrängten? So wollte Kaiphas nicht auf andere wirken. Er durfte keine Blicke auf sich ziehen, schon gar keine mitleidigen. Ganz abgesehen davon, dass er kein Bedrängter, sondern ein Krieger war. Unter der Jacke trug er eine Pistole mit vierzehn Kugeln im Magazin. Wenn er wollte, konnte er diesen Pastor wegpusten. Einfach so.

«Woher sind Sie?», fragte der Pastor.

«Afrika», sagte Kaiphas und log dann: «Aus der Demokratischen Republik Kongo.»

Der Pastor nickte. «Wenn Sie nicht wissen, wohin, kann ich Ihnen einen Schlafplatz anbieten. Und ein Abendessen.»

«Ich bin nicht hungrig.»

«Duschen könnten Sie auch.»

«Aber ich ...», sagte Kaiphas.

«Es ist mir egal, ob Sie eine Aufenthaltserlaubnis haben. Wissen Sie, ich halte nichts davon, Menschen in Legale und Illegale einzuteilen. Ich glaube, Gott würde das auch nicht interessieren.»

War das eine Falle? Vielleicht würde sich ein Dutzend Polizisten auf Kaiphas stürzen, sobald er das Haus des Pastors betrat. Andererseits hätten sie ihn schon hier in der Kirche mühelos überwältigen können, nachdem er eingeschlafen war.

«Ich will Ihnen natürlich nichts aufdrängen», sagte der Pastor.

«Ich komme mit», sagte Kaiphas. «Danke!»

«Gut.» Der Pastor beugte sich zu Kaiphas' Koffer hinab.

Noch bevor er den Griff berührte, umfasste Kaiphas seinen Unterarm. «Nein, den trage ich selbst. Der ist viel zu schwer für Sie, Pastor.»

6

WINDHOEK

Der zentrale Teil der Independence Avenue war für Taxis gesperrt, und so bog der weiße Corsa mit der aufgemalten Nummer in die Fidel Castro Street ein. Der Fahrer hupte, um zu signalisieren, dass er noch Plätze frei hatte. Clemencia reagierte nicht, doch die Meme neben ihr an der Ampel gab ein Handzeichen. Der Taxifahrer stieg hart auf die Bremse und blieb mitten in der Fahrbahn stehen. Trotz des Gehupes wartete der Taxifahrer, bis die Meme sich in aller Seelenruhe auf der Rückbank eingerichtet hatte. Clemencia nutzte die Gelegenheit, um sich zwischen den Stoßstangen durchzuschlängeln.

Auf der anderen Straßenseite trat sie in das Foyer des Sanlam Centres. Sie trug sich am Empfang ein, bekam einen Chip für die Schranke vor den Aufzügen überreicht und fuhr in die sechste Etage zu den Geschäftsräumen der Deutschen Botschaft hoch. Links befanden sich hinter einer Sicherheitsschleuse die Büros, doch Clemencia wandte sich nach rechts zur Passstelle.

Zuerst hatte sie im Telefonbuch nach Kaiphas Riruako gesucht. Dass er dort nicht verzeichnet war, war fast zu erwarten gewesen, denn wer in Katutura leistete sich schon einen Festnetzanschluss? Als Clemencia überlegt hatte, bei welchen Behörden sie ohne größere Schwierigkeiten nachforschen konnte, war ihr eingefallen, dass Kaiphas Riruako ja ein Visum benötigt hatte, um nach Deutschland einreisen zu können. Sie hatte Engels verständigt, und der hatte ihr die volle Kooperation der Passstelle zugesichert. Tatsächlich wurde sie hier bereits erwartet. Eine Angestellte rief bereitwillig die verlangten Daten in ihrem Computer auf.

Kaiphas Riruako wohnte in der Max Eichab Street in Katutura. Um keine Zeit zu verlieren, beschloss Clemencia, sofort jemanden dorthin zu schicken. Ihren Bruder Melvin erreichte sie wieder einmal nicht, aber Kangulohi befand sich in der Zentrale beim Waisenhaus und konnte in wenigen Minuten vor Ort sein. Sie trug ihm auf, bei eventuellen Familienangehörigen oder bei den Nachbarn herauszufinden, wann und aus welchem Grund Kaiphas Riruako nach Deutschland gereist war.

Inzwischen fragte sie die Botschaftsmitarbeiterin aus. Nein, natürlich bekomme ein namibischer Staatsangehöriger nicht einfach so ein Visum für Deutschland. Man müsse Missbrauch zum Zweck der Asylerschleichung unterbinden und verlange deswegen eine Einladung durch einen deutschen Staatsbürger, den Nachweis existierender Geschäftsbeziehungen oder Ähnliches. Bei Kaiphas Riruako habe eine Ablehnung des Visumantrags allerdings gar nicht zur Debatte gestanden. Das wäre aus politischen Gründen äußerst heikel gewesen. Er habe ja der Delegation angehört, die wegen der Schädel nach Berlin geflogen sei.

«Sind Sie sicher?», fragte Clemencia. Wenn sie Claus richtig verstanden hatte, war er eben kein Mitglied der Delegation, zumindest kein offizielles.

Die Frau von der Passabteilung reichte Clemencia eine Liste. Unter dem Briefkopf des namibischen Ministry of Home Affairs und der Bitte um eine rasche Bewilligung der Visa waren alphabetisch mehr als siebzig Namen aufgeführt. Und da stand direkt vor «Riruako, Kuaima», dem Paramount Chief der Hereros, tatsächlich «Riruako, Kaiphas». Samt der Adresse, die Clemencia schon erhalten hatte.

«Kamen die alle persönlich wegen des Visums vorbei?», fragte Clemencia.

«Nein, die Pässe wurden uns gesammelt vom Ministry of Home Affairs übersandt. Wir haben sie mit der Liste abgeglichen, Kopien gemacht, bearbeitet und die Daten in den Computer eingegeben.»

«Könnte ich die Kopie mal sehen?»

Die Schwarzweißkopie des Passfotos war von mäßiger Qualität, sodass die Gesichtszüge fast eingeebnet wirkten. Nur die weit aufgerissenen Augen stachen hervor. Es schien, als habe Kaiphas Riruako herausfordernd in die Kamera geblickt.

Clemencia überflog die Eintragungen im Pass. Er war erst vor drei Wochen ausgestellt worden. Riruako hatte ihn also gezielt für den geplanten Deutschlandflug beantragt. Das war nicht ungewöhnlich, denn für die meisten Namibier war die Chance, irgendwann einmal ins Ausland zu reisen, äußerst gering. Da sparte man sich die Gebühren für einen Pass, solange der unwahrscheinliche Fall nicht wirklich eintrat.

Clemencia studierte noch die Kopie, als ihr Handy läutete. Es war Kangulohi. «Fehlanzeige, Chefin. Ein Kaiphas Riruako ist hier nicht bekannt. Kein Wunder, denn das ist eine reine Damara- und Nama-Nachbarschaft. In der ganzen Straße wohnen keine Hereros.»

Kaiphas Riruako hatte eine falsche Adresse angegeben? Das machte nur Sinn, wenn er schon in Namibia etwas geplant hatte, was man besser verheimlichte. Ein Verbrechen in Deutschland? Oder gar die Entführung von Mara Engels, auch wenn er zum Zeitpunkt des Verbrechens wohl schon außer Landes gewesen war? Jedenfalls war dieses Versteckspiel ein Grund mehr, ihm nachzuspüren. Clemencia brauchte jetzt jemanden, der das schneller erledigen konnte als sie. Sie wählte die Nummer der Serious Crime Unit und ließ sich mit Detective Inspector Bill Robinson verbinden.

«Clemencia! Schön, dass du dich mal meldest!», sagte Robinson. Nachdem Clemencia ihm in der Mordkommission vor die Nase gesetzt worden war, hatte er keine Gelegenheit ausgelassen, ihr Knüppel zwischen die Beine zu werfen und sich über den neuen Rassismus zu beschweren, der einem Weißen wie ihm keine seinen Fähigkeiten entsprechende Karriere ermöglichte. Doch seit Clemencia den Dienst quittiert hatte, war er wie ausgewechselt und behauptete allen Ernstes, sie beide seien doch ein wunderbares Team gewesen. Blind hätten sie sich aufeinander verlassen können, was einer der Gründe, wenn nicht sogar der entscheidende, für die spektakulären Erfolge der Abteilung gewesen sei. In diesem Tenor konnte er unaufhörlich weiterquasseln und schien dabei von Minute zu Minute mehr an die Märchen zu glauben, die er unter souveräner Missachtung der Fakten produzierte.

Clemencia hatte daraus geschlossen, dass die Erinnerung genauso manipulierbar war wie alles andere. Viel mehr als über die Vergangenheit sagte sie etwas über die gegenwärtigen Interessen und Einstellungen eines Menschen aus. Robinson verklärte ihrer Meinung nach die früheren Grabenkämpfe vor allem deshalb, um seine Unzufriedenheit mit den bestehenden Zuständen bei der Polizei hervorzuheben.

Auch jetzt redete er sich ohne großen Anlauf in Rage: «... zeigt nur die übliche arrogante Unfähigkeit der SWAPO-Lakaien, und was an jungem Gemüse in die Abteilung gesetzt wird, weiß nicht einmal, wo bei einer Pistole die Kugel herauskommt. Kurz, Clemencia, der Laden geht den Bach runter. Zwei, drei Jahre noch, und dann ist Sense. Ich fand es ja persönlich äußerst schade, dass du dich abgesetzt hast, aber objektiv gesehen war das absolut richtig. Wenn es hier niemanden mehr gibt, der die Scherben zusammenkehrt, dann seid ihr Freiberufler im Sicherheitsgewerbe die Einzigen, die noch ...»

«Deswegen rufe ich an», unterbrach Clemencia. «Wir Freiberufler haben es leider ein wenig schwerer, an bestimmte Informationen zu kommen. Könntest du mir da aushelfen?»

«Wie in alten Zeiten, was?»

«Genau. Es handelt sich auch nur um eine Kleinigkeit.» Clemencia bat ihn, die tatsächliche Adresse eines achtundzwanzigjährigen Hereros namens Kaiphas Riruako herauszufinden. Sie habe nur eine falsche in der Max Eichab Street, Katutura.

«Ich setze sofort ein paar unserer Grünschnäbel darauf an», sagte Robinson, «und, Clemencia ...»

«Ja?»

«Wenn du mal einen Teilhaber brauchst ...»

Um Gottes willen, das hatte ihr gerade noch gefehlt! Sie sagte: «Mal sehen. Vielleicht, wenn das Geschäft besser läuft.»

«Ich melde mich», sagte Robinson und legte auf.

Clemencia fuhr nach Katutura zurück. Die Wartezeit verbrachte sie damit, bei allen Riruakos anzurufen, die im namibischen Telefonbuch standen. Sie stellte sich als Mitarbeiterin der Supermarktkette *Pick'n Pay*, Abteilung PR und Marketing, vor und verlangte Kaiphas zu sprechen. Nach der erwartbaren abschlägigen Antwort erkundigte sie sich nach einem Verwandten dieses Namens. Wenn jemand misstrauisch reagierte, gab sie sich enttäuscht, dass der Einkaufsgutschein in Höhe von 5555 Namibia-Dollar verfallen würde, falls sie den Gewinner des Preisausschreibens nicht ausfindig machen könne. Leider habe der wohl versehentlich eine falsche Handynummer angegeben, aber wenigstens sei der Name lesbar gewesen.

Die Geschichte hörte sich einigermaßen glaubhaft an und sollte die Hoffnung schüren, ein Stück vom Kuchen abzubekommen. Das musste doch dazu motivieren, sich an alle in Frage kommenden Verwandten zu erinnern. Auch an solche, die sich – wie es weit verbreitet war – mit einem anderen Vornamen als dem von den Eltern ausgesuchten ansprechen ließen. Es nützte nichts. Keiner der Riruakos, die Clemencia an die Strippe bekam, konnte oder wollte weiterhelfen.

Robinson meldete sich überraschend schnell wieder. Er war nicht der hellste Kopf unter der Sonne, aber er wusste, wie man nach einer Person suchte. Neben den polizeiinternen Karteien hatte er die Register des Einwohneramts, der Kfz-Zulassungsstelle NATIS, der Stadtwerke genauso wie der regionalen Energieversorger, der verschiedenen Telefongesellschaften, der Krankenkassen und Banken abfragen lassen, und er hatte mit einer einzigen Ausnahme nichts gefunden. Außer bei der für die Ausstellung von Reisepässen zuständigen Abteilung des Ministry of Home Affairs gab es keinen Kaiphas Riruako. Zumindest keinen, der irgendwo gemeldet war, der ein Auto fuhr, ein Konto besaß, ein Telefon benutzte, Strom und Wasser verbrauchte oder mal der Polizei aufgefallen wäre. Wenn dieser Mann existierte, dann lebte er irgendwo im Kaokoveld oder am Rand der Omaheke-Wüste in vorkolonialer Abgeschiedenheit und war vielleicht nur zweimal im Leben nach Windhoek gekommen. Einmal, um vom Internationalen Flughafen aus nach Deutschland zu fliegen, und drei Wochen vorher, um sich einen Reisepass ausstellen zu lassen.

Nur passte das leider überhaupt nicht zusammen. Ein Mann aus einfachsten Verhältnissen, wie ihn Clemencia sich vorstellte, wurde nicht in eine Delegation berufen, die sonst mit hochrangigen Politikern und Mitgliedern der diversen Königshäuser besetzt war. Selbst wenn er der Riruako-Sippe angehörte. Und umgekehrt blieb es mehr als seltsam, dass gerade der Verwandte, den der oberste Herero Chief bei einer so wichtigen Mission unbedingt dabeihaben wollte, ohne Telefon, Strom und fließendes Wasser gelebt hatte. Da hätte das Clan-Oberhaupt doch vorgesorgt!

Und wenn der Pass gefälscht war? Wenn sein Inhaber gar

nicht Kaiphas Riruako hieß? An der Kopie hatte Clemencia nichts Auffälliges feststellen können, doch so plump hätte die Fälschung sowieso nicht sein dürfen. Sonst hätte die Angestellte der Deutschen Botschaft, durch deren Hände tagtäglich namibische Pässe gingen, sicher etwas bemerkt. Aber selbst wenn man von einer perfekten Arbeit ausging, erklärte das nicht, dass Kaiphas Riruako in der Passabteilung des Ministry of Home Affairs registriert war, wie Robinsons Recherchen gerade erst bestätigt hatten. Die Beamten dort hatten das Dokument ausgestellt. Also war es echt.

Oder etwa nicht?

Die Liste, die Kaiphas Riruako als Mitglied der Schädel-Delegation auswies und ihm problemlos zu einem Visum für Deutschland verholfen hatte, stammte aus dem gleichen Ministerium. Ob da ein paar radikale Hereros an den richtigen Schreibtischen saßen? Leute, die einen Killer unter falschem Namen, aber mit einwandfreien Papieren nach Deutschland geschickt hatten, um wer weiß was anzustellen?

Clemencia rief den deutschen Botschafter an. Sie sagte: «Herr Engels, Sie haben doch auch zum Ministry of Home Affairs gute Verbindungen. Könnten Sie die vielleicht nutzen, um mir dort die Türen zu öffnen? Fragen Sie nicht, wozu das alles gut ist! Vertrauen Sie mir einfach!»

Wir haben uns heute versammelt, um zwanzig Schädel feierlich in Empfang zu nehmen. Vor über hundert Jahren wurden sie geraubt und für rassistische Forschungen nach Deutschland geschickt. Über hundert Jahre lagerten sie in Kellern deutscher Universitäten, statt ehrenvoll in der Erde des Landes zu ruhen, für das diese Menschen gekämpft und ihr Leben gelassen hatten. Als Botschafter und im Namen der Regierung der Bundesrepublik Deutschland als Rechtsnachfolger des dafür verantwortlichen Kaiserreichs möchte ich mein tiefes Bedauern für die damaligen Verbrechen ausdrücken und mich beim ganzen namibischen Volk, speziell aber bei den besonders betroffenen Gruppen der Hereros und Namas entschuldigen. Ihnen ist großes Unrecht zugefügt worden.

Mit begangenem Unrecht umzugehen, ist ein schwieriges Unterfangen, denn keiner von uns kann das Rad der Geschichte zurückdrehen. Niemand kann die Schatten der Vergangenheit ausradieren. Niemand kann Menschen, die getötet wurden, wieder zum Leben erwecken. Altes Unrecht durch neues rächen zu wollen, mag manchem naheliegend erscheinen, doch bitte bedenken Sie: Unrecht plus Unrecht ergibt nie Recht, sondern nur doppeltes Unrecht. Deswegen ...

Nein, so ging das auf keinen Fall! Engels starrte auf sein iPad hinab. Auch in der dritten Version, die er eingetippt hatte, war er nach wenigen Sätzen bei einem indirekten Appell an Maras Entführer gelandet. Er konnte machen, was er wollte, die Worte fügten sich von selbst. Er schrieb um Maras Leben, um ihre Freilassung. Aber die würde er sicher nicht mit Ermahnungen an die Geiselnehmer und mit moralischen Allgemeinplätzen erwirken. Er wusste doch, was von ihm erwartet wurde: ein Schuldeingeständnis, eine Verpflichtungserklärung im Namen der Bundesregierung und die Zusicherung eines Wiedergutmachungsbetrags in mindestens dreistelliger Millionenhöhe. Nichts anderes. Was war denn daran so schwierig?

Am Pool unterhalb der Terrasse sprang der Motor der Reinigungsanlage an. Die Gummischeibe des Barrakudas lief rüttelnd am Boden des Beckens entlang. Der zum Abfluss führende Schlauch vibrierte und sandte sanfte Wellen über die Wasseroberfläche. Die Schwalben, die in riskanten Flugmanövern Wasser schöpften, ließen sich nicht davor stören.

Engels löschte den letzten Absatz seines Texts. Herrgott, selbst wenn er die Rede hundertprozentig im Sinne der Entführer zustande brachte, selbst wenn kein Komma falsch wirkte, würden sie Mara nicht gehen lassen! Sie würden abwarten, ob die Bundesregierung tatsächlich zahlte. Und das würde kaum geschehen. Das Auswärtige Amt würde sich an Engels' Zusagen keinesfalls gebunden fühlen, sondern darauf hinweisen, dass sie erpresst worden waren.

Das war nur zu verhindern, wenn er Worte fand, deren Wirkung nicht mehr aus der Welt geschafft werden konnte. Unmittelbar einsichtig müssten sie sein, einfach, überzeugend, eine unbezweifelbare Wahrheit mussten sie ausdrücken, sodass völlig gleichgültig wurde, wer sie warum ausgesprochen hatte. Um den Globus mussten seine Worte fliegen, in allen Nachrichtenredaktionen von Daressalam bis Tokio und von Stockholm bis Buenos Aires einschlagen. Die ganze Welt musste es für überfällig halten, dass die Deutschen endlich ihre Kolonialverbrechen finanziell sühnten. Nur wenn größter politischer Schaden drohte, sähe sich die Bundesregierung vielleicht gezwungen, die von Engels versprochenen Reparationen zu zahlen. Vielleicht.

Idealerweise sollte seine Botschaft in eine griffige, mitreißende Formulierung münden, in ein «yes we can», ein «I have a dream» oder zumindest ein «Ich bin ein Berliner». Der Slogan musste den Entführern beweisen, dass er auf ihrer Seite stand, und Gegenwert genug für die Freiheit seiner Frau bieten. Drei, vier treffende Worte konnten dieses Drama zu einem glücklichen Ende führen, doch Engels ahnte, dass er sie nicht finden würde. Vielleicht, weil es sie nicht gab. Vielleicht, weil er keinen Thinktank aus Werbetextern und Politprofis zur Verfügung hatte. Vielleicht, weil man dazu von einer Sache völlig überzeugt sein sollte. Irrwitzige Entschädigungszahlungen an die Hereros waren nun mal nicht sein innerstes Anliegen. Wenn Engels ehrlich war, musste er sich eingestehen, dass er gar keine wirkliche Überzeugung sein Eigen nennen konnte, höchstens Überzeugungen. Oder sogar nur Meinungen.

Engels blickte auf das iPad, dann auf das glasklare Wasser des Pools, dann wieder auf den Beginn seines Textes. Zwar hatte er im Lauf seiner Diplomatenkarriere eine Menge Reden gehalten, doch war es dabei meist darum gegangen, unverbindlich zu bleiben. Keinem Ansprechpartner auf den Schlips zu treten und keinem zu viel in Aussicht zu stellen. Gute Miene zu jeder Art von Spiel zu machen. Höfliche Formulierungen zu wählen, auch wenn einem fast der Kragen platzte. Besonnen Positionen abzustecken oder Verhandlungsspielräume anzudeuten. Mit vielen Worten wenig zu sagen. Abzuglätten statt zuzuspitzen. Engels hatte sein Berufsleben lang genau das Gegenteil von dem getan, was nun erforderlich war. Er würde es nicht schaffen. Wenn nicht ein Wunder geschah, würde er seine Frau nicht lebend wiedersehen.

Unter Umständen würden sie Samuel laufenlassen. Er war ein Kind, er war Herero. Ihn für die Politik der Bundesrepublik büßen zu lassen, wäre unsinnig. Vielleicht würden sie ihn in die Familie eines ihrer Aktivisten stecken, wo er den Hass auf die Deutschen jeden Tag eingetrichtert bekäme. Oder sie würden ihn an einer Straßenecke aussetzen. Dann könnte Engels zumindest ihn wieder zurückbekommen. Mit allen Mitteln würde er versuchen, die Adoption durchzudrücken. Er würde es Samuel an nichts fehlen lassen. Er würde sich bemühen, ihm Toleranz und Respekt vor anderen beizubringen, ohne die eigenen Wurzeln zu verleugnen. Und er würde bei jedem Blick, bei jeder Geste, bei jedem Wort Samuels an Mara denken.

Auch wenn Engels bereitwillig zugestimmt hatte, war die Adoption Maras Idee gewesen. Sie hätte sich den Jungen mit dem ganzen Elan, zu dem sie fähig war, zur Lebensaufgabe gemacht. Wenn Mara nicht mehr wäre, würde Engels ihre Begeisterung und ihre Hoffnungen Tag für Tag in Samuel suchen. Er würde sie selbst in Samuel suchen, auch wenn das Blödsinn war und der Junge dem nie gerecht werden konnte.

Mara! Engels versuchte, sie sich in ihrem Gefängnis vorzustellen. Er hoffte, dass sie nicht gefesselt war. Natürlich war sie eingesperrt, aber nicht gefesselt. Aus irgendeinem Grund war das ganz wichtig. Wahrscheinlich steckte sie in einem kahlen, dunklen Verschlag mit einer verschlissenen Matratze am Boden. Hinter einer Wellblechabtrennung achteten ihre Wächter darauf, dass sie nicht laut um Hilfe rief. Sie hatten Mara schon deswegen nicht gefesselt, da sie sich so um Samuel kümmern konnte. Und das würde sie sicher tun. Sie würde ihn ablenken, würde ein Spiel improvisieren mit allem, was da war. Notfalls mit den bloßen Händen. Sie würde sich auf die Matratze setzen, Samuel an sich ziehen und ihm ins Ohr flüstern. Eine Geschichte würde sie ihm erzählen, ein Märchen. Vielleicht das vom Froschkönig oder ein anderes, in dem sich wundersam und unerwartet das Glück einstellte. Wie immer würde Samuel stumm zuhören, und Mara ...

Mara! Engels sah sie vor sich, wie sie beim letztjährigen Empfang zum 3. Oktober zwischen den Ehrengästen durchgeschritten war. Dort unten auf dem Rasen. Sie hatte sich mit einer so selbstverständlichen Eleganz in ihrem schwarzen Cocktailkleid bewegt, als wäre sie darin geboren worden. Und dazu dieses Lächeln, in dem vielleicht nur Engels einen winzigen Schuss Ironie wahrnehmen konnte. Mara hatte eine solche Leichtigkeit ausgestrahlt, dass er fast gehofft hatte, irgendwer würde einem Diplomatenkollegen Rotwein übers weiße Hemd schütten, nur damit sie Gelegenheit bekäme, die peinliche Situation souverän zu bereinigen.

Engels sah, wie der Wind damals in Maras Haar gespielt hatte, er sah die Adern unter der Haut ihrer Unterarme, doch von jetzt bekam er einfach kein Bild zu fassen. Sosehr er sich auch mühte, es gelang ihm nicht, sich Mara in irgendeinem dunklen Loch konkret vorzustellen. Er wusste nicht einmal, welche Kleidung sie getragen hatte, als sie mit Samuel nach Okapuka gefahren war. Für einen game drive auf einem offenen Geländewagen hatte sie wahrscheinlich Shorts oder eine leichte Leinenhose gewählt. Dazu ein luftiges T-Shirt und eine eng sitzende Kopfbedeckung, die dem Fahrtwind trotzte. Engels sprang auf. Er konnte ihren Kleiderschrank durchwühlen und schauen, was fehlte. Aber wahrscheinlich würde er das sowieso nicht herausfinden, und wenn doch, was wäre damit gewonnen? Verflucht, er musste jetzt diese Rede entwerfen!

Er setzte sich wieder und tippte drauflos: *Ich bin ein Berliner!* Nein, Engels war kein Berliner, er hatte Berlin immer gehasst, diese Hurenstadt, die sich jedem Extrem willig in die Arme geworfen hatte. Vom preußischen Zackzack reichte das über den roten Wedding bis zu den Nazifackelzügen durchs Brandenburger Tor, von der Frontstadtnabelschau bis zum APO-Biotop, von den ach so Jung-Kreativen bis zu den Marzahn-Glatzen und den eingebildeten Sesselfurzern im Auswärtigen Amt. Nein, weg damit!

Engels tippte: *Yes we can. I have a dream.* Es war hoffnungslos. Engels schüttelte den Kopf. Er war weder Barack Obama noch Martin Luther King. Vielleicht musste man schwarz sein und seit Generationen unterdrückt, um Visionen formulieren zu können. Ihm fiel nichts ein. Nichts würde er schaffen, schon gar nicht, mit einer Rede seine Frau zu retten. Nicht einmal im Traum würde er das schaffen.

Er tippte: *Begrabt eure Toten und lasst die Unschuldigen leben! Rächt euch an jemandem, der es verdient hat, nicht an Mara! Führt Krieg, so viel ihr wollt, aber lasst uns damit zufrieden! Schlachtet euch doch gegenseitig ab in eurem verdammten Afrika!* Engels überflog die letzten Sätze und ersetzte das «verdammte Afrika» durch

«*Scheiß-Afrika*». Dann löschte er alles. Beschimpfungen nutzten gar nichts. Nicht einmal ihm selbst verschafften sie Erleichterung. Er brauchte eine Idee, einen Satz, ein paar zündende Worte.

Er schrieb: *Ich hatte einen Traum. Ich träumte, meine Frau Mara wäre ermordet und begraben worden. Ihr Fleisch zerfiel zu Erde, und aus der Erde spross frisches Grün, erblühten Blumen. Blutrote Rosen. Ich bückte mich, schnitt die Rosen und band sie zu einem Strauß. Mit einer Verbeugung überreichte ich ihn den Mördern, und die Mörder lachten und ...*

Das Telefon! Engels fuhr hoch und griff nach dem Apparat. Die Entführer? Clemencia Garises, die Mara gefunden und befreit hatte? Engels stotterte seinen Namen hervor, doch es meldete sich nur eine Freundin Maras. Sie war mit ihr verabredet und erkundigte sich, warum Mara nicht erschien. Engels fuhr sich über die Stirn und sagte: «Mara muss wohl vergessen haben abzusagen. Sie ist mit Samuel für ein paar Tage auf eine Farm gefahren.»

«Ach, wie schön!»

«Ja», sagte Engels.

«Ich habe es schon auf ihrem Handy versucht, kriege aber keine Verbindung. Ist sie irgendwo jwd?»

«In der Kalahari», sagte Engels. «Hat wahrscheinlich keinen Empfang.»

«Natur pur, was?» Die Frau lachte. «Na, Hauptsache, die beiden genießen es.»

«Sicher», sagte Engels.

«Wenn Mara zurückkommt ...»

«Ich richte ihr aus, dass sie sich melden soll.»

«Danke, tschühüs!»

Engels legte das Telefon auf den Tisch. Unten am Pool stand der Gärtner und fischte mit einer Stange, an der ein Netz befestigt war, nach ein paar roten Blütenblättern. Sie stammten wahrscheinlich von den Bougainvilleen am Rand der Rasenfläche. Mara hatte sie nie schneiden lassen wollen, und so hatten sie sich zu einem undurchdringlichen Gestrüpp entwickelt. An den Zitronenbäumen weiter links hingen dicke Früchte. Sie hätten längst geerntet werden müssen, doch was sollte man mit so vielen Zitronen schon anfangen?

Der Steingarten entlang der Treppe lag in der prallen Sonne. Dennoch sahen die Wüstenpflanzen dort grau aus, als wären sie mit einer dünnen Staubschicht überzogen. Kakteenartige Knollen, Fettpflanzen mit wasserspeichernden Wülsten und wächsernen Oberflächen, mickrige, die Verdunstung reduzierende Blattformen, unscheinbare, Kieseln gleichende Lithops – alles lag unter einem schmutzigen Schleier. Selbst der Rasen am Pool schien plötzlich einen grauen Stich abbekommen zu haben. Und das rote Blütenmeer. Und das tiefe Gelb der Zitronen. Und sogar der Draht des Elektrozauns auf der Außenmauer.

Engels ließ das iPad auf dem Terrassentisch liegen, floh ins Innere des Hauses und suchte hektisch nach seinem Autoschlüssel. Er musste raus. Er hielt es hier nicht mehr aus.

Wie Clemencia während eines vergangenen Falls am eigenen Leib erfahren hatte, war Kawanyama, seit kurzem Innenminister, ein fähiger und skrupelloser Politiker. Aber sein Haus hatte er offensichtlich noch nicht in den Griff bekommen. In der Passabteilung des Ministry of Home Affairs herrschte jedenfalls dicke Luft. Eine lange Schlange schwitzender Menschen wartete vor dem einzig besetzten Schalter. Die Angestellte dahinter hatte sich zur Seite gewandt und sprach in ihr Handy. Dazu gestikulierte sie heftig mit der linken Hand. Aus ihren Worten wurde nicht recht klar, worum es ging, doch es schien sich um eine private Angelegenheit mit beträchtlichem emotionalem Konfliktpotenzial zu handeln. Obwohl keiner der Wartenden dagegen protestierte, spürte Clemencia die aufkeimende Empörung. Eine ohnmächtige Wut, die jeder im Zaun zu halten versuchte, weil er auf diese Herrscherin über Identitätsdokumente und Aufenthaltsgenehmigungen angewiesen war.

Die meisten standen wohl seit Stunden an, und einige waren vielleicht schon am Tag zuvor im Schneckentempo vorgerückt, nur um pünktlich zu Büroschluss auf den nächsten Morgen verwiesen zu werden. Die Kundenunfreundlichkeit und mangelnde Effizienz speziell dieses Ministeriums waren fast sprichwörtlich. Keine gute Ausgangslage, um herauszufinden, wer hier einen zweifelhaften Reisepass ausgestellt hatte. Immerhin war Clemencia die Unterstützung des Abteilungsleiters zugesagt worden.

Sie ging an der Warteschlange vorbei zum Schalter vor und sprach die Angestellte an. Die drehte den Kopf, legte die linke Hand übers Handy und zischte: «Sehen Sie nicht, dass ich telefoniere?»

«Ich suche Herrn van Marwyck.»

«Warten Sie, bis Sie dran sind!» Die Angestellte wandte sich ab und keifte wieder in ihr Handy.

«Wenn ich mich über Sie beschwere», sagte Clemencia so laut, dass es jeder im Raum mitbekam, «gibt es zwei Möglichkeiten. Entweder Ihr Chef ist klug und feuert Sie sofort, oder er nimmt Sie in Schutz, weil Sie vielleicht ein besonders gutes Verhältnis zu ihm haben. Spätestens morgen wird er dann selbst entlassen, und die erste Amtshandlung seines Nachfolgers wird darin bestehen, Sie doch zu feuern.»

Die Angestellte blickte auf. Ihr Mund stand offen.

«Wenn ich es mir recht überlege, sind das gar keine zwei Möglichkeiten. Zumindest, was Sie betrifft», sagte Clemencia.

«Was wollen Sie von Herrn van Marwyck?»

«Ich bin angemeldet», sagte Clemencia.

«Jetzt warte doch mal!», zischte die Angestellte ins Handy. Sie musterte Clemencia, schien unschlüssig, zeigte dann Richtung Ausgang. «Die Treppe hoch und im ersten Stock die zweite Tür rechts!»

«Herzlichen Dank», sagte Clemencia. «Und einen Rat noch: Ihr Privatgespräch sollten Sie besser beenden. Jetzt. Sofort.»

Van Marwyck war über ihr Kommen tatsächlich informiert worden und tat so, als hätte er sie sehnlichst erwartet. Sie fragte ihn zuerst nach dem üblichen Prozedere bei der Neuausstellung eines Reisepasses. Vorzulegen waren dabei neben dem Antragsformular die Kopien eines gültigen Personalausweises sowie der Geburtsurkunde. Wenn ein Antragsteller keine solchen Dokumente besaß, wie es vor allem beim ärmeren Teil der Bevölkerung durchaus vorkam, mussten diese zuerst beantragt und ausgestellt werden. Dazu benötigte man zwei Zeugen, die die Identität der betreffenden Person beeideten.

«Dann müsste jeder, der einen Pass bekommt, auch im Geburts- und Melderegister eingetragen sein?», fragte Clemencia.

«Sicher.»

«Bei Kaiphas Riruako ist das aber anders.»

«Das kann eigentlich nicht sein.» Van Marwyck ließ sich die Kopie von Riruakos Pass geben und suchte eine Weile in seinem Computer herum. Dann sagte er: «Tatsächlich, er findet sich nur im Passregister. Seltsam, sehr seltsam. Ich lasse gleich mal den Vorgang heraussuchen. Die Kopien seiner Urkunden müssten ja dort abgelegt sein.»

Als er zurückkehrte, erkundigte sich Clemencia nach den Gebühren. Hundertsechzig Namibia-Dollar waren für einen Pass zu bezahlen. «Und wenn jemand ohne Geburtsurkunde den zehnfachen Betrag über den Schalter schieben würde?»

«Wir hatten vor etwa einem Jahr einen Bestechungsfall»,

sagte van Marwyck. «Der Mann wurde entlassen und sitzt im Knast. Ich bin sicher, dass das meinen Leuten eine Lehre war.»

So ganz sicher war sich Clemencia da nicht, wenn sie an den Ruf des Ministeriums und die Schalterangestellte von vorhin dachte. Der Mann, der sich Kaiphas Riruako nannte, hätte ja kein Kapitalverbrechen verlangt, sondern nur ein Dokument und ein paar Stempel. Da fand sich immer jemand, der ein Auge oder auch beide zudrückte. Letztlich war es nur eine Frage des Preises. Dazu passte, dass die Akte unauffindbar blieb, wie sich bald herausstellte. Es existierten keine Kopien, kein Antragsformular und auch sonst keine Unterlagen, aus denen der verantwortliche Sachbearbeiter ersichtlich gewesen wäre. Ein ganz normaler Korruptionsfall also?

«Arbeiten eigentlich viele Hereros in Ihrer Abteilung?», fragte Clemencia.

«Zwei Frauen», sagte van Marwyck. Er selbst war unverkennbar ein Nama.

«Könnten Sie die mal holen lassen?»

Ohne das geringste Zeichen von Ungeduld gab van Marwyck Clemencias Bitte weiter. Die eine Herero-Frau war gerade nicht im Dienst, aber die andere tauchte wenige Minuten später auf. Es war die Schalterangestellte mit dem großen privaten Mitteilungsbedürfnis. Zumindest die Handykosten sollten kein großes Problem darstellen, wenn sie sich ab und zu bestechen ließ. Die Frau schluckte, als sie Clemencia bei ihrem Chef sitzen sah, und sagte: «Es war halt wegen meiner Tochter. Sie ist krank, und mein Freund ist nicht in der Lage, mal ein paar Stunden bei ihr ...»

Clemencia unterbrach: «Haben Sie vor drei Wochen einen Pass für einen gewissen Kaiphas Riruako ausgestellt?»

«Was?»

«Den hier.» Clemencia zeigte ihr die Kopie aus der Deutschen Botschaft.

«Ich kann mich doch nicht an jeden Namen erinnern!» Die Herero-Frau fand schnell wieder zu dem vorwurfsvollen Ton zurück, den sie sich offensichtlich im Publikumsverkehr angewöhnt hatte. Jedes noch so harmlose Anliegen erschien mit dieser Stimmfärbung als kaum tolerierbare Zumutung. Ob die Frau wenigstens durch eine freundlichere Kollegin vertreten wurde? Wahrscheinlich hatte sie stattdessen auch den letzten Schalter geschlossen.

Einen Stock tiefer standen die Leute nun und fragten sich, ob es Sinn hatte, zu warten. Die Namibier aus den nördlichen Regionen, die mal ihre Verwandten jenseits der Grenze in Angola besuchen wollten. Vor der wirtschaftlichen Katastrophe in ihrer Heimat geflohene Simbabwer. Deutsche Rentner, die ihr Erspartes in einem Häuschen in Swakopmund angelegt hatten und ihre Aufenthaltsgenehmigung verlängern mussten, um nicht in den Knast umzuziehen.

Clemencia könnte durchaus nachvollziehen, wenn einer von ihnen nach stundenlangem Stehen in der Hitze durchdrehte und begänne, das Mobiliar dort unten zu demolieren. Doch das würde kaum geschehen. Ihr Frust würde erst ausbrechen, sobald sie wieder einmal unverrichteter Dinge nach Hause kämen und ihre Frau, ihr Sohn, ihre Nachbarin oder sonst einer ein falsches Wort sagte.

«Ist sonst noch was?», fragte die Herero-Frau.

«Kennen Sie den Mann auf dem Passfoto vielleicht?»

Die Angestellte schaute kaum hin. «Nie gesehen.»

«Wie erklären Sie es sich, dass das Antragsformular und die Kopien der ID-Dokumente fehlen?»

«Da hat halt wer geschlampt. Aber nicht ich. Ich lege immer alles vorschriftsmäßig ab.»

Clemencia las ihr das Ausstellungsdatum des Passes vor. «Haben Sie an dem Tag Schalterdienst gehabt?»

«Das weiß ich heute doch nicht mehr.»

Jetzt schaltete sich van Marwyck ein. «Überlegen Sie erst mal eine Minute!»

Unwillig griff die Angestellte nach der Kopie und wiederholte halblaut das Datum. Sie dachte nach, sie grinste, sie lachte auf. «Sag ich doch, ich war das garantiert nicht.»

«Sicher?»

«Den Pass hat keiner von uns ausgestellt. Der Fünfte war nämlich ein Sonntag!»

«Wie bitte?», fragte Clemencia.

«Am Sonntag arbeiten wir ausnahmsweise nicht», sagte die Angestellte hämisch.

«Der Pass muss gefälscht sein», sagte van Marwyck. «Lassen Sie noch einmal sehen, ob ...»

«Und wieso ist der Mann dann in Ihrem Computer als rechtmäßiger Besitzer eines Reisepasses aufgelistet?», fragte Clemencia.

«In der Tat, das ist seltsam. Sehr seltsam.»

Vielleicht war mit Bedacht ein falsches Datum eingetragen worden, damit nicht rekonstruiert werden konnte, wer Dienst gehabt hatte. Oder der Sachbearbeiter hatte sich nur im Tag geirrt. Oder jemand war am Sonntag in der menschenleeren Passstelle des Ministeriums erschienen, um ungestört und in aller Ruhe ein Reisedokument für einen nicht existierenden Kaiphas Riruako fertigzustellen. Dann hatte er den Computer hochgefahren und den Mann im Register eingetragen, sodass bei eventuellen Nachfragen die Echtheit des Passes bestätigt würde.

Clemencia fragte: «Das ist doch sicher nur eine Handvoll Leute, die hier zu jeder Tages- und Nachtzeit Zugang haben?»

Wenn Engels wie geplant zum Essen gefahren wäre, hätte er wahrscheinlich gar nichts bemerkt. Er hätte seinen Wagen vor dem Portugiesen am Sam Nujoma Drive abgestellt, hätte dem Parkplatzwächter bedeutet, darauf achtzugeben, und sich im Restaurant so gesetzt, dass er möglichst wenige andere Gäste zu Gesicht bekommen hätte. Umgesehen hätte er sich nicht. Wozu auch?

Doch kurz vor seinem Ziel, als er an der Russischen Botschaft vorbei bergab fuhr, hatte der Gedanke an gegrillte Sardinen oder riesige Fleischspieße in ihm plötzlich ein körperlich spürbares Unbehagen hervorgerufen. So hatte er sich an der Ampel spontan entschlossen, nach links statt nach rechts abzubiegen. Da er in der falschen Spur eingereiht war, hatte er den Blinker gesetzt und seinen Wagen, als sich links eine kleine Lücke auftat, schnell dort eingefädelt. Das Manöver war nicht ganz die feine Art, doch sicher nicht gefährlich gewesen.

Das Gehupe hatte auch erst begonnen, als er schon um die Ecke gebogen war. Im Rückspiegel hatte Engels gesehen, dass sich zwei Taxis, ein rostiger Bakkie und ein schwarzer Toyota Yaris mit getönten Scheiben gegenseitig blockierten, sodass keiner der Wagen in irgendeine Richtung weiterzukommen schien. Engels hatte beschlossen, sich dafür nicht verantwortlich zu fühlen. Er hatte Gas gegeben und war auf dem Sam Nujoma Drive Richtung Westen gefahren.

Den schwarzen Yaris mit den getönten Scheiben sah er wieder, als er an der übernächsten roten Ampel gewohnheitsmäßig in den Rückspiegel blickte. Der Wagen stand drei Autos hinter ihm. Zuerst dachte Engels nur, dass sich das Durcheinander an der Kreuzung so schnell aufgelöst haben musste, wie es entstanden war. Normalerweise wären die Fahrer ausgestiegen oder hätten zumindest durchs offene Fenster debattiert, wer wem die Vorfahrt genommen habe. Wahrscheinlich war ein Taxi trotz roter Ampel in die Kreuzung eingefahren, auch wenn Engels nichts dergleichen bemerkt hatte. Oder hatte irgendwer ein ähnliches Manöver wie er selbst durchgeführt? War ein anderer Wagen hinter ihm ebenfalls von der rechten Spur überraschend nach links gezogen? Der schwarze Yaris etwa?

Unwillkürlich kontrollierte Engels, ob er den Knopf für die zentrale Türverriegelung gedrückt hatte. Dann rief er sich zur Ordnung. Maras Entführung hatte ihn mitgenommen, aber deshalb brauchte er keine Gespenster zu sehen. Wieso sollte er verfolgt werden? Wollten die Entführer auch ihn in ihre Gewalt bringen? Er nutzte ihnen doch nur, solange er frei und politisch handlungsfähig war.

Als die Ampel auf Grün sprang, fuhr er an, überquerte Independence Avenue und Talstraße und bog dann nach links in die sechsspurige Mandume Ndemufayo Avenue ab. Ein Corolla folgte ihm und, nach ein paar Sekunden, der Yaris. Das musste nichts bedeuten. Die Mandume Ndemufayo Avenue war eine der Hauptverkehrsadern der Stadt. Wer ins südliche Industriegebiet oder nach Kleine Kuppe oder über Land Richtung Südafrika wollte, würde natürlich hier entlangfahren.

Engels schaltete in den zweiten Gang zurück und kroch mit knapp vierzig Stundenkilometern auf der äußersten linken Spur voran. Der Corolla hinter ihm scherte aus und überholte. Der Fahrer warf Engels einen abschätzigen Blick zu. Jetzt war kein anderes Fahrzeug mehr zwischen ihm und dem Yaris. Engels fuhr noch ein wenig langsamer. Kein Windhoeker würde auf einer solchen Straße so dahinzockeln, es sei denn, irgendetwas am Wagen wäre defekt. Der Yaris sah ziemlich neu und gut in Schuss aus. Engels versuchte, im Rückspiegel das Nummernschild zu entziffern, doch dafür war die Distanz zu groß. Auch bei seinem reduzierten Tempo blieb sie gleich. Fünfzig Meter etwa. Herrgott, was sollte das? Wer verfolgte ihn? Und was, um Himmels willen, sollte er jetzt tun?

Die Warnblinkanlage einschalten und stehen bleiben? Dann

mussten sie vorbeifahren, um keinen Verdacht zu erregen, und Engels könnte sich das Kennzeichen merken. Oder sie würden hinter ihm anhalten, als wollten sie Pannenhilfe leisten. In diesem Fall würde zumindest einer aussteigen, zu ihm nach vorn kommen und an die Scheibe auf der Fahrerseite klopfen. Engels könnte ihn sich genau ansehen und später eventuell identifizieren. Natürlich würde er weder Fenster noch Tür öffnen. Aber wenn der Kerl mit einem Pistolenhieb die Scheibe einschlug, wenn er Engels bedrohte, ihn zwang, auf den Beifahrersitz zu rutschen und sich selbst ans Steuer setzte?

Irgendetwas war passiert. Irgendetwas hatte sie veranlasst, ihren Plan umzuwerfen. Ob Mara ihnen als Faustpfand nicht mehr genügte? Hatten sie sie etwa umgebracht, weil sie Widerstand geleistet oder zu fliehen versucht hatte? Nein, das durfte nicht sein, das konnte nicht sein. Engels war kein Hellseher, beileibe nicht, aber manche Wahrheiten erkennt man in manchen Situationen so genau, dass kein Hauch eines Zweifels bleibt. Als er vor drei Jahren mit Mara von Kapstadt zurückgefahren war, hatte er so einen Moment erlebt. Mara war auf dem Beifahrersitz eingeschlafen. Irgendwann, hinter Keetmanshoop, auf nächtlich leerer, schnurgerader Straße, bei einem Sternenhimmel bis zum Horizont hinab, hatte er einen Blick auf sie geworfen und gewusst, dass sie beide für immer zueinander gehörten. Er hatte ihr über die Wange gestrichen, und Mara hatte im Halbschlaf gemurmelt: «Was ist?»

«Gar nichts», hatte er gesagt und war glücklich bis Windhoek durchgefahren.

Engels schüttelte den Kopf. Er hätte gespürt, wenn sie nicht mehr lebte, dessen war er sich sicher. Eine unermessliche Leere wäre plötzlich in der Welt gewesen, hätte den Himmel verdunkelt und die Zeit gespalten in ein Vorher und ein ..., nein, kein Nachher, eher schon ein Nichtmehr.

Mara war nicht tot. Viel wahrscheinlicher war, dass die Entführer an Engels zweifelten. Sie trauten ihm keine überzeugende Rede zu. Sie waren sich nicht sicher, ob er für seine Frau wirklich sein Land verraten würde. Sie hatten kapiert, dass die Bundesregierung auf seine Versprechungen pfeifen würde, und deshalb hatten sie ihre Strategie geändert. Sie entführten den Botschafter selbst und erpressten Berlin direkt. Zwar wäre das weniger elegant, weil sie offenkundig als Verbrecherbande dastünden, aber dafür wären die Erfolgsaussichten größer. Wenn sie nur ein paar Millionen abkassieren wollten, konnte ihnen ihr Ruf doch egal sein.

Engels beschleunigte kurz und blickte in den Rückspiegel. Der Yaris fiel etwas zurück und machte keine Anstalten, den Abstand wieder zu verringern. Engels fragte sich, ob er einfach überreizt war. Zu wenig Schlaf, kein Essen, das dauernde Durchspielen von Katastrophenszenarien, die verzweifelte Suche nach historisch bedeutsamen Formulierungen – da vergaloppierte sich die Phantasie schon mal. Bevor er etwas unternahm, musste er zweifelsfrei ausschließen, dass der Yaris nur zufällig den gleichen Weg eingeschlagen hatte.

Engels nahm die nächste Querstraße nach links und fuhr somit nach Osten, also in die Richtung, aus der er gekommen war. Wenn der Yaris nun folgte, hatten seine Insassen offensichtlich kein bestimmtes Ziel. Außer, Engels auf den Fersen zu bleiben. Würden sie geradeaus weiterfahren, ins südliche Industriegebiet oder sonst wohin, wäre alles in Ordnung, und Engels wüsste nicht, ob er sich beschämt oder erleichtert fühlen sollte.

Sein Blick hing am Rückspiegel. Er zählte die Sekunden. Sieben, acht, neun, zehn, elf. Die Schnauze des Yaris tauchte an der Kreuzung auf. Der linke Blinker blinkte. Der Wagen stoppte, um einen Fußgänger passieren zu lassen. Dann bog er ab. Nach Osten, hinter Engels her. Der Yaris beschleunigte rasch.

Gut, das wäre geklärt! Engels hatte sich nichts vorgemacht. Sie waren hinter ihm her. Bekämen sie ihn zu fassen, würden sie ihn wahrscheinlich zu Mara und Samuel sperren, doch so hatte er sich die Familienzusammenführung nicht vorgestellt. Zumindest hatte er jetzt eine Spur. Wenn es ihm gelänge, den Spieß umzudrehen und seinerseits den Yaris zu verfolgen, würde der ihn wohl zu Maras Gefängnis führen. Aber wie sollte er das anstellen? Irgendwo parken, aussteigen, einen Laden betreten und durch den Hintereingang gleich wieder verlassen, ein anderes Auto besorgen und so lange hinter dem Yaris auf der Lauer liegen, bis dessen Insassen die Lust verloren, auf seine Rückkehr zu warten?

Langsam, dachte Engels, du hast mit viel Glück gemerkt, dass dich jemand beschattet, aber du brauchst dich deswegen nicht für James Bond zu halten. Das bist du nicht, das kannst du nicht, das geht hundertprozentig schief. Du fährst jetzt direkt zum nächsten Polizeirevier, läufst hinein, bevor dir die Typen aus dem Yaris eine Pistole an den Kopf halten, und dann sagst du, dass du verfolgt wirst. Du bemühst dich, die Polizisten zu einer Kontrolle des Yaris zu überreden. Auch wenn sie dich wohl für einen hysterischen Weißen mit Verfolgungswahn halten, begleitet dich vielleicht einer aus Mitleid vor die Wache. Der Yaris ist dann längst verschwunden. Der Polizist fragt dich, ob du nicht einen Verwandten oder Freund anrufen willst, der dich nach Hause begleitet und sich ein wenig um dich kümmert. Du stotterst, dass du in Ordnung bist, kein Problem, wirklich, und dann steigst du in deinen Wagen und fährst nach Hause, und dort, vielleicht fünfzig Meter vor deiner Auffahrt oder an der Einmündung der nächsten Seitenstraße, parkt ein schwarzer Yaris mit getönten Scheiben ...

Engels blickte in den Rückspiegel und versuchte den Abstand zu schätzen. Achtzig Meter vielleicht. Es juckte ihn im

Fuß, auf Teufel komm raus Gas zu geben, rote Ampeln zu ignorieren und die Verfolger abzuschütteln. Doch selbst wenn ihm das gelänge, würde er sich nur ein paar Stunden erkaufen. Sie wussten, wer er war, wo er wohnte, wo er arbeitete. Es würde nicht lange dauern, bis sie seine Spur wieder aufgenommen hätten. Im Moment würde eine überstürzte Flucht sogar schaden. Damit verriete er seinen Verfolgern nur, dass er sie entdeckt hatte. Noch schien es, als würden sie das nicht vermuten. Das war ein kleiner Vorteil.

Nein, das war ein riesengroßer Vorteil! Er konnte Hilfe organisieren, ohne dass sie Verdacht schöpften. Er brauchte nur jemanden anzurufen, der Autorität genug hatte, seinen Verfolgern die halben namibischen Polizeikräfte auf den Hals zu hetzen. Eine Treibjagd, Straßensperren, Einkesselungen! Engels malte sich aus, wie die Verbrecher an den Haaren aus dem Yaris gezerrt würden. Er griff zum Handy. Kawanyama von Home Affairs würde sicher helfen. Oder sollte er sich direkt ans Sicherheitsministerium wenden? Klar, die waren für so etwas gerüstet, und Minister Haufiku hatte er doch kürzlich erst gesprochen.

Stopp, jetzt keinen Fehler begehen! Eine spektakuläre Verhaftung war nicht geheim zu halten. Fragen würden gestellt, die Hintergründe publik werden. Die Presse, Maras Entführer, das Auswärtige Amt ... Herrgott, nein! Engels legte das Handy auf den Beifahrersitz. Im Rückspiegel schien das immer gleiche Bild festgebrannt zu sein. Vielleicht tauchten da auch andere Autos auf, Passanten, Verkehrszeichen, Häuser, doch Engels sah nur den schwarzen Yaris.

Irgendetwas musste er tun. Er griff nach dem Handy und wählte Clemencia Garises' Nummer. Sie hatte sich bei der Abwehr von Entführern nicht gerade ausgezeichnet, doch welche Wahl hatte er denn? Zum Glück meldete sie sich sofort, und Engels schilderte seine Situation.

Einen Moment herrschte Stille, dann fragte sie: «Wie lange sind die schon hinter Ihnen her?»

«Zwanzig Minuten ungefähr.»

«Gut, dann herrscht keine unmittelbare Gefahr. Bleiben Sie ruhig, fahren Sie auf belebten Straßen und halten Sie nicht an!»

«Ich bin ruhig», sagte Engels.

«Umso besser. Ich sage Ihnen jetzt, was wir tun. Bitte hören Sie mir genau zu ...!»

Engels hörte genau zu. Was sie vorschlug, klang nicht schlecht. Zumindest besser als alles, was er selbst erwogen hatte. Anweisungsgemäß legte er das Handy neben sich. Wenn etwas Unvorhergesehenes passierte, sollte er sofort die Wahlwiederholung drücken. Der Yaris im Rückspiegel schien ein wenig größer geworden zu sein. Der Tacho zeigte knapp über fünfzig Stundenkilometer an. Ein normales Tempo. Nur jetzt nicht auffallen! Durch Windhoek fahren wie einer, der vor lauter Gedanken nichts um sich herum wahrnimmt. Zwanzig Minuten musste Engels irgendwie herumbringen, um Frau Garises genügend Zeit zu verschaffen. Besser eine halbe Stunde, zur Sicherheit.

Auf dem Hügel ein paar hundert Meter vor Engels glänzte das neue Staatshaus im Sonnenlicht. Vor dem Zaun, der das Grundstück weitläufig abgrenzte, würde Engels in die Robert Mugabe Avenue abbiegen. Auf der würde er dann mit angemessener Geschwindigkeit nach Katutura fahren und nur aus den Augenwinkeln den Rückspiegel kontrollieren.

Gartentor und Haustür des *Living Rainbow Centres* standen sperrangelweit offen. Von Miki Selma und ihren Chorfrauen war nichts zu sehen und – was wesentlich verlässlicher darauf hindeutete, dass sie sich nicht im Umkreis von einem Kilometer aufhielten – auch nichts zu hören. Wahrscheinlich durchkämmten sie auf der Suche nach Samuel ein paar weiter entfernt liegende Planquadrate.

Anscheinend verunsichert durch die fehlende Kontrolle hatten die Waisenkinder es versäumt, ihre unverhoffte Bewegungsfreiheit für irgendwelchen Unsinn auszunutzen. Ein paar Jungs gruben draußen im Sand, die anderen Kinder saßen in Gruppen auf dem Zementboden des Aufenthaltsraums und schienen darauf zu warten, dass ihnen jemand Befehle erteilte. Als sie Clemencia sahen, jubelten sie. Clemencia winkte ab. Sie hatte beim besten Willen keine Zeit, sich jetzt um die Kinder zu kümmern.

«Schaltest du uns Miki Selmas Fernseher ein?», fragte einer der Jungs.

Das war keine schlechte Idee, aber an Miki Selmas Heiligtum kam nicht einmal Clemencia heran. Sie sagte: «Ich weiß etwas viel Besseres. Wir gehen alle zusammen ins Kino! Nicht heute, nicht morgen, aber in ein paar Tagen. Spätestens nächste Woche. Doch jetzt will ich, dass ihr ...»

«Kommt dann auch Samuel mit?», fragte Panduleni.

In Clemencia regte sich das schlechte Gewissen. Den ganzen Tag hatte sie mit der Überprüfung eines Reisepasses vergeudet, statt nach Samuel und Mara zu suchen. Zwar vermutete sie einen Zusammenhang mit der Entführung, doch hätte sie nicht andere Schwerpunkte setzen müssen? Alle Kraft darauf verwenden, den Jungen zu befreien? Sein Blick fiel ihr ein, seine stummen Hilferufe. Wenn es so etwas wie ein unschuldiges Opfer überhaupt gab, dann ihn. Ohne das politische Geschacher um sich herum begreifen zu können, war er dessen Leidtragender geworden. Fast wie Schwarzafrika, als die europäischen Kolonialmächte über den Kontinent hergefallen waren.

Unsinn, Samuel war kein Symbol für irgendetwas, er war ein Mensch aus Fleisch und Blut. Clemencia sagte: «Natürlich nehmen wir Samuel mit. Deswegen gehen wir ja erst ins Kino, wenn er wieder bei uns ist. Und jetzt will ich, dass ihr alle hier drinnen bleibt und zusammen singt.»

«Freiheitslieder?», fragte Panduleni.

«Was ihr wollt. Aber so lange, bis ich euch sage, dass ihr aufhören könnt.» Clemencia stimmte «Old McDonald had a farm» an. Die Kinder fielen ein, Clemencia verließ das Haus und überquerte die Straße.

Es war höchste Zeit. Am südlichen Ende der Frans Hoesenab Straat tauchte gerade ein schwerer Mercedes auf. Obwohl das Diplomatenkennzeichen noch nicht zu erkennen war, konnte das kaum jemand anderer als Engels sein. Er umkurvte ein am Straßenrand stehendes Taxi. Aus dessen offenem Seitenfenster ragte das Ende einer niedrigen Holzbank heraus. Drei junge Männer waren damit beschäftigt, sie auszuladen.

Engels fuhr im Schritttempo weiter, als suche er ein bestimmtes Haus, das er nur bei genauerer Betrachtung wiedererkennen würde. Clemencia ging ihm auf der gegenüberliegenden Straßenseite entgegen, etwa zehn Meter hinter einem Eisverkäufer, der sein Dreirad mit mühsamen Tritten vorwärts beförderte. Die Sonne brannte unbarmherzig herab. Aus der Jukebox der *Mshasho Bar* schallte ein Kwaito-Song. Der hektische Sprechgesang mischte sich mit den Kinderstimmen, die der Welt lautstark verkündeten, welche Tiere auf Old McDonalds Farm lebten.

Clemencia warf ihre Umhängetasche über die linke Schulter und nickte Engels zu, als er an ihr vorbeifuhr. Aus den Augenwinkeln sah sie die Bremslichter seines Mercedes aufleuchten. Der Wagen kam genau vor der Stahlplatte mit der Aufschrift *The Living Rainbow Children Centre* zum Stehen. Im selben Moment bog der schwarze Toyota Yaris in die Frans Hoesenab Straat ein. Der Eisverkäufer stoppte kurz, wischte sich mit dem Unterarm über die Stirn und trat wieder schwerfällig in die Pedale. Clemencia schlenderte ihm nach. Jetzt müsste Engels gemächlich aus seinem Mercedes aussteigen.

Zwei der jungen Männer am Taxi stellten die Holzbank im spärlichen Schatten eines Zauns ab. Sie setzten sich, während der dritte noch im Inneren des Taxis kramte. Sonst parkte kein einziger Wagen in der ganzen Straße, sodass die Insassen des Yaris klar und deutlich sehen mussten, wie Engels seinen Wagen abschloss und durch das Gartentor zum Waisenhaus ging. Der Yaris rollte aus und blieb unmittelbar hinter dem Taxi stehen. Das war zu erwarten gewesen, denn wer jemanden überwachte, versuchte normalerweise, einen Sichtschutz zwischen sich und das Objekt zu bringen. Der Motor lief noch kurz, doch als Engels im Waisenhaus verschwunden war, machten sie ihn aus. Alles lief glatt.

Der Eisverkäufer lenkte sein Gefährt in die Mitte der Straße und rief den beiden auf der Holzbank zu, ob sie vielleicht ein kaltes Eis wollten.

«Kalt?» Einer der beiden stand auf und lachte. «Seit wie vielen Stunden fährst du denn schon durch die Gegend?»

Der Eisverkäufer hielt neben dem Yaris an und klopfte auf den Kühlbehälter vor seinem Lenker. «Der ist super isoliert.»

«Und mit einer eingebauten Salmonellenbrutmaschine ausgestattet, was?» Auch der zweite junge Mann erhob sich.

«Also, Zitrone oder Vanille?», fragte der Eisverkäufer. Die Haut um sein rechtes Auge zeigte einen violetten Unterton.

«Nee», sagte der eine.

«Wirklich nicht», sagte der andere.

Der Eisverkäufer zuckte mit den Achseln und beugte sich zur getönten Seitenscheibe des Yaris vor. Offensichtlich konnte er nichts erkennen, denn er klopfte mit den Fingerspitzen ans Glas. Clemencia war nun auf seiner Höhe angelangt. Sie ging noch ein paar Schritte weiter, sodass sie von schräg hinten eingreifen konnte, falls das nötig sein sollte. Die beiden jungen Männer bückten sich zur Holzbank und hoben auf Kommando des vorderen gleichzeitig an.

«Leckeres eiskaltes Premium-Speiseeis!», sagte der Eisverkäufer und patschte mit der Handfläche auf dem Seitenfenster des Yaris herum.

Die Scheibe surrte nach unten. Eine Männerstimme sagte von innen: «Nimm die Flossen weg, sonst kriegst du noch eins aufs Auge!»

«Ist ja gut!» Der Eisverkäufer begann, die Schnallen am Deckel seines Kühlbehälters zu öffnen. «Zitrone oder Vanille?»

Der dritte junge Mann wand sich aus dem Taxi. Die beiden anderen hatten sich in Bewegung gesetzt und trugen die Holzbank um das Heck des Yaris herum. Clemencia drehte zur Straßenmitte hin ein. Mit der rechten Hand griff sie in ihre Umhängetasche.

«Hau bloß ab!», sagte der Mann aus dem Yaris. Der Eisverkäufer klappte den Deckel auf und griff in den Kühlbehälter. Der Gesang der Waisenkinder hörte plötzlich auf, obwohl man sicher noch ein paar exotische Tierarten auf Old McDonalds Farm ansiedeln hätte können. Wahrscheinlich war Botschafter Engels bei den Kindern aufgetaucht und hatte sie aus dem Konzept gebracht. Still war es dennoch nicht, weil die Jukebox der *Mshasho Bar* die Nachbarschaft unverdrossen weiter beschallte. Der Song von Ees war allerdings nicht laut genug, um den dumpfen Schlag zu übertönen, mit dem die Holzbank hinter dem Yaris auf den Boden fiel.

«Und hopp!» Blitzschnell verkeilten die beiden Bankträger das schwere Ding unter dem Wagen und blockierten so die Hinterräder. Der Eisverkäufer zog eine Pistole aus dem Kühlbehälter und richtete sie auf das offene Seitenfenster. Der dritte junge

147

Mann zielte auf die Frontscheibe. Er war mit seiner Waffe hinter dem Kotflügel des Taxis in Deckung gegangen. Clemencia näherte sich mit ihrer Pistole im Anschlag von rechts hinten.

«Verdammt!», japste es aus dem Yaris.

«Der Fahrer legt die Hände aufs Lenkrad!», brüllte der Eisverkäufer. «Und du machst die Verriegelung auf!»

«Nicht schießen!», rief es aus dem Wagen. «Wir geben euch alles, was wir ...»

«Die Türen auf! Wird's bald?»

Die Verriegelung klackte, und Clemencia zog die hintere Seitentür auf. Die beiden Männer auf den Vordersitzen taten ihr Bestes, um in den Polstern zu verschwinden. Von ihnen waren keine Schwierigkeiten zu erwarten. Nun mussten nur Clemencias Leute ihre Nerven im Zaum halten. Sie sagte: «Okay, keine Panik! Ihr zwei steigt langsam aus, und dann reden wir mal vernünftig miteinander!»

Es dauerte ein wenig, bis die beiden aus dem Yaris zu kapieren schienen, dass sie keinem Raubüberfall zum Opfer gefallen waren. Für zusätzliche Verwirrung sorgte Engels, der anscheinend von der Waisenhaustür aus die Kommandoaktion beobachtet hatte und sich natürlich nicht an Clemencias Anweisung hielt. Statt im Haus zu bleiben, bis man ihn holte, stürzte er herbei, sobald seine Verfolger mit erhobenen Händen neben dem Wagen standen. Schon aus ein paar Metern Entfernung brüllte er: «Wo ist Mara? Was habt ihr mit ihr gemacht?»

Melvin hatte die Pistolen der Männer einkassiert und im Kühlbehälter seines Eisfahrrads deponiert. Jetzt durchsuchte er die beiden nach Ausweispapieren. Kangulohi stand noch beim Taxi und sicherte.

«Redet schon! Los!» Engels' Stimme bebte vor Erregung.

«Wir haben mit gar niemandem etwas gemacht, wir sind doch nur ...»

«Geben Sie mir die Pistole!», fuhr Engels Kangulohi an. Der blickte fragend zu Clemencia her. Sie schüttelte den Kopf und nahm die Papiere entgegen, die Melvin den beiden abgenommen hatte. Zwei Dienstpässe wiesen sie als Sicherheitsleute des Ministry of Safety and Security aus. Clemencia vergewisserte sich, dass die Passfotos mit den Gesichtern der beiden übereinstimmten. Was nicht ins Bild passte, waren die Namen. Falls diese nicht frei erfunden waren, hatte sie keine Hereros, sondern Ovambos vor sich.

«Frau Garises, wir müssen sie zum Reden bringen», sagte Engels nun in mühsam beherrschtem Ton, «und wir werden sie zum Reden bringen.»

«Ich sag Ihnen doch, wir haben nichts verbrochen. Wir ...»

«Schluss mit dem Quatsch!», zischte Engels den Mann an. Dann wandte er sich wieder an Clemencia: «Wir können es uns nicht leisten, sinnlos Zeit zu verschwenden. Die Gefahr für das Leben meiner Frau rechtfertigt ein entschiedenes Vorgehen.»

«Wollen Sie die beiden foltern?»

«Sie brauchen nur zu sagen, wo Mara gefangen gehalten wird, und ihnen wird kein Haar gekrümmt werden.»

«Das ist nicht Ihr Ernst, oder?»

«Ich bin der Letzte, der das Recht auf körperliche Unverletzlichkeit bestreiten würde», sagte Engels. «Nur gilt das für meine Frau genauso wie für diese Verbrecher. Und wenn sich zwei Rechtsansprüche gegenseitig ausschließen, muss eben eine Güterabwägung vorgenommen werden. Im Gegensatz zu Mara haben die beiden es doch selbst in der Hand, wie mit ihnen umgesprungen wird.»

«Herr Botschafter, wir haben Sie doch beschützt!», sagte der Größere der beiden. Er reckte die Arme in den Himmel, als rufe er einen fernen Gott um Gnade an.

Engels lachte auf.

«Wir hatten den Auftrag, Ihnen zu folgen und zu verhindern, dass Sie überfallen oder entführt werden», sagte der andere.

«Einen Auftrag? Von wem?», fragte Clemencia.

«Vom Chef selbst. Minister Haufiku.»

Haufiku war eine der etablierten SWAPO-Größen. Seit ein paar Jahren leitete er das Ministry of Safety and Security. Clemencia fragte: «Wieso sollte der so etwas veranlassen?»

«Keine Ahnung. Wir tun, was uns befohlen wird.»

«Das ist doch nicht wahr», sagte Engels, doch sein Ton strafte ihn Lügen. Im Grunde wusste er schon, dass eine so leicht überprüfbare Erklärung nicht erfunden war. Engels' Schultern sackten ein, der Körper verlor jede Spannung. Clemencia konnte förmlich mit ansehen, wie die Entschlossenheit von ihm abfiel, als wäre sie ein viel zu großes, unförmiges Kleidungsstück. Er hatte sich auf der Spur der Entführer gewähnt und sich geschworen, nicht mehr davon abzulassen, koste es, was es wolle. Menschenwürde, Rechtsstaatlichkeit, Unschuldsvermutung waren nur noch blasse Begriffe gewesen gegenüber der Hoffnung, endlich etwas für seine Frau tun zu können. Und nun stellte sich heraus, dass alles auf einem lächerlichen Irrtum beruhte.

«Wir werden sehen», sagte Clemencia. «Haufiku kann den Auftrag ja sicher bestätigen?»

«Wir rufen ihn sofort an», sagte der Größere der beiden beflissen.

«Das mache ich selbst», sagte Engels.

Seine Situation war alles andere als einfach. Clemencia bedauerte ihn, gewiss, aber sie konnte nicht verhindern, dass sich ein wenig fade schmeckende Befriedigung in ihr Mitgefühl mischte. Die Vertreter des hochentwickelten Europas waren eben auch nicht besser als die Machthaber Afrikas. Europäer mochten die Menschenrechte zum ersten Mal formuliert haben, doch unbestritten herrschten sie dort auch nur in Sonntagsreden oder wenn man sie vom Rest der Welt einforderte. Aber wehe, sie standen den eigenen Interessen im Wege! Clemencia fragte sich, ob Engels gerade selbst darüber erschrak, wie schnell er bereit gewesen war, die hehren Prinzipien über Bord zu werfen.

«Dürfen wir die Hände jetzt vielleicht runternehmen?», erkundigte sich der kleinere der beiden nicht mehr als potenzielle Entführer Verdächtigen.

Wie nicht anders zu erwarten war, bestätigte Sicherheitsminister Haufiku am Telefon die Angaben seiner Leute. Engels blieb reserviert. Dabei klang alles, was Haufiku sagte, durchaus einleuchtend.

Sein Ministerkollege Kawanyama habe sich an ihn gewandt und ihm Engels' Problem dargestellt. Sie beide hätten sich gefragt, was man denn tun könne, ohne Engels' ausdrücklichen Wunsch nach Geheimhaltung der Entführung zu missachten. Er, Haufiku, habe befürchtet, dass sich der Botschafter in Gefahr begeben würde, und deswegen zwei Männer beauftragt, ihm zu folgen. Sie hätten strikte Anweisungen erhalten, nicht bei einer etwaigen Lösegeldübergabe einzuschreiten, sondern nur Engels' Leib und Leben zu schützen. Das sei, Engels möge ihm dieses ehrliche Eingeständnis zugestehen, auch politisch geboten gewesen, denn die Republik Namibia wolle sich später von der Bundesrepublik Deutschland keine Vorhaltungen machen lassen. Man unternehme alles, um akkreditierten Diplomaten die gleiche Sicherheit zu bieten wie den eigenen Staatsbürgern.

«Sie hätten mich darüber informieren können», sagte Engels.

«Möglicherweise hätten Sie unser gutgemeintes Angebot abgelehnt», sagte Haufiku, «nachdem ja schon Ihre Frau auf den Schutz der VIP Protection Unit verzichtet hat.»

Er sprach nicht aus, dass sich das augenscheinlich als großer Fehler erwiesen hatte und dass der Botschafter doch lieber Fachleute über Sicherheitsfragen entscheiden lassen sollte. Engels verstand ihn auch so.

«Es geschah nur zu Ihrem Besten», sagte Haufiku.

Ein paar Worte der Anerkennung für die wohlmeinende Absicht wären angebracht gewesen, doch Engels fühlte sich dazu nicht fähig. Vielleicht lag es daran, dass seine Überzeugung, bei der Suche nach Mara endlich einen Durchbruch erzielt zu haben, so kläglich zerstoben war. Ohne Haufikus Überwachungsauftrag wäre es weder zu unbegründeten Hoffnungen noch zur Enttäuschung gekommen. Das dem Minister vorzuwerfen, wäre Unsinn, doch wieso hatte er sich überhaupt einmischen müssen? Und warum hatte Kawanyama ihm gegenüber geplaudert? Wer wusste noch alles von Maras Entführung? Für Engels blieb ein bitterer Beigeschmack, der sich allmählich zu einem unbestimmten Misstrauen gegenüber der gesamten SWAPO-Spitze auswuchs.

Es mochte ja sein, dass die beiden Wachleute Engels in erster Linie schützen sollten. Ein paar Nebeneffekte könnten der namibischen Regierung aber durchaus willkommen gewesen sein. Zum Beispiel war sie so immer darüber unterrichtet, was Engels unternahm. Hatten die Minister darauf Wert gelegt? Wollten sie über ihn Maras Entführer aufspüren, um sie dann in einem spektakulären Großeinsatz ausheben zu lassen? Ohne Rücksicht auf Maras Leben? Nur, um die Effektivität der namibischen Ordnungskräfte unter Beweis zu stellen?

«Ich hoffe, dass die Angelegenheit damit geklärt ist», sagte Haufiku mit einer Spur Ungeduld in der Stimme.

Engels verabschiedete sich kühl. Geklärt war überhaupt nichts. Mara blieb verschwunden, die vermeintliche Spur hatte sich in Luft aufgelöst, und die Entführung schien inzwischen allgemeines Gesprächsthema in Regierungskreisen zu sein. Wahrscheinlich würde es nichts ändern, aber er rief trotzdem Kawanyama an, um noch einmal eindringlich um Verschwiegenheit zu bitten. Als Clemencia Garises mitbekam, mit wem er telefonierte, flüsterte sie ihm zu, doch bitte ein persönliches Treffen zu vereinbaren. Am besten jetzt gleich. Er sah sie fragend an.

«Es ist wichtig!»

Anscheinend hatte Kawanyama doch einen Anflug von schlechtem Gewissen wegen seiner Indiskretion, jedenfalls stimmte er sofort zu, und so betraten Clemencia Garises und Engels kaum eine halbe Stunde später sein Amtszimmer im Ministry of Home Affairs. Engels stellte seine Begleitung vor, doch der Minister winkte ab. «Frau Garises und ich kennen uns bereits.»

«In der Tat», sagte sie.

«Eine äußerst fähige junge Dame, die Sie da engagiert haben, Herr Botschafter», sagte Kawanyama. «Ich habe sehr bedauert, dass sie den Polizeidienst quittiert hat.»

«Widrige Umstände ließen mir keine andere Wahl.» Clemencia Garises lächelte.

Irgendetwas musste zwischen den beiden vorgefallen sein, doch Engels war nicht in der Stimmung, sich dafür zu interessieren. Er sagte: «Frau Garises würde Ihnen gern ein paar Fragen stellen.»

«Bitte sehr.»

«Es mag ein wenig seltsam klingen, doch ich wüsste gern, wer in Ihrem Ministerium einen Generalschlüssel besitzt.»

«Die Frage klingt in der Tat seltsam», sagte Kawanyama.

«Ich vermute, dass sich jemand an einem Sonntag Zutritt verschafft hat, um einen falschen Reisepass anzufertigen.»

Kawanyama lehnte sich zurück. «Ein wenig mehr müssten Sie mir schon mitteilen, Frau Garises.»

Sie berichtete knapp von Ungereimtheiten bezüglich eines gewissen Kaiphas Riruako, der vermutlich mit der Schädeldelegation nach Deutschland gereist sei. Sie hatte also einen konkreten Namen! Engels spürte wieder einen Funken Hoffnung aufglimmen. Er fragte: «Hat der etwas mit Maras Entführung zu tun?»

«Möglich», sagte Clemencia Garises.

«Sie unterstellen, jemand aus meinem Ministerium habe dieses Verbrechen unterstützt?», fragte Kawanyama.

«Ich wüsste nur gern, wer jederzeit Zugang hat.»

Engels begriff nicht, wieso sie auf dieser Frage so beharrte. Wer sollte schon einen Generalschlüssel haben? Der Hausmeister, der Chef des Sicherheitsdienstes und natürlich die Führungsebene des Hauses, die Staatssekretäre, der Vizeminister, der Minister ... Kawanyama! Verdächtigte Clemencia Garises etwa ihn? Unmöglich. Wieso sollte er denn ...?

Und wenn doch? Vielleicht in Zusammenarbeit mit Haufiku und abgesegnet vom Rest des SWAPO-Zentralkomitees? Wenn sich die beiden Sicherheitsleute im Toyota gar nicht zu Maras Gefängnis führen lassen wollten? Vielleicht sollten sie sich – ganz im Gegenteil – vergewissern, dass Engels es nicht fand! Sie mussten nur sicherstellen, dass er nirgends unverhofft dazwischenfunkte. Das würde erklären, wieso sich die beiden so leicht überraschen ließen. Sie wussten ja, dass er beim Waisenhaus nichts entdecken würde.

Kawanyama beugte sich über den Schreibtisch und machte eine Notiz. «Ich werde Ihrem Verdacht nachgehen, Frau Garises.»

«Die Liste mit den Delegationsteilnehmern wurde von Ihrem Ministerium aus an die Visastelle der Deutschen Botschaft geschickt», sagte sie. «Könnten Sie mir wenigstens sagen, ob daran Hereros beteiligt waren? Und ob es in Ihrem Haus überhaupt Hereros gibt, die zum Beispiel durch ihre Tätigkeit im Genozid-Komitee oder durch radikale Ansichten aufgefallen sind?»

Kawanyama überlegte einen Augenblick. Dann legte er die Fingerspitzen seiner Hände gegeneinander und sagte: «Frau Garises, was ich Ihnen jetzt mitteile, bleibt off the records. Falls etwas davon an die Öffentlichkeit gelangt, werde ich es strikt abstreiten und prüfen, ob ich gegen Sie gerichtlich vorgehe. Also: Offiziell steht die namibische Regierung dem Anliegen der Hereros wohlwollend gegenüber. Die Reise nach Berlin wird aus Steuergeldern finanziert, die Delegation mit den Schädeln wird bei der Rückkehr in einem Staatsakt empfangen werden, Staatspräsident Pohamba wird die Toten als Vorläufer des SWAPO-Befreiungskampfs und Wegbereiter eines unabhängigen Namibias würdigen. Er wird in seiner Rede sogar die Bundesregierung auffordern, ihrer besonderen Verantwortung Rechnung zu tragen.

Inoffiziell sieht die Sache ein wenig anders aus. Zwar sind wir durchaus an einer intensiveren Entwicklungszusammenarbeit mit den Deutschen interessiert, aber eben auf Regierungsebene. Wir wollen definitiv nicht, dass die Hereros oder auch die Namas ihr eigenes Süppchen kochen. Verhandlungen einer ethnischen Gruppe mit einem ausländischen Staat über unsere Köpfe hinweg können wir nicht tolerieren. Reparationszahlungen oder andere Entschädigungsleistungen, die direkt an die Hereros gehen, lehnen wir ebenfalls ab. *Wir* verteilen, was zu verteilen ist, weil *wir* die gewählten Vertreter der Nation sind.

Es gibt keine Herero-Nation, es gibt nur eine namibische Nation. Dass diese einig bleibt und floriert, ist unser oberstes Ziel. Deshalb muss jede Form von Tribalismus, die über Folklore hinausgeht, unterbunden werden. Wir haben auf unserem Kontinent oft genug beobachten können, wohin das Stammesdenken führt. Zu Pogromen, zu Blutbädern, zum völligen Zusammenbruch von Sicherheit und Ordnung, ja der staatlichen Strukturen insgesamt. Denken Sie an Ruanda, an Kenia, an die DRC! Das müssen wir hier nicht haben.»

Was Kawanyama ausführte, klang vernünftig, nur sein Ton erinnerte ein wenig an die Art und Weise, wie man einen Fünfjährigen davon zu überzeugen versucht, nicht in der Abfalltonne zu wühlen. Clemencia Garises sagte nichts. Das Lächeln in ihrem Gesicht schien eingemeißelt. Es spiegelte wohl kaum das wider, was sie wirklich dachte. Kawanyama fuhr fort:

«Ich betone nochmals, wir sorgen uns um das Wohl der ganzen Nation, und dazu gehören auch die Staatsbürger mit Otjiherero als Muttersprache. Was würde denn geschehen, wenn die deutsche Regierung ein paar Milliarden unter den Hereros verteilen würde, sodass jeder einzelne plötzlich reich wäre? Würden die Damaras und Ovambos ihnen gratulieren und weiter Hunger leiden? Würden sie nicht einen Teil des Geldes abbekommen wollen? Würden die Hereros sich nicht weigern zu teilen? Könnten Sie, Frau Garises, ausschließen, dass es zu massenhaftem Mord und Totschlag kommt?»

Clemencia Garises antwortete nicht. Kawanyama lehnte sich in seinem Sessel zurück und sagte:

«Wahrscheinlicher ist jedoch, dass die deutschen Gelder nicht jedem Herero-Viehhirten zugutekommen würden. Die Königshäuser würden sich den Löwenanteil sichern und unter denen vor allem die radikalsten Verfechter vermeintlicher Herero-Rechte. Wie Sie wissen, sind das die Gleichen, die der SWAPO-Regierung skeptisch bis feindlich gegenüberstehen. Mit gestärktem Selbstbewusstsein, mit der internationalen Anerkennung und erheblichen finanziellen Mitteln im Rücken könnten sie uns große Schwierigkeiten bereiten. Ihre Partei, die NUDO, würde aufgepäppelt, Wählerstimmen würden gekauft,

Forderungen nach Autonomie erst in dieser, dann in jener, dann in allen Fragen würden erhoben. Ich sage Ihnen voraus, dass es keine drei Jahre dauern würde, bis der erste Schwachkopf einen unabhängigen Hererostaat ausruft, und dann finden sich immer ein paar fehlgeleitete Jugendliche, die diesen Phantomstaat herbeibomben wollen. Einen Guerillakrieg haben wir lange genug selbst geführt, um zu wissen, dass wir ihn nicht mit umgekehrten Vorzeichen durchkämpfen wollen. Wir würden militärisch siegen, natürlich, aber politisch kannst du als Goliath gegen David immer nur verlieren.

Verstehen Sie jetzt, Frau Garises, wieso wir den Deutschen gegenüber sanft andeuten, sie sollten die Hereros mitsamt ihren Forderungen zum Teufel schicken? Wenn Sie mir nicht glauben, fragen Sie den Botschafter!»

Mit einem Kopfnicken stimmte Engels zu. Kawanyama hatte die grundsätzliche Haltung der namibischen Regierung richtig wiedergegeben, auch wenn das kein anderer politisch Verantwortlicher je so klar ausgesprochen hatte.

«Und was ist mit den Hereros in hohen Regierungsämtern?», fragte Clemencia Garises.

«Die hatten sich zu entscheiden, und sie haben sich entschieden. Für Namibia, gegen Partikularinteressen. Sonst wäre auch kein Platz für sie. Die Beschlusslage des SWAPO-Zentralkomitees und des Ministerrats ist unmissverständlich. Und wir vom Ministry of Home Affairs stehen hundertprozentig hinter dem Ziel, Einheit und Frieden des Vaterlands zu sichern. Die Stellen werden bei uns nicht nach ethnischer Zugehörigkeit besetzt, doch wer tribalistische Ansichten vertritt, ist schneller abserviert, als er das Wort Genozid-Komitee aussprechen kann. Kurz: In meinem Haus gibt es keine radikalen Hereros.»

Oder sie halten sich sehr bedeckt, dachte Engels. Aber selbst wenn es welche gab, konnten diese von Kawanyama keine Unterstützung erwarten. Nicht nur, weil er aus einem Kavango-Volk stammte und hoher SWAPO-Funktionär war. In seiner Rede hatte Engels so viel Herzblut gespürt, dass er einfach nicht an Verstellung glauben mochte. Nein, Kawanyama schien genau wie die Ovambo-Mehrheit im Kabinett die Herero-Ansprüche aus tiefster Überzeugung abzulehnen. Und demzufolge auch alles, was Maras Entführer verlangten. Also konnten er und die SWAPO nicht in das Verbrechen verstrickt sein. Engels war mit seinem Verdacht wieder einmal übers Ziel hinausgeschossen. Oder? Er wusste nicht mehr, was er denken sollte.

«Wenn Sie mich nun entschuldigen wollen», sagte Kawanyama. «Es ist spät, und ich habe noch zu tun.»

7

BERLIN

Kaiphas hatte geschlafen, er hatte geduscht, er hatte gegessen. Den Tag über hatte er im Haus des Pastors verbracht. Genauer gesagt, in dessen kleinem Garten, der rundum von einer efeubewachsenen Mauer geschützt wurde. Ein paar Bäume spendeten Schatten, darunter ein Apfelbaum, an dessen Zweigen pralle rote Früchte hingen. Einige lagen schon angefault im Gras und waren von Würmern zerfressen. Der Pastor zeigte auf den Baum und sagte lächelnd, dass er heute noch ein Apfelbäumchen pflanzen würde, auch wenn er wüsste, dass morgen die Welt unterginge.

Kaiphas nickte, obwohl ihm das ziemlich unsinnig vorkam. Ein Apfelbäumchen pflanzte man, um irgendwann Äpfel essen zu können. Wenn morgen die Welt unterging, brauchte man nichts mehr zu essen. Ganz abgesehen davon, dass der Pastor nicht einmal die Äpfel des Baums erntete, der sowieso schon in seinem Garten stand.

Der Pastor lud Kaiphas ein, zusammen mit ihm ein Gläschen Wein zu trinken. Sie setzten sich auf die kleine Terrasse, mit Blick auf den Apfelbaum. Der Pastor schenkte ein, und Kaiphas nippte an seinem Glas. Noch nie zuvor hatte er Wein getrunken. Bier ja, Schnaps, Rum, aber keinen Weißwein. Er schmeckte auch nicht besonders. Kaiphas war nicht nach Reden, doch der Pastor sagte, er würde sich gern noch ein wenig mit ihm unterhalten.

Bald stellte sich heraus, dass das gelogen war. Der Pastor wollte sich nicht unterhalten, sondern selbst reden. Und sich besaufen. Für ihn schien beides zusammenzugehören. Er unterbrach seinen Redestrom regelmäßig, um mit einem halben Glas Wein die Kehle zu befeuchten, und er trank so schnell, weil er gleich wieder weiterreden wollte. Er erzählte von einer Initiative «Pro Kirchenasyl», die er mit Gleichgesinnten gegründet habe. Wochenlang sei seine Kirche mit Flüchtlingen vollgestopft gewesen. Man habe einen Hungerstreik androhen müssen, um die Behörden zu einigermaßen befriedigenden Lösungen zu zwingen. Ob es nicht pervers sei, dass Menschen, die aus ihrer afrikanischen Heimat flohen, um dem Verhungern zu entgehen, zu einem solchen Mittel greifen müssten?

Der Pastor trank seinen Wein aus, goss sich das Glas bis zum Rand voll und redete weiter. Kaiphas sah zu, wie die Dämmerung allmählich in den Garten herabsank. Die Europäer hätten die Uhren, die Afrikaner hätten die Zeit, sagte man. Für die deutschen Dämmerungen galt das nicht. Sie waren viel langsamer als die namibischen. Das gefiel Kaiphas. Es war vielleicht das Einzige, was ihm hier besser gefiel als zu Hause.

Das Schlimmste in Deutschland sei die Bürokratie, sagte der Pastor. Für alles gebe es Regeln, und sogar die Ausnahmen von den allgemeinen Regeln würden durch spezielle Regeln geregelt, selbst wenn da eigentlich gar nichts zu regeln war. Kein normaler Mensch durchblicke diesen Dschungel, aber jeder respektiere ihn, als wäre er der Garten Eden. Bei Licht betrachtet, sei noch schlimmer als die Regelwut deren selbstverständliche Anerkennung durch seine Landsleute. Als ob nicht jeder Einzelne von Gott mit einem Verstand und einem Gewissen ausgestattet worden wäre! Beides brauche man auch, denn man lebe nun mal nicht im Paradies. Aus ihm seien Adam und Eva vertrieben worden, weil sie vom Baum der Erkenntnis gegessen und somit gesündigt hätten. Daran habe die ganze Menschheits-

160

geschichte, hätten Zivilisation, Gesetzgebung und explodierendes Bruttosozialprodukt nicht das Geringste geändert. Keiner sei ohne Sünde, keiner ohne Schuld.

Der Pastor trank, Kaiphas beobachtete, wie sich das Rot der Äpfel im Baum gegen die Dämmerung schlug. Noch leuchtete es klar hervor. Auch der Apfelbaum gefiel Kaiphas gut. Wenn er in Namibia einen besäße, würde er die Äpfel allerdings essen, sobald sie einigermaßen reif waren. Schon, damit sie nicht geklaut würden. Seltsamerweise gab es – soweit Kaiphas wusste – in ganz Katutura keinen Apfelbaum. Vielleicht brauchten sie zu viel Wasser, sodass es sich nicht rentierte, einen zu pflanzen und hochzupäppeln. Selbst wenn man wüsste, dass die Welt noch lange nicht unterginge.

Schuld, sagte der Pastor, habe viele Gesichter. Man könne zum Beispiel zwischen Schuld durch Tun und Schuld durch Unterlassen unterscheiden. Die Deutschen seien Weltmeister im Schuldigwerden durch Unterlassen. Kaum einer würde Asylsuchende eigenhändig ins Flugzeug prügeln, um sie in ihre Folterländer abzuschieben. Die meisten sähen bloß untätig dabei zu. Oder gleich ganz weg. Selbst in der Nazizeit hätten die Massenmörder ja nur einen verhältnismäßig geringen Teil der Bevölkerung ausgemacht. Die große Mehrheit sei ihnen halt nicht in den Arm gefallen.

«In Namibia», sagte Kaiphas, «haben die Deutschen ziemlich aktiv zugeschlagen. Von mehr als achtzigtausend Hereros haben gerade mal fünfzehntausend den Krieg überlebt.»

«Ich dachte, Sie wären aus dem Kongo», sagte der Pastor.

Verdammt, dachte Kaiphas. Auch wenn er müde war, durfte er nicht unaufmerksam werden. Er sagte: «Im Kongo bin ich geboren, aber ich habe als Kind ein paar Jahre in Namibia gelebt. Als Flüchtling.»

«Ja», sagte der Pastor und stürzte ein Glas Weißwein hinunter. «Man vergisst gern, dass die meisten Flüchtlinge von Drittweltstaaten aufgenommen werden.»

Erleichtert nippte auch Kaiphas. Der Wein schmeckte ihm immer noch nicht. Um den Stamm des Apfelbaums quoll langsam, aber beständig das Dunkel hervor. Bis gerade eben hätte Kaiphas noch jedem versichert, dass sich die Nacht von oben über die Welt legte, sobald die Sonne untergegangen war. Aber das stimmte nicht. Die Nacht kam von unten, aus der Tiefe der Erde. Aus Wurzelwerk und verfallenden Knochen. Aus den Gräbern stand die Finsternis auf. Kaiphas griff nach dem Lederbeutel um seinen Hals. Er tastete die Umrisse des Talismans ab.

Der Pastor holte eine neue Flasche Wein. Er öffnete sie und redete dabei weiter. Zu unterscheiden seien auch die selbst verursachte Schuld und die Schuld, für die man nichts könne. Eine Schuld, in die man hineingetappt sei wie in eine verborgene Schlinge. Nun werde man einwenden, das sei keine Schuld im eigentlichen Sinne, da dieser notwendig eine Entscheidung, etwas zu tun oder zu unterlassen, vorangehen müsse. Andernfalls sei eine moralische Verantwortlichkeit für die Folgen dieses Tuns oder Unterlassens keineswegs gegeben.

Der Pastor trank. Wenn zum Beispiel jemand ein Auto durch eine verkehrsberuhigte Zone steuere und er halte sich genau an die Geschwindigkeitsbegrenzung und er habe keinen Schluck Alkohol, keine Medikamente, keine Drogen zu sich genommen, und er sei durch nichts abgelenkt, nicht einmal durch ein Autoradio, und steige sofort auf die Bremse, wenn ein Ball hinter einem parkenden Lastwagen hervor auf die Straße hüpfe, und trotzdem würde der linke Kotflügel das Mädchen auf den Asphalt schleudern und das Vorderrad seine Eingeweide zerquetschen, und der Fahrer würde sofort aussteigen, würde die Passanten anbrüllen, den Notarzt zu verständigen, und würde so gut Erste Hilfe leisten, wie er es in dem erst ein paar Wochen

162

zuvor absolvierten Kurs gelernt habe, und das Mädchen würde nach sieben Stunden verzweifelten Kampfes zwischen Leben und Tod letztlich ... dann ... doch ... sterben. Würde man da wirklich von Schuld sprechen?

«Natürlich nicht», sagte Kaiphas. Der Apfelbaum entfärbte sich. In den Hinterhäusern um den Garten waren Lichter angegangen. Sie konnten die Schatten unter den Bäumen nicht vertreiben.

Der Pastor trank und sagte: «Ich habe die Polizei angefleht, mich in Haft zu nehmen. Ich habe mich eingeschlossen und gebetet, wochenlang. Die Eltern des Mädchens haben mich aufgesucht, um mich zu bitten, mit den Selbstvorwürfen aufzuhören. Das ist jetzt sechzehn Jahre, drei Monate und acht Tage her. Julia wäre heute dreiundzwanzig Jahre alt. Vielleicht würde sie studieren, Tiermedizin zum Beispiel. Sie soll ganz verrückt nach Tieren gewesen sein, nach allen möglichen Tieren. Wenn sie dann noch gelebt hätte, wäre sie sicher jeden Tag in den Zoo gegangen, um Knut zu sehen. Knut, das war ein junger Eisbär, der ...»

Kaiphas' Handy klingelte.

«Entschuldigung», sagte er und stand auf. Der Pastor nickte und griff zum Weinglas. Kaiphas brauchte nicht aufs Display zu schauen, um zu wissen, wer ihn anrief. Es gab nur einen, der seine Nummer hatte. Kaiphas ging in den Garten hinaus und lehnte den Rücken an den Stamm des Apfelbaums. Für die Augen des Pastors würden die Umrisse in der Dreiviertelnacht verschmelzen. Kaiphas drückte das Telefon ans Ohr. «Ja?»

«Du machst alles falsch», sagte die Stimme.

«Der Polizist wollte meinen Koffer kontrollieren. Was hätte ich tun sollen?»

«Das meine ich nicht.»

«Was war dann falsch?», fragte Kaiphas.

«Warst du je auf einem Hererotag, wo das Feuer entzündet und der Toten gedacht wird?»

«Ja», sagte Kaiphas.

«Was ziehen die Alten dazu an?»

«Festkleidung.»

«Die Männer? Die Veteranen?»

«Uniformen, mit Orden an der Brust.»

«Richtig, Uniformen. Und woher kommen die, ursprünglich?»

«Ich weiß nicht.»

«Die Krieger haben sie den getöteten Deutschen ausgezogen und sich selbst übergestreift. Das haben sie nicht getan, um den Feind zu täuschen. Auch nicht, weil die Uniformen bequemer gewesen wären oder besser vor den Dornen im Veld geschützt hätten. Soll ich dir sagen, warum sie es getan haben?»

Kaiphas schwieg.

«Weil sie es lustig fanden. Ein paar sind mit den Uniformen in zackiger Haltung auf und ab marschiert, und die anderen haben gelacht. Ausschütten wollten sie sich vor Lachen, auch wenn es nicht fröhlich, sondern höhnisch klang. Seht, sollte das Gelächter bedeuten, seht, das sind die Uniformen, die der deutsche Kaiser seinen Soldaten anzog, um uns von unserem Land zu jagen, und jetzt sind die Soldaten nackt und tot, und wir tragen ihre Uniformen und lachen über sie wie über die Vorstellung des Kaisers, dass unser Land ihm gehören könne. Hast du verstanden, was ich sagen will?»

«Ich hätte dem Polizisten die Uniform abnehmen sollen?», fragte Kaiphas zweifelnd.

«Du bist noch lange kein Krieger, wie ihn die Alten sich wünschen würden. Es genügt nicht, den Feind zu töten. Es genügt nicht, den Feind zu verlachen. Beides gehört zusammen. Du musst lachen, wenn du tötest.»

Kaiphas spürte den Stamm des Baums im Rücken. Auf der Terrasse saß der Pastor und goss sich sein Glas voll. Der Wein spiegelte das Licht der Kerze auf dem Tisch wider. Kaiphas sagte: «Mein Auftrag war ...»

«Ich weiß, was dein Auftrag war. Die Dinge haben sich geändert, und ich muss wissen, woran ich mit dir bin.»

«Aber ich ...»

«Antworte ohne Wenn und Aber! Hast du die Pistole noch?»

«Ja.»

«Bist du ein Mann?»

«Ja.»

«Willst du ein Krieger deines Volks sein?»

Kaiphas zögerte.

«Willst du ein Krieger deines Volks sein, ja oder nein?»

«Ja.»

«Dann höre zu, was ich dir vorlese: *Ozombo - Windhuk, 2.10.1904. Ich, der große General der Deutschen Soldaten, sende diesen Brief an das Volk der Herero. Die Herero sind nicht mehr Deutsche Untertanen. Sie haben gemordet und gestohlen, haben verwundeten Soldaten Ohren und Nasen und andere Körperteile abgeschnitten und wollen jetzt aus Feigheit nicht mehr kämpfen. Ich sage dem Volk: Jeder, der einen der Kapitäne an eine meiner Stationen als Gefangenen abliefert, erhält tausend Mark, wer Samuel Maharero bringt, erhält fünftausend Mark. Das Volk der Herero muss jedoch das Land verlassen. Wenn das Volk dies nicht tut, so werde ich es mit dem Groot Rohr dazu zwingen. Innerhalb der Deutschen Grenze wird jeder Herero mit oder ohne Gewehr, mit oder ohne Vieh erschossen, ich nehme keine Weiber und keine Kinder mehr auf, treibe sie zu ihrem Volke zurück oder lasse auch auf sie schießen. Dies sind meine Worte an das Volk der Herero. Der große General des mächtigen Deutschen Kaisers.* Hast du das verstanden?»

«Ja.»

«Und was würdest du tun, wenn du diesen General vor deiner Pistole hättest?»

«Ich würde ihn erschießen.»

«Und?»

«Und?», fragte Kaiphas zurück.

«Du würdest ihn erschießen und dabei ...?»

«Lachen», sagte Kaiphas.

«Morgen ist es so weit», sagte die Stimme. «Ich melde mich wieder.»

Ein wenig Wind war aufgekommen, sodass die Blätter des Apfelbaums sacht raschelten. Über dem Terrassentisch flackerte die Flamme der Kerze. Der Pastor hatte die Ellenbogen aufgestützt und den Kopf in seine Hände gebettet. Kaiphas pflückte einen Apfel vom Baum. Ob er schön rot war, war nicht genau auszumachen. Jedenfalls schmeckte er gut, süß und saftig. Der Wind wisperte. Kaiphas ging zur Terrasse zurück und sagte: «Ich habe mir einen Apfel genommen.»

«Was?» Der Pastor schreckte auf. «Einen Apfel? Ja, natürlich.»

«Er schmeckt sehr gut», sagte Kaiphas.

Mühsam stand der Pastor auf. Er schwankte ein wenig, fast wie ein Schilfrohr im Wind, doch das lag nicht am Wind, der nicht einmal stark genug war, um die Kerze auszublasen. Es lag am Alkohol, und das hörte man auch, als der Pastor wieder zu sprechen begann. Er lallte nicht gerade, die Worte klangen nur etwas undeutlicher und abgegriffener als zuvor. So, wie Münzen aussahen, wenn sie durch so viele Hände gegangen waren, dass das Profil kaum mehr zu erkennen war.

«Ich habe Vergebung gesucht», sagte der Pastor, «und alle haben mir vergeben. Der Staat, meine Gemeinde, die Eltern des Mädchens, auch Gott in seiner unendlichen Güte. Ich weiß das, ich bin mir ganz sicher, doch es nützt nichts.»

«Gehen Sie schlafen, Pastor!», sagte Kaiphas.

Der Pastor hielt sich an der Tischkante fest und sagte: «Wer sucht, der findet, das plappert man so dahin. Doch was ist, wenn man gesucht und gefunden hat, und nichts ist besser geworden? Im Gegenteil, deine Lage ist noch unerträglicher, da du alles, was du tun konntest, schon getan hast. Du hast keinen Weg mehr vor dir, den du beschreiten kannst, du bist am Endpunkt angelangt. Und dort, am endgültigen Ende, was siehst du da? Einen bunten Ball hinter einem Lastwagen hervorhüpfen! Du hörst Bremsen quietschen und einen Schlag vom Kotflügel deines Wagens.»

Der Pastor wandte sich mit einer heftigen Bewegung vom Tisch ab, machte einen Schritt, taumelte, tappte schlingernd seitwärts. Wahrscheinlich wäre er gestürzt, wenn Kaiphas nicht zugepackt und ihn gestützt hätte. Der Apfel kollerte auf den Terrassenboden.

«Danke», stammelte der Pastor. Kaiphas roch den Wein aus seinem Mund und seiner Haut, er spürte die Finger des Pastors, die an seiner Brust nach Halt suchten. Die Hand rutschte ab, glitt unter Kaiphas' Jacke und stieß an den Griff seiner Pistole. Augenblicklich ließ Kaiphas die Hüfte des Pastors los und wirbelte zur Seite.

Er ist besoffen, er merkt nichts, dachte Kaiphas noch, während er schon spürte, dass das Gewicht an seinem Gürtel verschwunden war. Der Pastor hielt die Pistole in seiner rechten Hand und starrte, im unruhigen Schein der Kerze, auf sie hinab. Er schwankte, er zog die Stirn in Falten, als müsse er überlegen, wozu man so ein Ding gebrauchen könne.

Kaiphas hätte etwas sagen müssen, aber ihm fiel nichts ein, und so griff er wortlos nach der Pistole. Die Finger des Pastors öffneten sich widerstandslos. Kaiphas steckte die Pistole in den Hosenbund zurück. Als er wieder aufsah, blickte ihm der Pastor in die Augen, und Kaiphas verstand, dass es sinnlos war, nach Ausflüchten und harmlosen Erklärungen zu suchen. Die Wirkung des Alkohols konnte unmöglich so schnell vergangen sein, doch der Pastor stand nun gerade wie ein Baum, und seine Stimme klang völlig klar, als er sagte: «Gott vergibt jedem, der ihn ehrlich darum anfleht.»

«Möglich, Pastor, aber wie Sie selbst sagten: Es nützt nichts.» Kaiphas zog die Pistole, entsicherte und schoss dem Mann dreimal in die Brust. Die Wucht der Einschläge ließ den Pastor rückwärts taumeln. Dann fing er sich, stand aufrecht, ohne einen Ton von sich zu geben, eine Ewigkeit lang, und erst als Kaiphas die Pistole hob, um noch einmal abzudrücken, sank der Pastor auf seine Knie. Seine Arme wurden schlaff, er neigte den Kopf und fiel nach vorn. Erst langsam, dann schneller, auf die Steinplatten der Terrasse zu, durch sie hindurch, wahnwitzig beschleunigend auf seinem Weg in die Hölle oder den Himmel oder was auch immer dort unten war, wo die Nacht wohnte. Von wo sie aufbrach, um die Dunkelheit in die Welt zu bringen.

Kaiphas kniff die Augen zu und machte sie wieder auf. Ein schwarz gekleideter Körper lag auf dem Boden und rührte sich nicht. Die Kerze flackerte heftig. Kaiphas blies sie aus. Er hatte keine Wahl gehabt. Es war nötig gewesen. Der Pastor hätte ihn verraten, also hatte Kaiphas ihn getötet. Zu lachen vermochte er nicht. Ob er das je lernen würde, wusste er nicht.

Im Haus hinter dem Garten ging ein Fenster auf. Irgendjemand schrie Worte heraus, die Kaiphas nicht verstand. Durch den Apfelbaum wisperte der Wind.

Der Gedenkgottesdienst fand in der Matthäus-Kirche statt. Die offizielle namibische Delegation hatte in den vorderen Bankreihen Platz genommen. Zwischen den Anzugträgern stachen die Herero-Frauen in ihren bodenlangen, faltenreichen Kleidern heraus. Ihre Vorfahren hatten die viktorianischen Schnitte vor mehr als hundert Jahren von den Frauen der deutschen Eroberer übernommen, ihnen aber durch die Verwendung knallbunt bedruckter Stoffe ein entschieden afrikanisches Gepräge gegeben. Sie hatten sich das Fremde angeeignet und zu ihrer unverwechselbaren, bis heute lebendigen Tradition umgeformt, während die Trachten der deutschen Siedlerfrauen höchstens noch im Museum zu sehen waren. Konnte man das als eine Art von symbolischem Sieg über die Deutschen interpretieren? Zumindest schien es für Claus Tiedtke zu belegen, wie unbeirrbar die Hereros an einmal getroffenen Entscheidungen festhielten. Allem Wandel der Welt zum Trotz.

Wie fast immer bei solchen Veranstaltungen, saß Claus weit hinten. Er wollte die Zeremonie so wenig wie möglich stören, sich aber trotzdem Notizen machen, falls der namibische Landesbischof Zameeta oder seine deutschen Mitzelebranten Berichtenswertes verkünden sollten. Wer auf politisch Brisantes gehofft hatte, wurde allerdings enttäuscht. Der Gedenkgottesdienst verlief ruhig und feierlich, die Predigten und Ansprachen konzentrierten sich ganz auf das Andenken an die Opfer von damals, ohne die Täter anzuklagen. Allenfalls aus Zameetas Aussage, dass die Vergangenheit einen langen Schatten werfe und dass die Toten zu echter Versöhnung in der Gegenwart mahnten, konnte man einen indirekten politischen Appell heraushören.

Viel stärker zu spüren war eine leise Genugtuung darüber, dass die Schädel der Ahnen nach so langer Zeit endlich zurück in die Heimat gebracht werden würden. Sie breitete sich vom Altar her aus und schien die gesamte namibische Zuhörerschaft zu erfassen. Obwohl er weit weniger betroffen war, konnte sich auch Claus diesem Gefühl nicht entziehen. Es leuchtete plötzlich völlig ein, dass es nicht um ein paar Knochen und schon gar nicht um deren politischen oder ökonomischen Tauschwert ging. Die wiederhergestellte Würde der Toten schien auf fast magische Art zu garantieren, dass auch die Nachgeborenen als gleichberechtigte Menschen respektiert würden.

Die Messe neigte sich bereits dem Ende zu, als Claus' Handy vibrierte. Er hatte es nicht ganz ausgeschaltet, weil er eine Nachricht von Clemencia keinesfalls verpassen wollte, und tatsächlich leuchtete ihre Nummer auf. Claus verließ die Kirche und rief zurück, als er draußen vor dem Portal stand. Er freute sich, Clemencias Stimme zu hören, auch wenn sie betont sachlich klang. Clemencia berichtete, was sie über Kaiphas Riruako herausgefunden hatte. Beziehungsweise über den immer noch unbekannten Mann, der mit einem originalen Pass auf diesen Namen durch Deutschland reiste, Gräber verwüstete und Polizisten umbrachte.

«Also ist er kein Verwandter des Herero Chiefs?», fragte Claus.

«Über den Namen kommen wir jedenfalls nicht weiter.»

Hatte Clemencia gerade «wir» gesagt? Nicht «du» und «ich» oder «dein Job» und «mein Leben»? Wahrscheinlich ersetzte das «Wir» nur ein unbestimmtes «Man». Oder sie hatte von sich, ihrem Bruder und ihren Mitarbeitern gesprochen. Claus fragte: «Wie meinst du das?»

«Er heißt mit einiger Sicherheit nicht Riruako, aber er könnte seiner Gefolgschaft angehören, in die Familie eingeheiratet haben, ein sonstiger Vertrauter sein. Man müsste bei den politisch aktiven Hereros nachforschen, bei der NUDO, beim Genozid-Komitee, aber ich schaffe das nicht, Claus. Ich habe diese Entführung sowieso schon vernachlässigt.»

Jetzt hatte sie «man» gesagt. Und «ich». Das «Wir» war nur ein Ausrutscher gewesen. Claus versuchte, sich auf die Fakten zu konzentrieren. «Du meinst die Frau des deutschen Botschafters? Dieselbe, die mit dem Rassenforscher und Schädelräuber Eugen Fischer verwandt ist.»

«Und einen kleinen Jungen namens Samuel, der zwischen die Fronten geraten ist. Du kennst ihn nicht, aber mir ist er ans Herz gewachsen.»

Ja, eindeutig, da war keine Spur eines «Wir». Was Clemencia wichtig war, kannte er, Claus Tiedtke, schließlich gar nicht. Sie lebte ihr Leben, er lebte sein Leben, und dazwischen lagen momentan zehntausend Kilometer, die sich hochsymbolisch anfühlten. Claus sagte: «Aber das hängt doch alles zusammen!»

«Augenblick mal!»

«Clemencia?» Sie hatte das Telefon weggelegt. Vielleicht musste sie schnell einem Massenmörder die Waffe aus der Hand schießen. Oder ihn, da aus irgendwelchen lebenswichtigen Gründen kein Knall zu hören sein durfte, mit Pfeil und Bogen unschädlich machen. Ja, das war wahrscheinlicher, denn wegen eines läppischen Rettungsschusses mit der Pistole hätte sie doch das Handy nicht vom Ohr genommen. Den hätte sie lässig mit der Linken ins Ziel gebracht, und wenn Claus gefragt hätte, was da los sei, hätte sie gesagt ...

«Entschuldige, das war nur Miki Selma, die ... Na ja, ist egal. Was hast du gerade gesagt?»

«Ich? Dass alles zusammenhängt. Deine Entführung und mein Grabschänder. Dein Fall und mein Fall, die gehören zusammen wie ...» Claus beendete seinen Satz nicht. Ihm fielen nur Vergleiche ein, die wohl ein wenig befremdlich gewirkt hätten. Wie Mord und Totschlag? Wie schwarz und weiß? Wie du und ich? Wie eine faszinierende Expolizistin mit starker Verwurzelung in ihrem verdammten Katutura und ein leicht vereinsamter Journalist, der sich trotz seiner Arbeit für ein konservatives deutschsprachiges Blättchen als Namibier zu fühlen versuchte?

«Vielleicht», sagte Clemencia, ohne auf den unvollständigen Satz zu reagieren. «Vielleicht auch nicht. Wir sollten uns jedenfalls gegenseitig auf dem Laufenden halten.»

Sie durfte jetzt nicht auflegen. Noch nicht. Claus wünschte sich mit aller Kraft, dass sie dranbliebe. Wider Erwarten schien das Wünschen zu helfen, denn Clemencia legte nicht grußlos auf, sie fragte sogar: «Claus?»

«Ich habe nachgedacht», sagte er. «Über diese Frage, die du kürzlich gestellt hast. Ich glaube, wer ein Kind will, sollte genau überlegen, was er sich persönlich davon erhofft. Das gilt für eigene Kinder natürlich auch, doch bei adoptierten kommt eben hinzu, dass sie schon vorher da waren. Sie haben bereits einen Namen, eine Geschichte, sie haben Erfahrungen gemacht. Sie sind kein unbeschriebenes Blatt mehr, und deswegen sollten Adoptiveltern sehr vorsichtig sein, nicht ihren eigenen Text darauf schreiben zu wollen. Ein Kind aus dem Elend zu holen und zu denken, man könne jetzt gemeinsam ganz von vorn anfangen, das funktioniert nicht. Und selbst wenn es funktionieren würde, wäre es meiner Ansicht nach nicht richtig.»

«Okay.» Clemencia schwieg kurz und sagte dann: «Also, wir hören voneinander und ...»

«Wie, okay? Ist das alles, was du dazu sagst? Was hältst du denn davon?»

«Das klang zumindest vernünftiger als letztes Mal. Wobei du natürlich immer noch nicht beantwortet hast, ob *du* einen fünfjährigen schwarzen Jungen adoptieren würdest.»

«Ich allein sicher nicht. Und ob Junge oder Mädchen, ob schwarz, weiß oder gelb, das spielt nun wirklich keine Rolle, obwohl ...» Claus wusste, dass er im Begriff stand, mühsam gewonnenes Terrain mit einer einzigen Bemerkung zu verspielen, doch er konnte sich nicht zurückhalten. «... Obwohl ich mir eine Mischung schon sehr gut vorstellen könnte. Eine Hautfarbe zwischen deiner und meiner wäre zum Beispiel ziemlich attraktiv. Das könnte ...»

Clemencia lachte und sagte: «Träum weiter, Süßer!»

Dann legte sie auf. Gut, das war zu erwarten gewesen, doch ernsthaft aufgebracht hatte sie keineswegs gewirkt. Im Ganzen war das Gespräch doch recht ordentlich gelaufen. Darauf konnte man aufbauen. Beziehungsweise wir, sie und ich, dachte Claus. Er wandte sich um.

Er hatte nicht gemerkt, dass er sich während des Telefonats gut hundert Meter von der Kirche entfernt hatte. Als er sich nun auf den Rückweg machte, sah er einen Mannschaftswagen der Berliner Polizei vor dem Portal vorfahren. Die Türen öffneten sich, Polizisten stiegen aus, und dort, der Mann in Zivil, der sie einwies, den kannte Claus doch! War das nicht der LKA-Beamte, der ihn nach der Pressekonferenz ausgefragt hatte? Kriminalhauptkommissar Feller, kein Zweifel!

Claus blieb stehen. Dann überquerte er die Straße und pirschte sich zu einer Litfaßsäule vor. Er tat so, als läse er die Anschläge, und beobachtete, wie ein paar der Uniformierten um die Kirche ausschwärmten. Das Gros blieb in gestaffelten Reihen vor dem Haupteingang. Claus zählte gut und gern zwei Dutzend Polizisten. So viele waren wohl kaum dazu abgestellt, die namibische Delegation nach dem Gottesdienst in ihr Hotel zu eskortieren. Schon gar nicht, wenn sie von einem Kriminalbeamten befehligt wurden, der nach dem Polizistenmörder vom Bahnhof fahndete. Claus wartete ab.

Dass jemand mehr als eine Viertelstunde lang ein Werbeplakat von O2 studierte, schien in Berlin an der Tagesordnung zu sein. Kein Passant sprach Claus an, niemand warf ihm einen befremdeten Blick zu. Die Uniformierten hatten sowieso nur Augen für die ersten nun aus der Kirchentür eilenden Besucher. Die stutzten beim Anblick der Polizeikette kurz und machten sich, als sie durchgewunken wurden, schnell davon. Es dauerte noch ein paar Minuten, bis zwei Nama-Frauen mit Kopftuch auftauchten. Sie wurden genauso wenig behelligt wie vorher die Deutschen.

Die Gasse zwischen den Polizisten schloss sich erst, als Nangoloh, der Vorsitzende der namibischen Menschenrechtsorganisation Human Rights Watch, die Stufen herabschritt. Auf die Entfernung konnte Claus nichts verstehen, doch sah er deutlich, dass Nangoloh nach einem kurzen Wortwechsel seinen Pass überreichte. Ein Polizist kontrollierte ihn, ein anderer protokollierte in einem iPad mit, dann durfte Nangoloh passieren. Er interessierte Feller und seine Leute offensichtlich nicht. Überprüft worden war er wegen drei Eigenschaften, die er mit dem Gesuchten gemeinsam hatte: Er war ein Mann, er war schwarz, er besaß einen namibischen Pass.

Ganz klar, die deutschen Fahnder waren weiter, als Claus gedacht hatte. Ob sie den Polizistenmörder gar hier beim Gedenkgottesdienst vermuteten? Jedenfalls hatten sie den Zusammenhang zwischen seinem Aufenthalt in Berlin und dem Besuch der Delegation erkannt. Eigentlich konnten sie nur über den Namen Riruako darauf gestoßen sein. Vielleicht hatte jemand aus der Mordkommission zufällig einen Pressebericht über die Podiumsdiskussion gelesen, in dem der Name des Herero Chiefs genannt wurde. Oder hatte Claus selbst die Beamten auf die Spur gebracht? Feller hatte ihm misstraut. Er könnte sich gefragt haben, was einen namibischen Journalisten nach Berlin geführt hatte. Dann brauchte es nicht viel, um auf die Schädelübergabe und auf Riruako zu kommen.

Wenn Claus nichts entgangen war, befand sich der Herero Chief noch in der Kirche. Vor dem Portal wurde die Lage allmählich unübersichtlich. Jeder männliche Schwarze wurde kontrolliert, auch wenn es sich dabei um einen achtzigjährigen Greis handelte, der kaum ein Handgemenge mit zwei deutschen Polizisten siegreich bestanden haben dürfte. Nicht alle Namibier nahmen die Prozedur einfach hin. Die Diskussionen wurden lauter, die Stimmung gereizter. Passanten blieben stehen und formierten sich zu kleinen Gruppen. Nun wagte sich auch Claus näher ans Geschehen heran.

Minister Kazenambo verlangte erregt eine Erklärung und drohte diplomatische Verwicklungen an. Feller versuchte zu beschwichtigen, blieb aber in der Sache unnachgiebig. Keiner aus dem verdächtigen Personenkreis gelangte durch die Polizeisperre, ohne sich auszuweisen. Die Uniformierten verrichteten stoisch ihre Arbeit und ließen sich auch nicht provozieren, als einer der deutschen Herero-Sympathisanten sie lautstark als Faschistenschweine beschimpfte. Ein Schaulustiger neben Claus sagte in fröhlicher Erwartung: «Dat jibt Zoff, wirste sehen!»

Claus hielt das Handy über den Kopf und machte auf gut Glück ein paar Fotos. Eines davon würde sich schon eignen, seinen Artikel über den Eklat zu illustrieren. Irgendetwas musste er nachher im Hotel schreiben und an die Redaktion schicken, auch wenn er noch keine Ahnung hatte, wie er den Grund für die Polizeikontrolle nennen sollte, ohne Hinz und Kunz auf die ganz große und leider noch keineswegs publikationsfähige Story zu stoßen. Aus dem Schneider wäre er, wenn er eine nichtssagende Auskunft vom Leiter des Polizeieinsatzes zitieren könnte. Es sei eine reine Routinekontrolle gewesen, man habe einem Hinweis auf Passunstimmigkeiten nachgehen müssen oder etwas in der Art.

Claus scheute sich davor, Feller anzusprechen, doch das würde er wohl tun müssen. Nachher. Erst einmal sehen, was sie mit Kuaima Riruako anstellten! Claus hätte zu gern gewusst, ob die deutschen Ermittler Verdachtsmomente hatten, die über die

Namensgleichheit mit dem ominösen Kaiphas Riruako hinausgingen. Hatten sie zum Beispiel erfahren, dass höchstwahrscheinlich dieser Mann in Freiburg das Grab eines Schädelräubers der Kolonialzeit verwüstet hatte?

Zumindest darüber war eventuell Gewissheit zu erlangen. Claus trat ein paar Schritte zurück, behielt aber die Kirchentür im Auge. Dann rief er die Auskunft an und bat um die Nummer von Helmfried Häferlein in Freiburg/Breisgau. Er hatte zweifach Glück. Mit einem solchen Vornamen hatte nur eine Familie Häferlein ihren Sohn beglücken wollen, und der Friedhofswärter war zu Hause. Claus sagte: «Hier ist noch mal Tiedtke. Wegen des geschändeten Grabs, Sie wissen schon. Hoffentlich störe ich Sie nicht beim *Tatort*, Herr Häferlein.»

«Heute ist doch nicht *Tatort*-Tag! Es läuft gerade eine Sendung über die Karpaten. Ich reise ja nicht ins Ausland, aber man will halt mitreden können.»

«Ja», sagte Claus, «ich wollte eigentlich nur wissen, ob Sie inzwischen mit der Polizei gesprochen haben.»

«Hat sich ja keiner sehen lassen, und wenn die es nicht interessiert, bitte schön!»

Feller und die Berliner Kripo brachten Kaiphas Riruako also nicht mit dem Freiburger Grab in Verbindung. Sonst hätten sie sicher ein paar ihrer badischen Kollegen dort vorbeigeschickt. Zur Sicherheit fragte Claus nach: «Kein Anruf, nichts?»

«Wenn ich es Ihnen doch sage! Uns war es ja nur recht. Wir haben die Knochen eingesammelt, soweit es ging, und das Grab wiederhergerichtet.»

«Also ist alles wieder in bester Ordnung?»

«Na ja, schon.»

«Oder nicht?»

«Wir haben halt nicht alle Knochen gefunden. Es spielt zwar keine große Rolle, dem Grab sieht man schließlich nicht an, was darin vermodert. Wir möchten nur vermeiden, dass ein Besucher unversehens über etwas stolpert und sich zu Tode erschrickt. Manche kriegen ja richtig Panik, wenn sie mit menschlichen Überresten in Berührung kommen, obwohl das alles ganz natürliche Prozesse sind, Werden und Vergehen und so. Aber erklären Sie das mal den Leuten! Und wenn dann eine alte Schachtel in Ohnmacht fällt, haben wir wieder die Scherereien mit Notarzt und Pipapo.»

Claus hatte nur mit halbem Ohr zugehört, da endlich Kuaima Riruako in Begleitung von Bischof Zameeta und einem deutschen Geistlichen aus der Kirche gekommen war. Der Herero Chief wirkte wegen des Spektakels überrascht, aber mehr auch nicht. Falls er Grund hatte, der deutschen Polizei aus dem Weg zu gehen, verbarg er das gut. Zwei Polizisten traten auf ihn zu und sprachen ihn an. Ein paar Worte gingen hin und her, Riruako gestikulierte, Zameeta mischte sich ein, legte Riruako die Hand auf den Unterarm, als wolle er ihn von überstürzten Reaktionen abhalten, und Herr Häferlein erzählte am Telefon unbeirrt aus dem Anekdotenschatz eines Freiburger Friedhofswärters:

«Wir hatten mal eine, die wollte nach einer Beerdigung gar nicht mehr gehen. Stand wie festgewachsen da und sah uns zu, als wir das Grab zuschütteten. Wir haben uns nicht einmal getraut, eine Zigarette anzustecken, wegen der Pietät, verstehen Sie? Endlich habe ich mir ein Herz gefasst und sie gefragt, ob sie der Verschiedenen sehr nahegestanden habe. ‹Der alten Hexe? Nein, wirklich nicht!›, hat sie geantwortet. ‹Ich will bloß sicher sein, dass sie tatsächlich unter zwei Metern Erde liegt. Selbst dann traue ich ihr zu, dass sie sich noch mal rauswühlt.› Nun, allerbeste Feindinnen eben, aber das Interessante daran ist ja, Herr … Wie war gleich der Name?»

«Tiedtke», sagte Claus automatisch. Kuaima Riruako rückte

jetzt doch seinen Ausweis heraus. Als der Uniformierte den Namen las, winkte er Feller herbei.

«Das Interessante daran, Herr Tiedtke, ist ja, dass wir im modernen Deutschland die Toten aus den Augen haben wollen. Früher gab es bei uns noch die Beinhäuser, in denen die gereinigten Knochen Platz fanden, wenn die Friedhöfe zu klein wurden. Ist nicht mehr, und selbst die Asche eines lieben Verwandten zu Hause aufzubewahren, ist gesetzlich verboten. In anderen Kulturen herrscht dagegen ein viel entspannteres Verhältnis zum Tod. Ich habe mal eine Dokumentation über den afrikanischen Vodun-Kult gesehen, nicht Voodoo, sondern Vodun, obwohl beides irgendwie zusammenhängt. Jedenfalls hantieren die Vodun-Priester ganz selbstverständlich mit menschlichen Schädeln und Knochen. Sie wollen damit die Verstorbenen ansprechen, weil die natürlich viel mächtiger sind und die Lebenden zum Beispiel von Krankheiten heilen können.»

Feller redete auf den Herero Chief ein. Es sah nicht so aus, als trage er einem Festgenommenen gerade seine Rechte vor. Riruako nickte einmal, zweimal, und begleitete Feller durch die Reihen der Uniformierten. Er leistete keinen Widerstand, er sah sich nicht nach Unterstützung um, er trug keine Handschellen, er war definitiv nicht verhaftet worden. Sie wollten wohl nur wegen der Namensgleichheit mit ihm sprechen. Mehr hatten sie nicht gegen ihn in der Hand.

«Oder denken Sie an die berühmten Schrumpfköpfe», sagte Häferlein, «oder an die öffentlich zugänglichen Schädelpyramiden der mongolischen Herrscher! Die aufgestapelten Köpfe stammten zwar nicht von lieben Verwandten, sondern von getöteten Feinden, und sie dienten dazu, die eigenen Untertanen einzuschüchtern, aber Tatsache bleibt nun mal, dass man sie nicht versteckt hat, wie es bei uns heute ...»

«Was haben Sie da gerade gesagt?», fragte Claus. Das war es! Plötzlich hatte er begriffen, was sich abgespielt hatte. Er nahm nur noch beiläufig wahr, wie Feller und Riruako in einen schwarzen BMW stiegen, der zehn Meter hinter dem Mannschaftswagen parkte.

«Ich rede davon, dass andere Völker ein entspannteres Verhältnis ...»

«Herr Häferlein, die fehlenden Knochen waren nicht irgendwelche Knochen. Es war der Schädel, stimmt's?»

«Nun ja», sagte Häferlein, «wenn Sie mich so fragen ...»

«Warum sagen Sie das denn nicht gleich, Mann?»

«Schreien Sie mich bitte nicht so an!»

«Deshalb hat der Mann zwei Meter tief gegraben! Er wollte nicht das Grab verwüsten, er wollte den Schädel herausholen. Und dann hat er ihn geklaut!»

«Was sind Sie eigentlich für einer?», fragte Häferlein. «Erst heucheln Sie Interesse für Begräbniskulturen und jetzt ...»

«Sie haben mir sehr geholfen, Herr Häferlein. Herzlichen Dank!»

Vor der Kirche hatte sich eine Gruppe Deutscher zusammengefunden und brüllte «So-li-da-ri-tät». Eine junge Frau löste sich vom Rest, fuchtelte mit ihrem Personalausweis herum und versuchte, ihn einem der Uniformierten aufzudrängen. Der Polizist schubste sie zurück, ihre Gesinnungsgenossen reagierten mit Buhrufen und gellenden Pfiffen. Vielleicht würde es doch noch zu Handgreiflichkeiten kommen. Die Namibier scharten sich nun eng um Minister Kazenambo.

Mechanisch titelte Claus: *Unwürdiges Ende des Totengedenkens.* Er würde seiner Chronistenpflicht für die «Allgemeine Zeitung» natürlich nachkommen, obwohl ihm das Geschehen fast unwirklich vorkam. Als ob mäßig begabte Schauspieler sich aus lauter Langeweile an einer mittelprächtigen Tragikomödie versuchten, während das, was wirklich zählte, anderswo stattfand. In seinem Kopf nämlich. Stück für Stück setzte sich dort eine Geschichte zusammen.

Sie begann bei einer Vorbereitungssitzung der Hereros. Man plante die Deutschlandreise, es wurde palavert, vergangenes und gegenwärtiges Unrecht angeprangert, an die Ahnen erinnert, und irgendwann erhob sich einer der Chiefs und sagte, es sei nur recht und billig, wenn die Schädel zurückgeführt würden, aber ihm sträube sich alles bei dem Gedanken, dass dies als gnädiger Akt der Deutschen erscheine. Die Hereros seien ein stolzes Volk, sie hätten immer für ihre Sache gekämpft und ihre Ehre verteidigt. Deshalb sollten sie sich nicht demütig verneigen, wenn der Feind einen Teil seines Raubguts zurückgeben wolle, sondern sich selbst nehmen, was ihnen gehöre.

Er wisse natürlich, dass man schlecht mit Truppen in Berlin einmarschieren könne, aber er denke, dass die Hereros ein Zeichen setzen sollten. Ein Zeichen, dass sie keine Opfer seien. Keine Kälber, die man je nach Bedarf zur Schlachtbank oder auf die Weide führe. Die Hereros müssten zeigen, dass sie stark und selbstbewusst seien. Sie sollten den Deutschen ihre Verbrechen heimzahlen. Sie sollten Gleiches mit Gleichem vergelten. Nein, er spreche sich nicht für einen Massenmord aus, sehr wohl aber dafür, auch den Deutschen die Schädel ihrer Toten zu rauben. Genauer gesagt, genüge ein Schädel, denn es sei eine symbolische Aktion. Man müsse eine Trophäe zurückbringen, eine Kriegsbeute, und wichtig daran sei vor allem, dass sie gegen den Willen und ohne das Einverständnis der Deutschen erobert würde.

Claus glaubte zu sehen, wie der Chief sich setzte, und zu hören, wie man um ihn herum zustimmend murmelte. Dann organisierten sie die Sache. Zuerst mussten sie ein geeignetes Beutestück auswählen. Gleiches mit Gleichem vergelten! Sie entschieden sich für den Schädel eines Manns, der die Schädel ihrer Vorfahren für seine makabre Sammlung geraubt hatte. Dass die Frau des jetzigen deutschen Botschafters von Eugen Fischer abstammte, bot Gelegenheit für einen zusätzlichen Nadelstich. Die Deutschen sollten sich ruhig provoziert fühlen. Sie sollten erkennen, dass die Vergangenheit ihren langen Schatten bis in die Gegenwart hineinwarf.

Die Hereros machten Fischers Grab in Freiburg ausfindig und suchten unter ihren jungen Aktivisten einen Freiwilligen aus, der den Beutezug durchzuführen hatte. Er wurde mit einem gültigen Pass auf einen falschen Namen, mit einem Flugticket und allem, was er sonst noch brauchte, ausgestattet. Bevor er auf den Weg geschickt wurde, war allerdings das Problem seiner Ausreise aus Deutschland zu klären. Am Flughafen wurden alle Koffer durchleuchtet und das Gepäck Dunkelhäutiger mit Vorliebe durchsucht. Ein menschlicher Schädel ginge als Souvenir kaum durch. Man würde riskieren, die Trophäe im letzten Moment zu verlieren.

Aber da gab es ja noch die Delegation, die hochoffiziell mit den Schädeln der Ahnen im Gepäck ausreisen würde! Ob das zwanzig waren oder einundzwanzig, würden selbst die pedantischen Deutschen nicht nachzählen, wollten sie nicht völlig pietätlos wirken. Also wurde der junge Aktivist beauftragt, den geraubten Schädel von Freiburg nach Berlin zu bringen und ihn dort den hochrangigen Hereros aus der Delegation auszuhändigen. Er selbst würde später problemlos die Flughafenkontrollen passieren, und die Chiefs könnten gleich bei ihrer Ankunft in Windhoek triumphierend die Beute präsentieren, als hätten sie sie selbst erobert.

Auch wenn Claus noch nicht wusste, wer der Aktivist war und ob der Schädel an Kuaima Riruako oder jemand anderen übergeben werden sollte, so war es geplant gewesen, genau so!

Doch der Mensch denkt, Gott lenkt. Obwohl der Plan in seiner Einfachheit fast genial erschien, war etwas schiefgegangen. Der junge Aktivist geriet am Bahnhof in eine Routinekontrolle, er sollte den Koffer öffnen, in dem sich Eugen Fischers Schädel befand, die Mission stand auf Messers Schneide, der Mann geriet in Panik, ein Polizist blieb tot zurück. Und nun?

Würden die Hereros die ganze Unternehmung abblasen? Würden sie ihrem Mann befehlen, den Schädel in die Spree zu werfen und sich der Polizei zu stellen, ohne ein Wort über seinen Auftrag verlauten zu lassen? Das könnte er auf Dauer kaum durchhalten. Früher oder später würde er reden, schon um einen Teil der Verantwortung loszuwerden. Die Herero Chiefs wären kompromittiert, und sie hätten nichts, aber auch gar nichts dafür erhalten. Die Schmach wäre perfekt, der aufwendige Plan gescheitert, die investierten Mittel und noch mehr Hoffnungen wären verloren. Die Deutschen hätten gesiegt. Wieder einmal.

Wäre Claus Herero, würde er wenigstens ein Unentschieden zu retten versuchen, und dazu konnte man auf den Beuteschädel nicht verzichten. Der junge Mann, der die Drecksarbeit erledigt hatte, war so oder so kaum zu halten. Er würde selbst sehen müssen, wie er klarkam. Wenn er sich der Verhaftung entziehen konnte, bis die Delegation im sicheren Namibia gelandet war, hielt sich der Schaden für die Chiefs in Grenzen. Die Deutschen würden protestieren, die Chiefs würden sich dumm stellen. Wie der Schädel in ihren Besitz gelangt war, ging keinen etwas an. Was der Polizistenmörder vor der Polizei aussagte, würden sie leugnen. Vielleicht würde man ihnen nicht glauben, an Deutschland ausliefern würde sie aber garantiert niemand. Warum also nicht die Ruhe bewahren? Schließlich konnte der Plan trotz des Zwischenfalls noch funktionieren. Kein Außenstehender ahnte etwas von ihm. Außer Claus. Er war überzeugt, die Hereros würden weitermachen, als wäre nichts geschehen.

Oder war alles schon vorbei? Der angebliche Kaiphas Riruako hielt sich seit ungefähr achtundvierzig Stunden in Berlin auf. Vielleicht hatte er die Trophäe längst abgeliefert. Andererseits, nach der tödlichen Auseinandersetzung am Bahnhof musste er fliehen, untertauchen, ein geeignetes Versteck suchen. Das hatte ihn sicher genug beschäftigt. Und wenn der Plan der Herero Chiefs so genau ausgearbeitet war, wie Claus vermutete, würden sie den Schädel so spät wie möglich in Empfang nehmen. Sollten sie ihn etwa tagelang in der Minibar eines Hotelzimmers deponieren? Nein, sie würden nichts riskieren, bis sie die Schädel ihrer Ahnen erhalten hatten. Dann konnten sie den von Eugen Fischer einfach dazulegen.

Die Übergabezeremonie war für morgen, 11 Uhr vormittags angesetzt, der Zubringerflug nach Frankfurt sollte um 18 Uhr 30 abheben. Vorher einchecken, der Transfer zum Flughafen, die Hotelformalitäten – viel Zeit blieb nicht. Vier Stunden vielleicht, und da war die ganze Veranstaltung in der Charité mitgerechnet, obwohl die Schädel sicher erst zum dramaturgischen Höhepunkt, also gegen Schluss, ausgehändigt würden. Außerdem wären Hunderte von potenziellen Zeugen anwesend, sodass der junge Aktivist wohl schlecht ...

Aber natürlich! Gleich nach der feierlichen Übergabe wird die Veranstaltung beendet. Jedes einzelne Mitglied der Delegation wird lange auf diesen Moment gewartet haben. Alle werden sich herandrängen, um die Schädel aus der Nähe zu betrachten, siebzig Leute. Und noch ein Einundsiebzigster? Ein Herero wie die meisten von ihnen. Es wird zum Gedränge kommen, in dem niemand bemerken wird, ob eine Schachtel ihren Besitzer wechselt. Vielleicht werden zwei Schädel aus ihrem Behälter genommen und drei wieder hineingelegt werden. Es wird keinen besseren Zeitpunkt geben, und der angebliche Kaiphas Riruako wird sich genau dann dort zeigen. Morgen, am Ende der Zeremonie, im Saal der Berliner Charité.

Claus blickte zur Matthäus-Kirche hin. Auf den Eingangsstufen hatte sich ein Penner niedergelassen. Zu seinen Füßen schlief ein Schäferhund, der im Traum mit den Ohren zuckte. Die namibische Delegation war genauso verschwunden wie die Demonstranten und der Mannschaftswagen der Polizei. Claus glaubte nicht, dass er viel verpasst hatte. Er wandte sich zum Gehen, überlegte es sich anders und rief von Ort und Stelle aus Clemencia an.

«Ist dir Neues zum philosophischen Hintergrund von Adoptionen eingefallen?», fragte sie spöttisch. «Oder willst du mir gleich einen Heiratsantrag machen?»

«Später», sagte Claus. «Ich weiß jetzt, was in dem Koffer ist, den unser falscher Kaiphas durch Berlin trägt.»

Dann erzählte er ihr alles, haarklein und bis ins letzte Detail, über den großen Plan der Hereros.

8

WINDHOEK

Clemencia musste zugeben, dass Claus' Theorie stimmig klang,
auch wenn viel Spekulation dabei war. Vielleicht klang sie sogar zu rund, zu glatt. Das rührte wohl daher, dass Claus trotz
seiner Beteuerungen, wie untrennbar alles zusammenhänge,
nur seine Berliner Geschichte berücksichtigt hatte. Wie passte
denn Maras und Samuels Entführung ins Bild? Sie bewies doch,
dass die Hereros nicht nur einen symbolischen Beutezug geplant hatten, sondern mit deutlich größerer krimineller Energie
handfeste Interessen verfolgten.

Claus konnte kombinieren und sich noch mehr für die
Ergebnisse seiner Kombinationen begeistern, wenn sie sich zu
einer präsentablen Story fügten, doch er war nie gut darin gewesen, Widersprüche gelten zu lassen und das große Ganze im
Blick zu behalten. Das galt auch fürs Private. Wie enthusiastisch
war er zum Beispiel damals nach Katutura gezogen, um Clemencia und ihrer Welt näher zu sein! Dass nicht nur sie beide in
dieser Welt existierten, dass das Leben im Township seine eigenen Regeln hatte und ein blonder Weißer nicht von heute auf
morgen beschließen konnte, er gehöre jetzt dazu, das hatte er
nicht sehen wollen.

Natürlich kam es, wie es kommen musste. Nach ein paar Tagen, in denen Claus vom Dauerkrach über den Staub in der Luft
bis zur zusammenbrechenden Stromversorgung ausnahmslos
alles großartig fand, fiel er beim ersten Rückschlag aus allen
rosa Wolken und landete, nein, nicht auf dem Boden der Tatsachen, sondern weich in dem Sicherheitsnetz, das ihm seine Her-

kunft und seine Vergangenheit aufgespannt hatten. Für niemanden ist es angenehm, wenn einem die Wohnung ausgeräumt wird. Der Unterschied besteht bloß darin, dass einer aus Katutura nicht sagen kann: «Dann gehe ich eben wieder zurück in mein Weißenviertel mit den Alarmanlagen und den Zwölftausend-Volt-Sicherheitszäunen.»

Claus hatte gekonnt, und Clemencia machte ihm deswegen gar keinen großen Vorwurf. Die Realität war eben so. Sie war nicht immer so einfach, wie Claus sich das vorstellte. Trotzdem, er hatte auch seine positiven Seiten. In mancher Hinsicht konnte er sogar ziemlich hartnäckig sein. Obwohl Clemencia über seine Adoptionsüberlegungen gespöttelt hatte, rührte es sie fast, wie er versucht hatte, sie damit zu beeindrucken. Denn natürlich interessierte ihn persönlich das Thema nicht im Geringsten. Immerhin hatte er erspürt, dass es für sie wichtig geworden war, auch wenn sie selbst nicht genau wusste, warum. Sicher nicht als zu verwirklichendes Vorhaben, nicht einmal als ernsthafte Überlegung, eher als Symptom dafür, dass sie mit ihrem Leben unzufrieden war. Irgendetwas fehlte ihr, aber waren das wirklich Kinder, seien es fremde oder eigene?

Die Waisenhauskinder saßen an den Tischen und warteten auf eine Abendmahlzeit. Miki Selma hatte sich außer Stande erklärt, noch zu kochen, nachdem sie bis in die Nacht hinein das Planquadrat D3 in Okuryangawa abgelaufen hatte. Außerdem seien die Vorräte sowieso erschöpft. Glücklicherweise hatten die Krähe und ein paar andere Chorfrauen zu Hause noch Maispap übrig gehabt. Der war schnell in einem Topf warm gemacht worden und kam nun auf den Tisch. Eine Chorfrau griff zu einem Löffel, um die Plastikschüsseln der Kinder zu füllen, als Miki Selma aus ihrem Lehnstuhl heraus intervenierte: «Halt, erst wird gebetet!»

186

Die Krähe sagte: «Sei nicht so bigott! Die Kinder haben seit dem Frühstück …»

«So viel Zeit muss sein!»

Die Krähe verdrehte die Augen und legte dann maschinengewehrartig los: «Herrjesusseiunsergastundsegnewasduunsbescherethast. A-MEN!!»

«A-men», murmelten die Kinder.

«Und, Herr Jesus, mach, dass unser Samuel auch genug zu essen hat und genauso gesättigt und glücklich schlafen gehen kann wie wir», sagte Miki Selma feierlich. Dann fügte sie hinzu: «Nach dem Zähneputzen natürlich. Amen!»

«Amen», murmelten die Kinder noch einmal.

Während des Essens war die Stimmung gedrückt. Die Chorfrauen hatten das gesamte Zentrum Katuturas und große Teile der umliegenden Townships abgesucht. Sie hatten Hunderte, wenn nicht Tausende von Leuten ausgefragt. Sie hatten die vervielfältigten Fotos von Samuel an vertrauenswürdige und oft frequentierte Personen wie Priester, traditionelle Heiler, beliebte Marktfrauen, Shebeen-Besitzer und – in den nicht elektrifizierten Vierteln – an die Betreiber solarzellengespeister Handyaufladestationen verteilt.

Sie hatten zwei Jungs aufgelesen, die nun ebenfalls mit am Tisch saßen. Der eine, etwa achtjährige, war von einem Geschäftsinhaber zum dritten Mal beim Klauen erwischt worden und hatte Rotz und Wasser geheult, weil ihm von den älteren Mitgliedern seiner Jugendgang bei Erfolglosigkeit Prügel drohten. Der andere war völlig verdreckt und abgerissen durch ein Rivier getorkelt. Ob er Klebstoff geschnüffelt, Tabletten oder sonst etwas genommen hatte, war nicht aus ihm herauszubekommen. Die Chorfrauen hätten noch ein paar Straßenkinder einsammeln können, nur von Samuel hatten sie nicht die geringste Spur entdeckt.

Auch sonst schienen alle Bemühungen erfolglos zu bleiben. Melvin, um dessen lädiertes Auge sich nun die Haut blässlich gelb zu verfärben begann, hatte den Tag vornehmlich damit verbracht, Autolackierereien sowie Spezialisten für die Umprägung von Fahrgestell- und Motorblocknummern zu überprüfen. Wenn die Entführer Mara Engels' teuren Allradwagen selbst behalten wollten, mussten sie doch bemüht sein, dessen Identifizierung zu erschweren. Aber der Landrover blieb wie vom Erdboden verschluckt.

John und Eiseb, die sich auf Clemencias Anweisung die Hereros vorgeknöpft hatten, konnten ebenfalls keine Ergebnisse vorweisen. Niemand machte verdächtige Anspielungen, in der Herero-Werft Windhoeks kursierten keine Gerüchte über laufende Aktionen, in den Shebeens brüstete man sich aller möglichen Großtaten, aber keiner, in der die Frau des deutschen Botschafters auftauchte, die Spitze des Genozid-Komitees weilte geschlossen außer Landes, und in der Parteizentrale der NUDO dämmerten ein paar Subalterne vor sich hin.

«Morgen geht es weiter! Um 9 Uhr treffen wir uns hier», sagte Miki Selma, als das karge Mahl beendet war. Einige Chorfrauen nickten. Keine von ihnen schien in Frage zu stellen, dass sie früher oder später den Jungen finden würden. Und zwar hier in den Townships. Die waren ihre Welt, die Welt, in der sich von der Geburt bis zum Tod alles ereignete, was von Bedeutung war. In der sich Ärger und Freude, Wut und Trauer unlösbar miteinander verbanden. In der Probleme entstanden und Lösungen gefunden wurden. Das Stadtzentrum Windhoeks und die Viertel der Reichen existierten zwar irgendwie, dort konnte man arbeiten, wenn man einen Job fand, aber sonst passierte da nichts. Den Rest der Welt gab es wahrscheinlich sowieso nur im Fernsehen.

Clemencia hatte ja ganz ähnlich reagiert. Wie selbstverständlich hatte sie vermutet, dass die Entführer in den weitläufigen Hüttensiedlungen am Rand der namibischen Hauptstadt untergetaucht waren. Die politische Dimension des Falls hatte sie in ihrer Meinung bestärkt, doch eigentlich sprach kein einziges konkretes Indiz dafür. Konnten die vergebliche Suche der Chorfrauen und die Misserfolge ihrer eigenen Leute nicht auch bedeuten, dass Clemencia von einer falschen Grundannahme ausgegangen war? Vielleicht versteckten sich die Entführer in den Weiten des Hererolands. Sie konnten gleich von Okapuka aus die B1 nach Norden genommen haben. Clemencia überlegte, ob sie womöglich einen Hinweis auf die Fluchtrichtung der Kriminellen übersehen hatte.

Sie dachte an den Überfall am Farmtor zurück und sah wieder den Sand vor Kangulohis Füßen aufspritzen, als die Kugel einschlug. Sie hörte den Entführer mit dem Bodybuilderkörper drohen: «Zum letzten Mal, lauft!» Dann hatte sie selbst gesagt: «Nein. Erschieß uns doch!»

Sie schüttelte den Kopf. Natürlich war das nicht ernst gemeint gewesen. Sie hatte ja auch sofort eingelenkt, als der Entführer Samuel bedroht hatte. Und taktisch war ihre Reaktion durchaus gerechtfertigt gewesen. Sie hatte Zeit gewinnen und den Gegner verunsichern wollen. Je mehr Zeit verstrich, desto nervöser wurde ein Täter. Je nervöser er war, desto eher beging er Fehler. Einen Versuch war es wert gewesen, nur …

Das war nicht der entscheidende Punkt. Clemencia hätte genauso gut mit ein paar anderen Worten Zeit schinden können. Sie hätte nicht jemanden mit einer Pistole in der Hand dazu auffordern müssen, sie zu erschießen. Und Kangulohi gleich mit. Sie fragte: «Wo ist er eigentlich?»

«Wer?», fragte Melvin.

«Kangulohi.»

«Der hat noch die zwei Typen ausgequetscht, die Engels beschattet haben. Dann ist er weg. Keine Ahnung, wohin.»

Die Kinder hatten ihre Schüsseln in einem Bottich ausgewaschen und stellten sich nun, nach Geschlechtern getrennt, auf.

«Marsch, aufs Klo, dann Zähne putzen und ab ins Bett!», befahl Miki Selma.

Erschieß uns doch!, dachte Clemencia. Schon kurz darauf war sie erschrocken, wie sie so etwas sagen konnte, doch erst jetzt begriff sie, dass durch diesen Satz ihre Unsicherheit ausgelöst worden war. Mitsamt den Überlegungen zu Adoptionen und Kinderkriegen, mitsamt diesem unbestimmten Gefühl, nicht genug zu haben, nicht genug zu tun und vor allem nicht genug zu sein. Sie war genauso wenig unverletzlich wie sonst jemand. Ihr Leben konnte ganz schnell vorbei sein, und sie fragte sich, wie sie in ihren letzten Momenten darüber urteilen würde. So und so oft geatmet, so und so oft gegessen, geschlafen, Kriminelle verhaftet, ins Kino gegangen, Sex gehabt – und das sollte alles gewesen sein?

Vielleicht lief es doch auf das hinaus, was Claus spontan zum Thema Kinder eingefallen war. Jeder brauchte etwas, das über den Tod hinausreichte. Aber bewies nicht gerade ein solcher Wunsch, wie sehr man das eigene Leben vergeudet hatte?

«Was?», fragte Clemencia. Sie hatte Melvin etwas sagen hören, ohne den Sinn seiner Worte zu verstehen.

«Und was machen wir nun?», fragte Melvin ein zweites Mal.

«Wir gehen schlafen», sagte Clemencia.

«Ohne die Zähne zu putzen.» Melvin grinste.

«Melvin», sagte Miki Selma streng, «du bist den Kindern ein schlechtes Vorbild!»

«Aber die sind doch gar nicht mehr da», wandte Melvin ein.

«Trotzdem. Darüber macht man keine Witze. Und nun schaut, dass ihr rauskommt! Ich will noch ein wenig in Ruhe fernsehen.»

Clemencia erhob sich. Im Familienhaus nebenan warteten ihr Zimmer, ihr Bett und mutmaßlich eine schlaflose Nacht auf sie. Nichts, was sie zur Eile getrieben hätte, und so blieb sie noch kurz mit den anderen vor dem Gartentor stehen. John und Eiseb hatten einen langen Heimweg vor sich und wollten das nächste Taxi abpassen. Aus der *Mshasho Bar* wummerten die Bässe, irgendwo kläffte ein Straßenköter, und das trübe Licht der Straßenleuchten erhellte kaum sie selbst. Dafür sah man im wolkenlosen Himmel die Sterne glitzern. Zu reden gab es nichts, und so wurde geschwiegen.

Eiseb winkte, als sich ein paar Minuten später ein Taxi näherte. Es hielt genau vor dem Eingang des Waisenhauses. Die hintere Tür flog auf, und Kangulohi stieg aus. Er schien nicht im Geringsten überrascht, seine Kollegen hier draußen anzutreffen. Mit der Hand schwenkte er eine Papierrolle, und aus seiner Stimme klang mühsam unterdrückter Stolz, als er sagte: «Ich hab ihn gefunden!»

«Wen?», fragte Clemencia.

Kangulohi rollte das Papier auf DIN-A3-Größe aus und fragte: «Habt ihr eine Taschenlampe?»

Melvin ließ sein Feuerzeug aufflammen. Im unteren Viertel des Plakats war zu lesen: *Uitona Zeraua, namibischer Vizemeister 2011.* Darüber ließ das flackernde Licht das Foto eines fast nackten Manns erkennen. Ölglänzende schwarze Haut, die sich über gewaltigen Muskelsträngen an Schenkeln, Oberkörper und Oberarmen spannte. Ein posierender Bodybuilder.

«So, wie der aussah», sagte Kangulohi, «musste der doch irgendwo regelmäßig trainieren, dachte ich mir. In einem professionellen Studio. Die habe ich also abgeklappert. Und als ich beim vierten, dem *Nucleus* neben dem Warehouse, reinkomme, hängt da dieses Poster neben dem Eingang.»

Clemencia sah sich das Gesicht auf dem Foto an. Die Züge wirkten etwas verkrampft ob des Versuchs, die Anstrengung des Muskelanspannens durch ein Lächeln zu überdecken. Doch er war es. Derselbe Mann, der Mara Engels und Samuel entführt hatte. Derselbe, zu dem Clemencia gesagt hatte: «Erschieß uns doch!»

«Die vom *Nucleus* haben mir sogar seine Adresse herausgesucht», sagte Kangulohi.

«Ich glaube, wir gehen noch nicht schlafen», sagte Clemencia.

«Und putzen heute Nacht jemand anderem die Zähne», sagte Melvin.

Gnade ist das Vorrecht der Mächtigen! Engels wandte den Kopf nach rechts, wo der Wecker stehen musste. Die Ziffern leuchteten grün aus dem Dunkel. 2 Uhr 14. Er hätte sich das iPad oder wenigstens Zettel und Stift neben das Bett legen sollen. Dann müsste er jetzt nicht aufstehen, um sich die Formulierung zu notieren: Gnade ist das Vorrecht der Mächtigen.

Engels blieb liegen. Er schaffte es nicht einmal, seine Hand unter der Bettdecke hervorzuziehen. Links neben ihm, über dem kühlen, glatten Leintuch lauerte die Leere. Obwohl er wusste, dass das unsinnig war, konnte er sie spüren. Schwer lag sie da und stumm. Nur die Klimaanlage summte. Er hatte sie angeschaltet, weil er die Stille nicht ertrug, nicht etwa, weil die Nacht zu heiß gewesen wäre. Ihn fröstelte. Er musste jetzt die Hand ausstrecken, die Nachttischlampe anknipsen, aufstehen, etwas zu schreiben holen und seinen Gedanken festhalten, bevor ihn die Albträume der nächsten Stunden in den Wahnsinn trieben.

Immer noch 2 Uhr 14. Wieso verging die Zeit eigentlich

nicht? Und warum wünschte er sich, dass sie verginge, da ihn doch jede Minute näher an das Rednerpult brachte, wo er die falschen Worte stammeln würde und, während er sie aussprach, schon wüsste, dass es die falschen waren. Bald würde er verstummen und verzweifelt unter den Zuhörern nach demjenigen suchen, der ein Handy aufklappte, um zu melden, dass der deutsche Botschafter anscheinend seine Frau gern hingerichtet sähe. Man solle ihm den Gefallen doch bitte tun.

Engels sah sich hinter dem Rednerpult hervortreten und auf den Mann mit dem Handy zulaufen, um Gnade zu erflehen. Er lief über den Rasen, tauchte in die Menge ein, hätte sich mit Gewalt durchgeschlagen, wenn ihm jemand in den Weg getreten wäre, doch das tat niemand. Sie wichen ihm aus. Vor ihm öffnete sich eine Gasse, und trotzdem kam er nicht voran, wurde immer langsamer, während die Menschenmenge zu beiden Seiten immer dichter schien. Gesicht an Gesicht. Ob schwarz oder weiß, hätte er nicht zu sagen vermocht, nur dass sie höhnisch grinsten.

Ein Summen lag in der Luft, und Engels lief wie auf einem Rollband, das in dem Maß schneller geschaltet wurde, in dem er beschleunigte, sodass er nicht von der Stelle kam, obwohl immer neue Gesichter links und rechts vorbeihuschten. Vielleicht müsste er nur stehen bleiben, doch seine Beine gehorchten ihm nicht. Plötzlich hatte er vergessen, wieso er lief und wohin er gelangen wollte. Es ging um etwas Lebenswichtiges, das war klar. Nur worum genau? Es würde ihm gleich wieder einfallen. Sobald es ihm gelang, stehen zu bleiben. Er keuchte schwer, und dann fiel alles auseinander.

Die Gesichter um ihn verzerrten sich, flackerten, verpufften mit stotternden Knallgeräuschen, die an Fehlzündungen eines Motors denken ließen, aber es waren Laute, Worte in einer fremden Sprache, die er noch nie gehört hatte, und nun kippte das

Rollband unter ihm weg. Seine Beine liefen weiter, ohne dass die Sohlen etwas Solides berührten. Da war nichts mehr. Er ruderte mit den Armen durch die Luft, und aus der Kakophonie der fremden Worte schälte sich ein dröhnendes Gelächter heraus. Er schrie stumm dagegen an, und tatsächlich schien es sich langsam von ihm zu entfernen. Keuchend strampelte er im Nichts, rang um Luft und begriff, dass er ersticken würde, sobald das Lachen endgültig verklungen wäre.

Gnade, dachte Engels noch, und dann saß er aufrecht und schwer atmend in schwarzer Nacht. Er hörte die Klimaanlage summen. Einen Moment lang hielt er es für bedeutsam, dass man im Traum offensichtlich nicht sterben konnte. Vielleicht war es das, was ihn vom wirklichen Leben unterschied. Engels wischte sich über die Stirn. Die Leuchtziffern des Weckers zeigten 4 Uhr 35.

Engels knipste das Licht an. Er stieg über das Leintuch, das er aus dem Bett gestrampelt hatte, hinweg und tappte barfuß aus dem Schlafzimmer. Neben dem Telefon fand er einen Kugelschreiber und den Post-it-Block. Mara und er verwendeten die Klebezettel, wenn sie aus dem Haus gingen und dem anderen eine Nachricht hinterlassen wollten. Er notierte: Gnade ist das Vorrecht der Mächtigen. Er klebte den Zettel an den Spiegel. Er sah seine wirren grauen Haare. Er überflog noch einmal, was er geschrieben hatte.

Was für ein armseliges, hilfloses Sätzchen!

Uitona Zeraua, der Bodybuilder mit dem Hang zu Entführungen, wohnte in der Lazarettstraße, unweit vom Ausspannplatz. In diesem zentrumsnahen Viertel hatten ein paar in Staatsbesitz befindliche Kolonialgebäude überdauert, die von stillschweigend geduldeten Obdachlosen herabgewohnt wurden. Ansonsten lagen im Umkreis von hundert Metern die schwer gesicherte Amerikanische Botschaft, der Kindergarten der Delta Schule, eine Polizeiwache, der Eingang zu den Windhoek Show Grounds, einige alteingesessene Fachgeschäfte und – zur Maerua Mall hin – jede Menge schicker neuer Bürobauten.

Das dreistöckige Mietshaus an der Ecke zum Jan-Jonker-Weg würde wohl auch in absehbarer Zeit weichen müssen. Jedenfalls hatte der Besitzer seit Jahrzehnten nicht mehr in die Erhaltung der Bausubstanz investiert. Selbst im gnädigen Licht der Straßenlaternen war kaum zu verkennen, wie der Beton an Außenmauer und Balkonbrüstungen bröckelte.

Man mochte hier immer noch bequemer als in den windigen Häusern und Hütten Katuturas wohnen, aber Clemencia hätte nicht tauschen wollen. Dazu war die Gegend abends einfach zu tot. Sobald Büros und Geschäfte schlossen, leerten sich die Bürgersteige im Nu. Ein, zwei Stunden nach Sonnenuntergang streunten nicht einmal mehr herrenlose Hunde über die Straßen. Wahrscheinlich war Windhoek die einzige Hauptstadt der Welt, in der Jugendliche ihre nächtlichen Motorradrennen nicht auf irgendwelchen Ausfallstraßen, sondern mitten in der City abzuhalten pflegten. Jetzt allerdings – kurz vor Mitternacht – war es noch zu früh dafür. Es herrschte Friedhofsruhe.

«Also los!», sagte Clemencia und ging mit ihren Leuten an den Mülltonnen vorbei zur Rückseite des Mietshauses. Der Eingang dort war abgeschlossen. Die Namensschilder neben den Klingeln fehlten oder waren unleserlich.

«Bei allen läuten?», fragte Kangulohi.

«Lass mich mal!» Melvin bückte sich zum Schloss hinab. Ein metallisches Kratzen, ein Klicken, und die Tür sprang auf. Die Treppenhausbeleuchtung war defekt. Mit einem Feuerzeug leuchtete Eiseb die Wohnungstüren im Erdgeschoß ab. Gleich

an der zweiten war an einem Stück Pappkarton der Name Zeraua hingekrakelt. Flüsternd wies Clemencia die Männer ein.
Kangulohi und Eiseb sollten draußen auf der Straße zugreifen,
falls der Verdächtige durch ein Fenster fliehen wollte. Melvin
blieb bei ihr, hielt sich eng an der Wand, sodass er nicht gleich
zu sehen wäre, wenn sich die Tür öffnete. Er zog seine Pistole
und entsicherte sie. Clemencia drückte den Klingelknopf. Nichts
war zu hören. Sie schlug mit der flachen Hand gegen die Tür.
Einmal, zweimal.

«Ausgeflogen?», murmelte Melvin.

«He, Uitona!» Clemencia ließ ihre Faust mehrmals gegen
das Holz krachen. Endlich hörte sie drinnen Schritte. Die Vorhängekette wurde ausgehängt. Die Tür schwang auf. Das Licht
einer nackten Glühbirne floss in den Hausflur heraus.

«Was is?» Die Stimme der Frau klang nach einem halben
Jahrhundert wüster Erlebnisse. Sie selbst sah aus wie ihre
eigene Enkeltochter, die gerade vom Kinderstrich zurückge-
kehrt war. Ein hübsches Puppengesicht, ein tiefer Ausschnitt in
einem etwas speckigen, strassbesetztem T-Shirt, das über einen
zu kurzen, schief sitzenden Rock hing.

«Ist Uitona da?», fragte Clemencia.

Die Frau schwankte ein wenig. Die drei goldfarbenen Arm-
reife am Handgelenk klirrten, als sie sich am Türrahmen fest-
krallte. Mit aufgerissenen Augen und deutlich erweiterten
Pupillen starrte sie Clemencia an. Eher Drogen als Alkohol, und
eher irgendein auf Klebstoffbasis zusammengepanschtes Teu-
felszeug als Kokain. Sie beugte den Oberkörper nach vorn und
zischte: «Hau bloß ab, du Schlampe.»

«Ich muss mit ihm reden.»

«Reden?» Die Frau lachte auf. «Gevögelt werden willst du
von ihm. Wie all die anderen auch. Und du bist dir nicht einmal
zu blöd, um ihm bis nach Hause nachzulaufen! Aber du kannst

dich selbst ficken. Er macht's nämlich nur mit mir. Und weißt du, warum?»

«Ich muss mit ihm reden», wiederholte Clemencia ruhig.

«Weil er mich liebt!», brüllte die Frau. «Mich, hast du kapiert?»

«Ich …»

«Und jetzt verpiss dich!» Im Umdrehen gab die Frau der Tür einen kräftigen Stoß, doch Clemencia hatte schon ihren Fuß dazwischen.

«Ist er zu Hause?» Die Tür schwang zurück und stieß hart irgendwo an. Im Zimmer, das sich vor Clemencias Blick auftat, war niemand. Noch bevor sie Einzelheiten wahrnehmen konnte, war Uitonas einzig wahre Liebe herumgefahren und holte mit der Rechten weit aus. Der Schlag kam langsam und unkoordiniert, sodass Clemencia keine Schwierigkeiten hatte, ihn abzufangen. Die lautstarken Beschimpfungen, die ihr entgegengeschleudert wurden, konnte sie nicht so leicht stoppen.

Als ihr die Frau ins Gesicht keifte, dass an AIDS zu verrecken ein viel zu schöner Tod für sie wäre, griff Melvin ein. «Jetzt reicht's! Du sagst uns sofort, wo …»

Die Frau heulte auf, wich zurück und versuchte, die Wohnungstür zuzudrücken. Melvin hielt dagegen, die Frau brüllte wie am Spieß, schrie, dass man sie umbringen wolle. Auch Melvin wurde laut, die Wohnungstür weiter rechts im Hausflur öffnete sich, eine Männerstimme fragte auf Afrikaans, was da los sei, und Clemencia nahm den Fuß aus dem Türspalt und sagte: «Lass gut sein, Melvin!»

Die Tür schlug zu. Man hörte, wie drinnen die Vorhängekette eingehängt wurde. Im Hausflur war es dunkel, nur Zerauas Nachbar stand vor seiner offenen Wohnungstür im Licht. In der Hand hielt er ein großes Messer, wie die Metzger es zum Entbeinen verwenden.

«Wir bräuchten eine Auskunft von Uitona Zeraua», sagte Clemencia. Der Nachbar war nur mit einer Unterhose bekleidet. Über seine tiefschwarze Brust zogen sich parallele Narben, die nicht so aussahen, als rührten sie von einem Arbeitsunfall her.

«Es geht um ein verschwundenes Kind», sagte Clemencia, «einer fünfjährigen Herero-Jungen.»

Der Mann mit dem Messer ließ das Messer sinken und sagte: «Uitona ist nicht da. Der ist bei der Arbeit.»

«Um diese Zeit?»

«Im *Night of the Proms*. Vor vier Uhr kommt der nicht heim.»

«Den Schuppen kenne ich», sagte Melvin. «Liegt in der Eveline Street.»

«Es ist nicht so, wie Sie denken», sagte der Mann und deutete mit dem Messer in Richtung von Zerauas Wohnung. «Die ist eigentlich ganz in Ordnung. Nur wenn es um Frauen und Uitona geht ...»

«Apropos Frauen, haben Sie hier mal eine Weiße gesehen, blond, elegant?»

«Das hätte ich mir gemerkt.» Der Mann schüttelte den Kopf und verschwand in seiner Wohnung.

Clemencia sammelte ihre Leute ein, und alle stiegen ins Auto. Melvin saß am Steuer. Er nahm nicht den Weg durchs Zentrum, sondern fuhr an der ehemaligen Alten Werft vorbei. Die war Ende der 1950er Jahre von der Apartheidregierung im Zuge der Zwangsumsiedlung nach Katutura plattgewalzt worden. Heute erinnerte nur noch ein Massengrab auf dem alten Friedhof an den Widerstand der damaligen Bewohner. Neunzehn Tote waren nach den Protesten liegen geblieben. Sie galten als die ersten Opfer des Befreiungskampfs, der dreißig lange Jahre später zur Unabhängigkeit Namibias geführt hatte.

Ein großer Teil der Hereros würde dieser Auffassung allerdings widersprechen. Für sie hatte der Befreiungskampf viel früher begonnen, mit dem Aufstand gegen die deutschen Kolonialherren. Der Gegner hatte eine andere Sprache gesprochen, doch auch er war weiß gewesen und hatte sich so unendlich überlegen gefühlt, dass ihm jede Art von Unterdrückung als zivilisatorische Notwendigkeit erschienen war. Und blieb der rassistische Dünkel der Weißen nicht immer noch allerorts spürbar? Verbrämter, oberflächenbehandelt, doch umso fester tief innen verwurzelt? Würden sich die Weißen nicht erst dann ändern, wenn man sie mit Gewalt dazu zwang? Clemencia fragte sich, ob auch Uitona Zeraua so dachte.

Melvin bog in die Otjomuise Road ab. Sie passierten den Goreangab-Damm und kamen wieder in besiedeltes Gebiet. Die Eveline Street, Katuturas rund um die Uhr geöffnete Vergnügungsmeile, zog sich in einem weiten Halbkreis um das Viertel. Dutzende von Clubs, Bars und Spelunken folgten dicht aufeinander, doch Melvin hielt sich nicht damit auf, die Namen zu studieren. Er wusste genau, wohin er wollte, hatte früher wahrscheinlich selbst manche Nacht im *Night of the Proms* durchgesoffen. Der Laden war augenscheinlich einer der größten im ganzen Kiez. Er leistete sich Leuchtreklamen mit durchlaufenden Bildern, einen eigenen Parkplatz und – das konnte Clemencia erkennen, noch bevor der Wagen zum Stehen kam – einen Türsteher vor dem Eingang. Dass der Mann irgendjemanden abweisen würde, der auch nur entfernt so wirkte, als könne er ein Getränk bezahlen, war unwahrscheinlich. Seine Aufgabe bestand wohl eher darin, Streithähne an die Luft zu setzen, bevor sie sich im Lokal gegenseitig abstachen und so das Geschäft ins Stocken brachten. Dafür schien dieser Riese wie gemacht. Unter dem engen schwarzen T-Shirt zeichneten sich seine Muskelberge deutlich ab. Und sein Gesicht ...

«Er ist es», flüsterte Kangulohi. «Wir haben ihn.»

Sie hatten Uitona Zeraua gefunden, aber sie hatten ihn noch lange nicht.

«Eiseb und ich gehen zuerst, uns kennt er nicht», sagte Melvin.

«Wir bauen uns hinter ihm auf», sagte Eiseb. «Mit genügend Abstand, sodass er uns nicht an die Gurgel kann.»

«Wenn ihr bei ihm ankommt, ziehen wir alle die Knarren, legen ihm Handschellen an, packen ihn ins Auto, und ab geht die Post!», sagte Melvin.

«Das ist im Nullkommanichts erledigt», sagte Eiseb.

«Überhaupt kein Problem», sagte Melvin.

«Chefin?», fragte Eiseb.

Es war ein idiotischer Plan. Mal ganz abgesehen davon, dass sie keinerlei Befugnis hatten, jemanden festzunehmen. Wenn sie Zeraua verschleppten, um ihn zu verhören, war das schlicht und einfach Freiheitsberaubung. Genauso eine Entführung unter Androhung von Waffengewalt, wie Zeraua und sein Komplize sie am Tor von Okapuka begangen hatten. Eine langjährige Freiheitsstrafe und der lebenslange Entzug von Clemencias Lizenz im Sicherheitsgeschäft würden drohen.

Nein, sie sollte jetzt die Polizei anrufen. Egal, ob sie Engels versprochen hatte, das unter keinen Umständen zu tun. Egal, ob das ihre Chance, Mara und Samuel zu finden, auf nahezu null reduzierte. War es auch egal, ob sie deren Leben so noch mehr in Gefahr brachte, als es ohnehin schon war? Und wenn sie Zeraua nur observierten? Vielleicht würde er sie zum Gefängnis der beiden führen. Wahrscheinlicher war allerdings, dass er nach Hause gehen und sich von seiner Freundin und seinem Nachbarn berichten lassen würde, wer sich nach ihm erkundigt hatte. Er würde eins und eins zusammenzählen und sich hüten, einen falschen Schritt zu tun.

Clemencia sagte: «Also los! Aber keiner greift nach der Waffe, bevor ich es ausdrücklich sage.»

Melvin und Eiseb stiegen aus dem Wagen. Clemencia sah ihrem Bruder nach, wie er lässig und fast tänzelnd auf den Eingang des Clubs zusteuerte. Er war deutlich vernünftiger geworden, seit sie ihm in der Firma Verantwortung übertragen hatte, doch in adrenalingeschwängerten Situationen wie dieser brach wieder der supercoole Junge durch, der keinen Gedanken an morgen verschwendete, weil es ein Übermorgen in den Townships sowieso nicht gab. Und auch kein Gestern. Es zählte nur, sich im Augenblick zu behaupten, und genau das drückte jede Faser seines Körpers aus.

Melvin tippte sich salutierend gegen die Stirn, als er Zeraua passierte. Eiseb bückte sich, als wolle er seinen Schuh binden. Die beiden waren in Position, Clemencia und Kangulohi machten sich auf den Weg. Es waren nur etwa zehn Meter vom Wagen bis zum Eingang, und sie hatten gerade mal die Hälfte hinter sich gebracht, als Zeraua sie zu erkennen schien. Unwillkürlich tat er einen Schritt nach vorn und nahm den Kopf tiefer, sodass sein Hals zwischen den mächtigen Schultern verschwand. Etwa zwei Meter hinter dem Riesen richtete sich Eiseb auf. Er und Melvin befanden sich dicht vor der Flügeltür, die die Kwaitoklänge aus dem Club dämpfte. Kangulohi schwenkte nach links aus, Clemencia hielt sich rechts. Sie lächelte Zeraua an und sagte: «Okapuka, Sie erinnern sich?»

Zeraua sah sich kurz um. Melvin und Eiseb hatten die Hand auf dem Griff der Pistole liegen. Zeraua fragte: «Die zwei halben Portionen gehören dazu?»

Clemencia nickte.

«Polizisten?», fragte Zeraua.

Clemencia schüttelte den Kopf. «Meine Männer. Es wäre nett, wenn Sie uns begleiten würden, Uitona Zeraua.»

«Wieso sollte ich? Wollt ihr mich sonst erschießen?»

Erschieß uns doch!, hatte Clemencia ihm am Tor von Okapuka zugerufen, als er sie zwingen wollte, davonzulaufen. In dem Moment hatte sie das ernst gemeint. Zwar hatte sie eingelenkt, als Zeraua den kleinen Samuel bedroht hatte, aber ihre drei Worte hatte sie damit nicht rückgängig machen können. Durch sie war viel mehr zerbrochen, als Clemencia je für möglich gehalten hätte. Nicht nur die Selbstverständlichkeit, mit der sie sich ihrem Job gestellt hatte. Nicht nur die Überzeugung, bei allen Irrtümern und Fehleinschätzungen grundsätzlich den richtigen Weg eingeschlagen zu haben. Es war, als hätte sie in jenem Moment ihr ganzes Leben aus den Angeln gehoben. Als treibe sie seitdem im luftleeren Raum und versuche verzweifelt, irgendwo ein Stück Sinn ausfindig zu machen, an das sie sich klammern könnte. Irgendetwas, das es wert erscheinen ließ, morgens aufzustehen, zu essen, zu trinken, sich herumzuärgern und abends mit der Aussicht ins Bett zu gehen, dass es am nächsten Tag genauso weitergehen würde.

«Nein», sagte Clemencia. «Wir wollen Sie nicht erschießen.»

«Was soll dann das Theater?»

«Wir wollen wissen, wo die Frau und der Kleine jetzt sind.»

«Und wenn ich es nicht sage?»

«Wir kassieren dich ein», sagte Melvin. «Wir ketten dich in einem finsteren Loch an und lassen dich hungern, bis du es sagst.»

Zeraua lachte. Die Flügeltür des *Night of the Proms* wurde von innen aufgestoßen. Die Kwaitorhythmen legten an Lautstärke zu und wurden unterfüttert von den unverständlichen Satzfetzen, mit denen die Clubgäste dagegen anbrüllten. Ein junger Mann kam heraus, eine brennende Zigarette im Mundwinkel. Er stutzte kurz, als er Melvin mit der Hand an der Pistole sah. Er musterte Clemencia und die beiden anderen, fragte dann zu Zeraua hin: «Alles klar, Uitona?»

«Alles klar, Bruder.»

Der Mann klopfte die Asche seiner Zigarette ab, zuckte mit den Achseln und ging weiter, auf die nächste Kneipe zu. Melvin schloss die Tür zum Club, ohne Zeraua aus den Augen zu lassen.

«Also gut», sagte Zeraua. Er reckte die Arme langsam nach vorn, legte die Hände waagerecht aneinander, schloss die Finger zur Faust und wartete. Clemencia und Kangulohi sahen sich an.

«Was …?», fragte Melvin.

«Ihr habt doch sicher Handschellen dabei, oder?», fragte Zeraua.

Kangulohi nickte. Er rührte sich nicht von der Stelle.

«Soll ich sie mir vielleicht selbst anlegen?», fragte Zeraua.

Kangulohi zog die Handschellen hervor. Zögernd trat er an Zeraua heran und ließ sie um dessen Handgelenke einklicken. Widerstandslos folgte ihm der Riese zum Wagen und setzte sich auf die Rückbank. Eiseb und Kangulohi quetschten sich neben ihn. Keiner sagte ein Wort. Clemencia fragte sich, was zum Teufel Zerauas Verhalten eigentlich bedeuten sollte.

«Ich muss Sie sprechen, Herr Botschafter», sagte Kawanyama am Telefon.

Engels hatte die Nacht über viel zu wenig geschlafen. Was er geträumt hatte, hatte ihn noch mehr erschöpft als die durchwachten Stunden. Er war fix und fertig. Und er hatte keine Zeit. Er musste das Leben seiner Frau retten. Er musste eine Rede verfassen. Dabei durfte er sich keinesfalls von seinem Telefon wegbewegen. Er wollte auch nicht, dass es wegen irgendeiner Belanglosigkeit von Kawanyama blockiert würde. Er sagte: «Reden Sie!»

«Unter vier Augen, jetzt gleich!», sagte Kawanyama. «Ich kann zu Ihnen kommen. In fünf Minuten bin ich da.»

«Ich möchte nicht unhöflich erscheinen, aber können wir das vielleicht verschieben?»

«Es ist äußerst wichtig.»

Wichtig war Mara, sonst gar nichts. Um ihre Befreiung hatte Engels sich zu kümmern. Um sonst gar nichts. Und dieses Diplomatengetue ging ihm einfach nur fürchterlich auf die Nerven. Er sagte: «Leider passt es heute überhaupt nicht.»

«Herr Botschafter ...!» Kawanyamas Stimme klang ein wenig schärfer, doch er hatte sich sofort wieder in der Gewalt. «Na gut. Ich habe wegen des Reisepasses, auf den mich Ihre Detektivin angesprochen hat, nachforschen lassen. Die Sache ist äußerst besorgniserregend. Es scheint tatsächlich eine Verschwörung radikaler Hereros zu geben, in der dieser Kaiphas Riruako eine prominente Rolle spielt. Wir haben ernstzunehmende Informationen, dass der Mann während der Schädelübergabe in Berlin ein Attentat durchführen will.»

Engels' erster Impuls war, laut herauszulachen. Ein Attentat in Berlin? Das musste doch ein schlechter Witz sein! Er fragte: «Wie bitte?»

«Einen Anschlag auf hochrangige deutsche Politiker. Meines Wissens beginnt die Übergabezeremonie in drei Stunden. Sie sollten Ihre Regierung sofort in Kenntnis setzen, um entsprechende Sicherheitsmaßnahmen einzuleiten. Wir werden das über unsere Botschaft auch kommunizieren, aber in Anbetracht der knappen Zeit denke ich, dass ...»

«Woher haben Sie Ihre Informationen?», fragte Engels. Ihm begann zu dämmern, dass Kawanyama es ernst meinte. Es gab noch eine Welt jenseits von Mara. Eine Welt, in der Verrückte und Verbrecher ihre Pläne schmiedeten, ohne sich einen Dreck darum zu scheren, was ihn, Engels, beschäftigte.

«Nachrichtendienstliche Quellen», sagte Kawanyama. «Zuverlässig.»

«Können Sie mir nicht Genaueres mitteilen?»

«Nein», sagte Kawanyama, «noch nicht. Wir hielten es unter befreundeten Nationen für unsere Pflicht, eine solche Warnung unverzüglich weiterzuleiten.»

«Natürlich», sagte Engels, «besten Dank! Meine Regierung ist Ihnen sehr verbunden, aber wir wüssten gern ...»

«Sie haben den Namen des mutmaßlichen Attentäters, Sie haben Ort und Zeit des geplanten Anschlags. Das sollte doch vorerst genügen.»

Engels überlegte. Wenn die Namibier eine ausländische Regierung alarmierten und damit riskierten, die gesamte Schädelübergabe platzenzulassen, dann sicher nicht auf der Basis von Gerüchten. Sie hatten Fakten. Weitere Namen, von Unterstützern und Hintermännern, Informationen über Anreise, Aufenthaltsort und Bewaffnung des Attentäters, über das geplante Vorgehen, über was auch immer. Aber offensichtlich wollte Kawanyama nicht mehr preisgeben. Oder er durfte nicht. Denn dass solche Erkenntnisse sofort nach ganz oben, an den Präsidenten und das ZK der SWAPO weitergegeben worden waren, verstand sich von selbst.

«Ich informiere meine Regierung augenblicklich», sagte Engels. «Die zuständigen deutschen Sicherheitsbehörden werden sich sicher unverzüglich um direkten Kontakt bemühen. Vielleicht könnten Sie mir gleich einen kompetenten Ansprechpartner bei Ihnen nennen, damit nicht unnötig Zeit verloren wird.»

«Ich habe Ihnen gesagt, was ich weiß», sagte Kawanyama. «Schnappen Sie den Kerl in Berlin einfach, bevor er eine Katastrophe anrichten kann!»

Er wollte nicht, er durfte nicht, egal. Engels war noch nicht bereit, klein beizugeben. «Nur eine Frage noch. Ich werde Ihre Antwort nicht weitergeben, wenn Sie das nicht wünschen, und ich frage Sie auch ganz privat, von Mensch zu Mensch: Hat das etwas mit Mara zu tun? Stecken dieselben Hereros dahinter, die meine Frau gefangen halten?»

«Nun», sagte Kawanyama, «das ist der Grund, warum ich unter vier Augen mit Ihnen sprechen wollte.»

Engels wartete ab.

«Ich hatte nur bei drei oder vier Gelegenheiten das Vergnügen, Ihre Frau kennenzulernen, doch ich schätze sie sehr. Sie ist klug, empathiefähig und erfrischend impulsiv. Ich kann mir vorstellen, dass niemand mehr darunter leidet, welch unrühmliche Rolle ihr Urgroßvater Eugen Fischer in der Geschichte unseres Landes gespielt hat.»

«Woher wissen Sie das?», fragte Engels.

Kawanyama ging nicht darauf ein. «Sie sind Deutscher, und deswegen brauche ich Ihnen nicht zu erklären, wie kompliziert es ist, mit der Schuld der Vorväter umzugehen. Auch wenn niemand Ihrer Generation die Verbrechen von einst vorwerfen würde, tragen Sie doch die Last einer besonderen Verantwortung. Dabei das rechte Maß zu finden, fällt oft nicht leicht. Gerade, wenn man klug, empathiefähig und impulsiv ist.»

«Worauf wollen Sie hinaus?»

«Ihre Frau lehnt den Rassismus ihres Urgroßvaters entschieden ab. Das ist gut. Sie identifiziert sich mit den Opfern. Das ist verständlich. Aber vielleicht identifiziert sie sich etwas zu sehr. Und nicht nur mit den Opfern von damals, sondern auch mit denen, die die Vergangenheit vorschieben, um heute ihr Süppchen zu kochen. Sie könnte vergangene Schuld gutmachen wollen und dabei gar nicht merken, welch neue Schuld sie auf sich lädt. Das wäre schlecht.»

Endlich verstand Engels. Er wollte nur nicht glauben, was er

verstanden hatte. «Sie ist entführt worden, Kawanyama! Mit
Waffengewalt! Die Typen haben ihr eine Pistole an die Stirn gehalten. Dafür gibt es Zeugen!»

«Und wenn alles inszeniert war? Wenn sie freiwillig mitge-
gangen ist?»

«Hören Sie auf! Das ist einfach nur lächerlich», zischte
Engels ins Telefon. Dann legte er auf, erhob sich, stürmte auf
die Terrasse hinaus. Ein paar Senegaltauben flatterten kichernd
auf. Im Garten zwitscherten andere Vögel. Es klang, als verlangten sie etwas von ihm. Er holte die Tüte mit dem Vogelfutter
und schüttete eine großzügige Portion in das Futterhäuschen.
Es war an einem Ast der Akazie gleich neben der Terrasse aufge-
hängt. Überdachung und Futterfläche waren so konstruiert,
dass den gierigen Tauben eine Landung unmöglich gemacht
werden sollte. Sie hatten trotzdem gelernt, den Futterplatz an-
zufliegen.

Engels setzte sich wieder vors Telefon. Er ärgerte sich über
sich selbst, weil er seiner Empörung nachgegeben hatte. Statt
aufzulegen, hätte er versuchen sollen, herauszufinden, worauf
Kawanyama seine abstruse Vermutung stützte. Gab es irgendwelche Anhaltspunkte dafür? Doch was sollte das schon sein?
Und wenn hundert Zeugen beteuerten, sie hätten Mara mit
einer Kalaschnikow bewaffnet für die Hereros in den Krieg ziehen sehen, wäre Engels nicht an ihr irre geworden. Er kannte
seine Frau. Nie würde sie ihn so täuschen und verraten, nur weil
vor mehr als hundert Jahren den Hereros Unrecht getan worden
war. Das war lächerlich, und deswegen hatte er Kawanyama gegenüber absolut richtig reagiert.

Ob an der Geschichte mit dem Attentat genauso wenig dran
war? Aber was hatten Kawanyama und die namibische Regierung davon, eine solche Warnung ohne Anlass zu erfinden?
Noch drei Stunden bis zur Schädelübergabe! Auch wenn Engels

nicht wusste, was er denken sollte, er musste jetzt handeln. In aller Eile tippte er die Meldung ans Auswärtige Amt in sein iPad. Er gab Kawanyamas Aussagen möglichst wortgetreu wieder und kommentierte knapp, dass der Wahrheitsgehalt für die Botschaft schwer abzuschätzen sei.

Sollten die in Berlin doch entscheiden, wie sie damit umgingen! Das machten sie ja sonst auch, ohne auf seine Ratschläge zu hören. Engels sandte die Nachricht in verschlüsselter Form ab. Dann rief er in Berlin an und machte darauf aufmerksam, dass er per Mail absolut Dringliches übermittelt habe. Maras Entführung hatte er natürlich nicht erwähnt. Schon, weil die Zeit gedrängt hatte. Aber auch sonst hätte er darauf verzichtet. Noch bestand die Chance, Worte zu finden, die sie aus den Händen ihrer Entführer befreien konnten.

Engels machte sich einen doppelten Espresso. Solange er auf eine Reaktion aus dem Auswärtigen Amt warten musste, konnte er sich auch an sein iPad setzen. Die Rede! Er kam allerdings überhaupt nicht voran. Das lag an seiner Müdigkeit und an dem Krach, den die Vögel veranstalteten. Und daran, dass die Haushälterin die Fenster putzte, und der Gärtner fragte, ob er wegen eines Arzttermins heute früher gehen könne. Außerdem läutete das Telefon immer dann, wenn er kurz davor stand, eine geglückte Formulierung zu finden. Berlin meldete sich jedoch nicht. Einmal war es Borowski aus der Botschaft, der sich um irgendwelche idiotischen Termine sorgte, die er genauso gut selbst erledigen konnte. Dann fragte eine Freundin Maras nach, wann Mara und Samuel denn aus der Kalahari zurückkämen.

«Spätestens übermorgen», sagte Engels und fügte aus einer plötzlichen Eingebung heraus an: «Da hat sich nämlich Besuch aus Deutschland angesagt. Entfernte Verwandte Maras aus Freiburg im Breisgau. Eine Familie Fischer.»

«Gehen die auch auf Maras rassistischen Urgroßvater zurück?», fragte die Freundin. «Wie hieß der gleich mit Vornamen?»

«Eugen», sagte Engels. Anscheinend hatte die halbe Welt über Maras zweifelhaften Vorfahren Bescheid gewusst. Nur er nicht.

Und dann kam doch noch ein wichtiger Anruf. Clemencia Garises hatte einen von Maras Entführern ausfindig gemacht. Engels sprang auf. Na also! Fast stimmlos vor Aufregung fragte er sie: «Und?»

«Wir verhören ihn gerade.»

«Wo ist Mara?»

«Wir verhören ihn gerade.»

«Ich komme sofort vorbei.»

«Das halte ich für keine gute Idee.»

«Wo sind Sie?», brüllte Engels ins Telefon.

«An einem Ort, wo wir ihn in Ruhe verhören können.»

«Herrgott, Sie arbeiten für mich und ...»

«Ich mache meinen Job, wie ich es für richtig halte», sagte die Garises. «Wenn Sie damit nicht zufrieden sind, können Sie sich gern jemand anderen suchen.»

«Ist gut», lenkte Engels ein. Die Frau machte ihn wahnsinnig. «Alles in Ordnung, ich dachte ja nur ..»

«Ich halte Sie auf dem Laufenden.» Clemencia Garises legte auf.

Immerhin, sie hatte einen Fortschritt vermeldet, einen Hoffnungsschimmer eröffnet. Den ersten, seit diese unglückselige Geschichte begonnen hatte. Und sie hatte bewiesen, dass Kawanyamas Unterstellung Blödsinn war. Denn wenn es einen Entführer gab, musste doch auch eine Entführung stattgefunden haben.

Genauso bereitwillig, wie er sich vor dem Club in den Wagen hatte verfrachten lassen, war Uitona Zeraua in der Frans Hoesenab Straat ausgestiegen. Lächelnd hatte er die Diskussionen von Clemencias Männern mitverfolgt. Die kreisten um die Frage, wo man diesen Muskelberg sicher anketten könne. Im Einzimmerbüro der Firma *Argus*, das an das *Living Rainbow Centre* angegliedert war, gab es dafür keine Möglichkeit. Die Leitungen im rückwärtigen Wasch- und Toilettenhaus hatten Katutura-Qualität. Mit einem kurzen Zucken seines Arms hätte Zeraua sie problemlos herausreißen können. Besser geeignet schien das Klettergerüst für die Kinder, das nach Miki Selmas Aussage sauber im Hof einbetoniert worden war. Problematisch war allerdings, dass der Gefangene sich so im Freien und noch dazu im Blickfeld neugieriger Passanten befände. Melvin schlug vor, noch vor Anbruch des Morgens den Maschendrahtzaun zur Straße hin mit Decken und Planen zu verhängen. Mangels besserer Alternativen wurde diese Option angenommen.

Wenn der Gefangene lauthals um Hilfe gerufen hätte, wäre die unrechtmäßige Freiheitsberaubung natürlich trotzdem nicht geheim zu halten gewesen, aber das tat Zeraua nicht. Er ließ sich widerstandslos anketten, setzte sich in den Sand am Fuß des Gerüsts und schwieg. Er schwieg sich aus, egal ob man ihn fragte, wo sich Mara und Samuel befänden, wer sein Komplize bei der Entführung gewesen sei, was sie mit Maras Landrover angestellt hätten, wo seine Pistole abgeblieben sei, welche Pillen er fürs Muskelwachstum nehme, welchem Königshaus der Hereros er sich verbunden fühle, was er über den Genozid in der Kolonialzeit denke, ob er glaube, dass es bald regnen werde, und wann er den Namen Kaiphas Riruako zum ersten Mal gehört habe.

«Schlafentzug», sagte Melvin, «das wirkt. Es dauert ein wenig, aber es wirkt hundertprozentig.»

Kangulohi, Eiseb und er wechselten sich bei der Fragerei die ganze Nacht hindurch ab. Zwei Stunden Pause, eine Stunde ergebnislose Bemühungen. Clemencia beteiligte sich nicht mehr, seit klar war, dass keine Antworten zu erwarten waren. Sie rückte sich einen Plastikstuhl ein paar Meter entfernt an die Hauswand, schlief ein paar Stunden, war um acht Uhr wieder wach und informierte Botschafter Engels über das Verhör des Entführers.

Dann überlegte sie, was Zeraua bewogen hatte, mitzukommen, obwohl er nicht kooperieren wollte. Dass sie ihn erschießen würden, konnte er nicht wirklich geglaubt haben. Und selbst wenn, wäre es unsinnig gewesen, sich von einem belebten Ort wie der Eveline Street in wer weiß welch dunkle Ecke entführen zu lassen. Klar war gewesen, dass sie nicht einfach unverrichteter Dinge abziehen würden. Zeraua hatte wohl vermutet, sie würden im Fall seiner Weigerung die Polizei einschalten. Er hatte ja nicht wissen können, warum Clemencia das vermeiden wollte. In Polizeigewahrsam zu landen, war für ihn anscheinend die deutlich unangenehmere Alternative gewesen.

Nur, wieso? Ob er in einer Haftzelle oder an einem Klettergerüst angekettet vor sich hin schwieg, machte keinen großen Unterschied. Ungesetzliche Mittel, um ihn zum Reden zu bringen, musste er hier wie dort befürchten. Eigentlich noch mehr bei Clemencia und ihren Leuten, die persönlich eine Rechnung mit ihm offen hatten. Und einen Anwalt konnte er bei der Polizei zumindest verlangen. Wieso also war er hier?

Das ging nicht auf. Wie so vieles andere auch. Irgendwann war Clemencia einem grundsätzlichen Fehler aufgesessen, einer verkehrten Grundannahme, die alle unzweifelhaften Fakten so weit verrückte, dass nichts mehr zusammenpasste. Sich voreilig Gewissheiten zu zimmern, das sollte Clemencia der Liste der Todsünden in ihrem Geschäft hinzufügen. Sie musste von vorn anfangen, alles in Zweifel ziehen, nichts als gegeben ansehen, neue Fragen stellen, andere Fragen.

Mit welchen Verbrechen hatte sie es überhaupt zu tun? Mara Engels war entführt worden, ihr Mann sollte zu Entschädigungsversprechen erpresst werden, der Schädel ihres Urgroßvaters war aus seinem Freiburger Grab gestohlen worden, und ein gewisser Kaiphas Riruako hatte in Berlin einen Polizisten erschossen. Vier verschiedene Delikte unterschiedlicher Schwere und unklaren Zusammenhangs, doch alle hatten gemeinsam, dass Deutsche die Opfer und Hereros die Täter waren.

«Kann ich gehen?» Kangulohi hatte offensichtlich die Lust an dem einseitigen Kreuzverhör mit dem schweigsamen Riesen verloren. Er wollte stattdessen in Zerauas Bekanntschaft nach dem zweiten Entführer suchen. Der sei aus weniger hartem Holz geschnitzt gewesen und würde sich vielleicht als gesprächiger erweisen. Clemencia stimmte zu und versuchte, in ihre Überlegungen zurückzufinden. Das war nicht so leicht, denn aus dem Gemeinschaftsraum des Waisenhauses drang der von anfeuernden Ausrufen untermalte Gesang der Kinder nach draußen. Das Programm mit den Liedern aus dem Unabhängigkeitskampf. Miki Selma hatte ihren Schützlingen verboten, den Hof zu betreten, solange das Monster – wie sie Zeraua nannte – nur darauf lauere, ein vorwitziges Kind zu packen und bei lebendigem Leib zu verschlingen. Clemencia schüttelte den Kopf.

Ein Feldzug der Hereros gegen die Deutschen also? Neue Fragen, nichts für gegeben ansehen! Zeraua war zweifellos Herero. Was von Botschafter Engels im Tausch gegen seine Frau verlangt wurde, käme zumindest den Hereros zugute. Doch ob der Polizistenmörder von Berlin ihnen angehörte, blieb unbewiesen. Sein Name ließ das zwar vermuten, aber außer auf dem Pass, der ihm unberechtigterweise ausgestellt worden war, existierte in Namibia niemand, der so hieß. Es war offensichtlich ein falscher Name, hinter dem sich auch ein junger Mann anderer ethnischer Herkunft verbergen konnte. Nur wer?

«Deine Freundin wird sich Sorgen machen, wenn du nicht nach Hause kommst», plapperte Melvin zu Zeraua hin. «Nicht so sehr, weil dir etwas zugestoßen sein könnte. Wie die so drauf war, glaubt sie eher, dass du nicht aus dem Bett einer frisch aufgerissenen Schlampe herausgefunden hast. Wahrscheinlich spitzt sie gerade ihre Fingernägel an, um dir damit die Augen auszukratzen. Meine Güte, ich habe selten eine dermaßen hysterische Person ...»

«Sprich nicht so von ihr!», brummte Zeraua.

Melvin stand der Mund offen. Dann rief er: «Clemencia, Eiseb, habt ihr das gehört? Er kann reden! Ich dachte schon, er hätte vor Angst seine Stimmbänder verschluckt, aber nein, er kann noch reden! Vielleicht kann er sogar einfache Fragen beantworten: Wohin ... habt ... ihr ... Mara ... Engels ... verschleppt?»

Zeraua schwieg, und Clemencia überlegte, wie sie herausfinden könnte, wer sich als Kaiphas Riruako ausgab. Sie hatte doch schon alles versucht. Anders fragen, neu fragen, dachte sie, und da, wie aus dem Nichts, tauchte tatsächlich eine neue Frage auf. Eigentlich war es nur ein neues Fragewort. Warum statt wer. Ein Wörtchen ausgetauscht, und schon wirbelten die Figuren auf dem Schachbrett durcheinander, gruppierten sich um, ließen plötzlich nachvollziehbare Spielstellungen erkennen und sinnvolle Strategien erahnen.

«Gut», sagte Melvin, «dann halt von vorn: Deine Freundin ist eine hysterische, vor Eifersucht stinkende, innerlich verfaulte, meganuttige ...»

«Sie ist nicht meine Freundin», sagte Zeraua, «sie ist meine Schwester. Und wenn du sie noch einmal beleidigst, knacke ich deinen Schädel auf. Ich rühre mal um und werfe das Zeug, das statt des Gehirns dadrin ist, den Hunden vor.»

«Deine Schwester?», fragte Melvin verblüfft. «Aber sie hat herumgebrüllt, dass du sie liebst, und zwar nur sie. Das klang nicht so, als …»

«Sie ist meine einzige Schwester», sagte Zeraua.

«Äh, ja», sagte Melvin, «na gut. Vielleicht erklärst du mir lieber, woher ihr wusstet, dass Mara Engels nach Okapuka fahren würde.»

Warum statt wer. Es spielte keine Rolle, wer sich als Kaiphas Riruako ausgab. Entscheidend war, warum er das tat. Warum er sich gerade hinter einem Namen versteckte, den man sofort mit Kuaima Riruako, dem Paramount Chief der Hereros, in Verbindung brachte. Wenn radikale Hereros für eine verbrecherische Geheimmission einen falschen Pass anfertigen ließen, wieso wählten sie dann nicht einen unauffälligeren Namen? Zum Beispiel den eines Ovambo oder Damara? Ihr Mann würde Spuren hinterlassen, er würde Passkontrollen passieren, sich ausweisen müssen. Der Name konnte bekannt werden. Das war ja auch geschehen. Und was hatte Claus in Berlin daraus geschlossen? Was hatte Clemencia selbst gedacht? Riruako? Klar, die Hereros! Es schien, als wollten sie sich selbst bloßstellen.

Oder jemand anders wollte sie bloßstellen! Wer plante, das politische Anliegen der Hereros in Misskredit zu bringen, konnte nichts Besseres tun, als jemanden unter dem Namen Kaiphas Riruako nach Deutschland zu schicken, um dort eine Spur der Verwüstung zu hinterlassen. Sollte die Entführung von Mara Engels etwa dem gleichen Zweck dienen? Sobald publik würde, dass die Hereros vor Menschenraub und Erpressung nicht zurückschreckten, wären sie als Verhandlungspartner untragbar. Ihre Reparationsforderungen wären erledigt, bevor man ernsthaft darüber diskutieren musste.

Es war umgekehrt. Die Hereros waren nicht die Täter, sondern die Opfer einer großangelegten Intrige. Bedeutete das, dass die Deutschen die Täter waren? Manches würde für sie einfacher, ja, aber sie saßen doch sowieso am längeren Hebel. Sie hatten mehr als hundert Jahre lang Entschädigungen verweigert und würden das auch die nächsten hundert Jahre aussitzen können. Ihre Regierung wäre ausgesprochen dumm, wenn sie das Geschrei einer kleinen namibischen Minderheit nicht souverän überhören würde. Jedenfalls hatte sie viel mehr zu verlieren, wenn sie sich ohne Not in Verbrechen verstrickte.

«Wo ist Mara Engels?» Melvin war dazu übergegangen, immer die gleiche Frage zu stellen. Wohl aus der Überlegung heraus, dass er Zeraua sowieso nur am Einschlafen hindern könne und jede geistige Anstrengung deshalb vergebliche Liebesmühe wäre. Im Abstand von ein paar Sekunden wiederholte er seine vier Worte. Dazwischen war es so still, wie es an einem Vormittag in Katutura werden konnte. Erst jetzt wurde Clemencia bewusst, dass die Kinder zu singen aufgehört hatten. Miki Selma schien die Lust auf Revolutionslieder vergangen zu sein.

«Wo ist Mara Engels?», fragte Melvin.

Nein, den Deutschen war nicht zuzutrauen, dass sie die Frau ihres eigenen Botschafters entführen ließen. Sie hätten auch kaum einen echten namibischen Pass für den falschen Kaiphas Riruako herstellen lassen können. Das ging nur im Ministry of Home Affairs. Dass dort getrickst worden war, hatte Clemencia gleich geahnt, nur hatte sie eben radikale Hereros in Verdacht gehabt. Die gab es im Ministerium aber nicht. Die wurden von Minister Kawanyama ganz bewusst ferngehalten.

Vom selben Kawanyama, der in unmissverständlicher Klarheit dargestellt hatte, wieso die Reparationsforderungen der Hereros den namibischen Staat zerstören könnten. Seinen Staat, dem er sich bedingungslos verpflichtet fühlte. Derselbe Kawanyama, der sich so brennend für die Entführung Maras interessierte, dass er seinen Ministerkollegen Haufiku überredet hatte, dem Botschafter zwei Aufpasser hinterherzuschicken. Derselbe Kawanyama, der schon in der Vergangenheit bewiesen hatte, dass er für das Wohl Namibias notfalls über Leichen ging. Der Kawanyama, mit dem Clemencia selbst noch eine Rechnung offen hatte. Dessen Unangreifbarkeit sie letztlich dazu bewogen hatte, aus dem Polizeidienst auszuscheiden. Kawanyama!

«Wo ist Mara Engels?»

«Was machst du da, Melvin?», fragte eine Kinderstimme. Panduleni hatte die Tür zum Hof einen Spalt geöffnet und steckte den Kopf hindurch.

«Ich unterhalte mich mit dem Fleischkloß hier», sagte Melvin.

«Miki Selma hat gesagt, dass der Kinder frisst.»

«Keine Angst!», sagte Melvin. «Den haben wir gut angekettet, siehst du doch.»

Panduleni schob sich ein wenig weiter in den Hof heraus. «Warum frisst du Kinder, Fleischkloß?»

Zeraua richtete den Oberkörper gerade, drückte den Rücken gegen die Verstrebung des Klettergerüsts und sagte: «Ich fresse Kinder nur, wenn sie süß sind. Ich mag halt Süßes. Bist du süß?»

«Ich?», fragte Panduleni. Sie steckte den Daumen in den Mund.

«Na?», fragte Zeraua.

«Nein», sagte Panduleni und verschwand wieder im Waisenhaus.

Kawanyama! Der hatte alles in die Wege geleitet. Der spielte Hereros und Deutsche gegeneinander aus. Der hielt die Fäden in der Hand. Clemencia musste es ihm nur noch nachweisen. Und ihn irgendwie unter Druck setzen. Sie rief Botschafter Engels noch einmal an und teilte ihm mit, dass sie beim Verhör des Verdächtigen ganz gut vorankämen. Nein, sie wüssten noch nicht, wo Mara gefangen gehalten werde, aber es hätten sich ein paar überraschende Erkenntnisse ergeben. Sie würde ihm das gern erläutern, aber vorher solle er doch bitte ein Vieraugengespräch mit Minister Kawanyama vereinbaren. Er und Kawanyama, genau. Natürlich heute noch, möglichst bald. Und zwar an einem öffentlichen, jedem zugänglichen Ort.

«Okay, Fleischkloß», sagte Melvin, «jetzt mal etwas ganz anderes: Wo ist Mara Engels?»

9

BERLIN

Als Kaiphas' Handy läutete, brach gerade der Morgen an. Es war die Stunde, in der die Vögel sangen, als würde ihnen die Stadt gehören. Nur wenige Menschen waren zu sehen, graue, zerknitterte Nachtschwärmer auf dem Weg nach Hause. Zwei Mädchen hielten sich eng an den Mauern, befürchteten wohl, der erste Sonnenstrahl könne sie in Staub verwandeln. Sie würden sich in ihren Zimmern verbarrikadieren, die Fenster verdunkeln und unruhig schlafen, bis der Tag sich wieder neigte. Kaiphas wusste Bescheid. Er sah klar. Er war hellwach, seine Wahrnehmung überscharf, wie sie es nur in völlig übermüdetem Zustand wird. Er blickte auf die zertanzten Schuhe und die verwischte Schminke der Mädchen, er roch den kalten Schweiß auf ihrer Haut, den Alkoholdunst und die uneingestandene Enttäuschung, dass die Nacht wieder nicht gehalten hatte, was sie am Abend zu versprechen schien. Für Kaiphas fühlte es sich an, als wäre jeder Eindruck unauslöschlich.

Er hätte sich gewünscht, dass das Handy jetzt nicht klingelte. Er ging auch nur dran, weil es so laut war. Es könnte die Vögel stören. Ihren Gesang, mit dem sie den Morgen begrüßten wie den allerersten, den sie erlebt hatten. Kaiphas sagte ins Telefon: «Heute ist es so weit.»

«Du wirst die Schädel deiner Ahnen sehen», sagte die Stimme.

«Ich weiß.»

«Ihr Geist wird bei dir sein, wenn du die Deutschen tötest.»

«Ich war in einem Club heute Nacht. Ich habe getanzt, ich

habe mich unterhalten», sagte Kaiphas. Ein Typ hatte ihm von einem Spiel erzählt, das er als Kind in den Hinterhöfen gespielt hatte. Es ging etwa so: Ein Kind stellte sich mit dem Gesicht zur Hofmauer und rief: «Wer hat Angst vorm schwarzen Mann?» Die anderen auf der gegenüberliegenden Hofseite riefen zurück: «Niemand!» Der Erste fragte wiederum: «Und wenn er aber kommt?» Die anderen brüllten: «Dann laufen wir davon.» Und sie rannten, versuchten die Hofmauer zu erreichen, während der Fragende möglichst viele auf dem Weg dorthin abfangen und abschlagen musste. Es sei eines seiner Lieblingsspiele gewesen, hatte der Typ gesagt.

«Es gibt keine Unschuldigen. Nicht, wenn sie Deutsche sind», sagte die Stimme.

Auch die Deutschen waren mal Kinder gewesen.

«Die Deutschen hielten uns für minderwertig. Um das mit Hilfe der Schädelform zu beweisen, plünderten sie unsere Gräber. Nur waren unsere Knochen auch nicht anders als ihre. Daraus schlossen sie natürlich nicht, dass sie falschgelegen hatten. Weil sie die Herrenrasse sein mussten, suchten sie nach anderen Indizien. Wenn die Knochen nichts aussagten, dann eben die Hautfarbe. Oder vielleicht die Weichteile? Weißt du, auf welche Idee der Deutsche damals gekommen ist? Dieser Professor Eugen Fischer?»

Jeder war mal Kind gewesen, aber das änderte nichts.

«Der Professor hat gefordert, zum Tode verurteilte Schwarze lebend nach Deutschland zu schicken, statt sich mit ausgekochten Schädeln abzumühen. Was für schöne und erfolgversprechende Untersuchungen am funktionierenden Organismus wären so möglich! Und hinrichten könne man sie ja dann immer noch.»

Kaiphas dachte, dass die Kinder, wenn sie nicht vorher starben, irgendwann einmal erwachsen wurden. Und schuldig.

«Töte so viele wie möglich, Politiker, Polizisten, irgendwen!»,
sagte die Stimme. «Denke daran, dass du ein Krieger bist! Denke
an die Tapferkeit deiner Vorfahren! Töte im Angesicht der Ahnen!»

Kaiphas dachte an die flackernden Blitze über der Tanz-
fläche des Clubs. Wie sie hellgekleidete Tänzer für Momente aus
dem Dunkel gestanzt und ihre Bewegungen in Standbilder zer-
legt hatten.

«Oder bist du kein Krieger?»

«Doch», sagte Kaiphas.

«Kann ich mich auf dich verlassen?»

«Ja», sagte Kaiphas.

«Willst du noch etwas sagen?», fragte die Stimme.

«Nein», sagte Kaiphas.

«Gut», sagte die Stimme. «Dann geh und töte!»

Kaiphas steckte das Handy ein. Die Vögel sangen noch. Nur
hörte es sich jetzt an, als wüssten sie, dass sie zum letzten Mal
einen Morgen bejubelten. Kaiphas stellte sich vor, dass sie genau in dem Moment verstummen würden, wenn er im Kampf
gegen die Deutschen fiele. Er wusste, dass Sterben ganz leicht
war. Man starb und war tot. Was die Vögel dann taten, konnte
einem eigentlich egal sein. Es wäre nur schön, wenn sie nicht
einfach weitersängen.

Und plötzlich, wie aus einer anderen, fremden Welt, stieg
ein Gedanke in Kaiphas auf. Er musste nicht sterben, er konnte
leben. Er wusste sogar, wie er aus diesem Land entkommen und
als freier Mann nach Namibia zurückkehren konnte. Mit der
Delegation! Es waren Vertreter seines Volks, für sie und die
gemeinsame Sache hatte er all das auf sich genommen, für sie
hatte er gekämpft. Sie waren ihm etwas schuldig. Mit allem
Recht konnte er verlangen, den Platz eines anderen einzuneh-
men, der ihm ein wenig ähnlich sah. Kaiphas würde dessen Pass

erhalten, er würde inmitten der Delegation unbehelligt durch die Kontrollen gehen und ins Flugzeug steigen. Sobald sie in Windhoek gelandet waren, konnte der in Berlin gebliebene Mann bei der Polizei den Verlust seines Passes anzeigen. Sie würden ihm nichts anhaben können, denn er hatte ja nichts verbrochen. Es würde eine gewisse Zeit dauern, bis er Ersatzpapiere ausgestellt bekäme, doch dann müssten sie ihn ziehen lassen. Es konnte funktionieren!

Es hätte funktionieren können, nur ... Es war nicht Kaiphas' Aufgabe, sich in die Delegation zu mogeln und sich davonzustehlen. Er sollte töten. Er war ein Krieger. Er hatte schon zwei Feinde getötet. Zwei Deutsche, einen Polizisten und einen Pastor. Sie hatten nicht mehr Schuld auf sich geladen als alle anderen. Und auch nicht weniger. Wer in der Mitte des Flusses angelangt war, konnte vielleicht zurückschwimmen, aber nass blieb er trotzdem. Nein, was man begonnen hatte, musste man zu Ende führen. Kaiphas würde gehen und töten. So viele würde er töten, bis er es verdient hatte, selbst getötet zu werden. Er fasste an sein Amulett.

Die Ahnen würden ihm ein Zeichen geben, wenn es so weit war. Sie würden ihm zuflüstern, dass er nun zu ihnen kommen solle. Er würde auf die große Reise gehen. Seinen Körper würden die Deutschen erst einmal hierbehalten. Sie würden ihn aufschneiden und ausweiden, aber sie konnten es nicht mehr wagen, ihn hundert Jahre lang wegzusperren. Sie hätten viel zu viel Angst, dass weitere Krieger folgten, um ihn zu rächen. Lieber würden die Deutschen ihn nach Namibia zurücktransportieren, und dort würde er in der Heimaterde ehrenvoll bestattet werden. Wie es einem Helden gebührte.

Mit seinem Koffer in der Hand ging Kaiphas durch die Straßen. Es war schön, zu wissen, dass alles gut werden würde. Es war schön, zu beobachten, wie die fremde Stadt erwachte. Wie die Rollläden hochgingen und die Vorhänge von den Fenstern gezogen wurden. Wie der erste Sonnenstrahl den Asphalt erreichte. Wie Menschen aus den Haustüren traten, Schulkinder an Bushaltestellen warteten und die ersten Geschäfte aufgesperrt wurden.

An einem Straßenstand kaufte sich Kaiphas einen Kaffee im Pappbecher. Dann passierte er einen Laden, vor dem kleine blaue Rucksäcke hingen. Was hatte der Pastor gesagt? Er würde heute noch einen Apfelbaum pflanzen, selbst wenn er wüsste, dass morgen die Welt unterginge? Das schien Kaiphas nun nicht mehr ganz so unsinnig. Er nickte. Er würde keinen Baum pflanzen, er würde etwas einkaufen, selbst wenn es ausgeschlossen schien, dass er den Tag überlebte. Er hätte einen roten Rucksack bevorzugt, aber den gab es nicht. Also nahm er einen blauen.

Claus brach viel zu früh von seinem Hotel auf. Auf dem letzten Stück seines Wegs zur Charité folgte er dem Spreebogen und bog, als jenseits des Flusses das Kanzleramt auftauchte, in die Schumannstraße ein. Beim Haupteingang am Charitéplatz fragte er nach dem großen Hörsaal, in dem die Übergabezeremonie stattfinden sollte. Der Campus war weitläufig und wirkte mit seiner Mischung aus historisch und hypermodern, aus villenähnlichen Klinkerbauten, Bettenburgen, Verwaltungsgebäuden, Lehreinrichtungen und Museen wie ein Konzentrat der ganzen deutschen Hauptstadt. Nur dass hier alles im Zeichen von Gesundheit und Forschung stand. Oder eben – das kam auf den Blickwinkel an – von Wissenschaftsgeschichte und Krankheit.

Als Claus sein Ziel erreichte, war von der Delegation noch nichts zu sehen. Das hatte er auch nicht erwartet. Er wollte sich in Ruhe umsehen, sich die Örtlichkeiten mit dem Blick eines Herero einprägen, der seinen Auftraggebern einen geraubten

Schädel zuspielen wollte. Dass Kaiphas Riruako genau das versuchen würde, daran zweifelte Claus nicht, nur wie und wann? Würde der Mann schon zu Beginn der Veranstaltung auftauchen oder sich erst gegen Ende hineinschmuggeln? Würde er also eher riskieren, mit dem Schädel entdeckt zu werden oder eine günstige Gelegenheit zu verpassen? Ganz ohne Risiko ging es jedenfalls nicht ab.

Vor dem Hörsaal standen zwei Angestellte der Charité, die Claus den Zutritt verwehrten. Es sei zu früh. Dass er Journalist sei, ändere daran nichts. Von seiner Sorte würden noch viel mehr erwartet, und die kämen auch erst rein, wenn es losgehe. Seine Kollegen seien übrigens noch nicht da, wohl, weil sie wüssten, dass es noch zu früh sei. Claus verbiss sich eine scharfe Bemerkung. Er streifte durch die Korridore des Gebäudes, in der vagen Hoffnung, irgendwo auf einen jungen Schwarzen mit einem Koffer in der Hand zu treffen. Natürlich sah er niemanden, der in Frage kam.

Claus ging hinaus und spazierte durch den Campus. Was würde er tun, wenn er tatsächlich auf Kaiphas Riruako stieße? Ihn ansprechen? Der Mann hatte einen Polizisten erschossen, nur um seine Mission nicht scheitern zu lassen. Dennoch hatte Claus das Gefühl, mit ihm reden zu können. Vielleicht, weil sie beide Namibier waren? Weil Claus sich der historischen Verbrechen und der bis heute nachwirkenden Verletzungen bewusst war? Er sympathisierte nicht mit einem Mörder, keineswegs, aber wenn er ehrlich war, verstand er dessen Handeln immer noch besser als das eines Eugen Fischer vor hundert Jahren.

Der Himmel war blau, fast von afrikanischer Klarheit. Claus suchte sich eine sonnenbeschienene Bank und holte die Pressemitteilung der Charité zur Übergabe hervor.

(...) *die erste wissenschaftliche Institution in Deutschland, die menschliche Überreste zurückgibt. Die zwanzig Menschen, deren*

Schädel sich bislang in den Sammlungen der Charité befanden, waren größtenteils Erwachsene im Alter zwischen zwanzig und vierzig Jahren. Es handelte sich um vier Frauen, fünfzehn Männer und einen kleinen Jungen im Alter zwischen drei und vier Jahren. Elf von ihnen gehörten den Namas an, neun waren Hereros. Die unmittelbare Todesursache ließ sich in keinem Fall mehr feststellen (...)

Ein Junge zwischen drei und vier Jahren. Wer er gewesen war, wie er geheißen hatte, würde für immer ein Geheimnis bleiben. Auf jeden Fall war er gestorben, bevor er richtig gelebt hatte. Deutsche Soldaten hatten seine Leiche ausgegraben, hatten den Kopf abgetrennt und ihn nach Berlin geschickt. Heute Nacht würde er mit den anderen nach Namibia zurücktransportiert werden. Und dann? Es war noch nicht einmal entschieden, was mit den Schädeln geschehen sollte. Vielleicht würden sie im neuen Independence Museum ausgestellt, vielleicht mit allem Pomp begraben werden. Doch erst einmal würden sie genau wie die letzten hundert Jahre in irgendwelchen Kisten in irgendwelchen Lagerräumen abgestellt werden.

Claus schloss die Augen und wandte sein Gesicht der Sonne zu. Unter den Lidern machte sich flimmeriges Rot breit. Ein Junge im Alter zwischen drei und vier Jahren. Der Kleine, der Clemencia auf ihre Adoptionsgedanken gebracht hatte, war fünf Jahre alt. Unsinn, das eine hatte mit dem anderen nichts zu tun. Da gab es nichts gegeneinander aufzurechnen, und das lag Clemencia ja auch völlig fern. Ihr ging es nicht um Schuld, sondern um ... Ja, worum eigentlich? Statt sich darauf zu konzentrieren, bei ihr Eindruck zu schinden, hätte Claus sie danach fragen sollen. Sobald sich die Gelegenheit bot, würde er das nachholen.

Er machte sich auf den Rückweg. Als er das Hörsaalgebäude erreichte, strömten die Mitglieder der namibischen Delegation gerade aus zwei Bussen. Die Herero-Frauen manövrierten ihre weit ausladenden Kopfbedeckungen vorsichtig durch die Türöffnung und rafften beim Aussteigen die bodenlangen Kleider. Die meisten Männer trugen ihre Paradeuniform zur Schau, nur Kuaima Riruako, Kulturminister Kazenambo Kazenambo und ein paar andere hatten sich für Anzug und Krawatte entschieden. Sie sammelten sich vor dem Eingang des Gebäudes und taten so, als bemerkten sie die Pressefotografen um sie herum nicht.

Auch Claus machte ein paar Bilder, als die Hereros mit der traditionellen Ansprache an die Toten begannen. Einer ihrer Chiefs hielt sie auf Otjiherero ab. Aus dem Niederknien auf den Stufen und den ehrfürchtigen Verneigungen wurde klar, worum es ging, auch wenn Claus kein Wort verstand. Für die Namas verlas Martha Theresia Stephanus eine Resolution auf Englisch, bevor sich die uniformierten Herero-Männer in Paradeformation aufstellten. In Dreierreihen marschierten sie los, vorne die Fahnenträger und dahinter die Honoratioren. Sie paradierten im Gleichschritt und mit weit ausschwingenden Armen etwa fünfzig Meter Richtung Osten, wendeten und kehrten zurück.

Vielleicht sollte der Aufmarsch daran erinnern, wie sich die kaiserliche Schutztruppe auf dem Heimatboden der Hereros inszeniert hatte. Möglicherweise sollte er eine Machtdemonstration darstellen. Doch auch wenn Claus sich sagte, dass es sich um einen historischen Moment handelte, weil zum ersten Mal ein einst unterdrücktes Volk seine militärischen Zeremonien in der Hauptstadt der ehemaligen Kolonialmacht abhielt, kam ihm das Ganze unangemessen und lächerlich vor. Die Parade hätte in die staubigen Straßen Okahandjas gepasst, nahe der Grablege Samuel Mahareros, auf blutgetränkten Boden, aber nicht hierher, in diesen properen Campus, der längst in einem anderen Jahrhundert angekommen war.

Diese Show blieb Claus fremd, nur nicht fremd genug, um ihr mit harmlosem folkloristischem Interesse folgen zu können. Denn seine namibischen Landsleute führten sie inmitten der Nation auf, der er seine Muttersprache verdankte. Für einen Moment schien es Claus, als gehöre er nirgends dazu, als schwebe er zwischen zwei Welten, die ihm die Verwurzelung verweigerten, gerade weil sie von der jeweils anderen nichts wissen wollten. Claus schob den Gedanken beiseite. Er konnte doch diese Karikatur einer Parade unmöglich finden, ohne deswegen seine Identität in Frage zu stellen! Genau wie er den Umgang der deutschen Politik mit der Vergangenheit kritisieren konnte. Was war eigentlich mit ihm los?

Es blieb sowieso keine Zeit, weiter darüber nachzudenken. Die namibische Delegation zog nun in den Hörsaal ein und nahm auf den vorderen Sitzen Platz. Die nach hinten aufsteigenden Reihen füllten sich mit ihren Unterstützern, Mitgliedern linker und antiimperialistischer Organisationen. Auch viele Schwarzafrikaner, die wohl in Berlin gestrandet waren, befanden sich darunter. Kaiphas Riruako würde hier kaum auffallen. Vielleicht hatte er sich schon in die Menge gemischt. Claus' Blick überflog die Reihen. Hoffnungslos, er wusste ja nur, dass der Gesuchte etwa 1,80 Meter groß und ziemlich jung war.

Vorne rechts waren zwei der Schädel in einer von Blumenvasen flankierten Glasvitrine ausgestellt. Dahinter hing die namibische Flagge. Wahrscheinlich bedeckte sie die Behälter mit den restlichen Schädeln. Auf der gegenüberliegenden Seite, jenseits von Podium und Rednerpult, standen ein paar Stühle. Dort saßen mit dem Gesicht zum Publikum die deutsche Staatsministerin im Auswärtigen Amt und Kazenambo Kazenambo. Ob und wie die beiden sich begrüßt hatten, hatte Claus nicht mitbekommen. Ihr Verhältnis schien ziemlich unterkühlt zu sein, wie man an der Körpersprache leicht ablesen konnte. Das war auch kein Wunder, hatte sich die deutsche Regierung doch bereits im Vorfeld geweigert, den Rückgabevertrag zu unterzeichnen. Sie sei dazu gar nicht berechtigt, da nicht sie, sondern die Berliner Charité Eigentümerin der Schädel sei. Formaljuristisch mochte das stimmen, politisch konnte es von namibischer Seite nur als Affront aufgefasst werden. Mangels eines gleichrangigen Gegenparts hatte es deshalb auch Minister Kazenambo abgelehnt, seine Unterschrift zu leisten. So bat nun Professor Einhäupl, der Vorstandsvorsitzende der Charité, Esther Moombolah vom Heritage Council of Namibia aufs Podium.

Beide setzten sich, unterzeichneten, tauschten die Vertragsurkunden aus. In weniger als einer Minute war der rechtlich entscheidende Teil der Übergabe vorbei. Ein Händedruck auf dem Podium, gerade lange genug, um ein paar Fotos zu ermöglichen, und aus dem Publikum war die Enttäuschung fast körperlich zu spüren. Das sollte alles gewesen sein? Ein völlig glanzloser Moment, der vielleicht dem Kauf eines Gebrauchtwagens angemessen gewesen wäre, aber nicht einer über hundert Jahre zurückreichenden menschenverachtenden Kolonialgeschichte!

Als die deutsche Staatsministerin ans Rednerpult trat, ahnte Claus, dass sie es nicht leicht haben würde. Schon gar nicht, wenn sie sich darauf beschränkte, wieder einmal die sattsam bekannte Position der Bundesregierung auszubreiten. Und genau das tat sie. Sie sprach von tragischen und grausamen historischen Ereignissen, als wären diese unversehens aus dem afrikanischen Himmel gefallen, und vermied jede Formulierung, die auf eine deutsche Verantwortung, auf ein Schuldeingeständnis oder gar eine Verpflichtung zur Wiedergutmachung schließen lassen konnte.

Erste Buhrufe wurden laut. Sie kamen aus den hinteren Reihen des Hörsaals, wo die linken deutschen Gruppen sich breitgemacht hatten, während die Mitglieder der namibischen Delegation vorne wie versteinert zuhörten. Die Ministerin versuchte, die Störungen zu ignorieren. Schnell leitete sie zu den freundschaftlichen Beziehungen zwischen dem wiedervereinigten Deutschland und dem im gleichen Jahr unabhängig gewordenen Namibia über. Seit 1990 habe die Bundesrepublik – pro Kopf der Bevölkerung gerechnet – keinem afrikanischen Land mehr Entwicklungshilfe zukommen lassen als Namibia. Von hinten kam höhnisches Gelächter. Die Unruhe breitete sich im Saal aus, und Claus dachte, wie leicht es doch war, sich um Kopf und Kragen zu reden.

Sich um Kopf und Kragen reden! Ein etwas makabrer Ausdruck, wenn man sich vergegenwärtigte, dass dort unten zwanzig abgetrennte Schädel lagen. Und ein einundzwanzigster vielleicht bald dazugeschmuggelt würde. «Schande, Schande», skandierten die Aktivisten aus den hinteren Reihen, doch aus irgendeinem Grund kam Claus auch ihre Empörung unglaubwürdig vor. Er fragte sich, ob sie inszeniert sein könnte. Sollte ein allgemeines Durcheinander provoziert werden, um Kaiphas Riruakos Mission zu erleichtern? Während die Ministerin weiter gegen die Sprechchöre ankämpfte, wandte sich Claus zu den Demonstrierenden um und sah, wie sich die beiden Zugangstüren des Hörsaals öffneten.

Uniformierte Polizisten strömten herein und besetzten die abfallenden Stufen an den Seiten. Dreißig, vierzig, fünfzig Mann, das hörte gar nicht mehr auf! Wo kamen die plötzlich her? Hier war eine Feierstunde geplant gewesen, eine Übergabezeremonie, und auch wenn einigermaßen wichtige Politiker daran teilnahmen, bewachte man diese doch höchstens mit ein paar zivil gekleideten Personenschützern. Wer hielt denn dafür eine ganze Hundertschaft in Bereitschaft? Wer ließ sie bei den ersten

Zwischenrufen aufmarschieren, als wolle ein diktatorisches Regime seinen Kritikern die Muskeln zeigen?

Die Ministerin stockte kurz und sprach dann routiniert weiter. Sie merkte wohl gar nicht, dass sich hinter ihr zwei durchtrainierte Männer mit Knopf im Ohr aufbauten. Die Sprechchöre waren kurzzeitig in ein vielstimmiges Geraune übergegangen, aber das war nur ein kurzes Durchatmen gewesen, ein Moment, um neue Kraft zu sammeln. Das Buhen verstärkte sich. Darunter mischten sich gellende Pfiffe und einzelne «Imperialistenschweine»- und «Schieß-doch-Bulle»-Rufe. Hastig entrollte Transparente wippten über den Köpfen der Demonstrierenden. Ein Papierflieger segelte nach vorn, bäumte sich auf und stürzte trudelnd über den Nama-Frauen in der zweiten Reihe ab. Claus spürte, wie sich eine Hand auf seinen Arm legte. Ruckartig wandte er den Kopf zur Seite.

«Wo ist er? Kaiphas Riruako?» Der Polizist, der Claus bei der Pressekonferenz abgepasst hatte, beugte sich zu ihm herab. Feller, Kriminalhauptkommissar Feller vom LKA.

«Was?», fragte Claus.

«Sie kennen ihn», flüsterte Feller, «und Sie sagen mir jetzt augenblicklich, ob er hier ist!»

«Ich weiß nicht, ich ...»

«Er will während der Schädelübergabe ein Attentat durchführen. Eine Bombe hochgehen lassen, oder was weiß ich. Wollen Sie das verantworten?»

«Eine Bombe?», fragte Claus. Er schüttelte den Kopf. Das musste ein dämlicher Polizistentrick sein. Aus der Kategorie «Wie überrumple ich einen störrischen Zeugen».

«Verdammt, Mann, wir haben keine Sekunde zu verlieren!», zischte Feller.

Kaiphas Riruako würde niemals einen Sprengsatz zünden. Da vorne saßen seine eigenen Leute, da saß sein mutmaßlicher

Verwandter Kuaima Riruako, seines Zeichens Paramount Chief der Hereros, da saß auch sonst alles, was bei ihnen Rang und Namen hatte. Aber selbst wenn es Kaiphas gelänge, nur die Deutschen zu treffen, was konnte das bringen? Wie sollten sich die Hereros dann noch als die moralisch überlegenen Opfer historischer Grausamkeiten präsentieren? Mit einem Attentat würden sie die Chance, irgendeine Art von Wiedergutmachung zu erhalten, endgültig verspielen.

«Ich sperre Sie ein, bis Sie schwarz werden», drohte Feller, «wenn Sie nicht unverzüglich kooperieren.»

Und warum sollte Kaiphas Riruako in Freiburg ein Grab ausheben und seine Beute verzweifelt gegen Berliner Polizisten verteidigen, wenn er doch nur alles in die Luft jagen wollte? Claus sagte: «Ich weiß wirklich nicht, wie er aussieht. Aber ich weiß, dass er keine Bombe bei sich hat, sondern nur den Schädel eines längst verstorbenen Kolonialverbrechers. Den wollen die Hereros nach Namibia entführen. Tit for tat. Gleiches mit Gleichem vergelten. Es ist eine symbolische Racheaktion, verstehen Sie?»

Fellers Gesicht kam noch ein wenig näher. Um seine Mundwinkel zuckte es. Er sagte: «In was für einer Welt leben Sie eigentlich, Herr Tiedtke?»

Ein paar Leute aus der namibischen Delegation erhoben sich. Auch sie meldeten sich nun lautstark und gestenreich zu Wort, doch durch das allgemeine Gejohle war nichts zu verstehen. Links vor dem Podium nahm Kazenambo den Kopfhörer für die Simultanübersetzung ab. Die deutsche Ministerin hatte ihre Ansprache unterbrochen. Sichtlich fassungslos stand sie am Rednerpult und schien darauf zu hoffen, dass sich die Gemüter beruhigten. Das konnte dauern.

«Raus, sie muss sofort hier raus!» Feller gab den Polizisten auf den Stufen einen Wink. Ein halbes Dutzend der Männer stürmte nach unten und baute sich rings um das Rednerpult auf. Die zivil gekleideten Sicherheitsleute traten hinzu. Einer von ihnen redete auf die Ministerin ein. Sie schüttelte den Kopf, fragte nach, sah sich um, nickte zweimal. Als eine Banane Richtung Podium flog, duckte sie sich hinter das Pult ab, und dann wurde sie – kaum sichtbar hinter den dicht um sie gescharten Uniformen – zur Seitentür hin weggeführt. Ein ohrenbetäubendes Pfeifkonzert begleitete ihren Abgang. Kazenambo Kazenambo erklomm das Podium und hob die Hände, um Ruhe zu gebieten, doch er drang nicht einmal bei seinen eigenen Landsleuten damit durch.

«Schluss jetzt!», sagte Feller. Dann schrie er gegen das Chaos an: «Polizei! Verlassen Sie augenblicklich den Saal!»

Claus sprang auf und drückte sich gegen die Wand an der Treppe. Auch sonst saß nun niemand mehr auf seinem Platz. Ein paar der Gäste drängten durch die Sitzreihen zu den Treppen hin, liefen auf andere auf, die offensichtlich noch nicht begreifen wollten, dass die Veranstaltung gerade völlig aus dem Ruder lief. Menschenklumpen bildeten sich, hin und her wogende Trauben, in denen gestoßen und geschoben wurde. Hier und da kam jemand zu Fall, verschwand sofort unter anderen, darüber stolpernden Fluchtwilligen. Angstverzerrte Hilferufe gingen in Schmerzensschreien unter. Nahe der linken Eingangstür war ein Gerangel zwischen Polizisten und Demonstranten ausgebrochen. Die Uniformierten zogen ihre Schlagstöcke und schlossen die Reihen.

«Räumen!», brüllte Feller. «Sofort räumen!»

Die linken Aktivisten dachten gar nicht daran, sich abführen zu lassen. Sie flohen vor den seitlich anrückenden Polizisten über die Sitzlehnen nach unten, hinein in die schon panische Menge. Turnschuhe trampelten über Nadelstreifenrücken hinweg, über Köpfe und Arme, die von dem aufgewühlten Meer der Leiber hoch- und wieder untergespült wurden. Wer stürzte, riss andere mit sich, in kleinen Lawinen aus gequetschten Körpern und halb erstickten Schreien.

Rette sich, wer kann, dachte Claus, doch er vermochte sich nicht von der Stelle zu rühren. Er sah, wie sich die Herero-Honoratioren aus der ersten Reihe vor dem über ihnen nahenden Chaos in Sicherheit brachten. Sie flüchteten aufs Podium und hinter die Glasvitrine mit den beiden ausgestellten Schädeln. So, als könnten die knöchernen Überreste der Ahnen vor allem Unheil schützen. Um die namibische Flagge scharten sie sich, um die leuchtend gelbe Sonne, die über den Behältern der anderen achtzehn Schädel erstrahlte. Claus erkannte Kuaima Riruako. Ungläubig starrte er auf die Schreckensszenen im Hörsaal. Oder war es eher ein suchender Blick?

Und da entdeckte Claus ihn. Einen schlanken, sehnigen Schwarzen schräg unterhalb seiner Position. Verbissen arbeitete er sich über Köpfe und Schultern hinweg die Sitzreihen hinab. Als sich hilfesuchende Finger in seine Jacke krallten, ließ er den Ellenbogen ein paar Mal hart herausfahren, bis er wieder freikam. Er trat über eine Lehne hinweg mit dem rechten Stiefel zu, stürzte sich in die kurzzeitig entstandene Lücke und verteidigte sie mit wilden Stößen nach links und rechts. Er wischte eine ältere Frau zur Seite, schob sich weiter voran, flankte in die nächste Stuhlreihe hinab.

Wenn er einen Koffer bei sich gehabt hatte, dann war ihm der im Gewühl längst verlorengegangen. Doch den kleinen Rucksack über seinen Schultern hatte er noch. Er schien groß genug, um einem menschlichen Schädel Platz zu bieten. Was Claus jedoch sicher sein ließ, den richtigen Mann identifiziert zu haben, war die Art, wie er sich bewegte. Während alle anderen nur irgendwie die nächsten Sekunden zu überleben versuchten, schien er die Hölle durchmessen zu wollen. Er hatte ein Ziel. Ihn scherte nichts anderes, schon gar nicht, wer um ihn herum verreckte. Unbeirrt kämpfte er sich auf das Podium zu, auf die Schädel unter der namibischen Flagge.

Kaiphas Riruako. An seinem Rücken lag der Rucksack an. Er war blau. Er war definitiv groß genug für einen Schädel. Er war auch groß genug für eine Bombe. Wenn es eine sein sollte, würde es jede Menge Tote geben, ein Gemetzel. Die Leute brüllten jetzt schon wie Schlachtvieh. Nein, wie Menschen, die begriffen, dass ihr Untergang unmittelbar bevorstand und dass es kein Entkommen gab. Endlich schienen die verdammten Polizisten zu kapieren, dass sie selbst die Treppen zu den Fluchttüren blockierten. Um oben Raum zu schaffen, wichen sie nach unten aus und schwemmten Claus von seinem einigermaßen sicheren Platz an der Wand mit sich. Er versuchte, auf den Beinen zu bleiben und den Mann mit dem Rucksack im Auge zu behalten.

Der hatte das schlimmste Gewühl überwunden. Katzenhaft schwang er sich über die Lehnen der vordersten Reihen, die von den Namas und Hereros rechtzeitig verlassen worden waren. Nun war er fast am Ziel. Er stand keine drei Meter von der Vitrine mit den Schädeln entfernt. Er streckte den Rücken durch. Er blickte nach links zu der Tür, durch die die Ministerin verschwunden war. Seine Hand griff nach einem der Trageriemen seines Rucksacks und zog ihn vorsichtig über Schulter und Arm herab.

Es ist nur ein Schädel, dachte Claus. Es ist nur der verfluchte Schädel eines toten und längst in der Hölle schmorenden Rassisten.

Er hat keine Bombe, dachte Claus, es gibt keine Bombe. Da ist nur ein Schädel drin. Nichts anderes. Dann brüllte Claus aus voller Kehle los. Mit der ganzen Kraft, die seine Lungen hergaben, brüllte er gegen Geschrei und Wehklagen an, gegen das Zischen und Stöhnen, gegen Chaos, Tod, Weltuntergang und Verdammnis. Er brüllte: «Kaiphas! Kaiphas Riruako!»

Wie schnell sich die Dinge doch änderten! Wie sich ein unlösbar scheinender Knoten so von selbst zu entwirren vermochte! Wie einem in Sekundenschnelle sonnenklar werden konnte, was zu tun war!

Kaiphas war ganz hinten im Hörsaal gestanden, er hatte sich zwischen Deutschen und Afrikanern versteckt, hatte versucht, sich unauffällig zu verhalten, und darauf geachtet, dass niemand an seinen Rucksack ging. Was vorn am Podium geschehen war, hatte er kaum mitbekommen. Unbemerkt zur Delegation seiner Landsleute vorzudringen, war ihm als Ding der Unmöglichkeit erschienen. Als die Polizisten in den Saal geströmt waren, hatte er gedacht, dass nun alles zu Ende sei.

Selbst dieser Gedanke hatte nichts Tröstliches an sich gehabt, nur düstere Verzweiflung. Aus reiner Gewohnheit hatte er nach seinem Amulett gegriffen, auch wenn er schon geahnt hatte, dass es ihm nicht helfen würde. Zum Töten war er hergeschickt worden. Und zum Sterben. Im Angesicht der Ahnen, hatte die Stimme am Telefon gesagt. Im Angesicht der Ahnen! Da war Kaiphas bewusst geworden, dass er nicht allein war.

Er hatte nach vorn geschaut, zu der Glasvitrine, in der zwei Schädel ausgestellt waren. Wahrscheinlich sollten mit ihnen Namas und Hereros repräsentiert werden, sodass nur einer von Kaiphas' eigenem Volk stammte, doch die anderen waren nah, und die Zahl spielte sowieso keine Rolle. Wichtig war, dass die Geister seiner Vorfahren hier umgingen. Kaiphas hatte eine stumme Bitte an sie gesandt, nein, eigentlich keine Bitte. Er hatte weder darum gefleht, zu überleben oder ehrenvoll unterzugehen, noch hatte er um Rat nachgesucht. Er hatte die Ahnen nur in Gedanken angesprochen und nichts anderes zu hoffen gewagt, als dass sie ihn hörten. Dass sie bemerkten, wer ihretwegen eine so weite Reise unternommen hatte. Sie würden dann schon wissen, was damit anzufangen war. Wenn sie wollten, würden sie ihm ein Zeichen geben.

Und sie hatten ihm ein Zeichen gegeben! Mehr sogar, sie hatten die Welt aus den Angeln gehoben. Sie hatten die Zuhörer zu Protesten aufgestachelt, sie hatten die Polizisten vorrücken, die Demonstranten nach unten fliehen, die Fliehenden stürzen, die Gestürzten unter anderen Fallenden begraben lassen, sie hatten Chaos geschaffen. Nur wegen ihm! Damit er, Kaiphas, begriff, dass sie auf seiner Seite standen und ihn unterstützten, was immer er auch zu tun beschließen würde.

Staunend und dankbar blickte Kaiphas nun auf verkeilte Leiber, um sich schlagende Arme und in Todesangst aufgerissene Münder. Um ihn herum wütete das Verderben, doch ihm drohte keine Gefahr. Er war sich sicher, dass er durch die Hilfe der Ahnen unverwundbar geworden war. Wenn er wollte, konnte er einfach wegfliegen. Er könnte sich unsichtbar machen, körperlos zur Hörsaaldecke hinaufschweben und dort herzhaft über das Gemetzel unter ihm lachen. Er könnte lachen, töten, leben, in Namibia Rinder züchten und alt werden. Das alles und noch viel mehr stünde ihm offen, und vielleicht würde er das eine oder andere auch verwirklichen, doch zuerst wollte er den Ahnen danken. Er musste hinab zu ihnen, zu den Schädeln, jetzt, gleich, unverzüglich.

Kaiphas schwang sich über die Stuhllehnen, den Angst- und Schreckensschreien entgegen. Er stürzte sich in die Menge, nein, er flog darüber hinweg, berührte die Köpfe und Rümpfe und Gliedmaßen unter sich kaum. Mehr mit der Kraft seines Willens als mit der seiner Muskeln wehrte er Verzweifelte ab, wenn sie sich an ihn krallten, um ihn mit in den Untergang zu ziehen. Schnell kam er voran, Reihe für Reihe, und immer öffnete sich ihm eine Lücke, wo sich andere gerade noch die Köpfe eingeschlagen hatten.

Sein Ziel war klarer zu erkennen als das Kreuz des Südens am mondlosen Nachthimmel, und Kaiphas fühlte sich leicht wie ein Adler, der über die Abbrüche des Waterbergs in die weiten Ebenen der Omaheke hinausglitt. Der sich von den Aufwinden höher tragen ließ, um die Sonne im Osten über den Horizont klettern zu sehen. Kaiphas war, als verhallten die Schreie, als blieben die Toten und Verletzten tief unter ihm zurück. Statt des Hörsaals gab es nur noch das Sandmeer in unermesslicher Weite.

Die Erde färbte sich rot, die Riviere mäanderten durch die Ebene, trockener Staub wie damals, als die Überlebenden der großen Schlacht von den Wasserstellen am Fuß des Bergs in die Wüste geflohen waren. Sie dürsteten, solange sie es aushielten, und dann tranken sie das Blut ihrer erschöpften Rinder, und als sie das letzte Rind zur Ader gelassen hatten, verdursteten sie, doch das Land, ihr Land, Hereroland, war schön und gewaltig, eine würdige Heimstatt für ihre Knochen. Kaiphas zog über ihm dahin, und als er die Schädel der Ahnen erspähte, stieß er hinab, fing den Sturzflug mit kräftigen Flügelschlägen ab und landete.

Er stand am unteren Ende der Sitzreihen. Direkt vor ihm befand sich die Vitrine mit den beiden Schädeln. Kaiphas konnte nun erkennen, dass sie mit schwarzer Tinte nummeriert und beschriftet worden waren. «Herero», las er, und einen Namen, aber das war kein Herero-Name. Dort hatte sich frech einer der Feinde verewigt! Kaiphas suchte Blickkontakt mit den Ältesten seines Volkes. Die Mitglieder der Delegation hatten hinter der Vitrine Schutz gesucht. Die wenigen, die Kaiphas wahrzunehmen schienen, wirkten geschockt und ängstlich.

«Ich bin da», sagte Kaiphas halblaut, doch wenn sie ihn bei dem Gebrüll im Saal überhaupt verstanden, zeigten sie jedenfalls nicht, dass sie auf ihn gewartet hatten. Egal, sie waren jetzt nicht wichtig, und auch sein Auftrag war zweitrangig. Erst einmal musste er den Vorfahren seinen Respekt erweisen, weil sie ihn gehört und gerettet hatten. Vor den Deutschen, vor sich selbst, vor der Verzweiflung. Eine große Tat hatten die Ahnen damit vollbracht, so groß, dass Kaiphas ein einfacher Dank zu wenig erschien. Er hätte ihnen gern ein Opfer dargebracht, doch er hatte weder Kuhmilch noch Rinderhörner noch sonst etwas, was sich als Geschenk eignete. Oder? Er griff an den Trageriemen seines Rucksacks und zog ihn über die Schulter.

«Kaiphas! Kaiphas Riruako!»

Einen Moment lang dachte Kaiphas, die Ahnen hätten laut nach ihm gerufen. Doch die Geister schrien nicht herum, sie pflanzten einem ihre Botschaft ins Hirn, fast so, als wäre sie von selbst dort entstanden. Außerdem wussten die Ahnen, dass er nicht Riruako hieß. Das war nur der Name, der in seinem Pass stand. Der Name, den die Polizei erfahren hatte, weil Kaiphas es am Bahnhof nicht über sich gebracht hatte, auch den zweiten Beamten zu erschießen.

Einer der Polizisten musste den Namen gebrüllt haben! Irgendwie hatten sie herausgefunden, dass Kaiphas hier auftauchen würde. Deswegen waren sie mit einer Hundertschaft in den Hörsaal eingedrungen. Sie hatten Kaiphas in der Menge zu identifizieren versucht, und jetzt hatte ihn einer erkannt. Kaiphas ließ die Schnalle seines neuen Rucksacks aufschnappen.

«Kaiphas Riruako!»

Der zweite Ruf kam von links, aber in dem Durcheinander konnte Kaiphas nicht ausmachen, wer ihn ausgestoßen hatte. Die Polizisten rückten dicht gedrängt über die Seitentreppen nach unten vor. Schon waren die ersten am Podium angelangt. Mit ein paar schnellen Schritten könnten sie die Vitrine erreichen. Die Delegationsmitglieder wichen nun auch von dem fahnenbedeckten Behälter mit den restlichen Schädeln zurück. Das war falsch. Sie vertraten das Volk der Hereros, sie sollten die

Vorfahren nach Hause führen! Sie gehörten doch zusammen, und Kaiphas gehörte dazu!

Er öffnete die zweite Schnalle des Rucksacks und schlug den blauen Stoff zurück. Er blickte wieder nach links. Aus der Masse der Polizisten stachen zwei nicht uniformierte Männer hervor. Der eine, ein großer Blonder, zeigte mit dem Arm in Kaiphas' Richtung. Der andere rief etwas. Obwohl er die Sprache des Feindes sprach und im Saal immer noch die Hölle tobte, begriff Kaiphas, dass es ein Befehl gewesen sein musste. Er wunderte sich nicht, als die Polizisten ihre Pistolen zogen, entsicherten und auf ihn richteten.

Kaiphas hatte keine Angst. Sie würden nicht schießen, und wenn doch, würden die Kugeln von seiner Haut abprallen. Wirkungslos würden sie zu Boden fallen, klickernd und klappernd. Ein ganzes Meer von Geschoßen würde um Kaiphas herum das Parkett bedecken, und wer sich auf ihn zubewegte, würde darauf ausrutschen. Er würde verzweifelt um Balance ringen, doch seine Sohlen würden keinen Halt finden, und dann würde der Mann mitsamt seiner leergeschossenen Pistole auf die Schnauze fallen. Kaiphas grinste.

Die Polizisten konnten nicht wissen, dass er unverwundbar war. Vielleicht ahnten sie etwas. Sie zielten auf Kaiphas, alle im beidhändigen Anschlag, etwas vornübergebeugt manche, vor Erregung zitternd andere, ein paar hinter dem Rednerpult Deckung suchend, ein paar längs der Rückwand ausschwärmend, doch keiner stürzte auf Kaiphas zu. Sie hielten Abstand, sie hatten Respekt, und das war auch gut so, denn Kaiphas stand mit den Ahnen im Bunde.

Die Ahnen! Ihnen musste er danken, ihnen musste er eine Gabe darbringen. Und was würde sich besser eignen als der Schädel eines Feindes? Nicht irgendeines Feindes, sondern des Mannes, der zu seiner Zeit die Gräber der Hereros entweiht und

238

ihre Knochen aus der Heimat entführt hatte. Der sich als selbsternanntes Mitglied einer Herrenrasse das Recht genommen hatte, grenzenloses Unrecht zu tun. Der durch seine Untaten auf ewig verwirkt hatte, in Frieden zu ruhen. Kaiphas griff in seinen Rucksack.

«Put it down!», schrie der Befehlshaber der Polizisten. «Show your hands!»

Kaiphas ließ den leeren Rucksack fallen. Den Schädel hatte er mit beiden Händen umfasst. Er hob ihn auf die Höhe seines eigenen Gesichts an. Der Schädel schien noch ein wenig Leben in sich zu tragen, aber das lag nur an den Erdresten, die in den Augenhöhlen klebten und an blinde Pupillen erinnerten. Die Zähne steckten noch fast vollständig in Ober- und Unterkiefer. Sie wirkten übermäßig groß, oder lag das daran, dass der Schädel so klein war? Obwohl Kaiphas ihn schon einige Zeit mit sich herumschleppte, hatte er sich immer noch nicht daran gewöhnt. Er wusste nicht, wieso, aber er hatte ihn sich größer vorgestellt. Den toten Mann, der vor langer Zeit einmal wichtig gewesen war.

«Put it down! Now!», schrie der Oberpolizist, und der große, blonde Mann schrie auf ihn ein, und der Oberpolizist brüllte seinen Leuten einen unverständlichen Befehl zu, und im Saal kreischte und stöhnte, wer noch dazu in der Lage war. Das alles ging Kaiphas nichts an, er konzentrierte sich auf den Schädel in seinen Händen. Erst als ein Pistolenschuss aufbellte, wandte Kaiphas den Blick und sah einen der Polizisten mit nach oben gerichteter Waffe dastehen.

Vielleicht hatte er einen Warnschuss in die Decke abgegeben, oder die Macht der Ahnen hatte ihm die Arme verrissen, als er Kaiphas erschießen wollte. Jedenfalls war Kaiphas unverletzt. Natürlich, denn er war unverwundbar! Der Knall des Schusses verhallte, und im Hörsaal war es plötzlich ganz still, als wären

Namibier und Deutsche, Polizisten, Demonstranten und Festgäste, als wären alle außer Kaiphas tödlich getroffen worden und von einem Moment auf den anderen für immer verstummt.

Der Schädel fühlte sich zwischen Kaiphas' Händen warm an, körperwarm. Die Erdreste in den Augenhöhlen schienen sich zu bewegen. Sie dehnten sich aus und begannen rötlich zu glimmen, als erwache unter ihnen das Feuer vergangenen Lebens. Und da, krochen dort nicht kleine Würmer aus dem Nasenbein? Weiße Stränge, die sich suchten und fanden und umeinander wanden und ineinander verknoteten zu einem fleischigen Gewebe. Jetzt dehnte es sich über die Wangenknochen aus, wucherte nach unten, hing schon in Fetzen über die obere Zahnreihe hinab, und auch am Kinn begann es zu sprießen. Sehnen verankerten sich an Knochen, Muskeln zuckten. In die Zwischenräume, die sie mit ihren Bewegungen freilegten, drängten sich Adern, in die mit langsamen Wellen dickflüssiges Rot einströmte.

Das ist unmöglich, dachte Kaiphas, er ist tot!

Seit mehr als fünfzig Jahren war der Mann tot. Tief in der Erde hatte er gelegen, und wenn Kaiphas ihn ausgegraben hatte, dann nur, um die alten Rechnungen zu begleichen. Der Schädel war eine Trophäe, eine Gabe für die Ahnen, um ihnen zu zeigen, dass sie und ihr Schicksal nicht vergessen waren. Er hatte kein Recht, wieder zum Leben zu erwachen!

Doch er tat es. Schon waren die Knochen völlig von Fleisch bedeckt, schon spannte sich dickporige, gelbliche Haut über das Fleisch. Die Geschwülste über den Zahnreihen formten sich zu blassen Lippen aus. Ohrmuscheln brachen hervor, drängten sich zwischen Kaiphas' Fingern hindurch. Über düster funkelnden Augen runzelte sich die Stirn, und ein schütterer, weißer Haarkranz spross aus der Haut auf der Schädeldecke hervor. Ein alter Mann erstand auf, ein Feind, der wusste, was er getan hatte, und nichts davon bereute, ein ewiger Herrenmensch, für den Kaiphas und sein Volk nicht mehr als Forschungsmaterial waren. Kaiphas schauderte.

Helft mir, ihr Ahnen, dachte er. Inständig flehte er sie an. Er blickte auf die beiden Schädel in der Vitrine. Ob sie vielleicht auch erwachten? Ob sie ihm beistanden und den Kampf nach hundert Jahren wieder aufnahmen? Doch die Knochen der Ahnen blieben leblos. Wie zum Hohn prangten auf ihnen tintengeschriebene Nummern und der Name eines Deutschen. Waren die Ahnen kriegsmüde geworden? Ließen sie Kaiphas im Stich?

Nein, sie hatten ihn unverwundbar werden lassen! Aus gutem Grund. Es war seine Aufgabe, die Sache zu Ende zu führen. Er musste den Wiederauferstandenen besiegen und töten. Endgültig. Er musste ihm Haut und Fleisch von den Knochen kratzen und dann den Schädel auf den Boden schmettern. In tausend Splitter würde er zerspringen, als hätte ihn eine Sprengladung zerfetzt. Jeden Einzelnen davon würde Kaiphas mit dem Absatz zu Staub zermalmen, und alles wäre gut. Der Spuk wäre vorbei, Friede würde einkehren. Erde zu Erde und Staub zu Staub!

Der Kopf zwischen Kaiphas' Handflächen glühte. Um die Mundwinkel des alten weißen Manns zuckte es. Seine Augen wurden kleiner, die Lippen verzogen sich. Kaiphas presste die Hände mit aller Gewalt gegeneinander, um das unverdiente Leben aus ihm herauszuquetschen, doch es nützte nichts. Der Mund öffnete sich, und der alte Mann begann zu lachen. Laut lachte er, geringschätzig, böse, und Kaiphas begriff, dass es keinen Ausweg gab, kein Verzeihen, keine Versöhnung. Jeder hatte seine Schuld zu begleichen. Bis auf den letzten Cent. Nur war die Währung, in der man bezahlte, der Tod.

Kaiphas spürte, wie die Hitze vergangener Gefechte seine Haut versengte. Er dachte an einen glühenden, die Gebeine bleichenden Sommer in der Omaheke und an einen deutschen Polizisten, der vom Sterben nichts wusste, und an einen Pastor, der schon viele Tode gestorben war. Dann dachte Kaiphas an nichts mehr. Er griff mit der rechten Hand ins Gesicht des alten Manns, schlug die Finger in seine Augen, packte fest zu, riss den Arm nach hinten und holte weit aus. So weit, wie es nötig war, um ...

«Es ist keine Bombe!», schrie Claus auf Kriminalhauptkommissar Feller ein. Auch wenn Kaiphas' Hände das Ding breit umfassten, musste man doch sehen, dass es ein Schädel war! Selbst ein deutscher Polizist, dem irgendwer die hirnrissige Warnung vor einem Attentat eingepflanzt hatte, konnte das erkennen. Und da es keine Bombe gab, bestand nicht der geringste Anlass, Kaiphas niederzuschießen.

Es mussten nur alle die Ruhe bewahren! Feller, der Kaiphas auf Englisch zubrüllte, die Hände hochzunehmen, die Uniformierten mit ihren Dienstwaffen im Anschlag und Kaiphas selbst, der bloß keine unbedachte Bewegung machen durfte. Kein Glied sollte er rühren, festfrieren sollte er, versteinern, bis die Polizisten sich an ihn herantrauten und ihm Eugen Fischers Schädel aus den Händen nahmen.

«Es ist nur ein Schädel», flüsterte Claus. Er packte Feller am Oberarm, er flehte: «Nicht schießen!»

Feller schrie: «Don't move!»

«Er bewegt sich doch gar nicht», sagte Claus. «Er ist ... Warten Sie! Ich gehe jetzt zu dem Mann, ich lasse mir von ihm den Schädel geben, bringe ihn her und lege ihn hier vor Ihnen auf den Boden. Ja?»

Feller antwortete nicht. Die Uniformierten zielten mit ihren Pistolen auf Kaiphas. Kaiphas starrte auf das Ding in seinen Händen. Es war ein Schädel. Claus war fest entschlossen, ihn dem Mann abzunehmen, aber seine Beine gehorchten ihm nicht. Sie weigerten sich einfach, die paar Schritte zu tun. Wenn du dich umbringen willst, bitte sehr, schienen sie ihm zu signalisieren, doch ohne uns! Claus sagte: «Ich habe recherchiert. Er ist nach Deutschland gereist, um den Schädel zu stehlen, und genau das hat er getan. Ich habe mit einem Friedhofswächter in Freiburg gesprochen, der das bezeugen kann. Und wenn Sie mir zuhören, erkläre ich Ihnen auch ...»

«Noch nicht schießen!», rief Feller seinen Männern zu. «Nicht, bevor ich es befehle.»

Los, dachte Claus, jetzt gehst du einfach los! Du trittst an Kaiphas heran, begrüßt ihn mit Namen, stellst dich selbst vor und erklärst ihm, dass du ihm nun den Schädel aus den Händen nehmen wirst, nicht weil du ihm misstrauen würdest, sondern weil du den deutschen Polizisten so begreiflich machen könntest, was es damit auf sich hat, denn du seist Namibier wie er und wüsstest Bescheid und könntest zwischen den Völkern vermitteln und einen Bogen über die Zeiten spannen, sodass jeder verstünde, wie die Schuld von einst ...

Genau in diesem Moment griff Kaiphas um und holte mit einer schnellen Bewegung des rechten Arms aus, als wolle er eine dieser schon seit ewigen Zeiten nicht mehr existierenden kugelförmigen schwarzen Bomben mit zischender Lunte von sich wegschleudern, eine dieser Bomben, die nur noch in Zeichentrickfilmen vorkamen, wenn Tom und Jerry einander das Leben zur Hölle machten, und es war ja auch keine Bombe, sondern nur ein weißlicher Schädel, aus dessen Kiefern zwei Zahnreihen grinsten. Das musste doch jetzt wirklich jeder erkennen! Kaiphas' Körper spannte sich ...

«Nicht!», brüllte Feller, und zeitgleich fiel der erste Schuss.

Putative Notwehr, würde der Polizist, der ihn abgefeuert hatte, später zu Protokoll geben. Sein Anwalt würde die entsprechenden Dienstvorschriften zitieren und ausführen, warum sein Mandant unter Berücksichtigung der erhaltenen Einweisung, der chaotischen Situation im Hörsaal und der subjektiv zu vermutenden akuten Gefahrenlage für Dutzende unschuldiger Menschen gar nicht anders handeln konnte, als von der Waffe Gebrauch zu machen. Im Nachhinein würden sie den Schuss als Ergebnis einer zwar blitzschnell getroffenen, aber dennoch angemessen abgewogenen Entscheidung darstellen. Claus wusste, dass es anders war. Dass es ein Reflex gewesen war. Eine Übertragung von Kaiphas' Ausholbewegung in den Zeigefinger des Schützen, ein unwillkürliches Zucken, nicht mehr.

Es blieb unklar, ob der Schuss sein Ziel überhaupt traf, doch das spielte sowieso keine Rolle, denn er blieb nicht der einzige. Der Knall wirkte wie ein lautes, erleichtertes Ausatmen. Eine Erlösung für all die anderen, die ebenso unerträglich lange die Luft angehalten hatten und deren Zeigefinger sich nun auch krümmen durften und die jetzt auf den vermeintlichen Attentäter losfeuerten, als würde bestraft, wer am längsten damit wartete.

In deinem Rücken versperren die steilen Felsen des Waterbergs den Fluchtweg. Nach Norden hin, wo Karunga wohnt, der rote Mann, der Gott der Unterwelt. Doch dahin müssen die Hereros nicht mehr ziehen, denn Tod und Untergang kommen von sich aus zu ihnen. Sie sind schon da in Gestalt der Deutschen mit ihren Groot Rohrs, deren Geschoße durch die Luft heulen und kreischen, bevor sie explodieren.

Leute wie Rinder zerreißen sie in blutige Fleischlappen, und der Staub wirbelt hoch, als wolle er die Sonne verfinstern. Du hörst das Pfeifen und Knallen, das Ächzen der sterbenden Krieger, das Jammern der verwundeten Frauen und das Brüllen der im Busch verfangenen Rinder, aber du siehst nicht, wohin du fliehen könntest. Es gibt keinen sicheren Ort, denn die Groot Rohrs reichen überall hin.

So wie dir ergeht es auch Michael mit seinen Kriegern aus Omaruru und dem Otjimbingwe-Volk und denen aus Okakarara. Und so wie du fragen sie sich vielleicht, ob es die Ahnen sind, die ihre Nachkommen durch die Deutschen bestrafen. Aber die Ahnen schweigen, und um dich wird es dunkel. Es ist Ondorera jondiro, die Dunkelheit des Todes, die sich herabsenkt. Du klammerst dich an den Gedanken, dass du dich täuschen kannst. Vielleicht wird es in Wahrheit hell, wenn es dunkel wird.

Dann stürmst du voran, in die Richtung, aus der die Groot Rohrs schießen. Dein Körper ist von den Dornen verkratzt. Warmes Blut läuft an den Armen und Beinen hinab. Jetzt siehst du die Deutschen mit ihren Uniformen und ihren Schusswaffen. Ganz nah sind sie, und du sammelst ihre Kugeln mit deinem Körper ein. Dein Atem pfeift. Du wirst jetzt zu deinen Ahnen gehen. Du wirst ihnen sagen: «Es ist meine Schuld.»

Unter den Einschlägen der Kugeln wurde Kaiphas' Körper herumgeworfen. Er drehte sich zu drei Vierteln um die eigene Achse, den rechten Arm immer noch weit ausgestreckt. Er schien all seine Kraft zu sammeln, um den verdammten Schädel wohin auch immer zu schleudern, aber er schaffte es nur, ihn nicht loszulassen. Das wahnwitzige Geballere wollte nicht enden. Erst als Kaiphas in sich zusammensackte, war plötzlich Schluss, und in die Stille hinein hörte man Feller leise sagen: «Nicht schießen!»

Es war viel zu spät, es war lächerlich, es klang, als hätte Feller diese beiden Worte die ganze Zeit vor sich hin gemurmelt und würde gar nicht bemerken, dass er damit nun aufhören konnte. Kaiphas' Körper lag gekrümmt am Boden. Claus wollte nicht glauben, dass es zu Ende war. Niemand schien es zu glauben. Keiner der Polizisten steckte die Waffe weg, jeder schien darauf zu warten, dass Kaiphas noch einmal den Oberkörper aufrichten und den rechten Arm zum Wurf heben würde. Mit jedem Moment, in dem das nicht geschah, wurde das Warten unerträglicher. Kaiphas blieb bewegungslos, der verfluchte Schädel in seiner schlaffen Hand glänzte. Claus meinte zu spüren, wie sich unter den Polizisten Verlegenheit ausbreitete. Allmählich wandelte sie sich in Wut, ja fast in Hass auf diesen jungen Schwarzen, der sich erdreistete, ohne irgendetwas Bombenähnliches tot herumzuliegen.

Endlich gab Feller sinnvolle Befehle. Ein paar Uniformierte wagten sich zu Kaiphas vor, knieten nieder und taten so, als suchten sie nach Puls und Atmung. Andere bildeten eine Sperre zu den Sitzreihen hin, und nun setzte sich auch der Rest in Bewegung. Sie machten sich daran, im Saal für Ordnung zu sorgen. Hilfe war zu leisten, wo das Gedränge oder vielleicht auch ein Querschläger aus den Polizeiwaffen Verletzte zurückgelassen hatten. Durchs Stimmengewirr rief jemand, ob ein Arzt im Hörsaal sei.

Claus wandte sich ab. Niemand hielt ihn auf, als er die Stufen hinaufstieg und den Hörsaal verließ. Draußen schien die Sonne aus einem bilderbuchblauen Himmel. Die Vögel zwitscherten. Direkt vor dem Eingang parkten die Polizeiwannen und etwas zur Seite hin die zwei Busse, mit denen die Delegation hergebracht worden war. An der offenen Tür des vorderen standen die beiden Busfahrer und rauchten. Claus hatte nie geraucht, doch jetzt ging er hin und bat um eine Zigarette. Seine Finger zitterten, als ihm einer der Busfahrer Feuer gab.

«Was ist denn dadrin los?», fragte der Busfahrer.

«Die Hölle», sagte Claus. Er sog an der Zigarette und hustete.

«Hörte sich wie 'ne Schießerei an.»

«Als die Polizei reinkam, brach Panik aus. Die Leute haben sich fast totgetrampelt», sagte Claus.

«Und dann?»

«Was, und dann?»

«Die Bullen haben doch nicht zum Spaß geschossen.»

«Was weiß denn ich!» Die Zigarette machte Claus schwindelig. Er sagte: «Ich kam gerade noch rechtzeitig raus. Als die Schüsse fielen, war ich ... woanders.»

Claus ließ die Zigarette fallen und trat sie mit dem Absatz aus. Wenn er bloß den Namen nicht gerufen hätte! Die Polizisten wären nicht auf Kaiphas aufmerksam geworden, er hätte sich unter seine Landsleute mischen und mit ihnen warten können, bis sich die Panik gelegt hätte und die Verletzten versorgt gewesen wären. Sobald wie möglich hätte er den Saal verlassen. Vielleicht wäre er sogar mit der namibischen Delegation in diesen Bus hier gestiegen. Claus hätte nicht rufen dürfen! Wieso um Himmels willen hatte er den Namen herausbrüllen müssen?

«Von wegen Freund und Helfer», sagte der Busfahrer. «Kaum tauchen die Bullen auf, gibt es Mord und Totschlag.»

«Wird schon seinen Grund haben, wenn die mit einer Hundertschaft anrücken», sagte der andere.

«Und welchen? Neger klatschen?»

«Immerhin ist es Glück im Unglück, dass wir hier in der Charité sind. Da haben es wenigstens die Rettungswagen nicht weit.»

«Na, warten wir mal ab!»

«Noch 'ne Kippe?» Der Busfahrer hielt Claus die Schachtel entgegen. Claus schüttelte den Kopf. Er hatte Kaiphas' Namen gerufen, aber das hatte den Mann nicht getötet. Getötet hatten ihn die Kugeln der Polizisten, und die hatten geschossen, weil ihnen eingetrichtert worden war, er würde ein Attentat verüben. Wer hatte ihnen das gesagt? Wer außer den Hereros wusste, dass er dort auftauchen würde? Aber die würden doch nicht ihren eigenen Mann opfern! Oder hatte Claus einfach noch nicht kapiert, welches Spiel die Herero Chiefs spielten?

«Trotzdem, unseren Feierabend können wir knicken. Nach so einer Schießerei werden alle erst einmal dabehalten. Zumindest die, die überlebt haben. Da werden Personalien aufgenommen, Aussagen protokolliert, die Durchgedrehten betreut und das ganze Pipapo. Bis unsere Fahrgäste im Bus sitzen, dauert das Stunden.»

«Wie ich die Bullen kenne, sacken sie die Schwarzen vorsichtshalber alle ein», sagte der andere Busfahrer.

«Dann könnten wir ja gleich abzischen.» Der Mann lachte.

«Würden Sie mich zum Hotel mitnehmen?», fragte Claus. «Ich gehöre auch zur Delegation.»

«Schon wieder einer», sagte der erste Busfahrer.

«Wird langsam zur Gewohnheit», sagte der zweite.

«Wir sind ja nicht die BVG.»

«Die Caritas auch nicht», sagte wieder der zweite, «und irgendwann werden mal die Plätze knapp.»

«Wieso schon wieder einer?», fragte Claus.

«Bevor der ganze Zirkus losging, kam einer an, der hat genau das Gleiche gefragt: Ob wir ihn nachher zum Hotel mitnehmen könnten, weil er auch zur Delegation gehöre.»

«Aber der war ein Schwarzer wie die anderen auch. Also war es doch relativ wahrscheinlich, dass er einer von ihnen ist. Da haben wir halt seinen Koffer reingepackt und ...»

«Seinen Koffer?», fragte Claus. «Ein junger Schwarzer mit einem Koffer?»

«Sag ich doch, Mann!»

«Circa eins achtzig groß, kurz geschnittene Haare, eine schwarze Lederjacke?» Wenn es sich um Kaiphas gehandelt hatte, dann hatte er sich tatsächlich bei seinen Landsleuten verstecken wollen. Er hatte damit gerechnet, den Hörsaal unerkannt und vor allem lebend wieder zu verlassen. Also hatte er weder ein Attentat geplant noch sich selbst opfern wollen. Er hatte nicht die leiseste Ahnung gehabt, was ihn erwartete. Claus hatte richtig vermutet: Jemand hatte Kaiphas hereingelegt. Jemand hatte ihn in den Tod geschickt.

«Was interessiert Sie denn, wie der aussah?», fragte der eine Busfahrer.

«Kann ich den Koffer mal sehen?», fragte Claus.

«Na, hören Sie!», sagte der Busfahrer.

«Da könnte ja jeder kommen», sagte der andere.

Wenn es irgendwo Hinweise auf Kaiphas' Hintermänner gab, dann in diesem Koffer. Claus hätte zu gern hineingesehen. Er beugte sich zu den beiden Busfahrern vor.

«Also gut. Was ich Ihnen jetzt sage, ist streng vertraulich und bleibt bitte unter uns: Ich arbeite für die VIP Protection Unit der namibischen Polizei und bin für die Sicherheit unserer Delegation verantwortlich. Wir haben Hinweise auf ein geplantes Attentat erhalten. Natürlich haben wir die deutschen Kollegen informiert, und deswegen sind die auch angerückt. Der Mann, der Ihnen seinen Koffer zur Aufbewahrung übergeben hat, könnte mit dem Anschlag zu tun haben. Er wurde dort drinnen überwältigt, hatte aber keinen Sprengsatz bei sich. Verstehen Sie?» Claus legte eine kurze Pause ein. «Jetzt zeigen Sie mir bitte den Koffer! Und dann hauen Sie hier ab! Wir haben keine Ahnung, um welche Art Bombe es sich handelt, aber ich denke, mindestens hundert Meter und ein paar stabile Mauern sollten Sie zwischen sich und den Koffer bringen, bevor ich ihn öffne.»

«Verdammte Scheiße!», sagte der erste Busfahrer.

«Ich hab mir gleich gedacht, dass da was faul ist», sagte der zweite.

«Wo ist der Koffer?», fragte Claus.

Die beiden Männer wechselten einen Blick, dann klappte der eine die Tür des Gepäckabteils an der Beifahrerseite auf. Es war leer. Bis auf einen dunkelgrauen Koffer. Er lag flach am Boden und sah mit den Beschlägen an den Kanten ziemlich stabil aus. An den Verschlüssen war kein Schloss zu erkennen. Claus beugte sich hinab und sagte, ohne sich umzudrehen: «Ich gebe Ihnen fünf Minuten.»

«Aber müssen Sie hier nicht alles absperren?», fragte der erste Busfahrer.

«Vier Minuten, fünfzig Sekunden», sagte Claus.

«Los, wir hauen ab!», sagte der andere Busfahrer.

Als Claus ihre Schritte nicht mehr hörte, ließ er die Verschlüsse aufklappen. Klick, klick. Es existierte kein Sprengsatz. Höchstens im übertragenen Sinn. Wenn man die Schädel längst Verstorbener als Zeitbomben auffassen wollte, die wieder zu ticken begannen, sobald man sie ausgrub. Weil die unheilvolle Geschichte, für die sie standen, den Nachgeborenen um die Ohren zu fliegen drohte. Weil diese Geschichte in politischem Kalkül und handfesten Interessen explodierte, weil sie Intrigen und Verbrechen um sich streute. Und nicht zuletzt, weil sie heute lebende Menschen in genau die Löcher hinabwarf, aus denen man die Untaten von einst hervorgezerrt hatte.

Claus schlug den Deckel des Koffers zurück. Wäsche, Socken, eine schlammbespritzte Hose, zwei T-Shirts, ein Sweatshirt mit der Aufschrift «Maid in Africa», ein noch leicht feuchtes Handtuch, ein Waschbeutel, eine Pistole. Garantiert die Waffe, mit der Kaiphas am Bahnhof den Polizisten erschossen hatte. Er hatte sie im Hörsaal also nicht bei sich getragen! Er war unbewaffnet gewesen. Das würde es Fellers Leuten nicht leichter machen, auf Notwehr und Gefahr im Verzug zu plädieren. Er hatte einen der ihren umgelegt, und sie hatten dafür ihn umgelegt. So würde es aussehen.

Claus starrte auf die Pistole, griff nach ihr, hielt inne. Was machte er eigentlich? Das waren Beweisstücke! Er durchstöberte gerade die Habseligkeiten eines Polizistenmörders. Feller hatte ihn sowieso schon der Komplizenschaft mit Kaiphas verdächtigt. Wenn jetzt noch seine Fingerabdrücke auf dessen Sachen gefunden würden, käme er nie mehr aus dem Schlamassel heraus. Was hatte er alles angefasst? Die Verschlüsse, den Kofferdeckel. Auch den Waschbeutel? Claus zog das Handtuch aus dem Koffer und ...

Da lag ein Handy. Ein Smartphone, genauer gesagt. Von Samsung.

Nein, auf keinen Fall! Claus wischte mit dem Handtuch an den metallenen Beschlägen des Koffers herum. Er würde das Smartphone nicht berühren. Er würde es brav im Koffer liegen lassen. Er würde jetzt Feller holen. Sollten die deutschen Kripo-Leute auswerten, wer wann mit Kaiphas telefoniert hatte! Sollten die seine gespeicherten Textnachrichten lesen! Sie würden schon herausbekommen, ob ihm jemand Aufträge erteilt hatte. Sie würden auch nicht viel länger als Claus brauchen, um die Hintergründe endlich aufzudecken. Er hatte damit nichts zu tun. Er würde die Finger davonlassen. Auf jeden Fall!

Claus blickte sich um. Von den Busfahrern war nichts zu sehen. Vor dem Eingang zum Hörsaalgebäude stand eine Gruppe debattierender Leute. Die waren genug mit sich selbst beschäftigt. Claus griff nach dem Smartphone und steckte es in seine Hosentasche.

10

WINDHOEK

Krisensitzung. Engels wusste natürlich, dass er dabei nicht fehlen konnte. Mit seinen engsten Mitarbeitern saß er um den Konferenztisch in der Deutschen Botschaft. Seit Maras Entführung war er nicht mehr im Büro gewesen. Das war erst drei Tage her, und doch sah er die gewohnte Umgebung mit neuen Augen.

Er erinnerte sich, wie eine deutsche TV-Produktionsfirma hier in Namibia gedreht hatte und eine Szene in der Botschaft spielen lassen wollte. Jemand aus dem Produktionsteam hatte um Erlaubnis angefragt, war vorbeigekommen, hatte die Nase zum ersten Mal gerümpft, als er das Sanlam-Hochhaus von außen sah, hatte den Kopf geschüttelt, als er im Flur des sechsten Stocks aus dem Aufzug trat, und in Engels' Büro nur noch achselzuckend gesagt, dass der Fernsehzuschauer etwas Malerischeres erwarte, wenn von seinen Gebühren eine ganze Filmcrew ins ehemalige Deutsch-Südwest reise. Sie hatten dann für den Film einen Bundesadler und ein Schild mit der Aufschrift «Botschaft der Bundesrepublik Deutschland» an eine hübsche, vorher und nachher als Café fungierende Kolonialvilla in Klein Windhoek genagelt.

Damals hatte Engels darüber gelächelt, nun kam ihm sein Arbeitsplatz selbst wie eine falsche Kulisse vor. Die Pforte mit Besucherschleuse und Sicherheitsglas, die genau den vorgegebenen Ausstattungsrichtlinien entsprechende Büroeinrichtung, die schwarz-rot-goldene Flagge im Flur, das Porträt des Bundespräsidenten an der Wand. Es war eine Mischung aus Hochsicherheitszone, Verwaltungsbeamtenmief und hoheitlichem Repräsentationswillen, in der nichts zueinanderpasste und jede dieser Funktionen durch die beiden anderen lächerlich gemacht wurde.

«Zugegebenermaßen ist die Situation unerfreulich», sagte Botschaftsrätin Dr. Weitling, «doch wir sollten die Kirche im Dorf lassen. Immerhin hat dieser Kaiphas Riruako zuerst einen deutschen Polizisten erschossen.»

Die Situation war nicht unerfreulich, sondern ein Desaster. Und die Argumentationslinie, die Weitling vorschlug, konnte man vergessen. Engels scheute sich nicht vor deutlichen Worten. «Wir sind nicht im Sandkasten. Es geht keineswegs darum, wer dem anderen zuerst sein Schäufelchen weggenommen hat.»

Es war doch sonnenklar, was ihm von der namibischen Seite entgegengehalten würde: Man habe gedacht, in Deutschland sei die Todesstrafe abgeschafft. Man habe außerdem gedacht, in einem Rechtsstaat stehe jedem – ob Mörder oder nicht – ein fairer Prozess mit der Möglichkeit zur Verteidigung zu. Oder gelte das nicht für Ausländer? Oder nur nicht für schwarze Namibier, weil deren Regierung als viel zu unbedeutend angesehen werde, um effektiv für die elementaren Rechte ihrer Staatsbürger einzutreten? Man möge sich da mal nicht täuschen! Auch Namibia, so schwach es sei, habe seinen Stolz und seine Handlungsoptionen. Man solle nur an die zwanzigtausend Deutschstämmigen denken, die im Land lebten. Sie genössen sehr wohl den Schutz des namibischen Rechts und der namibischen Polizei. Bisher.

«Die Namibier können sich nicht so weit aus dem Fenster lehnen», sagte Borowski, der Chargé d'Affaires. «Was glauben die denn, was wir machen, wenn sie uns vor einem Attentäter warnen?»

«Vor einem möglichen Attentäter», sagte Engels. «Die Warnung belegt für sie nur ihre Kooperationsbereitschaft, ihre Sorge um Recht, Ordnung und gute Beziehungen. Gerade deshalb könne man doch wohl erwarten, werden sie sagen, dass wir verantwortungsbewusst damit umgehen. Dass wir wenigstens mal hinschauen. Und nicht einen Unbewaffneten so mit Kugeln durchlöchern, dass kaum mehr etwas von ihm übrig ist.»

«Trotzdem hat Kawanyama Ihnen den Tipp gegeben, wenn ich Sie richtig verstanden habe.»

Ja, Kawanyama hatte Engels informiert, Engels hatte Berlin informiert, das Auswärtige Amt hatte die Polizei informiert, die Polizei hatte einen namibischen Staatsbürger just bei einer Feierstunde, in der die Unmenschlichkeiten der deutschen Kolonialpolitik auf der Tagesordnung standen, niedergemäht, und er, Engels, hatte die Nase voll von dem ganzen Dreck. Er fragte sich, was Mara gerade dachte. Hatten ihr die Entführer gesagt, dass es einzig und allein an ihm läge, ob sie und Samuel freigelassen würden? Er war sicher, dass sie versuchen würde, mit ihnen zu diskutieren. Sie würde sich nicht einschüchtern lassen. Engels sagte: «Mit Kawanyama spreche ich heute Abend noch.»

«Das Auswärtige Amt will auf die Ermittlungsbehörden einwirken, damit die Delegation wie geplant abreisen kann», sagte Borowski. «Das soll als Zeichen des guten Willens verstanden werden. Ansonsten scheint Berlin die Sache nicht so dramatisch zu sehen.»

«Das schließen wir aus den vorhin eingetroffenen Anweisungen für Ihre Rede morgen im Parlamentsgarten», sagte die Weitling.

«Nämlich?», fragte Engels.

«Alles wie gehabt. Entschädigungsrelevante Formulierungen sind unbedingt zu vermeiden. Eine entsprechende Liste liegt bei», sagte Borowski.

«Sie werden es morgen nicht leicht haben», sagte die Weitling.

Ob nun Mitgefühl oder Schadenfreude in ihrer Stimme lag, in der Sache hatte sie unzweifelhaft recht. Selbst wenn Maras Leben nicht auf dem Spiel stünde, könnte Engels kaum etwas richtig machen. Neben ihm wären die Schädel als sichtbare Zeichen der Kolonialverbrechen ausgestellt. Die Namibier gedächten ihrer Opfer, und er würde als Repräsentant der Täter sprechen. Das heißt, nach dem Willen der Bundesregierung würde er nichts sagen, zumindest nichts von dem, was die Anwesenden als unerlässlich erachteten. Und das, nachdem ihre Delegation in Berlin erst von der Ministerin brüskiert worden war und dann ihre Feierstunde in einer wilden Schießerei untergehen sah, nach der ein junger Herero tot liegen blieb. Wenn es schlecht lief, würden sie Engels an einem der mächtigen Jacarandabäume vor dem Tintenpalast aufknüpfen. Wenn es gut lief, würden sie ihn bloß niederbrüllen. Könnte er zu Ende sprechen, würde er ab morgen an Wunder glauben.

«Wir haben da mal etwas vorformuliert», sagte Borowski. Er reichte Engels ein paar Blätter. «Vielleicht sollten wir die Rede kurz zusammen durchgehen?»

In verständliches Deutsch übersetzt bedeutete das: Machen Sie keinen Scheiß, Herr Botschafter! Wir haben keinen Bock mehr auf Ihre idiotischen Alleingänge. Sie sehen ja, wohin die führen! Und wahrscheinlich bedeutete es auch: Chef, Sie sind eindeutig der falsche Mann am falschen Ort! Daran konnte etwas Wahres sein. Engels erhob sich und sagte: «Entschuldigen Sie mich einen Moment!»

Er verließ den Konferenzraum, um Clemencia Garises anzurufen. Er wollte sie fragen, ob sie endlich aus dem Entführer herausgeprügelt habe, wo Mara gefangen gehalten werde. Frau Garises ging nicht ran. Natürlich nicht.

Clemencia hastete auf die Rezeption des Hilton Hotels zu und erkundigte sich, wo im Haus das Restaurant *Ekipa* zu finden sei. Im Mezzanin? Danke. Es war schon kurz nach 21 Uhr. Sie hatte sich eine gute halbe Stunde verspätet, weil eine Menge Fragen zu klären gewesen waren, nachdem Claus sie über die Ereignisse in Berlin informiert hatte. Gott sei Dank hatte sich Bill Robinson, ihr Exkollege von der Serious Crime Unit, wieder so hilfsbereit erwiesen wie schon bei den Nachforschungen zu Kaiphas Riruako. Erstaunlich hilfsbereit, wenn sie sich vergegenwärtigte, dass er ihr früher bei der Mordkommission nur Steine in den Weg gelegt hatte. Nun war Robinson brav mitgetrottet und hatte seinen Dienstausweis gezückt, falls sich eine Tür nicht gleich öffnen wollte. So war Clemencia ziemlich erfolgreich gewesen. Und sie hatte Glück gehabt. So viel Glück, dass es reichen konnte.

Sie hielt kurz inne, bevor sie das Restaurant betrat. Denk nicht an die alten Geschichten, ermahnte sie sich. Denk nicht daran, dass du dir schon einmal die Zähne an Kawanyama ausgebissen hast! Diesmal läuft es anders. Du darfst dich nicht beirren lassen, musst unerbittlich Stück für Stück ineinanderfügen, bis er nicht mehr weiß, wohin.

Das *Ekipa* war gut besucht. Ein Teil der Gäste sah nach ausländischen Geschäftsleuten aus, die sich in der Nacht nicht aus dem sicheren Hotel wagten, ein anderer nach Windhoeker fat cats, neuer schwarzer Oberschicht, die Verwandten oder Freunden zeigen wollten, wie weit sie es gebracht hatten. Sie thronten inmitten ihres Gefolges und stellten durchwegs einen gelangweilten Gesichtsausdruck zur Schau, wohl um zu demonstrieren, wie alltäglich ein internationales Ambiente für sie war. Nur ein paar Kinder blickten zu der offenen Showküche hin, wo blütenweiß gekleidete Köche mit blitzenden Messern hantierten und die Rindersteaks auf dem Grill zischten.

Kawanyama und Engels saßen ganz hinten an einem der Fenster. Sie waren gerade mit der Vorspeise beschäftigt. Engels hatte Austern vor sich und Kawanyama wohl ein Springbock-Carpaccio mit Rucola. Rohes Fleisch jedenfalls.

«Frau Garises.» Kawanyama nickte, als Clemencia an den Tisch trat. Er wirkte alles andere als überrascht. Ob der Botschafter trotz ihrer dringenden Bitte etwas von ihrem Kommen verlauten lassen hatte?

Egal. Sie würde das jetzt durchziehen. «Darf ich mich zu Ihnen setzen?»

«Ein andermal gern», sagte Kawanyama. «Jetzt habe ich mit dem Botschafter dringende politische Fragen zu besprechen.»

«Ich bin sicher, dass ich dazu einiges beitragen kann.» Clemencia setzte sich Kawanyama gegenüber und winkte dem Kellner, noch ein Gedeck zu bringen.

«Frau Garises ...»

«Es ist in Ihrem Interesse, Herr Minister, glauben Sie mir!»

«Wünschen Sie etwas zu essen?» Das war der Kellner. Er hielt Clemencia eine Speisekarte hin.

«Pap», sagte Clemencia, «Pap mit irgendeiner Soße.»

«Pap?»

«Pap. Maisbrei.»

«Tut mir leid, wir haben keinen Pap.»

«Dann besorgen Sie welchen!» Clemencia schob die Speisekarte zur Seite. Sie wartete, bis der Kellner verschwunden war, und legte los. Sie konnte davon ausgehen, dass Kawanyama und Engels über den Eklat in der Berliner Charité genau Bescheid wussten. Dennoch fasste sie die Fakten knapp zusammen. Mehr Zeit verwendete sie auf die politische Situation, die sich daraus ergeben hatte. Dabei hob sie drei Ergebnisse hervor: Erstens, die deutsche Regierung samt Polizeibehörde hatte sich wie ein wild gewordener Elefantenbulle im diplomatischen Porzellanladen präsentiert. Zweitens sahen die traditionellen Führer der Hereros nun wie Mafiabosse aus, die rücksichtslos Entführer, Mörder und Leichenschänder auf die Welt losließen. Und, drittens, waren die Beziehungen zwischen Hereros und Deutschen auf einem solchen Tiefpunkt angelangt, dass ein konstruktives Gespräch in den nächsten hundert Jahren unwahrscheinlich erschien.

Es gab zwei eindeutige Verlierer und einen strahlenden Gewinner, nämlich die namibische, von Ovambos dominierte Regierung. Die aufmüpfigen Hereros waren gründlich diskreditiert, die trampeligen Deutschen würden in Zukunft gern ein wenig mehr Hilfe leisten, um ihren Amoklauf durch den Porzellanladen vergessen zu machen, und wer bot sich nun als Vermittler an, um historische Lasten abzubauen? Wer konnte da eine gute Figur abgeben? Genau, die SWAPO-Regierung.

Der Kellner räumte die leeren Vorspeisenteller ab. Kawanyama sagte: «Natürlich werden wir die Situation nutzen. Wir wären dumm, wenn wir das nicht täten.»

«Die Situation», sagte Clemencia, «hat sich nicht einfach ergeben, sie ist bewusst herbeigeführt worden.»

«Ja, von den verdammten Hereros», sagte Engels, «die nicht einmal davor zurückschreckten, meine Frau ...»

«So sieht es auf den ersten Blick aus, aber so war es nicht», sagte Clemencia. Sie zeichnete den Weg eines jungen Herero nach, der nur in den Listen von Kawanyamas Ministerium existierte und der den falschen Namen Kaiphas Riruako verpasst bekommen hatte, um sofort an den obersten Herero Chief denken zu lassen. Dieser Kaiphas hatte in Freiburg den Schädel eines Rassisten gestohlen, augenscheinlich als Rache für die historische Demütigung der Hereros. Er hatte diesen Schädel zur Herero-Delegation nach Berlin geschmuggelt und dabei eine Blutspur hinterlassen.

«Kaiphas hat geglaubt, im Interesse der Hereros zu handeln», sagte Clemencia, «doch der Mann, von dem er seine Anweisungen bekommen hat, war kein Herero. Das waren Sie, Herr Minister!»

Kawanyama lächelte. Engels sagte: «Das ist Quatsch, Frau Garises. Der Minister hat mich vor Kaiphas Riruako gewarnt und dringend gebeten, das an Berlin weiterzuleiten. Wieso hätte er seinen eigenen Mann ans Messer liefern sollen?»

«Er hätte Ihnen auf jeden Fall einen Tipp gegeben. Die Aktion mit dem geklauten Schädel musste auffliegen, um die Hereros bloßzustellen, und die Deutschen sollten die Übergabezeremonie vermasseln. Die Frage ist nur, wieso die Warnung so drastisch ausfiel. Wieso musste gleich ein Bombenattentat erfunden werden? Die Antwort lautet: Weil etwas schiefgegangen war. Kaiphas hatte einen deutschen Polizisten erschossen. Aus einer kleinen politischen Intrige war unversehens ein Gewaltverbrechen entstanden. Einem festgenommenen Mörder würde die deutsche Polizei ganz anders zusetzen als einem Schädeldieb. Und ein Kaiphas, dem lebenslange Haft drohte, würde viel eher die Schuld auf einen Auftraggeber abschieben als einer, der höchstens eine Geldstrafe wegen Störung der Totenruhe zu erwarten hatte. Wenn sich vom Polizistenmörder Kaiphas eine Spur zu Ihnen zurückverfolgen ließe, Herr Minister, wären Sie ein für alle Mal erledigt. Also sorgten Sie dafür, dass keine Verhöre und kein Prozess stattfinden würden, weil es keinen Beschuldigten mehr gab. Der Mord an dem Polizisten war nicht geplant gewesen, doch er war geschehen, und Sie zogen die Konsequenz: Auch Kaiphas musste sterben. Erledigen sollten das die deutschen Polizisten, und dazu musste man sie so nervös machen, dass sie erst schossen und dann überlegten. Was eignete sich dafür besser als eine möglichst kurzfristige Warnung vor einem Attentat, von dem Hunderte Menschenleben bedroht wären?»

«Das ist lächerlich und in höchstem Maße ehrenrührig», sagte Kawanyama betont ruhig. «Ich werde Sie ...»

«So, da wären die Hauptgänge für die Herren!» Der Kellner setzte Kawanyama ein gegrilltes Filetsteak mit einem Salat aus grünen Bohnen und Pfefferminze vor. Die zugehörigen Soßen wurden in Porzellantässchen gereicht. Engels hatte Garnelen mit Knoblauchbutter bestellt. Der Kellner wünschte guten Appetit und wandte sich an Clemencia: «Der Chef lässt fragen, ob es für die Dame vielleicht auch eine Portion Kartoffelstampf sein dürfte. Dazu könnten wir ...»

«Nein», sagte Clemencia, «ich hätte gern Pap, Maispap. Und wissen Sie, wieso?»

Der Kellner sah sie aufmerksam an.

Clemencia zeigte in Richtung Nordwesten. «Weil da draußen in Katutura jetzt gerade Zehntausende Pap essen. Kein Fleisch, keine Bohnen, keine Garnelen, keinen Kartoffelstampf, sondern nur Pap. Vielleicht mit einer dünnen Soße dazu. Verstehen Sie?»

Der Kellner nickte eifrig, obwohl er offensichtlich überhaupt nichts verstand. Er zog ab.

«Aber Sie verstehen mich, Herr Minister», sagte Clemencia. «Bei allem, was man tut, gilt es, das einfache Volk im Auge zu behalten. Die armen Leute, die nichts zu essen haben und keine Arbeit und kein regendichtes Dach überm Kopf und keine Zukunft. Darum muss sich die Politik kümmern, die SWAPO und die namibische Regierung. Sie wissen das, Herr Minister, und im Gegensatz zu vielen anderen handeln Sie auch danach. Kompromisslos. Ihnen geht es nicht darum, sich die eigenen Taschen vollzustopfen. Fast würde ich sagen, dass Sie ein guter Mensch sind. Nicht nur in der Politik, sondern auch privat. Haben Sie nicht gestern erst Ihrem Fahrer ein Handy geschenkt?»

«Was soll das, Frau Garises?», fragte Engels. Kawanyama

schnitt sich seelenruhig ein Stück Steak ab. Der rote Saft auf seinem Teller sah nicht nach Blut aus. Blut war dickflüssiger.

«Haben Sie, Herr Minister?»

«Und wenn?» Kawanyama kaute noch, als seine Gabel wieder ins Fleisch stach.

«Das hier vielleicht?» Clemencia stellte die Kerze zur Seite und legte eine durchsichtige Plastiktüte in die Mitte des Tischs. In ihr befand sich ein Handy.

Kawanyama schaute kaum auf. Er schnitt durchs Fleisch, führte die Gabel zum Mund, kaute, schluckte. Dann sagte er: «Nein, ich habe meinem Fahrer kein Handy geschenkt.»

«Richtig», sagte Clemencia. «Fast wie geschenkt, so hat sich Ihr Fahrer ausgedrückt. Sie haben ein wenig unvorsichtig gehandelt, aber ich verstehe Sie ja. Man stellt es sich viel zu leicht vor, ein Handy unbemerkt zu beseitigen. Wollen Sie es die Toilette hinabspülen, damit es die Rohre verstopft und ein verwunderter Klempner es später aus der Scheiße zieht? Wollen Sie es in Ihrer eigenen Abfalltonne entsorgen, die vor jeder Leerung von Pennern durchstöbert wird? Gut, als Privatperson können Sie zum Avis Damm hinausfahren und das Ding so weit in den See schleudern, dass es auch bei Niedrigstwasserstand nicht gefunden wird. Aber als Minister kommen Sie nicht allein zum Avis Damm. Ihr Fahrer brächte Sie dorthin, und ein paar Sicherheitsleute würden aufpassen, dass Ihnen kein Leid geschieht. Die würden sich doch etwas wundern, wenn Sie ein Handy im See versenkten. Also machen Sie vielleicht Folgendes: Sie lassen Ihren Fahrer beim Kentucky Fried Chicken, Ecke Sam Nujoma Drive und Nelson Mandela Avenue, halten und schicken ihn hinein, um eine Portion Chickenwings zu kaufen. Während der Weiterfahrt knabbern Sie das Zeug lustlos ab, legen die Knochen in die Tüte zurück und das Handy dazu. Dann lassen Sie wieder anhalten. Nicht dass Sie zu faul wären, die Tüte selbst in irgendeiner Mülltonne zu deponieren, es wäre nur zu auffällig, denn so etwas erledigt normalerweise Ihr Fahrer. Nur merkt er leider, dass in der Tüte nicht nur Hühnerknochen sind. Er würde Sie natürlich nie bestehlen, er ist loyal, aber weggeworfen ist ausgemustert, und ausgemustert ist fast wie geschenkt.»

Kawanyama säbelte durchs Steak. Die Bohnen hatte er noch nicht angerührt. Engels fragte: «Frau Garises, ist Ihnen eigentlich klar, worum es hier geht?»

«Bei dem toten Namibier in Berlin wurde ein Handy gefunden. Im Verzeichnis der geführten Gespräche fand sich eine einzige Nummer, eine namibische Handynummer. Er hat seine Anweisungen von hier bekommen.»

«Gut», sagte Kawanyama, «dann haben Sie ja eine Spur. Finden Sie heraus, wer es war!»

«Schon geschehen», sagte Clemencia. Sie hatte Riesendusel gehabt. Eigentlich hatte sie Kawanyamas Fahrer nur fragen wollen, ob sein Chef mehrere Handys benutzte, denn sie hielt ihn nicht für so dumm, Kaiphas mit seinem eigenen Telefon anzurufen. Der Fahrer hatte herumgedruckst. Sie hatte gemerkt, dass da etwas im Busch war, und ein wenig Druck ausgeübt, bis der Mann mit der Chickenwings-Geschichte herausrückte.

«Alles zu Ihrer Zufriedenheit?», fragte der Kellner. Er hatte sich im Rücken Clemencias herangepirscht.

«Vorzüglich», sagte Kawanyama.

«Kann ich Ihnen noch etwas ...?»

«Hauen Sie ab!», sagte Clemencia. Sie tippte auf die Plastiktüte mit dem Handy. «Natürlich ist die SIM-Karte herausgenommen worden. Die werden wir wohl auch nicht mehr finden. Kaum einer weiß jedoch, dass das ziemlich bedeutungslos ist. Handys werden beim Provider durch eine dem Gerät eigene, unverwechselbare IMEI-Nummer identifiziert. Ich erspare Ihnen die technischen Einzelheiten. Jedenfalls hat MTC heute Nachmittag zweifelsfrei festgestellt, dass die Telefonate mit dem angeblichen Kaiphas Riruako von diesem Handy aus geführt wurden. Es gehörte übrigens ursprünglich einem gewissen Dries van Schalkwyk und ist vor einem Monat als gestohlen gemeldet worden.»

«Wollen Sie mir jetzt noch Taschendiebstahl anhängen?», fragte Kawanyama.

«MTC kann auch nachweisen, wann von diesem Handy aus nach Deutschland telefoniert wurde, auf die Minute genau. Und im Bereich welches Funkturms sich der Telefonierende dabei aufgehalten hat. Ich hatte noch nicht die Gelegenheit, das nachzuprüfen, aber ich wette, dass Sie zu den fraglichen Zeiten nicht weit davon entfernt waren.»

Engels schob seinen Teller zur Seite. Bisher hatte er Clemencia mit spürbarer Skepsis zugehört, nun schien er zum ersten Mal zu erwägen, ob sie eventuell recht haben könnte.

Kawanyama legte das Besteck ab. Er nahm eine der grünen Bohnen vom Teller und brach sie mit den Händen entzwei. Die Stücke zerquetschte er zwischen den Fingern, warf den faserigen Brei mit einer heftigen Bewegung auf den Teller und zischte: «Sie gehen entschieden zu weit, meine Liebe!»

«Wenn irgendetwas an diesen Vorwürfen dran ist, Herr Kawanyama ...» Engels beendete seinen Satz nicht.

Kawanyama wischte sich die Finger an der Serviette ab. Er lächelte wieder. «Das sind völlig haltlose Spekulationen.»

Engels beugte sich nach vorn. Man konnte aus seinem Gesicht ablesen, wie es in ihm arbeitete. Wie ihm gerade noch für abwegig Gehaltenes plötzlich als möglich und gleich darauf als wahrscheinlich erschien. Er sagte: «Frau Garises vermutet, Sie hätten das angeblich geplante Attentat schlicht erfunden. Sie behaupten, Ihre Informationen stammten aus Geheimdienstkreisen. Nun, das wird doch zu klären sein. Ich werde Ihren zuständigen Kollegen bitten, uns das Material zur Einsicht zu überlassen.»

«Überschätzen Sie sich nicht etwas, Herr Botschafter?»

«Oder ich wende mich gleich an den Präsidenten. Vielleicht ist es überhaupt eine gute Idee, ihn von Frau Garises' Theorie in Kenntnis zu setzen», sagte Engels kalt.

«Tun Sie, was Sie nicht lassen können!», sagte Kawanyama. «Und Sie, Frau Garises, warum gehen Sie nicht zur Polizei, wenn Sie so sicher sind?»

«Eins verstehe ich nicht», sagte Clemencia. «Warum haben Sie Mara Engels entführen lassen? War das wirklich nötig? Erklären Sie es mir! Und vor allem: Greifen Sie zu irgendeinem Ihrer verdammten Handys und rufen Sie die Leute an, die Frau Engels und den Jungen festhalten! Befehlen Sie ihnen, die beiden augenblicklich freizulassen, nein, sie unversehrt nach Hause zurückzubringen! Bis ans Tor der Botschaftervilla. Um Ihre Frage zu beantworten: Ich bin nicht zur Polizei gegangen, weil ich Ihnen einen Deal vorschlagen wollte.»

Kawanyama griff nach seinem Glas, schwenkte gedankenverloren den Wein darin, setzte an und trank auf einen Zug aus. Nachdem er das Glas abgestellt hatte, winkte er den Kellner heran. Er sagte: «Den Kaffee nehmen wir oben in der Sky Bar.»

«Natürlich», sagte der Kellner, «aber der Pap für die Dame wäre jetzt gleich ...»

«Die Dame hat keinen Appetit mehr», sagte Kawanyama. Er stand auf. «Begleiten Sie mich, Frau Garises! Und Sie bitte auch, Herr Botschafter.»

Engels hatte schon sein Handy in der Hand. «Ich denke, ich sollte jetzt Präsident Pohamba anrufen.»

«Also doch kein Deal?», fragte Kawanyama spöttisch. Er deutete ein Kopfnicken an und ging Richtung Ausgang. Nerven wie Drahtseile, das musste Clemencia zugeben.

264

«Warten Sie!», rief Engels.

Kawanyama stieß schon die Tür des Restaurants auf.

«Verflucht!», sagte Engels und sprang auf. Clemencia hastete ihm nach. Kawanyama wartete draußen vor dem Lift, eingerahmt von zwei Männern, zweifellos seinen Leibwächtern. Clemencia hatte sie nicht bemerkt, als sie gekommen war. Sie hätte sich allerdings denken können, dass ein Minister nicht ohne Schutz in ein öffentliches Restaurant ging. Ob er die beiden Typen auf sie hetzen wollte? Es sah nicht so aus. Das Signallicht neben dem Aufzug erlosch, die Tür öffnete sich geräuschlos.

«Nun lassen Sie uns doch um Himmels willen reden!», rief Engels. Kawanyama betrat den Lift, gefolgt von seinen Personenschützern. Clemencia hatte Mühe, Engels auf den Fersen zu bleiben. Die Aufzugstür glitt hinter ihr zu, einer der Leibwächter drückte den obersten Knopf, und nach wenigen Sekunden waren sie im Dachgeschoß des Hilton angelangt.

Sie traten in die weiche Luft der Nacht hinaus. Die Liegestühle am Pool waren verwaist, und auch an der offenen Bar hielt sich der Ansturm in Grenzen. Dennoch trug Kawanyama seinen Leibwächtern auf, die Bar schließen zu lassen und die Gäste wegzuschicken. Auch sie selbst sollten abziehen. Man habe in Ruhe etwas Wichtiges zu besprechen. Ein angetrunkener Weißer protestierte, doch Kawanyamas Leute machten ihm schnell klar, dass es besser war, ihren Anordnungen Folge zu leisten. Bald war nur noch die CD aus der Stereoanlage zu hören. Irgendein belangloses Pianogeklimper. Sie waren unter sich. Kawanyama, Engels und Clemencia.

Die Kerzen in den Windlichtern brannten ruhig. Ihr Schein spiegelte sich in der schwarzen, fast unheimlich glatten Wasseroberfläche des Pools. Kawanyama ging an der Bar vorbei zum schmalen Ende der Dachterrasse. Eine gläserne Balustrade begrenzte sie. Dann folgte ein mit Steinen bedeckter Streifen, aus dem ein paar Wüstenpflanzen ragten, und darunter erstreckten sich die Lichter des nächtlichen Windhoek weit in die Ebene hinaus. Ganz in der Ferne schien der Sternenhimmel aus dem Dunkel der Bergketten zu wachsen.

«Namibia», sagte Kawanyama, «ein Land, eine Nation.»

«Hören Sie auf!», bellte Engels. «Sie haben meine Frau entführt und …»

Kawanyama fuhr herum. «Ist Ihnen eigentlich klar, mit wem Sie reden? Wissen Sie, was ich für dieses Land hier tue? Glauben Sie im Ernst, ich ließe mir von Ihnen da hineinpfuschen?»

«Geben Sie mir Mara wieder!»

«Sie wollen einen Deal? Gut, den können Sie kriegen, aber zu meinen Bedingungen.»

«Sie haben nichts zu fordern, Sie sind am Ende, Kawanyama», schaltete sich Clemencia ein. «Pohamba und die SWAPO werden Sie fallen lassen wie eine heiße Kartoffel, das wissen Sie genau.»

«Es geht nicht um mich, es geht um Namibia. Ich weiß nur eins genau und zwar, dass ich das Richtige für mein Land getan habe, auch wenn ein paar Dinge schiefgelaufen sind. Doch noch ist nichts verloren. Es darf nur nichts an die Öffentlichkeit dringen. Und da sind leider Sie beide im Weg. Ob ich Frau Engels nun freilasse oder nicht, ich befürchte, Sie werden den Mund nicht halten können.»

«Mir geht es nur um Mara», sagte Engels. «Sie können sich auf mein Wort verlassen.»

«Und wie ich das sehe, haben Sie auch kaum eine andere Wahl», ergänzte Clemencia.

«Doch», sagte Kawanyama. Er griff unters Jackenrevers und hatte plötzlich eine Pistole in der Hand. Die Mündung zeigte auf Engels' Brust. Clemencia war viel zu überrascht, um irgendwie zu reagieren. Sie hatte sich in Sicherheit wiegen lassen, weil Kawanyama seine Leibwächter weggeschickt hatte. Die hätte sie im Auge behalten, aber ihn selbst? Was war das für ein Land, in dem ein Minister mit einer Schusswaffe unter der Anzugjacke herumlief? Herrgott, wer konnte damit schon rechnen?

«Ich könnte Sie zum Beispiel beide erschießen», sagte Kawanyama. «Es sähe nicht gut aus, das gebe ich zu, aber ich würde schon ein paar Zeugen finden, die mir Notwehr bescheinigten. Politisch wäre ich wahrscheinlich erledigt, doch – wie gesagt – um mich geht es nicht. Ich werde keinesfalls zulassen, dass alles umsonst war.»

Clemencia gelang es nicht recht, seine Drohung ernst zu nehmen. Kawanyama war Politiker. Er mochte hinterhältige Pläne schmieden und von seinem Schreibtisch aus andere in den Tod schicken, aber mit eigener Hand zwei Menschen abknallen, das war etwas ganz anderes. Sie sagte: «Es wird Ihnen nichts helfen. Da ist Ihr Fahrer, da sind meine Mitarbeiter und die Leute von MTC, da ist mein ehemaliger Polizeikollege, der mir für die Handyuntersuchung die Türen geöffnet hat. Wollen Sie die auch alle umbringen?»

«Sie waren auf einen Deal aus, Frau Garises, und deswegen haben Sie niemanden mehr als nötig eingeweiht. Keiner außer Ihnen beiden kennt die Zusammenhänge. Ein paar halbherzige Nachfragen, mehr wird da nicht kommen, und das kriege ich in den Griff.»

Da war noch Claus. Er wusste über die Zusammenhänge Bescheid. Er würde sich nicht damit abfinden, dass Kawanyama in angeblicher Notwehr geschossen hatte. Er würde nachbohren und seine Erkenntnisse öffentlich machen, aber das konnte Clemencia dem Minister jetzt nicht auf die Nase binden. Allein, um Claus' Leben nicht zu gefährden.

«Sie lieben Ihre Frau, Herr Botschafter?», fragte Kawanyama.

Stumm blickte Engels auf die gegen ihn gerichtete Pistole.

«Natürlich lieben Sie sie», sagte Kawanyama, «aber wie sehr?»

«Was verlangen Sie?», fragte Engels.

«Was würden Sie für Ihre Mara tun?», fragte Kawanyama zurück.

«Viel.»

«Und wenn viel nicht genug wäre? Wenn nur einer weiterleben könnte, Mara oder Sie? Wofür würden Sie sich entscheiden?»

Engels tastete nach der Lehne eines der Barhocker. Auf dem Tresen brannte eine weiße Kerze in einem gläsernen Windlicht.

«Doch das ist nicht die Entscheidung, die Sie zu treffen haben. Sie werden auf jeden Fall sterben, Herr Botschafter, Sie können höchstens Ihre Frau retten. Und das ist mein Deal: Ich gebe Ihnen mein Wort, dass ich Mara noch heute Nacht freilasse, wenn Sie mir jetzt einen kleinen Gefallen tun. Kommen Sie zu mir her, steigen Sie über die Balustrade …» Kawanyama klopfte an das Glas hinter sich. «… und springen Sie!»

Der Mann sprach, als fordere er Selbstverständliches, über das zu debattieren sich nicht lohnte. Als erinnere er ein Kind daran, dass es sich vor dem Schlafengehen die Zähne putzen müsse. Er war ein Monster oder total durchgedreht. Wieso hatte Clemencia bloß keine Waffe eingesteckt? Verstohlen blickte sie sich um. Sollte sie mit einem Barhocker auf Kawanyama losgehen? Ein Windlicht auf ihn schleudern?

«Andernfalls erschieße ich Sie und sage meinen Männern, dass sie mit Ihrer Frau machen können, was sie wollen, solange sie das nicht überlebt. Und den Jungen …»

«Hören Sie auf!», stöhnte Engels.

«Ihre Entscheidung», sagte Kawanyama.

Aber was hatte er mit Clemencia vor? Er konnte doch nicht

268

im Ernst annehmen, dass auch sie sich freiwillig in den Tod stürzte. Nein, er würde sie erschießen, sobald Engels gesprungen war. Dann würde er die Polizei rufen und schwer betroffen von der Tragik der Ereignisse zu Protokoll geben, dass es zwischen Frau Garises und dem deutschen Botschafter zu einem Streit gekommen sei. Engels habe ihr vorgeworfen, beim Schutz seiner Frau versagt zu haben, Frau Garises habe heftig widersprochen, die gegenseitigen Anschuldigungen seien schärfer geworden, beleidigend, persönlich verunglimpfend, bis ihr der Kragen geplatzt sei. Sie habe ihre Pistole gezogen und Engels bedroht. Der sei bis zur Balustrade zurückgewichen, und sie habe ihn weiter bedrängt, habe ihn vor die Brust gestoßen, sodass er das Gleichgewicht verloren habe und über das hüfthohe Glas auf den steinbedeckten Streifen gestürzt sei. Nur mühsam habe er sich wieder aufgerichtet, doch sie habe sich so in ihre Wut hineingesteigert, dass sie noch einmal auf ihn eingeschlagen habe, und da sei er, Kawanyama, trotz der Gefahr für sein eigenes Leben auf sie losgestürmt, um ihr die Pistole zu entwinden, sie hätten erbittert gerungen, und während Engels nach hinten getaumelt sei, habe sich ein Schuss gelöst, und Frau Garises sei getroffen zu Boden gesunken, und der Streifen an der Dachkante sei plötzlich leer gewesen, bis auf die Steine und die Wüstenpflanzen, und er, Kawanyama habe so gezittert, dass er nicht in der Lage gewesen sei, über die Balustrade zu klettern, sich an die Kante vorzuschieben und nachzusehen, ob der Botschafter tatsächlich zerschmettert zehn Stockwerke tiefer liege.

Verdammt, Kawanyama konnte damit durchkommen! Viel eher jedenfalls als mit der Notwehrgeschichte. Die war einfach zu dünn. Nicht nur Claus würde sie in Frage stellen, sondern auch die SWAPO-kritische Öffentlichkeit. Vielleicht sogar Robinson und Clemencias ehemalige Kollegen in der Serious Crime Unit. Man würde die Ungereimtheiten aufdecken, und wenn der erste von Kawanyamas gekauften Zeugen einknickte, stürzte die Notwehrversion wie ein Kartenhaus in sich zusammen.

Nein, Kawanyama hatte keinen Plan B. Er musste alles so aussehen lassen, als wären Engels und Clemencia aneinandergeraten. Und das ging nur, wenn Engels sich in den Tod stürzte. Also musste Clemencia genau das verhindern. Unter allen Umständen. Wenn Kawanyama sie beide dann doch erschoss, würde sie wenigstens in der Gewissheit sterben, dass er dafür bezahlen würde.

«Herr Engels?», fragte Kawanyama.

Das Hilton dürfte ungefähr zehn Stockwerke hoch sein. Vielleicht auch mehr. Engels versuchte sich an die Anzeige im Fahrstuhl zu erinnern, doch natürlich hatte er vorhin auf anderes geachtet. Eigentlich war es egal, ob er an neun, zehn oder fünfzehn Stockwerken vorbeistürzen würde, er hätte es nur gern gewusst. Überleben würde er auf keinen Fall. Man würde seine Reste zusammenkratzen und in einen Metallbehälter kippen, der dann nach Deutschland geflogen würde. Dort würden sie in einen Eichenholzsarg umgebettet werden. Über den Sarg würde bei der Gedenkfeier die Bundesflagge drapiert, schwarz-rot-gold. Der Redenschreiber seines Ministers hätte ihn da schon mehrfach verflucht, wegen der heiklen Anweisung, in den Trauerworten des Ministers menschliche Anteilnahme und außenpolitisches Kalkül genau auszutarieren. Denn wahrscheinlich wäre der namibische Botschafter anwesend und …

«Herr Engels?», fragte Kawanyama.

«Einen Moment noch», sagte Engels. Er durfte sich jetzt nicht in Belanglosigkeiten verlieren. Er hatte essenzielle Entscheidungen zu treffen. Sollte er Kopf voran in die Tiefe springen, als wolle er in einen Pool hechten, oder lieber in aufrechter

Haltung? Würde er den Schmerz noch bewusst wahrnehmen, wenn er zuerst mit den Füßen aufschlug? Und woran sollte er in seinen letzten Sekunden denken? An Mara, ja, aber woran genau? An ihre weiche Haut, an den Duft ihres Körpers? An ihr Lachen? An die Beiläufigkeit, mit der sie mitträllerte, wenn eines ihrer Lieblingslieder im Radio gespielt wurde? An den Abend in Berlin, als er sie bei einer sonst todlangweiligen Wohltätigkeitsveranstaltung kennengelernt hatte? Sollte er sich ausmalen, was sie nächstes Jahr, an seinem ersten Todestag, Samuel über ihn erzählen würde?

Engels fand, dass seine letzten Gedanken richtig und wichtig sein sollten. Da wollte er keinen Fehler machen. Wie viel Zeit blieb ihm überhaupt? Wie lange fiel man, wenn man vom Dach eines neun- oder zehn- oder fünfzehnstöckigen Hotels sprang?

«Herr Kawanyama», rief Clemencia Garises, «Sie haben sie gar nicht!»

Das Wasser im Dachpool stand fast bis zur Kante des Beckens. Die Oberfläche war dunkel und spiegelglatt. Engels würde nicht Kopf voran springen. Zumindest das wusste er nun genau.

«Sie halten Mara Engels gar nicht gefangen», sagte Frau Garises. «Ihr Plan war durchstudiert, jedes Detail macht Sinn, nur die Entführung nicht. Die ganze Zeit habe ich mich gefragt, was Sie damit bezwecken wollen. Wie konnte ich nur so begriffsstutzig sein? Sie wollten nichts bezwecken, Herr Minister, denn Sie haben Mara nicht entführen lassen. Sie haben sie nicht in Ihrer Gewalt, und deswegen können Sie sie auch nicht freilassen.»

«Was?», fragte Engels.

«Springen Sie, Herr Botschafter, kommen Ihre Frau und der Junge unversehrt davon», sagte Kawanyama. «Springen Sie nicht, sind beide tot. Und Sie und Frau Garises natürlich auch.»

«Beweisen Sie doch, dass Sie Frau Engels gefangen halten!»,

rief Clemencia Garises. «Welche Kleidung trägt sie denn zum Beispiel?»

«Sie glauben nicht im Ernst, dass ich persönlich …»

«Dann rufen Sie Ihre Leute an, Maras Aufpasser. Die werden das ja wohl wissen. Fragen Sie die doch!»

«Schluss jetzt!» Kawanyama streckte den Arm mit der Pistole durch. «Herr Botschafter, ich gebe Ihnen noch zehn Sekunden, um sich zu entscheiden. Zehn, neun …»

«Rühren Sie sich nicht von der Stelle, Herr Botschafter!», rief Clemencia Garises.

«Acht, sieben …»

Engels verstand nicht. Es war doch offensichtlich, dass Kawanyama hinter all den Verbrechen steckte. Wieso sollte er sonst mit so brachialer Gewalt ihre Aufdeckung verhindern wollen?

«… sechs, fünf …»

Kawanyama stand mit dem Rücken zur Begrenzung der Dachterrasse. Die Brüstung war aus Glas. Im Kerzenlicht konnte Engels die Steine auf dem Streifen dahinter erkennen. Faustgroße bis fußballgroße rundliche Steine. Und dann kam der Abgrund.

«… vier, drei …»

Engels musste jetzt an die Brüstung vortreten. Er war ja bereit, sich aufzuopfern. Für Mara. Er wollte ja springen, aber, Herrgott, so leicht war das nicht! Das sollte selbst einer wie Kawanyama verstehen. Er konnte nicht einfach von zehn herabzählen und dann … Engels wollte doch nur ein wenig länger leben, ein paar lächerliche Sekunden. Er musste jetzt einen Schritt nach vorn tun. Damit würde er signalisieren, dass es ihm ernst war. Kawanyama wäre einfach nur dumm, wenn er ihm nicht ein paar zusätzliche Sekunden …

«… zwei, eins …»

Engels rührte sich nicht vom Fleck. Er stand wie angewurzelt. Er wollte ja, wirklich, doch er wusste, dass er es nicht schaffen würde. Niemals könnte er über diese Brüstung klettern, niemals könnte er den letzten Schritt über die Kante des Gebäudes hinaus tun. Er würde nicht fallen, er würde nicht zehn oder fünfzehn Stockwerke tiefer zerschmettert auf dem Asphalt liegen. Er würde nur erschossen werden. Engels atmete auf. Plötzlich fühlte er sich leicht, glücklich fast. Erschossen werden, was war das schon? Eine Kugel würde in seiner Brust einschlagen, und wenn er nicht sofort starb, würde er die Zeit nutzen, um Mara in Gedanken um Verzeihung zu bitten. Es war ihm einfach nicht möglich gewesen, ihr Leben zu retten. Engels fragte: «Kawanyama kann meiner Frau gar nichts antun, Frau Garises?»

«Dass Sie springen, ist seine letzte Chance», sagte sie, «für sich selbst und sein verdammtes Intrigenspiel.»

«Null», sagte Kawanyama. Er schoss nicht. Er schlenderte zur Theke der Bar und hob ein Windlicht an. Mit der darunter liegenden Serviette wischte er seine Pistole ab. Die rechte Hand im Stoff der Serviette vergraben, griff er erneut an den Abzug. Er hob den Arm, kam langsam auf Engels zu und blieb zwei Schritte vor ihm stehen. Er schüttelte den Kopf. «Schade um Ihre hübsche Frau!»

Engels bewegte sich nicht. Er war sicher, Mara würde ihm verzeihen.

Kawanyama drehte sich zur Seite und drückte ab. Einmal, zweimal. In den Knall der Schüsse mischte sich ein splitterndes Geräusch, und dann sah Engels, wie sich dort, wo Kawanyama vorhin gestanden hatte, spinnennetzartig Sprünge durch das Glas der Brüstung zogen. Kawanyama hatte nicht auf ihn geschossen! Engels lebte noch! Er begriff nicht, wieso, und er begriff noch weniger, warum Kawanyama die Pistole samt Stoffserviette vor seine Füße warf.

«Um mich geht es nicht», sagte der Minister, während er sich umwandte. Dann lief er auf die Brüstung zu, hatte im Nu das zersplitterte Glas überwunden, strauchelte nicht, zögerte nicht, holte Schwung und stieß sich so entschlossen von der Dachkante ab, als wolle er mit einem gewaltigen Satz über das hell erstrahlende Windhoek und die schummrigen Townships und die nachtschwarze Ebene bis zu der Bergkette fliegen, aus der die am Horizont stehenden Sterne aufgestiegen schienen. Kawanyama sprang ins Nichts hinaus.

Engels presste die Hände auf die Ohren. Er wollte nicht hören, ob Kawanyama im Fallen schrie, und schon gar nicht, wie der Aufprall eines menschlichen Körpers zehn oder fünfzehn Stockwerke tiefer klang. Auch die Augen kniff Engels zu, um die Stelle nicht zu sehen, an der niemand mehr war. Er wollte gar nichts sehen und hören, er wünschte sich nur, dass es zu Ende sein sollte, aber um das sagen zu können, müsste er wissen, wie lange ein solcher Sturz dauerte. Sicher hatte die Fallgeschwindigkeit mit der Erdanziehungskraft zu tun, und wahrscheinlich spielten Gewicht und Volumen wegen des Luftwiderstands eine Rolle. Gab es nicht eine physikalische Formel für die Beschleunigung? Doch selbst wenn ihm die einfiele, könnte er nichts damit anfangen, da er nicht wusste, welche Strecke zurückzulegen war. Er fragte: «Wie hoch ist dieses verdammte Gebäude? Frau Garises?»

Er spürte, wie er am Arm gerüttelt wurde. Er machte die Augen auf. Er fragte: «Wie hoch?»

«Herr Engels!» Clemencia Garises stand dicht vor ihm.

Engels ließ die Hände nach unten sinken. Seine Ohren brannten. Er fragte: «Ist es vorbei?»

«Nein», sagte sie. «Gleich werden seine Leibwächter hier sein. Das Hotelpersonal wird die Polizei verständigen. Bald wird es hier von Leuten wimmeln, die denken, wir hätten auf Kawanyama geschossen und ihn in den Tod getrieben.»

«Wir?» Wider seinen Willen lachte Engels auf.

«Einer von uns. Polizisten haben nicht viel Phantasie. Wenn ein Gewaltverbrechen stattfindet, ist für sie der Tote das Opfer, und der Täter ist unter denen zu suchen, die sonst noch am Tatort waren. Da können die erzählen, was sie wollen.»

Engels starrte sie an. Sie hatte recht. Wer sollte glauben, dass ein angesehener Minister sie beide erst mit dem Tod bedroht, sich dann aber doch lieber selbst umgebracht hatte, nicht ohne ihnen die Tat in die Schuhe schieben zu wollen? Wer würde ihnen überhaupt zuhören, wenn sie Anklage um Anklage gegen ihn vorbrachten? Das konnte doch nur als verzweifelter Versuch angesehen werden, sich aus der eigenen Schuld herauszureden, während offensichtlich blieb, dass Kawanyama zerschmettert auf dem Asphalt vor dem Hilton lag. Er war das Opfer. Keiner würde sich vorstellen können, dass er auch nach seinem Tod in gewisser Weise die Fäden in der Hand behielt. Engels fragte: «Frau Garises, was ist mit Mara?»

«Ich weiß es nicht.»

«Hat er sie nun entführen lassen oder nicht?»

«Ich weiß es wirklich nicht.»

«Verschwinden Sie, solange es noch geht!», sagte Engels. «Finden Sie Mara, bevor es zu spät ist!»

«Aber ...»

«Ich stehe das hier durch. Ich bin Diplomat und genieße Immunität. Ob sie mir glauben oder nicht, sie können mich nicht belangen.»

«Kommt nicht in Frage», sagte Clemencia Garises.

«Nun hauen Sie schon ab!», brüllte Engels.

«Die pfeifen auf Ihre Immunität», sagte Frau Garises. «Wenn Sie nicht wenigstens mich als Zeugin ...»

Engels packte sie an den Schultern und drängte sie Richtung

Treppenhaus. «Gehen Sie! Jetzt! Sonst sage ich aus, dass Sie Kawanyama hinabgestoßen haben.»

Sie schlug seine Arme weg, blitzte ihn mit ihren Augen an.

«Bitte!», flehte Engels.

«Okay. Ich versuche Mara zu finden. Und Sie, Sie sagen bei der Polizei nicht aus, kein Wort zur Sache. Sie würden höchstens mit einem hochrangigen Politiker sprechen. Nennen Sie jede SWAPO-Größe, die Ihnen einfällt! Und verlangen Sie, dass Ihre Hände auf Schmauchspuren untersucht werden! Verstanden?»

«Holen Sie mir meine Frau zurück!» Engels blickte ihr nach, bis sie in der Tür zum Treppenhaus verschwunden war. Dann ging er zum Pool und setzte sich an dessen Rand nieder. Er ließ die rechte Hand ins Wasser gleiten. Es war noch warm von der Hitze des Tages und fühlte sich seidenweich an. Engels strich durch das Wasser. Er spürte dem Widerstand nach, den es seinen ausgestreckten Fingern entgegensetzte. Auf der Oberfläche liefen nun Wellen entlang. Mit einem leisen Glucksen brachen sie am gegenüberliegenden Beckenrand. Für einen Moment dachte Engels daran, sich – angezogen, wie er war – in den Pool sinken zu lassen, doch dann streckte er sich nur längs der Kante auf dem Rücken aus und blickte zu den Sternen hoch.

Als Clemencia gegen Mitternacht am Waisenhaus ankam, hatte Miki Selma sich schon schlafen gelegt. Wie Melvin berichtete, war die mehr oder weniger systematische Suche nach Samuel auch an diesem Tag erfolglos geblieben. Niemand in ganz Katutura schien etwas von dem Jungen zu wissen. Der erneute Fehlschlag hatte den Eifer der Chorfrauen merklich erlahmen lassen, und so war beschlossen worden, am nächsten Morgen einen Fachmann zu Rate zu ziehen, der den Vermissten mit magischen Mitteln ausfindig machen sollte.

Melvins Versuch, den ans Klettergerüst gefesselten Zeraua durch Schlafentzug weichzukochen, hatte nur dazu geführt, dass er selbst die Augen kaum mehr offen halten konnte. Der Gefangene benötigte offensichtlich weder Schlaf noch Essen, nur ein wenig Wasser hatte er zu sich genommen. Gesprochen hatte er keinen Ton mehr. Nicht einmal Provokationen bezüglich des Lebenswandels seiner Schwester zeigten noch Wirkung.

Einzig Kangulohi hatte bedingt Positives zu berichten. Zwar hatte er den zweiten Entführer nicht identifizieren können, doch hatte er bei Zerauas Nachbarn erfahren, dass dieser am Tag nach der Entführung einen Wagen von Hertz gemietet hatte. Nach den Aufzeichnungen der Mietwagenfirma hatte Zeraua genau dreihundertachtzehn Kilometer damit zurückgelegt. Ein paar Kilometer für die Wege innerhalb Windhoeks waren abzuziehen, doch blieben ungefähr dreihundert ungeklärte Kilometer. Zeraua hatte sich über sein Ziel wie über alles andere ausgeschwiegen, sodass man nicht sicher sein konnte, ob er wirklich zu dem Ort gefahren war, an dem Mara und Samuel gefangen gehalten wurden. Aber wenn es so war, wenn er dort nach dem Rechten gesehen oder für die Gefangenen und ihre Bewacher Versorgungsgüter geliefert hatte, dann befand sich der Ort auf einem Radius von ungefähr hundertfünfzig Kilometern rund um die Hauptstadt. Nicht dass das wesentlich weitergeholfen hätte, es war nur das Einzige, was sie hatten. Neben dem schweigsamen Zeraua.

Ob der Aussicht, dem Koloss die ganze Nacht über Antischlaflieder vorzusingen, wirkte Melvin so verzweifelt, dass Clemencia sich dazu bereit erklärte, obwohl sie selbst hundemüde war. Ohne große Hoffnung setzte sie sich zu Zeraua in den Hof des Waisenhauses und fragte ihn als Erstes, wie lange er denn noch zu schweigen gedenke. Überraschenderweise antwortete er sofort: «Bis morgen.»

«Und dann packen Sie aus?»

«Mmh.»

«Wann genau morgen?»

Zeraua schwieg. Entweder hatte ihn sein plötzlicher Wort-
schwall so erschöpft, oder die Frage war zu intim. Oder sollte
etwa …? Hätte man aus seiner Antwort etwas schließen können,
was er unter keinen Umständen preisgeben wollte? Aufs Gera-
tewohl fragte Clemencia: «Vielleicht so gegen Mittag, wenn die
Gedenkfeier für die heimgeführten Schädel vorbei ist?»

Zeraua reagierte nur mit einem kurzen, unbewachten Blick,
aber der genügte Clemencia völlig. Bingo, sie hatte ins Schwarze
getroffen! Zeraua wollte bis zur Feier im Parlamentsgarten
dichthalten. Bis zu Engels' Rede, in der er nach den Forderungen
der Entführer den Genozid an den Hereros anerkennen und
großzügigste Reparationen Deutschlands zusagen sollte. Und
das bedeutete doch wohl, dass Kawanyama tatsächlich nichts
mit Maras Entführung zu tun gehabt hatte. Was immer er den
Hereros in die Schuhe geschoben hatte, dieses Verbrechen hatte
ein Teil von ihnen selbst zu verantworten.

«Und wenn der Botschafter nicht mitspielt?», fragte Clemencia.

Zeraua senkte den Kopf. Er schien die Handschellen zu
studieren, die ihn an das Klettergerüst fesselten.

«Wenn Mara Engels umgebracht wird, haben Sie mit Ihrem Schweigen Beihilfe zum Mord geleistet», sagte Clemencia.
Es nutzte nichts. Sie ahnte, dass Zeraua sich eher die Zunge
abgebissen hätte, als ein weiteres unbedachtes Wort zu sagen.
Trotzdem fragte sie weiter. Sie fragte ihn nach seinen Komplizen, nach den Auftraggebern, nach dem Lohn, der ihm versprochen worden war, nach seinen politischen Ansichten,
nach seiner Familie, nach den Opfern, die diese im Hererokrieg
zu beklagen gehabt hatte, sie fragte ihn all das, was Melvin

wahrscheinlich schon x-mal gefragt hatte, und bekam genauso wenig Antworten. Es wurde zwei Uhr, es wurde drei Uhr. Clemencia rüttelte an Zerauas Bein, bis er die Augen wieder aufmachte.

«Erst antworten, dann schlafen!», sagte sie. Zeraua grunzte unwillig. Noch sieben Stunden bis zum Beginn der Feier im Parlamentsgarten. So lange würde Zeraua problemlos durchhalten. Nur Clemencia lief die Zeit davon. Und für Mara lief sie unerbittlich aus, denn wenn Engels seine Rede nicht halten konnte ... Herrgott, das hatte Clemencia völlig vergessen! Eilig rief sie Robinsons Privatnummer an, ließ bis zum Ende durchläuten und wählte die Nummer erneut.

Endlich ging Robinson ran. «Wassis?»

«Ich bin's», sagte Clemencia. «Ich brauche noch einmal deine Hilfe.»

«Clemencia?»

Bevor er wegen der zugegebenermaßen etwas ungewöhnlichen Uhrzeit zu lamentieren beginnen konnte, erklärte sie ihm, was er tun sollte. Auch das klang zumindest ungewöhnlich, wenn nicht unverfroren oder gar für einen aktiven Polizisten unzumutbar. Deswegen erstaunte es Clemencia ein wenig, als Robinson nur sagte: «Geht klar, Clemencia.»

«Hast du verstanden, was ich dir gesagt habe?»

«Natürlich. In irgendeiner Arrestzelle sitzt der deutsche Botschafter, weil er angeblich Minister Kawanyama ermordet hat. Ich soll den Mann finden und ihm ermöglichen, mit Staatspräsident Pohamba zu telefonieren, damit der seine Freilassung in die Wege leitet. Falls das nicht klappt, soll ich ihn selbst bis spätestens halb zehn Uhr an die Luft setzen, weil der Botschafter dann eine wichtige Rede zu halten hat.»

«Genau», sagte Clemencia. «Schaffst du das?»

«Kein Problem», sagte Robinson.

Vielleicht schlief er noch und hatte Clemencias Worte nach-
geplappert, ohne deren Sinn zu begreifen. Vielleicht war es
auch etwas Ernstes. Eine plötzlich ausgebrochene schwere psy-
chische Störung zum Beispiel. Clemencia fragte: «Geht es dir
gut, Robinson?»

«Ich, äh ...», sagte Robinson, «ich hab von dir geträumt, Clemencia.»

«Was?»

«Ich meine, das ist doch kein Zufall! Ich träume von dir, und
dann klingelt mitten in der Nacht das Telefon, und dann bist du
dran!»

«Ja», sagte Clemencia. «Ich hätte auch nicht um drei Uhr
morgens angerufen, wenn es nicht sehr wichtig ...»

«Da kann man doch nicht von Zufall sprechen. Das ist
Schicksal, das ist das Wirken der Vorsehung! Clemencia, ich
denke, wir sollten ...»

«Unbedingt», sagte Clemencia, «ein andermal, tagsüber.
Kann ich mich auf dich verlassen?»

«Clemencia ...»

«Super! Danke!» Sie drückte das Gespräch weg. Ein Liebes-
geständnis von Robinson war das Allerletzte, was sie jetzt hören
wollte. Das Wirken der Vorsehung! Robinson! Könnte Clemencia nur drei Männern auf der ganzen Welt verbieten, von ihr zu
träumen, würde Robinson sicher dazugehören. Neben Silvio
Berlusconi und diesem nordkoreanischen Kim Jong-Irgendwas.
Und vielleicht noch ..., aber egal, mit so etwas konnte sie nun
wirklich keine Zeit vergeuden.

Sie blickte auf Zeraua hinab. Sein Kopf war auf die Brust hin-
abgesunken. Er schnarchte nicht, er atmete nicht einmal vernehmlich, doch offensichtlich war er während ihres Telefonats
eingeschlafen. Auch das war egal. Schluss mit der sinnlosen
Zermürbungstaktik! Clemencia musste sich etwas Besseres ein-

fallen lassen. Sie zog ihre Wolldecke enger um sich und versuchte sich zu konzentrieren.

Wieso hatte sie das Gefühl, dass irgendetwas nicht stimmte? Dass Kawanyama und radikale Hereros gleichzeitig, aber unabhängig voneinander kriminelle Pläne geschmiedet hatten, war nicht so befremdlich, wie es auf den ersten Blick schien. Die Rückführung der Schädel aus Deutschland hatte angestanden, und diese Situation wollten eben unterschiedliche Leute für ihre jeweiligen Zwecke ausnutzen. Nein, das war es nicht.

Zeraua lehnte an einer Stange des Klettergerüsts, die Arme wegen der Handschellen zur Seite gekrümmt, die Beine im Sand weit ausgestreckt. Er sah aus, als wäre er tot. Clemencia dachte an das Hilton zurück. Sie war dankbar, dass sie den zerschmetterten Körper Kawanyamas nicht hatte sehen müssen. Was ihm wohl während des Sturzes durch den Kopf gegangen war? Wahrscheinlich nur, dass er so vielleicht noch sein Projekt, Deutsche und Hereros gegeneinander auszuspielen, retten konnte. Zum Wohle Namibias, für die Einheit und das Wachstum der Nation! Ohne Rücksicht auf Opfer und Verluste. Ihm war es tatsächlich nicht um sich selbst gegangen.

Damit war er sicher eine Ausnahme unter den Politikern des Landes gewesen, zumindest unter denen, die den Freiheitskampf überlebt hatten. Die meisten agierten eher nach der Maxime, was für sie gut war, war auch für die Nation gut. Dennoch war schwer vorstellbar, dass Kawanyama ganz ohne Rückversicherung gehandelt hatte. Ob das Zentralkomitee der SWAPO, ob seine Ministerkollegen in den Plan eingeweiht waren? Wahrscheinlich hatten sie die Details gar nicht wissen wollen. Die aufmüpfigen Hereros bloßstellen, die reichen Deutschen zur Kasse bitten, wunderbar, doch wenn es schiefging, hatten sie lieber keine Ahnung von irgendwelchen kriminellen Machenschaften. Den Erfolg hätten sie gern geteilt, doch ein Schlamassel sollte Kawanyama allein ausbaden. Und ohne zu zögern, hatte er das auch getan.

Fast beneidete Clemencia ihn. Nicht um seinen Tod und schon gar nicht um die Art seines Todes, auch nicht um das Ziel, das er unbeirrbar verfolgt hatte, sondern dass er überhaupt ein Ziel gehabt hatte. Sie selbst dagegen ... Was wäre ihr durch den Kopf gegangen, wenn dieser schlafende Koloss hier sie am Tor von Okapuka niedergeschossen hätte? Der verzweifelt nach Hilfe schreiende Blick Samuels fiel ihr wieder ein, und dann die Frage des Abteilungsleiters im Ministerium für Geschlechtergleichheit und Kindeswohlfahrt, ob sie ein Kind adoptieren wolle. Das hatte sie so beschäftigt, dass sie zu diesem Thema gleich den völlig überrumpelten Claus verhört hatte.

Claus. Der musste jetzt gerade im Flugzeug sitzen, zehntausend Meter über dem Boden. Weil er nicht wüsste, wohin mit seinen langen Beinen, würde er nicht schlafen können, und deshalb würde er die Blende vor dem Bullauge nach oben schieben, um an den Lichthaufen der im schwarzen Kontinent schwimmenden Städte abschätzen zu können, wo er sich befand. Doch wahrscheinlich wäre unter ihm nur eine geschlossene, dunkel aufgetürmte Wolkendecke, so wie fast immer in den tropischen Zonen.

Vielleicht würde er sich wundern, dass man nicht merkte, wann man den Äquator überquerte, so, als mache es keinen Unterschied, ob man sich auf der Nord- oder der Südhalbkugel der Erde befand. In seiner Müdigkeit würde er den Kopf gegen die Plexiglasscheibe lehnen, deren leichtes Vibrieren ihn dann allmählich wegdämmern ließe, in einen unbequemen, unruhigen und schuldbewussten Schlaf, sodass er gar nicht merkte, dass die Wolkendecke über dem tropischen Regenwald plötzlich verschwunden war, dass Sterne und Galaxien hell aus der Tiefe leuchteten, ruhig ihre Bahnen zogen und langsam vor dem im Osten aufsteigenden Grau des Morgens verblassten.

Ein Kind plapperte weiter vorn im Flugzeug, und dann fragte eine tiefe Männerstimme: «Hast du keine Angst, dass ich dich auffresse?»

Die Stimme kam Clemencia bekannt vor, doch sie brauchte ein wenig, bis ihr klar wurde: Das war Zeraua! Clemencia hatte geschlafen. In ihrem Plastikstuhl im Hof des Waisenhauses in Katutura. Bis weit in den Morgen hinein musste sie durchgeschlafen haben, denn sie spürte die Sonnenstrahlen auf ihren Wangen. Das tat gut. Nur noch einen Moment wollte sie die Augen geschlossen lassen. Die Zeit lief davon, ja, aber ganz kurz wollte sie noch den Bildern der Nacht nachhängen. Und dabei zuhören. Denn Zeraua redete. Er sprach mit Panduleni. Irgendwie hatte das Mädchen es geschafft, ihm die Zunge zu lösen.

«Ich glaub nicht, dass du ein Monster bist, Fleischkloß», sagte Panduleni. «Es gibt nämlich gar keine Monster.»

«Woher willst du denn das wissen, Kleine?»

«Monster gibt es nur in Geschichten, sagt Melvin. In echt gibt es böse Verbrecher, bei den Menschen und bei den Kängurus und so weiter, aber die werden von Melvin und Clemencia alle eingefangen und irgendwo angekettet. So wie du.»

«Na, dann brauchst du ja keine Angst zu haben.»

«Hab ich auch nicht. Höchstens ein bisschen», sagte Panduleni. Nach einer kurzen Pause fragte sie: «Wieso bist du ein böser Verbrecher?»

«Wer sagt denn so etwas?»

«Die haben dich angekettet.»

«Das ist nur ein Spiel, ein Erwachsenenspiel», sagte Zeraua. «Wirst sehen, die machen mich bald los.»

Mit einem Mal wurde Clemencia klar, was an Zerauas Verhalten nicht stimmte. Sie war in der Nacht zu müde gewesen, zu mitgenommen von Kawanyamas Selbstmord und ihren eigenen Zweifeln, um das Offensichtliche zu erkennen: Warum konnte Zeraua glauben, dass sich nach Engels' Rede für ihn selbst irgendetwas änderte? Egal, was der Botschafter versprach oder nicht versprach, egal, ob Mara freigelassen würde, Zeraua hatte sie mit einem Komplizen zusammen gewaltsam entführt. Das blieb ein schweres Verbrechen. Das konnte er weder ungeschehen machen noch gegen die Aussagen zweier Augenzeugen, Kangulohi und Clemencia selbst, erfolgversprechend ableugnen. Außer …

«Du hast Samuel weggebracht», sagte Panduleni. «Sami ist mein Freund.»

Außer, Mara Engels hatte sich auf Zerauas Seite geschlagen! Wenn sie behauptete, gar nicht entführt worden zu sein, sah die Sache anders aus. War sie einverstanden gewesen? Hatten sie den Überfall abgesprochen? Half Mara Engels doch den Hereros, ihre Forderungen durchzusetzen? Aus Schuldgefühlen wegen ihres rassistischen Urgroßvaters? Zu Lasten ihres eigenen Lands, ohne Rücksicht auf ihren eigenen Ehemann?

«Sami geht es gut, Ehrenwort!», sagte Zeraua.

«Ich möchte aber lieber, dass er da ist.»

«Er macht nur einen Ausflug. Bald kommt er wieder und erzählt dir alles, was er erlebt hat.»

«Was hat er denn erlebt?»

«Weiß ich doch nicht. Vielleicht hat er tolle Spiele gespielt oder Schwimmen gelernt oder wilde Tiere gesehen oder …»

«Kängurus?»

«Nein.» Zeraua lachte. «Eher Elefanten. Mit großen Stoßzähnen.»

«Das ist schön. Aber ich hätte trotzdem lieber, dass er da ist», sagte Panduleni, «weil nämlich …»

«Panduleni! Weg von dem Monster! Sofort!», kreischte Miki Selmas Stimme dazwischen.

Clemencia schlug die Augen auf. Panduleni hockte neben Zerauas Beinen im Sand, Miki Selma kam mit wehendem Rock aus der Tür des Gemeinschaftsraums herausgeschossen, und die Sonne stand ein ganzes Stück über den Eros-Bergen. Neun Uhr, schätzte Clemencia, vielleicht sogar später. Die Delegation mit den Schädeln im Gepäck war garantiert schon auf dem Hosea-Kutako-Flughafen gelandet und vielleicht bereits auf dem Weg in die Stadt.

«Er ist kein Monster», protestierte Panduleni zaghaft.

«Wer ein Monster ist, bestimme immer noch ich», brüllte Miki Selma, während sie Panduleni wegzerrte. Clemencia warf die Wolldecke zur Seite und sprang auf.

«Und du könntest auch besser aufpassen, dass den Kindern nichts passiert!», keifte Miki Selma.

«Wo ist Melvin?», fragte Clemencia.

«Der schläft, so wie du geschlafen hast. Anscheinend ist es jetzt üblich, am helllichten Tag zu schlafen. Nur die Kinder, die schlafen natürlich nicht, und ich kann mich mit ihnen herumärgern und sie nicht einmal zum Klettern in den Hof schicken, weil da dein Monster hängt.»

«Clemencias Monster?», fragte Panduleni.

«Wer hat es denn angeschleppt? Ich vielleicht?»

Clemencia verzichtete auf nutzlose Diskussionen und ging ihren Bruder wecken. Eine Viertelstunde später war auch Kangulohi da. Zu dritt saßen sie über einer Straßenkarte von Namibia, Maßstab eins zu einer Million. Etwas Genaueres hatten sie nicht zur Verfügung. Clemencia hielt sich nicht damit auf, hundertfünfzig Kilometer in Kartenzentimeter umzurechnen, sie orientierte sich an den eingetragenen Straßenkilometern. Den ersten Kreis zeichnete sie in etwas größerem Abstand um Windhoek, den zweiten mit einem um ein Drittel verringerten Radius. Dann tippte sie zwischen die beiden

Kreise. «In diesem Gebiet suchen wir eine Gästefarm, die Elefanten hält.»

Melvin sah sie fragend an.

«Zeraua hat erzählt, dass Samuel vielleicht Schwimmen lernt oder Elefanten beobachtet.»

Auch Melvin tippte auf die Karte. «Wenn Mara und der Kleine irgendwo da draußen sind, dann in einer abgelegenen Hütte oder von mir aus gefesselt in einer Farmarbeiterwerft. Ihre Bewacher gehen doch nicht mit ihnen auf Pirschfahrt.»

«Wir versuchen das jetzt», sagte Clemencia. «Auf welchen Wildfarmen in diesem Umkreis gibt es Elefanten? Das können doch nicht so viele sein.»

Kangulohi zuckte mit den Achseln. Klar, davon konnte jemand, der in Katutura groß geworden war, keine Ahnung haben.

«Kontaktiert ein paar Tour Guides oder Tourismusunternehmen, die Tagesausflüge von Windhoek aus veranstalten! Und macht schnell!» Es war kurz vor halb zehn. Clemencia selbst rief Robinsons Handy an. Mailbox. Wovon der wohl gerade träumte? Clemencia bat um sofortigen Rückruf und versuchte es bei Botschafter Engels. Auch keine Antwort.

Kangulohi telefonierte, Melvin telefonierte, und drüben im Waisenhaushof wurde es laut. Ein paar von Miki Selmas Chorfrauen waren wohl gekommen, um das Vorgehen bei der Auswahl eines für Personenauffindungen geeigneten Witch Doctors zu beratschlagen. Sie hatten Zeraua am Klettergerüst entdeckt und schienen – nach den für Clemencia verständlichen Ausrufen zu schließen – von der muskulären Ausstattung des Gefangenen ziemlich beeindruckt zu sein. Dann klingelte Clemencias Telefon. Claus war dran. Er fragte, wo Clemencia gerade sei, und berichtete, dass er gerade den Zoll passiert habe. Noch am Flugzeug sei die erste Willkommenszeremonie für die Schädel der Ahnen durchgeführt worden. Der Asphalt des Roll-

286

felds habe rhetorisch als Heimaterde herhalten müssen, und jede Menge Prominenz sei da gewesen, nur …

Neben Clemencia streckte Melvin den Daumen hoch. Anscheinend hatte er gerade wichtige Informationen erhalten. Clemencia sagte: «Es passt gerade ganz schlecht, Claus.»

«Nur», sagte Claus, «ehrlich gesagt, hatte ich gehofft, dass du mich am Flughafen abholst.»

«Glaubst du mir, wenn ich sage, dass ich das gern getan hätte?»

«Aber es ging nicht», sagte Claus.

«Genau», sagte Clemencia. «Wir sprechen uns später, okay?»

Sie wartete keine Antwort ab und legte auf. Dann wandte sie sich an Melvin: «Also?»

Melvin hatte mit jemandem von Bwana Bwana Tucke gesprochen. Farmen mit Elefantenbestand gab es hauptsächlich im Norden. Die nächsten davon – da war sich der Tour Guide ziemlich sicher – mussten die Epako Lodge bei Omaruru und die Erindi Private Game Reserve sein, doch beide lagen mehr als hundertsiebzig Kilometer von Windhoek entfernt. Sonst kam seines Wissens nach nur die Okambara Elephant Lodge bei Witvlei in Frage.

Kangulohi kam herein und sagte: «Okambara Lodge, hundertachtundvierzig Kilometer östlich von Windhoek.»

Melvin sagte: «Die haben neun Elefanten.»

Kangulohi sagte: «Und einen Pool, in dem man Schwimmen lernen könnte.»

Melvin sagte: «Die Besitzer sind deutschstämmig.»

«Und noch etwas», sagte Kangulohi. «Ich habe bei Zerauas Fitness Club, dem *Nucleus*, nachgefragt Mara Engels ist dort auch eingeschrieben.»

«Die kennen sich», sagte Melvin.

«Zeraua hat sie trainiert», sagte Kangulohi.

Melvin fragte: «Fahren wir nach Okambara raus?»

Nein, dazu reichte die Zeit nicht. Clemencia riskierte es, auf der Farm anzurufen und nach Mara zu verlangen.

«Mara?», fragte die Frau am anderen Ende.

«Die Deutsche, die in Begleitung eines fünfjährigen schwarzen Jungen bei Ihnen Urlaub macht.»

«Ach so, Frau Fischer und der kleine Samuel. Die sind heute Morgen abgereist. Vor zwei Stunden etwa.»

Frau Fischer! Mara war dort unter dem Namen ihres Urgroßvaters aufgetreten! Um ganz sicherzugehen, fragte Clemencia nach und erhielt umstandslos Auskunft: Mara war am Tag des angeblichen Überfalls gegen zwei Uhr nachmittags in Okambara eingetroffen. Sie hatte ihren Landrover selbst gefahren und, abgesehen von dem Jungen, hatte niemand sie begleitet. Tags darauf war sie jedoch von einem Schwarzen besucht worden, der Kleidung und Spielsachen für Samuel abgeliefert hatte. Der Junge hatte allerdings kaum gespielt und überhaupt nicht gesprochen. Meistens war er auf der Terrasse gesessen und hatte Strichmännchen gezeichnet. Mit riesigen Köpfen und leeren Augen. Fast wie Totenschädel hätten die ausgesehen.

«Danke», sagte Clemencia. Die Sache war klar.

«Wohin sind die gefahren?», fragte Melvin.

«Nach Windhoek», sagte Clemencia, «zum Parlamentsgarten.»

So etwas wäre in Deutschland nicht möglich, dachte Engels, so etwas ist eigentlich nirgends in der Welt möglich. Da meinen die Polizisten, die dich in Handschellen abführen, allen Ernstes, Immunität habe irgendetwas mit HIV-Aids zu tun, da verbringst du die Nacht mit zwölf Kriminellen – Messerstechern, Drogenhändlern, Taschendieben oder was auch immer – in einer desolaten Arrestzelle, die kaum groß genug ist, dass alle am Boden sitzen können, da droht dir ein Wachhabender Prügel an, wenn du nicht sofort mit der Quengelei nach einem Anwalt aufhörst, da verzweifelst du in den Stunden der Nacht so sehr, dass du fast deine Mithäftlinge bittest, dich zu erdrosseln, nur um die Hinrichtung deiner Frau nicht mehr miterleben zu müssen, und dann wird um 8 Uhr 30 die Zellentür entriegelt, ein weißer Kriminalpolizist winkt dich heraus und fragt, als gehöre das bei Mordverdächtigen zum üblichen Prozedere, ob du nicht vielleicht den Staatspräsidenten anrufen willst. Tatsächlich wirst du, kaum dass du den Namen Kawanyama erwähnt hast, vom Vorzimmer zum Präsidenten durchgestellt, und bevor du zu Erklärungen ansetzen kannst, sagt dir seine Exzellenz, Herr Hifikepunye Pohamba, dass er sofort jemanden schicken werde, mit dem du die Angelegenheit unter vier Augen klären kannst.

Der Jemand, dem Engels nun gegenübersaß, war nicht irgendwer, sondern der Minister für Sicherheit, Desmond Haufiku. Aufmerksam hörte er zu, als Engels darlegte, dass Kawanyama den Polizistenmörder von Berlin gesteuert habe und dass die Beweise dafür erdrückend seien. Damit konfrontiert, habe er seine Lage anscheinend für aussichtslos befunden und sich in den Tod gestürzt.

«Und die beiden Schüsse?», fragte Haufiku. Er wusste genau, was sich auf dem Dach des Hilton abgespielt hatte. Die ganzen SWAPO-Spitzenleute wussten es wahrscheinlich, und Engels müsste sich sehr täuschen, wenn sie sich nicht schon auf eine Strategie geeinigt hätten. Dass sie ihm einen Minister geschickt hatten, ließ ihn hoffen, dass er in ihren Überlegungen noch eine Rolle spielte.

Engels beschloss, hoch zu pokern. Er sagte: «Ja, die Schüsse. Haben Sie vielleicht eine Erklärung dafür?»

«Ich?»

Engels deutete in Richtung der Arrestzelle und sagte: «Wie Sie sicher verstehen, hatte ich noch keine Gelegenheit, über den Vorfall nach Berlin zu berichten. Aber das werde ich natürlich tun müssen. Für hilfreiche Informationen Ihrerseits, die mich zu einer abgewogenen Sicht der Ereignisse gelangen ließen, wäre ich Ihnen wirklich dankbar.»

«Sie bieten an, Ihren ehrenrührigen Verdacht gegen meinen verstorbenen Kollegen Kawanyama unter den Teppich zu kehren?», fragte Haufiku.

«Muss sein Alleingang wirklich die Beziehungen zwischen unseren beiden Ländern belasten?», fragte Engels zurück. Er wunderte sich selbst, wie leicht es ihm sogar in dieser Situation fiel, elegant und zweckgerichtet an der Wahrheit vorbeizureden. Alleingang! Natürlich hatten sie alle Bescheid gewusst. Und natürlich wusste auch Haufiku, dass er das wusste. Engels blickte ihm in die Augen. Vertrauen war gut, sich ergänzende Interessen waren besser. So lief das Geschäft.

«Depressionen», sagte Haufiku. «Kawanyama litt schon seit geraumer Zeit unter Depressionen. Wir – und ich nehme mich selbst nicht aus – hätten uns mehr um ihn kümmern müssen. Ihn entlasten, ihn freundschaftlich dazu zwingen sollen, ärztlichen Beistand in Anspruch zu nehmen.»

Engels nickte mitfühlend. Er fragte: «Und die beiden Schüsse?»

«Nun, vielleicht hatte Kawanyama vor, sich selbst zu erschießen. Er hatte sich schon die Pistole an die Schläfe gesetzt, doch im Moment des Abdrückens zuckte seine Hand unter einem letzten Aufbäumen des Lebenswillens zur Seite. Die Schüsse verfehlten ihr Ziel und durchschlugen das Glas der Brüstung. Kawanyama ließ die Pistole fallen und lief auf die Dachkante zu.»

So einfach ging das. Kawanyama war tot, und nun galt es,

auf seine Kosten den Schaden zu begrenzen. Schließlich mussten die Lebenden weiter miteinander Politik machen. Engels sagte: «Stimmt. Genauso war es.»

«Gut, dann sind wir uns also einig.» Haufiku erhob sich und sah auf seine Uhr. «Ich werde Sie mitnehmen, Herr Botschafter.»

«Wohin?»

«Zum Parlamentsgarten. Die Feier hat schon begonnen, und wenn ich mich nicht täusche, stehen Sie da auf der Rednerliste.»

11

WINDHOEK, PARLAMENTSGARTEN

Am liebsten hätte Claus sich unter die Dusche gestellt und den Nachtflug samt den Erlebnissen der letzten vierundzwanzig Stunden von der Haut gewaschen. Doch das wäre höchst unprofessionell gewesen. Den letzten Akt der Schädelheimführung durfte er nicht verpassen.

Fast hätte er es sowieso nicht geschafft. Die offizielle Delegation war in Militärbussen abgeholt worden, aber die hatten für ihn natürlich keinen Platz reserviert. Die Flughafentaxis waren alle schon in Beschlag genommen, und wenn man sonst immer einen Bekannten traf, den man um eine Mitfahrgelegenheit bitten konnte, so war das gerade diesmal nicht der Fall gewesen. Zuletzt hatte Claus den Fahrer eines Windhoeker Hotels angesprochen, als der die Koffer abreisender Urlauber auslud. Gegen einen völlig überhöhten Preis hatte sich der Fahrer bereit erklärt, ihn zum Parlamentsgarten zu bringen, und gegen eine zusätzliche Gebühr noch einen Zwischenstopp eingelegt, damit Claus seinen Koffer zu Hause abstellen konnte.

Jetzt waren sie fast da. Nicht ganz, denn die Nelson Mandela Avenue war vor der Christuskirche abgesperrt worden. Als Claus ausstieg, schallten ihm die lautsprecherverstärkten Worte eines Redners entgegen. Die Veranstaltung hatte schon begonnen. Claus lief die letzten paar Meter am Unabhängigkeitsmuseum vorbei zu Fuß und blickte über das Mäuerchen auf die große Rasenfläche des Parlamentsgartens hinunter.

Ein paar hundert, vielleicht sogar an die tausend Leute standen dort dicht an dicht. Hinter dem Rednerpult war ein großes weißes Zeltdach aufgestellt. In dessen Schatten saß links in drei Reihen die Prominenz, rechts waren auf ebenfalls mit weißem Tuch bedeckten Tischen die Schädel aufgereiht. Claus brauchte sie nicht zu zählen, um zu wissen, dass es genau zwanzig waren, keiner mehr.

Die Szenerie wurde von sorgsam gepflegten Laubengängen eingerahmt. Sie beschatteten Wege, die den Blick in die Tiefe des Gartens lenkten, auf den Brunnen und die nach oben führende breite Treppe zu. Wen die Statuen auf halber Höhe der Treppe darstellten, war auf die Entfernung nicht zu erkennen, doch Claus wusste natürlich, dass zwei von ihnen den Herero-Chief Hosea Kutako und den Nama-Kaptein Hendrik Witbooi ehrten. Über ihnen, im Tintenpalast, hatte vor hundert Jahren die deutsche Kolonialverwaltung ihre Befehle ausgestellt. Nun tagte das Parlament der Republik Namibia dort.

«Die Schuld der Deutschen ist nicht vergessen.» Die Worte des Redners peitschten schrill über die halbe Stadt. Sicher sprach er von der Kolonialzeit. Sicher war bloß die Tonanlage übersteuert. Garantiert hörte nur Claus aus dem Krach die Schüsse im Hörsaal der Berliner Charité heraus.

Der Vertreter der Nama sprach seit zehn Minuten, und Engels hätte keines seiner Worte wiedergeben können. Er saß in der letzten Reihe unter dem Dachzelt und wurde sich immer mehr bewusst, dass es keinen Ausweg gab. Fast wünschte er sich, dass man ihn in der Arrestzelle vergessen hätte. Gefangen war er in gewisser Weise immer noch, und dort hätte er wenigstens keine Rede halten müssen, von der so vieles abhing. Das Gefühl, die Situation einigermaßen im Griff zu haben, war schon in Haufikus Dienstwagen verflogen. Engels hatte Clemencia Garises anrufen wollen, doch der Minister hatte die Hand auf seinen Arm gelegt und lächelnd den Kopf geschüttelt.

«Es geht um das Schicksal meiner Frau!», hatte Engels protestiert.

«Alles zu seiner Zeit», hatte Haufiku geantwortet. Keine Telefonate! Zumindest nicht, bis Engels mit seiner öffentlichen Rede bewiesen hatte, dass er verstorbenen oder lebenden namibischen Ministern nichts Übles wollte.

Er wollte auch niemandem Übles, aber es war schlicht unmöglich, den Erwartungen der namibischen Regierung, den Anweisungen des deutschen Auswärtigen Amts und den Forderungen der Entführer gleichzeitig gerecht zu werden. Wenn er wenigstens wüsste, ob sich Mara tatsächlich in den Händen radikaler Hereros befand! Oder doch in denen von Kawanyamas Anti-Herero-Kommando. Das hatte wahrscheinlich schon gestern Abend von den Leibwächtern erfahren, dass Engels wegen Mordverdacht an ihrem Chef inhaftiert worden war. Falls sie Mara nicht gleich umgebracht hatten, würden sie das sicher tun, wenn er nun den Hereros nach dem Mund redete. Haufiku und das SWAPO-ZK würden das ebenfalls als Verrat empfinden. Vielleicht hatten die ja auch Mara von ihrem toten Kollegen übernommen und benutzten sie als Faustpfand für Engels' Wohlverhalten. Dass man ihn nicht telefonieren hatte lassen, konnte darauf hinweisen. Wie auch immer, entschied er sich für die falsche Alternative …

In Engels' rechter Anzugtasche steckte die Rede, die seine Mitarbeiter in der Botschaft für ihn entworfen hatten, in der linken die hilflosen, von ihm selbst in vielen verzweifelten Stunden zusammengestückelten Sätze. Kein Genozid, keine Entschädigungen, lautete die Quintessenz des einen Texts, ein uneingeschränktes Schuldeingeständnis und alles Geld der Welt versprach der andere. Was verantwortbar, was gar recht und billig war, interessierte Engels nicht im Geringsten. Er wollte nichts falsch machen, das war alles. Nur wie?

Beifall brandete auf. Der Nama wandte sich vom Rednerpult ab. Auf dem Weg zu seinem Platz zurück schien er Engels anzustarren. Hasserfüllt, höhnisch, erwartungsvoll? Herrgott, Engels wollte doch nur alles richtig machen!

Langsam schob sich Clemencia durch die Menschenmenge. Kangulohi hatte die Aufgabe, in den umliegenden Straßen und auf den Parkplätzen der City nach Mara Engels' Landrover Ausschau zu halten. Melvin wollte erfolgversprechende Stellen rund um den Parlamentsgarten kontrollieren, die Front zur Nelson Mandela Avenue, die ebenfalls höher gelegene Zufahrtsstraße zum Parlament oder das unübersichtliche Gelände zum Windhoek Bowling Club hin. Von solchen Standorten aus konnte Mara mitbekommen, was ihr Mann sagte, ohne selbst allzu viel zu riskieren. Wenn sie vor seiner Rede entdeckt würde, wäre ja alles vergeblich gewesen.

Dennoch glaubte Clemencia, dass sie Mara hier im Garten finden würde. Nicht in den ersten Reihen, aber doch inmitten der Zuhörer, die gekommen waren, um den heimgekehrten Ahnen Ehre zu erweisen. Sie hatte deren Sache zu ihrer eigenen gemacht, und nun wollte sie unter ihnen miterleben, wie ihr Mann im Namen Deutschlands den Hereros Genugtuung leistete.

Vielleicht würde ihr irgendwann bewusst werden, dass ihre Hautfarbe nicht ins Bild passte. Vielleicht würde sie das aber auch nur darin bestärken, die richtige Entscheidung getroffen zu haben. Die Prägungen der Abstammung können überwunden werden, würde sie sich einreden, denn jeder hat die Wahl, und ich, ich habe den Mut besessen, mich vom verbrecherischen Rassismus meiner Vorfahren radikal loszusagen und auf die richtige Seite zu wechseln. Sie würde sich als etwas ganz Besonderes sehen.

Und in der Tat, nur vereinzelt stachen weiße Gesichter aus der Menge heraus. Die deutschstämmigen Namibier waren lieber zu Hause geblieben. Bei den wenigen Hellhäutigen musste es doch möglich sein, Mara ausfindig zu machen! Clemencia kämpfte sich seitwärts durch die Zuhörer.

Die Sprecher der Hereros und Namas waren durch, jetzt stand Staatspräsident Pohamba am Pult. Ungeachtet der Tatsache, dass sich unter Namibia damals niemand etwas vorstellen konnte, nannte er beharrlich die Männer, Frauen und Kinder, deren Gebeine nun wieder auf heimischem Boden zurück seien, Vorkämpfer für die Freiheit, Unabhängigkeit und Einheit eben dieses Staates. Welcher ethnischen Gruppe sie angehört hatten, erwähnte er nicht.

Claus war gespannt, ob Pohamba auf den Eklat von Berlin eingehen würde, aber er sprach nur allgemein vom schwierigen Erbe, das die deutsche Seite zu besonderer Verantwortung gegenüber Namibia verpflichte. Das war äußerst zurückhaltend formuliert und würde die Erwartungen des Publikums nicht annähernd erfüllen. Vielleicht kam Pohamba deshalb überraschend schnell zum Ende. Er erntete keine Pfiffe, doch auch nur sehr müden Beifall. Als Claus in die Menge blickte, glaubte er den Unmut förmlich sehen zu können.

Dort, im hinteren Drittel, schienen die Ersten schon enttäuscht abzuwandern. Nein, es war nur ..., es war Clemencia! Sie pflügte durch die Reihen, als hätte sie es darauf abgesehen, sich mit so vielen Leuten wie möglich anzulegen. Claus verließ seinen Beobachterplatz außen an der Mauer, durchquerte das Tor, stieg die Stufen zum Garten hinab. Wo die Blumenbeete in die Rasenfläche übergingen, blieb er stehen. Clemencia musste inzwischen weiter rechts sein. Irgendwo in der Menge, hinter der Wand aus Rücken, die Claus den Weg versperrte.

296

Er tippte auf eine Schulter, murmelte eine Entschuldigung, drückte sich vorbei, spürte die Körper rechts und links, roch den Schweiß, weiter, weiter jetzt, einfach durch, Ellenbogen, Schultern, Körper vorn und hinten und überall, und Claus spürte sein Herz plötzlich bis an den Hals schlagen, obwohl es nicht den geringsten Grund dafür gab. Kaum einer murrte, wenn Claus sich vorbeipresste, die Leute schienen völlig gelassen, und überhaupt war das hier kein chaotischer Berliner Hörsaal, sondern der weite, nach allen Seiten Fluchtmöglichkeiten eröffnende Parlamentsgarten in Windhoek, der Hauptstadt Namibias, über der die Sonne genauso strahlte wie auf der Nationalflagge.

Clemencia hatte sie entdeckt! Mara Engels. Sie stand auf der Südseite des Gartens in einer der hinteren Reihen. Zum Rednerpult hin boten ein paar Herero-Frauen mit ihren ausladenden Kopfbedeckungen Sichtschutz, aber das war alles. Mara hatte sich nicht verkleidet, sie versteckte sich nicht hinter Hecken oder Bäumen, sie stand einfach in der Menge, hatte Samuel auf dem Arm und blickte nach vorn. Clemencia wich zur Seite aus, um in ihrem Rücken an sie heranzukommen. Sicher war sicher, obwohl nicht anzunehmen war, dass Mara fliehen würde. Schon gar nicht, wenn sie Samuel dabeihatte.

«Und nun erteile ich dem Botschafter der Bundesrepublik Deutschland das Wort», sagte der Zeremonienmeister ins Mikrophon. «Herr Engels?»

Das war zu früh! Clemencia hatte Engels nicht erreichen können. Er wusste nicht, dass Mara gar nicht entführt worden war. Gleich würde er zu sprechen beginnen, und zwar in der irrigen Meinung, dass er mit seinen Worten um Maras Leben kämpfte. Sie hatte ihn betrogen, und er würde jetzt die Hereros betrügen. Er würde ihnen das Blaue vom Himmel herab versprechen, wohl wissend, dass seine Regierung nichts davon einhalten würde und dass sich die Spannungen zwischen den Völkern deshalb nur noch verstärken würden. Natürlich hatten die Deutschen schreckliches Unrecht begangen. Natürlich hätten sie schon längst dafür geradestehen sollen. Doch erzwungene Entschuldigungen waren keine. Man sollte dem Mann dort vorn ersparen, sie vortragen zu müssen. Aber noch war Clemencia nicht so weit. Noch hatte sie Mara nicht.

Clemencia presste sich an zwei Soldaten in Uniform vorbei. Sie konnte nun erkennen, dass Mara ein weißes Sommerkleid trug. Samuel auf ihrem Arm hielt den Kopf gesenkt, und Mara sagte irgendetwas, nicht zu Samuel, sondern zur anderen Seite hin, und der Mann neben ihr antwortete, und den kannte Clemencia doch auch! Das war Tjitjiku, der Abteilungsleiter im Ministerium für Kindeswohlfahrt. Derselbe, der sie gefragt hatte, ob sie ein Kind zu adoptieren gedenke. Was wollte der denn hier? Gut er war Herero. Warum sollte er nicht aus Respekt vor den Schädeln gekommen sein, wie so viele andere auch? Vielleicht war er Mara zufällig über den Weg gelaufen. Er hatte sie angesprochen oder sie ihn, schließlich hatten sie bei den Verhandlungen wegen Samuels Adoption genug miteinander zu tun gehabt. Und nun standen sie eben nebeneinander.

Oder es war ganz anders. Denn, verflucht, er war Herero, und sie, sie war die Frau des deutschen Botschafters.

Engels erhob sich. Während er langsam zum Rednerpult ging, dachte er, dass er noch abhauen könnte. Er müsste sich umdrehen, zwischen Pohamba und den Schädeln durchschreiten, und bevor sich die erste Verblüffung gelegt hätte, zu laufen beginnen, die Stufen am Ende des Gartens hochhasten und rennen, rennen, rennen, bis ihn irgendwer überwältigte oder er von selbst tot umfiele.

Doch schon stand er vor dem Mikrophon. Automatisch legten sich seine Hände an die Kanten des Rednerpults. Ganz, wie er es sich beigebracht hatte, weil Diplomaten Ruhe ausstrahlen und nicht wild herumgestikulieren sollten. Routine und Erfahrung waren eine Menge wert, nur jetzt nützten sie ihm einen feuchten Dreck. Die Lage war aussichtslos.

Engels nahm die Hände wieder vom Pult, griff erst in die eine, dann in die andere Anzugtasche und zog beide Manuskripte hervor. Er legte sie nebeneinander auf die schräge Fläche unter dem Mikrophon. Er strich das Papier glatt. Er richtete die Blätter kantengenau aus. Links lag die «Ihr-Hereros-könnt-uns-mal»-Rede im Sinne der deutschen Regierung, rechts das von ihm verfasste «Wir-tun-alles-was-ihr-verlangt»-Gestammel. Links hatte es nie einen Genozid gegeben, rechts dachte ganz Deutschland über nichts anderes nach, als ihn wiedergutzumachen. Und wo stand das Todesurteil für Mara drin? Links oder rechts? Rechts oder links?

Engels sah auf. Er vermied es, einzelne Gesichter zu fixieren, ließ nur seinen Blick über die Menge schweifen. Er spürte, wie ihm Feindseligkeit entgegenschlug, auch wenn es überraschenderweise keine Buhrufe zu seiner Begrüßung gegeben hatte. Wahrscheinlich wollten sie sich die für seine ersten Worte aufsparen. Sobald er die deutsche Regierung erwähnte, würden die «Mörder, Mörder»-Sprechchöre losbrechen. Das wäre Engels völlig egal, wenn es nicht irgendeinem in der Menge Anlass gäbe, Maras Bewacher anzurufen. Der Mann bräuchte gar nichts zu sagen, müsste nur sein Handy hochhalten, sodass man die Sprechchöre am anderen Ende gut verstehen könnte. «Mörder, Mörder». Und dann würden sie Mara umbringen.

Die Stille über dem Parlamentsgarten fühlte sich entsetzlich an. Noch nie hatte Engels solch ein beklemmendes Schweigen erlebt. Reden ist Silber, Schweigen ist Gold, sagte man. Welch ein Unsinn! Beides tötete. Auch wenn er nichts sagte, würde er schuldig werden. Dann erst recht.

Die Leute warten darauf, dass du anfängst, dachte er. Nicht sie stehen am Rednerpult, sondern du. Nur du lässt dieses stumm brüllende Nichts immer weiter wuchern. Es ist dein Schweigen! Er blickte auf das Mikrophon.

Claus steckte mittendrin. Wenn Panik ausbrach, käme er nie mehr heraus, zumindest nicht lebend. Und ausgerechnet jetzt stand der deutsche Botschafter am Rednerpult! Sobald der zu sprechen anfing, war allgemeiner Tumult garantiert. Das hatte man doch in der Charité gesehen. Genau so hatte es dort auch begonnen. Mit einer verdammten Politikerin, die nicht willens gewesen war, auch nur einen halben Schritt über die Linie ihrer Regierung hinauszugehen. Ein paar unangebrachte Worte, und schon war die Feier in Chaos und Verderben untergegangen.

Das Schlagen und Stoßen und Stürzen, die Knäuel von verdrehten Gliedmaßen, begrabene Leiber, halb erstickte Schreie, das Brechen von Knochen – all das erstand in Claus wieder auf. In Berlin hatte er vom Rand des Hörsaals mit ansehen müssen, wie sich die Menschen in Todesangst gegenseitig zertrampelt hatten. Das war schlimm genug gewesen, doch jetzt steckte er mittendrin!

Ruhig bleiben, durchatmen! Der Botschafter hatte noch keinen Ton gesagt, die Menge um Claus wirkte nicht panisch, er würde nicht sterben, er würde hier lebend davonkommen, und dann würde er alles vergessen, die zerquetschten Leiber und den von Kugeln zerfetzten Kaiphas und die grinsenden Totenschädel. Das war vorbei, das war Vergangenheit.

Claus spürte seine Hände zittern. Nein, er wollte nicht sterben. Schon gar nicht allein unter so vielen Fremden. Er nahm die rechte Schulter vor und versuchte sich aus der Menge hinauszuarbeiten. Zur Seite hin, in die Richtung, in der er Clemencia vermutete.

Samuel hob den Kopf, als Clemencia von hinten herantrat. Täuschte sie sich, oder flog der Hauch eines Lächelns über sein Gesicht? Der Junge konnte einem leidtun. Um ihn drehte sich alles, doch nur wie bei einem Spielball, auf den jeder eintrat, um ihn ins gegnerische Tor zu befördern. Clemencia drängte sich zwischen Mara und Tjitjiku. Sie fragte: «Darf ich mal stören?»
Mara zuckte zusammen. Sie blickte Clemencia von der Seite an, ein erschrecktes Vögelchen mit gebrochenen Flügeln, unschlüssig, wie es seine Anwesenheit erklären sollte, und bangend, dass das die Katze sowieso nicht interessierte. Mara schien zu ahnen, dass Clemencia Bescheid wusste. Das konnte sie gern bestätigt haben.
Clemencia sagte: «Ich nehme an, die Idee stammte von Herrn Tjitjiku hier, dem unumschränkten Herrn über Adoptionen in unserem Land. Er begriff schnell, dass du alles tun würdest, um Samuel zugesprochen zu bekommen. Er machte dir klar, dass die Chancen dafür gleich null wären und dass er schon das Recht beugen müsste, um dem Antrag zuzustimmen. Aber wieso sollte er das tun? Vielleicht hast du ihm Geld angeboten. Das hat er entrüstet abgewiesen. Du hast auf ihn eingeredet, hast von deinem rassistischen Urgroßvater erzählt, dessen Schuld du wiedergutmachen willst, indem du einem traumatisierten Herero-Jungen alles bieten würdest, ein fürsorgliches Umfeld, die teuersten Psychologen, die besten Schulen und Entwicklungschancen, von denen er hier nicht einmal träumen könnte. Das sei nicht genug, hat dir Tjitjiku geantwortet, deine Regierung müsse endlich das Unrecht anerkennen, das seinem Volk, den Hereros, angetan worden sei. Wenn das geschehe,

könne er seine Haltung zur Adoption Samuels vielleicht überdenken. Dein Mann, der Botschafter, solle die längst fälligen Reparationen zusagen. Du könntest doch dementsprechend auf ihn einwirken. Aber das hast du gar nicht versucht, Mara, weil du wusstest, dass er das strikt ablehnen würde. Du musstest ihn zwingen. Das einzige Mittel, das dir dazu stark genug erschien, war seine Sorge um dich. Also hast du deine Entführung in die Wege geleitet und ihm mitteilen lassen, wie er dein Leben retten könne.»

«Was reden Sie denn da für einen Schwachsinn!», sagte Tjitjiku.

«Und ich habe dazu gedient, die angebliche Entführung glaubwürdig erscheinen zu lassen», sagte Clemencia.

«Es tut mir leid», sagte Mara.

Wenigstens leugnete sie nichts ab. Clemencia glaubte ihr, dass sie aus ehrenwerten Motiven gehandelt hatte. Geschichtliches Unrecht zu korrigieren, liegt nicht in deiner Macht, mochte Mara gedacht haben, aber deinen ganz kleinen Beitrag solltest du zu leisten versuchen. Sie konnte die Welt nicht retten, wohl aber einen kleinen Herero-Jungen. Vor Armut, Einsamkeit, Perspektivlosigkeit. Daran konnte doch nichts falsch sein! Das durfte doch nicht an der namibischen Bürokratie scheitern! Je höher sich die Hindernisse auftürmten, desto mehr versteifte sie sich auf ihr Vorhaben. Eine endgültige Ablehnung ihres Antrags hätte sie als persönliches Versagen empfunden, ein Aufgeben hätte zusätzlich Verrat an Samuel bedeutet. Sie machte die Adoption zu ihrem Lebenssinn, war wie besessen von dieser fixen Idee, neben der alles andere verblasste. Und doch blieb sie rational genug, um einen minutiösen Plan zu entwerfen. Sie bereitete die angebliche Entführung durch selbst verfasste Drohbotschaften vor, sie suchte sich Helfershelfer, schärfte diesen ein, was sie in Okapuka zu tun hätten, und spielte dort ein über-

302

zeugendes Opfer. Sie hatte ihren Mann und Clemencia und alle Welt an der Nase herumgeführt.

Engels stand vorne am Rednerpult. Wahrscheinlich fragte er sich gerade, wie lange Mara noch zu leben hatte. Clemencia flüsterte: «Du musst es ihm sagen, Mara!»

Maras Hand strich über Samuels Rücken.

«Sag es deinem Mann! Ruf nach vorn, dass du hier bist! Frei und unversehrt.»

«Es tut mir unendlich leid», sagte Mara, «aber bitte, Clemencia, gib mir noch ein paar Minuten!»

«Ruf nach vorn! Sonst mache ich es.»

«Gib uns noch ein paar Minuten!», flehte Mara. Sie umklammerte Samuel mit beiden Armen. «Tu es für ihn, bitte!»

Die Stille lag schwer über den Köpfen.

«Herr Botschafter?», fragte der Zeremonienmeister von hinten. «Ist alles in Ordnung?»

Ob alles in Ordnung war? Engels hätte fast aufgelacht. Nur gab es nichts zu lachen. Ganz im Gegenteil. Der Zeremonienmeister berührte ihn am Oberarm. Engels musste jetzt beginnen, sonst würden sie ihn vom Pult wegzerren. Gar nichts zu sagen hieß, zu versagen. Dann bliebe nur sein Schweigen stehen, und – dessen war er sich gewiss wie sonst gar nichts – Schweigen bedeutete den Tod.

Engels starrte auf die beiden Manuskripte hinab. Links oder rechts? Er musste noch ein wenig Zeit gewinnen. Er würde zu sprechen beginnen, ohne etwas zu sagen. Zuerst würde er die Ehrengäste begrüßen, den Zeremonienmeister, den Staatspräsidenten, den Parlamentssprecher, die diversen Minister, die Vertreter der traditionellen Stammesbehörden. Wenn er einmal angefangen hätte, würde sich der Rest vielleicht von selbst ergeben.

Engels hob den Blick. Vor ihm tausend verschlossene Gesichter. Schräg hinter ihm zwanzig aufgereihte Schädel. Und er stand dazwischen. Zwischen Lebenden und Toten. Er würde jetzt seine beiden Konzepte zerknüllen und frei zu sprechen beginnen. Er würde sagen, dass er nicht wisse, was er sagen solle. Dass er hilflos sei. Dass er seine Frau liebe. Dass Politik ein dreckiges Geschäft sei. Dass er zwischen Lebenden und Toten stehe und keine Ahnung habe, zu wem er gehöre. Dass im Begriff *Verantwortung* der Begriff *Antwort* stecke und in diesem wiederum der Begriff *Wort*, und dass er deswegen hier spreche, obwohl er begriffen habe, dass es keine Antworten gebe, ja nicht einmal richtige *Worte*, sondern nur falsche. Dass aber, wer schweige, noch mehr Schuld auf sich lade, weil ...

Irgendetwas in Engels sagte: «Wer ohne Schuld ist ...»

Seine Worte dröhnten überlaut über die Menge hinweg. Er hörte ihnen nach, wartete auf eine Reaktion. Die Leute blieben still. Hatte er überhaupt etwas gesagt?

«Wer ohne Schuld ist», sagte Engels, «der werfe den ersten Stein.»

Er nickte. Die Worte aus den Lautsprechern waren nicht zu überhören gewesen. Engels schlug den Blick nieder und wartete darauf, dass man ihn tatsächlich steinigen würde. Nichts geschah. Sie wollten ihn wirklich reden lassen! Nur, er hatte nicht mehr zu sagen. Außer einer Sache vielleicht.

«Wer ohne Schuld ist, werfe den ersten Stein. Die anderen bitte ich nun vorzutreten und sich im Andenken an die Toten zu verneigen.»

Die Menge blieb unbewegt. Wenn sie sich anderes erhofft hatte, musste Engels sie enttäuschen. Er sagte: «Danke.»

«Erst ist der Bischof dran», flüsterte der Zeremonienmeister ihm von hinten zu, doch Engels scherte sich nicht darum. Er trat vom Rednerpult weg und schritt die Tische mit den aufgereihten Schädeln ab. In der Mitte blieb er stehen und beugte den Kopf. Er verharrte ein paar Sekunden so, dann richtete er sich wieder gerade und ging zu seinem Platz zurück. Er setzte sich, er schloss die Augen. Wahrscheinlich hatte er gerade seine Frau getötet. Aber es war vorbei. Nichts war mehr zu ändern. Fast fühlte er sich erleichtert.

Als er die Augen wieder öffnete, sah er, dass eines der Absperrgitter zur Seite gedrückt worden war. Die ersten der Zuhörer defilierten bereits an den Schädeln vorbei. Dahinter hatte sich eine lange, diszipliniert wartende Menschenschlange gebildet. Am Rednerpult begann Landesbischof Zameeta ein Gebet zu sprechen.

Minister Haufiku beugte sich zu Engels herüber. «Ausgezeichnet, Herr Botschafter, sehr effektvoll. Man sollte die Wirkung symbolischer Gesten nie unterschätzen.»

«Darf ich jetzt mein Telefon benutzen?», fragte Engels.

«Da brauchen Sie mich doch nicht zu fragen», sagte Haufiku mit erstaunter Stimme.

Engels wählte die Nummer von Clemencia Garises an.

Regungslos hatte Mara zugehört, regungslos hatte sie zugesehen, wie ihr Mann vom Mikrophon wegtrat. Nur ihre Arme hatten sich vielleicht noch ein wenig fester um Samuel geschlungen. Sie presste den Jungen an sich, als wolle sie ihre beiden Körper verschmelzen. In seltsamem Kontrast zu dem fast gewaltsamen Griff begann sie nun wie zu einer unhörbaren Melodie den Oberkörper sacht hin- und herzuwiegen. Clemencia hatte das Gefühl, etwas sagen zu müssen, auch wenn sie nicht wusste, was. Bevor sie einen sinnvollen Gedanken fand, klingelte ihr Handy. Es war Engels.

«Ja», sagte Clemencia, «ich habe Mara gefunden.»

«Nein», sagte sie, «ihr geht es gut.»

305

«Nun», sagte sie, «die Geschichte ist etwas kompliziert, aber das kann Ihnen Mara besser selbst ...»

Mara schüttelte heftig den Kopf. So entschieden wirkte ihre Ablehnung, dass Clemencia nicht anders konnte, als ihr noch ein wenig Zeit zu lassen. Sie sagte ins Telefon: «Mara wird gleich bei Ihnen sein, Herr Engels.»

Die beiden hatten sich einiges zu erklären. Wenn sie es denn vermochten. Clemencia stellte sie sich auf der Terrasse der Botschafterresidenz vor, wie jeder für sich auf ihr sorgsam gepflegtes Paradies hinabschaute, ohne etwas davon wahrzunehmen. Die zwei, drei Meter zwischen ihnen würden sich wie Lichtjahre anfühlen. Engels würde sich fragen, ob die Frau, die seinen Ring am Finger trug, sich je überlegt hatte, in welche Qualen sie ihn mit ihrer Erpressung stürzen würde. Mara würde bei allem, was sie selbst falsch gemacht hatte, nicht begreifen können, dass der Mann neben ihr nicht bereit gewesen war, mit einer simplen Rede ihr Leben zu retten. Aber das mussten sie selbst regeln. Dabei konnte Clemencia nun wirklich nicht helfen.

«Herr Tjitjiku?», fragte Mara zögernd.

«Frau Engels?»

«Was ist nun mit Samuel?»

Tjitjiku verzog keine Miene. «Wie ich Ihnen schon sagte, Frau Engels: Über Ihren Adoptionsantrag wird streng nach Recht und Gesetz entschieden.»

«Aber ...» Mara war nahe daran, in Tränen auszubrechen. «Aber ich habe doch alles versucht! Das müssen Sie doch ...!»

«Wenn ich nur könnte, wie ich wollte», sagte Tjitjiku, «aber ich habe nun mal meine Vorschriften.»

«Es geht doch nicht um mich. Es geht darum, dem Jungen eine Zukunft ..» Mara brach ab. Sicher hatte sie Tjitjiku ihre Argumente schon hundertmal vorgebetet. Sie schien zu begreifen, dass ein hunderterstes Mal nichts an seiner negativen Entscheidung ändern würde. Es war vorbei.

«Wenn Sie mich nun entschuldigen, ich würde mich gern vor den Schädeln meiner Ahnen verneigen.» Tjitjiku nickte Clemencia knapp zu und ging los, um sich in die Schlange einzureihen.

Clemencia fiel der Schädel von Maras Urgroßvater ein, den ein Herero in Freiburg ausgegraben hatte, weil ihm eingeredet worden war, er müsse ihn zur Vergeltung der Kolonialverbrechen nach Namibia verschleppen. Daran hatte der Mann geglaubt, dafür hatte er Verbrechen begangen, und darin war er ebenso gescheitert wie Mara in ihrem verzweifelten Spiel hier. Der Schädel war in Deutschland geblieben, genau wie Samuel in Namibia bleiben würde, wenn das Ehepaar Engels nach Europa zurückkehrte. Hätte beides geklappt, wäre ein makabrer Austausch zwischen den Kontinenten zustande gekommen. Der tote deutsche Rassist als verspätete symbolische Kriegsbeute der Herero-Nachfahren gegen den traumatisierten Herero-Jungen als Wiedergutmachungsobjekt der reuewilligen Rassisten-Urenkelin! Nein, so verständlich die jeweilige Motivation sein mochte, auf diese Weise konnte man nicht mit Schuld umgehen. So durfte man auch nicht mit Menschen umspringen, weder mit lebenden noch mit toten. Selbst Mara würde das einsehen, irgendwann.

Mara starrte immer noch Tjitjiku hinterher. Sie flüsterte kaum vernehmlich: «Wenn er jetzt zurücksieht, wird alles gut. Wenn er sich jetzt umdreht ...»

«Mara!», sagte Clemencia.

«Dreh dich um, bitte, dreh dich um!», flehte Mara, doch das Wunder geschah nicht. Tjitjiku stand in der Schlange und wandte ihr den Rücken zu.

«Komm, Mara», sagte Clemencia, «lass uns ...»

«Gleich», sagte Mara. Sanft löste sie Samuels Hände von ihrem Hals. Dann drückte sie den Jungen Clemencia in den Arm. «Nur einen Moment! Bitte!»

Samuel legte den Kopf an Clemencias Schulter. Mara drehte sich um und bahnte sich einen Weg durch die schon etwas gelichteten Reihen. Als sie den Rand der Menge erreicht hatte, begann sie zu laufen. Nicht in Richtung ihres Manns, nicht in Richtung der Schädel, sondern auf den Ausgang des Parlamentsgartens zu.

«Mara!», rief Clemencia.

«Eigentlich ist diese Schädelgeschichte doch ganz gut gelaufen», sagte Haufiku.

Engels suchte die Menge mit den Augen ab. Noch hatte er Mara nicht entdecken können. Er sagte: «Sie erlauben, dass ich widerspreche, Herr Minister. Immerhin gab es Tote zu beklagen.»

«Wegen dieses in Berlin erschossenen Kaiphas kann man den deutschen Polizisten keinen Vorwurf machen. Sie haben ihre Pflicht getan. Dass einer von ihnen vorher schon sein Leben lassen musste, ist tragisch, aber Berufsrisiko. Und Kawanyama, nun ...»

«Depressionen, ich weiß», sagte Engels.

«Genau, und unter uns gesagt, war er auch etwas zu ehrgeizig, zu intrigant. Einen Mann mit einem solchen Geheimauftrag loszuschicken, um Hereros und Deutsche aufeinanderzuhetzen, ich bitte Sie, so macht man doch keine Politik!»

«Fast hätte es funktioniert», sagte Engels. Wo blieb nur Mara?

«Aber nur fast», sagte Haufiku. «Auf die deutsche Gründlichkeit ist eben Verlass. Wenn Ihre Polizei einen Tipp bekommt, dass ein verdächtiger Schwarzer zu der und der Zeit am Berliner Bahnhof eintrifft, dann kontrolliert sie den auch.»

«Einen Tipp?»

«Davon gehe ich aus. Bei Ihnen in Deutschland würde doch niemand nur wegen seiner Hautfarbe kontrolliert werden, oder?» Haufiku lächelte.

Einen Tipp? Engels dachte nach. Man hatte sich ausrechnen können, dass Kaiphas eine Kontrolle nicht widerstandslos über sich ergehen ließe. Ob dabei er oder ein Polizist zu Schaden kam, war eigentlich egal. Beides hätte Kawanyamas ursprünglichen Plan zunichtegemacht. Wäre Kaiphas aber nicht kontrolliert worden, wäre alles anders gekommen. Er hätte den geraubten Schädel der nichtsahnenden Delegation übergeben, und Kawanyama hätte das noch während der Feier auffliegen lassen. Hereros und Deutsche hätten sich gegenseitig der Pietätlosigkeit bezichtigt und bis auf die Knochen blamiert. Kawanyama hätte seinen Mann nicht mit einer falschen Attentatswarnung in den Tod schicken müssen. Es wäre nie zum blutigen Desaster in der Charité und auch nicht zu Kawanyamas Verzweiflungstat gekommen. Im Gegenteil, er wäre innerhalb der SWAPO als genialer Stratege dagestanden und hätte sich für die Nachfolge Pohambas in einer Weise positioniert, dass es für einen Konkurrenten wie Haufiku schwer geworden wäre.

Engels formulierte als Frage, was keine mehr war: «*Sie* haben der deutschen Polizei den Tipp gegeben, Herr Minister?»

«Ich? Wie kommen Sie darauf?»

Natürlich war er es gewesen. Nur, wieso plauderte er ausgerechnet Engels gegenüber eine so delikate Information aus? Dann begriff Engels. Er hatte soeben eine in Vertraulichkeit verpackte tödliche Warnung erhalten. Er sollte sich nicht einbilden, von der Vereinbarung mit Haufiku auch nur um einen Deut abweichen zu können. Schon ganz andere als er hätten versucht, ihr eigenes Spiel zu spielen, und denen war es übel bekommen.

Nun, das würde Engels nicht passieren. Er war heilfroh, die Sache einigermaßen glimpflich überstanden zu haben. Und er hatte gemerkt, dass er nicht der richtige Mann war, um große Wahrheiten zu verkünden. Wieso sollte er sich jetzt den Mund verbrennen? Was gingen ihn die Intrigen der namibischen Regierung, die deutschen Kolonialverbrechen, die Hereros, die Schädel, die Toten an? Schuld und Verantwortung und Gerechtigkeit, das hatte doch von Anfang an nicht gezählt. Ihm war immer nur Mara wichtig gewesen. Wo steckte sie bloß? Engels wünschte sich nur, mit ihr zusammen abends auf der Terrasse zu sitzen, den Mausvögeln zuzusehen, wie sie sich in ihren Nestern sammelten, dabei einen Sundowner zu schlürfen und zu vergessen, was geschehen war. Er sagte: «Ich verstehe, Herr Minister.»

Claus atmete durch. Die Menge löste sich allmählich auf, die Panik war ausgeblieben, er hatte überlebt, und selbst die Schreckensbilder in seinem Kopf wurden mit einem Mal blass und fast unwirklich, denn dort stand Clemencia. Er hatte sie eine Ewigkeit nicht von Angesicht zu Angesicht gesehen, doch es kam ihm vor, als hätte er sich erst gestern von ihr verabschiedet. Nie war ihm klarer gewesen, dass er mit ihr leben wollte. Egal, was sich früher zwischen ihnen als schwierig erwiesen hatte. Wen interessierte schon die Vergangenheit? Und wenn, wieso sollte es nicht möglich sein, einen Schlussstrich darunter zu ziehen? Sie beide waren freie Menschen. Sie konnten sich entscheiden, wie sie ihre Zukunft gestalten wollten. Er war für eine Menge Dinge offen, solange es sich um eine gemeinsame Zukunft handelte. Er würde jetzt zu Clemencia gehen und mit ihr sprechen. Das hätten wir überstanden, würde er sagen, und bevor sie noch antworten könnte, würde er sie umarmen und ihr zuflüstern: «Und jetzt lass uns von vorn beginnen!»

Claus ging auf Clemencia zu. Er sah, wie eine blonde Frau ihr einen schwarzen Jungen auf den Arm setzte und weglief. Der Junge klammerte sich an Clemencia, und nun war Claus endlich bei ihr, und Clemencia rief der blonden Frau nach, und Claus sagte: «Clemencia, das hätten wir überstanden, und jetzt ...»

«Hältst du mal Samuel?»

Im Nu hatte Claus den Jungen aufgehalst bekommen, und während er noch damit beschäftigt war, ihn richtig zu fassen zu kriegen, hastete Clemencia schon der blonden Frau hinterher. Weg war sie. Verflucht, sie hatte wirklich ein untrügliches Gespür für falsches Timing. Wie früher eigentlich. Ließ ihn einfach stehen! Mit einem schwarzen Kind im Arm, das er noch nie zuvor gesehen hatte. Ob es der Junge war, den Clemencia vielleicht adoptieren wollte?

«Na, kleiner Mann?», fragte Claus.

Der Junge sah ihn mit riesigen dunklen Augen an.

«Brauchst keine Angst zu haben», sagte Claus. Der Junge blickte ihn unverwandt an. So, als erwarte er irgendetwas von ihm.

«Wenn du willst», sagte Claus, «gehen wir da vor und schauen uns die Schädel an.»

VERWENDETE LITERATUR:

DOKUMENTE UND QUELLEN AUS: www.freiburg-postkolonial.de
HENRICHSEN, DAG: Herrschaft und Alltag im vorkolonialen
    Zentralnamibia. Windhoek, 2011
SEYFRIED, GERHARD: Herero. Frankfurt/Main, 2003
VOGT, ANDREAS: Nationale Denkmäler in Namibia. Windhoek,
    2006

GLOSSAR:

AFRIKAANS: Aus dem Holländischen entwickelte Sprache der
Buren im südlichen Afrika. Bis heute Umgangssprache in
weiten Teilen Namibias

AHNENBAUM, OMBOROMBONGA (OTJIHERERO): Baum mit sehr
hartem Holz, dem der Sage nach die Hereros und ihre Rinder
entsprungen sind

ALLGEMEINE ZEITUNG: In Windhoek erscheinende, bis auf die
Kaiserzeit zurückgehende deutschsprachige Tageszeitung

ASSEGAI: Ein im südlichen Afrika verwendeter Wurf- oder
Stoßspeer

BAKKIE (AFRIKAANS): Geländewagen mit offener Ladefläche,
Pick-up

BARRAKUDA: Sich automatisch bewegendes Gerät zur Pool-
reinigung

BASTER: Eine ursprünglich in Südafrika aus Beziehungen
zwischen Nama-Frauen und Buren entstandene ethnische
Gruppe, deren Siedlungsgebiet um die Stadt Rehoboth
südlich von Windhoek liegt

BOTTLE STORE: Laden, in dem alkoholische Getränke verkauft
werden

BUREN: Afrikaans sprechende, europäischstämmige Einwohner Südafrikas und Namibias

CIVIL COOPERATION BUREAU (CCB): Eine nominell eigenstän-
dige, aber eng an das südafrikanische Militär gebundene
Geheimorganisation, die von 1986 bis 1990 bestand und vor
allem Anti-Apartheids-Aktivisten gewaltsam bekämpfte

313

DAMARA: Namibische Ethnie negroiden Ursprungs, die nach
Sprache und Kultur aber den Khoisan-Völkern zugerechnet
wird

DRC, DEMOCRATIC REPUBLIC OF CONGO: Demokratische Republik Kongo, bis 1960 belgische Kolonie, ein zeitweise auch
Kongo-Kinshasa und Zaire genannter afrikanischer Staat

EES: Deutschstämmiger namibischer Kwaito-Musiker. Bürger-
licher Name: Eric Sell

FAT CATS (ENGLISCH): Abschätziger Ausdruck für reiche und
politisch mächtige Männer, die ihre Mittel eigennützig
einsetzen

GENOZID-KOMITEE: In einer Stiftung organisierte Interessens-
gruppe der Hereros, die auf Entschädigung für den 1904
im Zuge des Hererokriegs verübten Völkermord drängt

GOREANGAB-DAMM: Stausee mit Trinkwasseraufbereitungs-
anlage im Nordwesten von Windhoek

GROOT RCHR (AFRIKAANS/DEUTSCH): Während des Hererokriegs verwendete Bezeichnung für die deutschen Kanonen

HAKAHAMA: Township im Nordwesten von Windhoek

HEILIGES FEUER: Wichtiges Element des Ahnenkults der Hereros. Das heilige Feuer muss sorgfältig gehütet werden und
stellt eine Verbindung zu den verstorbenen Vorfahren her

HERERO: Namibische Ethnie der Bantu-Sprachfamilie

HEREROKRIEG: Der Aufstand der Hereros gegen die deutsche
Kolonialherrschaft wurde 1904 von den Truppen unter
Generalleutnant von Trotha blutig niedergeschlagen

HIGCSE, HIGHER INTERNATIONAL GENERAL CERTIFICATE OF
SECONDARY EDUCATION: Ursprünglich von der Universität
Cambridge entwickelte Schulabschlussprüfung, die in Na-
mibia und Südafrika zum Hochschulbesuch berechtigte

HOLY REDEEMER PARISH: Heilige Erlösergemeinde. Römisch-
katholische Kirchengemeinde in Katutura

INDEPENDENCE MUSEUM: Im März 2014 am ehemaligen Standort des Reiterdenkmals eröffnetes Museum, das sich der nationalen Geschichte Namibias mit besonderer Berücksichtigung des Unabhängigkeitskampfs widmet

IYAMBO POLICE COLLEGE: Seit 1998 bestehendes Ausbildungs- und Trainingsinstitut der namibischen Polizei

KAOKOVELD: Circa 50 000 Quadratkilometer große trockene und unzugängliche Region im Nordwesten Namibias, von Hereros und Himbas bewohnt

KAPANA: Gegrillte und in Würfel geschnittene Fleisch- und Fettstreifen vom Rind, die an Straßenständen verkauft werden und als bevorzugter Snack in den Townships Namibias gelten

KARUNGA: Höchster Gott in der ursprünglichen Herero-Religion

KATUTURA: 1959 im Zuge der Rassentrennung gegründete Township, in der die schwarze Bevölkerung Windhoeks zwangsweise angesiedelt wurde

KAVANGO: Namibische Region an der Grenze zu Angola. Auch Sammelname für fünf dort lebende namibische Volksstämme der Bantu-Sprachfamilie

KHOMAS: Hochlandregion um Namibias Hauptstadt Windhoek

KLEIN WINDHOEK: Hauptsächlich von Weißen bewohnter Stadtteil Windhoeks

KLEINE KUPPE: Südlicher Stadtteil Windhoeks

KUDU-DENKMAL: In den 1960er Jahren gestiftete und im Zentrum Windhoeks errichtete Kudustatue

KUTAKO, HOSEA (1870–1970): Von 1925 bis zu seinem Tode traditioneller Führer der in Namibia lebenden Herero

KWAITO: In den 1990ern entstandene, dem Hip-Hop ähnliche Musikrichtung im südlichen Afrika. Der Name kommt wahrscheinlich von «Kwaai» (Afrikaans für «bösartig», auch «cool») und «To» für Township

LAPA: Offene, reetgedeckte Hütte

MAERUA MALL: Großes Einkaufszentrum in Windhoek

MAHARERO, SAMUEL (1856–1923): Führer und Befehlshaber der
Hereros im Hererokrieg 1904. Nach der Niederlage gelang
ihm die Flucht ins britische Betschuanaland, wo er bis zu
seinem Tod lebte. Sein Leichnam wurde nach Namibia
überführt und in Okahandja beigesetzt.

MEME (OSHIVAMBO): «Mutter» und allgemeiner «verehrte Frau»

MEJUFFROU (AFRIKAANS): Fräulein

MIKI (DAMARA-NAMA): Bezeichnung für Tante, wenn es sich
dabei um die Schwester des Vaters oder die Frau des Bruders
der Mutter handelt. Bei direkter Ansprache wird «Mikis»
ohne den Eigennamen verwendet

MSHASHO (OSHIVAMBO): Handfeuerwaffe. Auch der Name
eines bekannten namibischen Musiklabels, das sich auf
Kwaito-Musik spezialisiert hat

MTC, MOBILE TELECOMMUNICATIONS LIMITED: ein namibischer Mobilfunkanbieter

NAMA: Namibische Ethnie der Khoisan-Sprachfamilie

NATIS, Namibia Traffic Information System: Namibische
Kfz-Zulassungsbehörde

NUDO, NATIONAL UNITY DEMOCRATIC ORGANISATION: Namibische politische Partei, die sich für die Interessen der Hereros starkmacht. Ihr Präsident war bis zu seinem Tod im Jahr
2014 der Hereroführer Kuaima Riruako.

OKURYANGAWA: Township im Norden Windhoeks

OMAHEKE: 84 000 Quadratkilometer große, fast nur aus Wüste
bestehende Region im Osten Namibias. Stammland der
Hereros

OTJIHERERO: Der Bantu-Sprachfamilie angehörige Sprache der
Hereros

OVAMBO: Zahlenmäßig mit Abstand die größte Ethnie

Namibias. Ihre Sprache Oshivambo gehört der Bantu-
Sprachfamilie an

PAD (AFRIKAANS): Piste, Landstraße oder Weg

PAP, MAISPAP, MIELIEPAP (AFRIKAANS): Maisbrei

PARAMOUNT CHIEF: Oberster, über den anderen stehender
Stammesführer

RIVIER (AFRIKAANS): Trockenfluss

ROAD BLOCK: Polizeikontrollstelle an den namibischen
Überlandstraßen

SCHÄDEL-DELEGATION: Delegation aus mehr als siebzig Mitgliedern, die sich Ende September 2011 nach Berlin begab, um
die ersten zwanzig der in der Kolonialzeit geraubten Schädel
nach Namibia zurückzuführen

SERIOUS CRIME UNIT: Mit schweren Gewaltverbrechen befasste
Polizeiabteilung in Windhoek

SHEBEEN (ENGLISCH): Illegale, sehr einfach eingerichtete
Kneipe

SJAMBOK: Ursprünglich aus Nilpferdhaut hergestellte Peitsche.
In deutscher Kolonialzeit für die Prügelstrafe verwendet

SONDERINITIATIVE: Nach dem Gedenkjahr 2004 zwischen der
deutschen und der namibischen Regierung ausgehandelte
entwicklungspolitische Hilfe in Höhe von zwanzig Millionen
Euro, die von der Bundesrepublik als Ersatz für eine weiterhin abgelehnte Wiedergutmachung angesehen wird

SWAKOP: meist trocken gelegener Fluss, der nur nach einer
ergiebigen Regenzeit bei Swakopmund in den Atlantik
fließt

SWAPO: South-West Africa People's Organisation. 1960 von
Sam Nujoma und anderen gegründete Befreiungsorganisa-
tion, die seit 1966 bewaffnet gegen die südafrikanischen
Besatzer kämpfte und von der Unabhängigkeit Namibias
1990 bis heute das Land mit absoluter Mehrheit regiert

VELD (AFRIKAANS), auch Buschveld: Savanne, mit Bäumen durchsetztes Grasland

VELLIES: Schuhe aus Kuduleder

VIP PROTECTION UNIT: Paramilitärische Polizeieinheit, die unter anderem Personenschutz für Politiker leistet

WANAHEDA: An Katutura angrenzende Township, deren Name aus den Anfangsbuchstaben der vier Ethnien (O)Wambo, Nama, Herero, Damara zusammengesetzt ist

WATERBERG: Bergplateau östlich von Otjiwarongo, an dessen Fuß am 11. August 1904 die Entscheidungsschlacht im Hererokrieg stattfand

WECKE & VOIGTS: Im Jahr 1892 in Okahandja gegründetes Handelsunternehmen, das noch heute Warenhäuser und Supermärkte in Namibia betreibt

WERFT: Historisch die von Palisaden umgebene Wohnstätte der Eingeborenen. Heute: Siedlung von Farmarbeitern oder Angehörigen der gleichen Ethnie

WITBOOI, HENDRIK (UM 1830–1905): Führer der Nama, der im Oktober 1904 den Aufstand seines Volks gegen die deutsche Kolonialmacht leitete und ein Jahr später an einer Schussverletzung starb

WITCH DOCTOR: Traditioneller Heiler und Zauberkundiger

Das für dieses Buch verwendete FSC®-zertifizierte Papier
Enviro liefert Cordier, Deutschland.

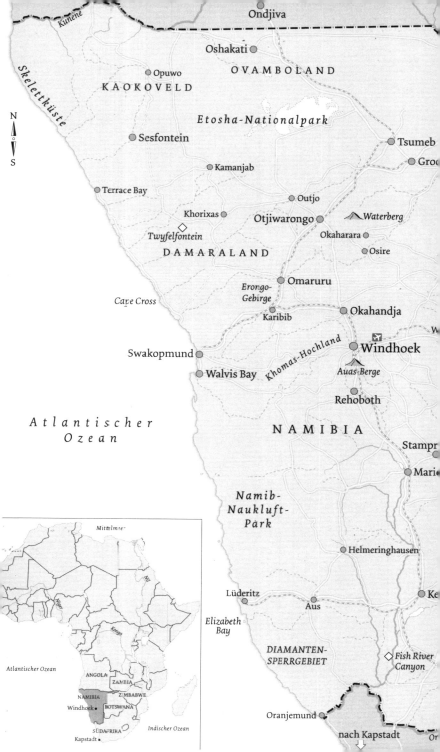